中国古典文学名著丛书

济公全传

下

[清] 郭小亭 著

華夏出版社
HUAXIA PUBLISHING HOUSE

第一百五十六回

验桥口捉拿贼和尚　见县主重修万缘桥

话说济公回到庙中，广亮甚为喜悦，先给济公要了一桌酒，这才叫智清、智静进来给济公磕头。济公说："师兄，你瞧，我昨天做了一个梦。"广亮说："做甚梦？"济公说："我梦见一个贼和尚，又带着两个生贼，每个背着五块砖，手打铜锣，口中直嚷：'尊声列位请听言，手打铜锣来化缘。施主要问因何故？只因偷了万缘桥的砖。'有四个官人押着，不嚷就打，你说这个梦新鲜不新鲜？"广亮一想："怪呀，他怎么会知道？"这才说："师弟，你做这梦，倒是真事。这两个小和尚是我的师侄，他师父叫广慧，在万缘桥海潮寺当家。只因他们把万缘桥的砖头搬了几块，现在石杭县把他们师徒三个锁了去，叫他们背着砖，化一万银子修万缘桥。你想谁能施舍？他们实在受不了这个罪，知道师弟的能为，故此求求你慈悲慈悲。师弟，你冲着我，功德功德吧。"智清、智静说："师叔，你老人家要不答应，我两个人跪着不起来。"济公说："你们两个人起来！我就知道这顿饭不能白吃，这桌菜席是一万两银子。"广亮说："多慈悲吧。"济公说："就是，回头咱们一同走。"智清、智静这才起来，说："师叔何时走呀？"济公说："今天就走，回头就化缘，明天就动工修万缘桥。"智清、智静心说："这可是吹着玩。"嘴里说："那是很好。"济公吃喝完毕，说："咱们走呀。"广亮说："师弟，等你回来，我再来谢你。"和尚说："不用谢，小事一段。"说着同智清、智静出了灵隐寺，顺大路往前走。和尚一边往前走，信口唱着山歌说：

"劝世人，要修福，茅屋不漏心便足。布衣不破胜罗衣，茅屋不漏如瓦屋。　不求荣，不受辱，平生安分随世俗。远去人间是与非，逢场做戏相植舞。　也不华，也不朴，一心正直无私处。终朝睡到日三竿，起来一碗黄齑素。粥一碗，菜一箸，自歌自舞无拘束。客来相顾奉清茶，客去还将猿马扶。　或谈诗，或品竹，空笑他人终碌碌。南北奔驰为利名，为谁辛苦为谁辱。　七情深，儿爱度，雨里鲜花风里烛。多少乌头送白老，多少老人为少哭。　满库金，满堂玉，何曾免得无常路。临危只落一场空，只有孤身无伴仆。大坟高，厚棺木，此身亦向黄泉赴。世上总无再活人，何须苦苦多忙碌。张门田，李门屋，今日钱家明日陆。桑田变海海为田，从来如此多反复。　　时未来，眉莫戚，八字穷通有迟速。甘罗十二受秦恩，太公八十食周禄。

笑阿房，谈今古，古来兴废如棋局。奉劝世人即回头，我今打破迷魂路。”

和尚念着往前走，智清、智静二人跟随。和尚说：“你们二人快点走行不行？”智清说：“行。”和尚说：“腿是你们两人的不是？”智清、智静说：“师叔，你说这话真新鲜，腿在我们两人身上长的，又怎么不是我们的？”和尚道：“我给你们轰着走。”智清说：“怎么轰？”和尚说：“我一念咒，你们就走快了。”智清、智静说：“念吧。”和尚口念六字真言“唵嘛呢叭㖷吽！唵，敕令赫！”这两个人身不由己，仿佛有人在后面推着一般，行走如飞，收不住了。智清就嚷：“师叔呀，你快把法术收了吧！眼前是树呀，碰上就得脑浆迸裂呀！”和尚后面就嚷：“不要紧，唵，令！敕令赫！拐弯就过去了。”智清、智静果然到了树林子，一拐弯就过去。又往前跑，智清说：“了不得了，眼前是河，掉下就淹死。”和尚说：“不要紧，加点劲就蹿过去了。”说着话，眼瞧到了有三四丈宽的河，真仿佛有人托着脚飞过去了。展眼之际，来到石杭县，这两人也跑不动了，躺在地下起不来了。和尚来给每人一块药吃，和尚说：“你们两人先到庙里给你师父送信，别往哪去。我上知县衙门去找知县讲理去，问问他为什么锁我们和尚？智清、智静，你两个人随后到衙门来找我，今天少时我就要化缘，明天动工修万缘桥。”智清、智静点头，竟自去了。和尚一直来到石杭县，迈步竟往衙门里走。值日班头一瞧，是个穷和尚，官人立刻拦住，说：“和尚上哪里去？”和尚说：“我到里面倒口茶喝。”官人说：“你睁眼瞧瞧，这是卖茶的铺子么？”和尚说：“不卖茶。我到里头吃顿饭，买一壶酒喝。”这个官人说：“你这和尚，真是胡闹，这也不卖酒饭。”和尚说：“那么卖什么？”官人说：“什么也不卖，这是衙门。”和尚说：“衙门是做什么的？”官人说：“衙门是打官司的。”和尚道：“我就打官司吧！”官人说：“你打官司告谁呀？”和尚说：“我告你吧。”官人说：“你这和尚是疯子，你凭什么告我？我招你惹你了？”和尚说：“我不告你，没人可告，咱们两个人打一场官司吧。”官人说：“这都是没有的事。”和尚说：“怎么没有？这就是真的么！”正在吵嚷之际，只见里面一声咳嗽，说：“外面什么人在此喧哗？”众人一看，说：“老管家出来了。”只见由里面出来一位老者，年过花甲，头戴四楞巾，身穿皂缎色铜氅，白袜云鞋。官人一看，说：“老管家，你看这个穷和尚无故前来搅闹。”老管家抬头一看，说：“原来是圣僧。”赶紧跪倒给和尚磕头。官人一瞧愣了，心里说：“这个和尚必有点来历，我们案门稿都给他磕头，也不知和尚是谁？”书中交代：这位老管家名叫徐忠，这石杭县的大老爷，原本姓徐，双名致平。前者探囊取物赵斌，夜探秦相府阁天楼，盗五雷八卦天师符，巧遇尹士雄，就搭救徐致平主仆的性命，见过济公。徐致平连登科甲，榜下即用知县，就升在这石杭县做知县，故此今天老管家认识济公，赶紧行礼，说：“圣僧，你老人家从哪里来？我家老爷时常想念圣僧，为何不叫他等通禀？”和尚说：“叫他等通禀？这位头儿跟我要门包，我就剩三两银子，都给他了，他不答应，跟我要十两银子，不然他不肯回，叫我走。故此我跟他吵嚷起来，你出来了。”徐忠一听，说：“你们真乃胆大，竟敢跟圣僧要银子？还不把银子拿出来！你们素日间，想必作了多弊了。”官人说：“老管家，你别听大师父的话，我实不要门包。”和尚说：“你分明在怀里揣着呢，我的三两银子是四件，你说没有，你把带子解下抖抖。”徐忠说：“对，你身上有银子没有？”这个官人方才给人家托了一件人情，刚分了三两银子，在怀里揣着。这一来，闹得张口结舌，说：“老管家，我腰里有三两银子，可这是我自己的。”徐忠说：“你满嘴胡说，还不给圣僧？要不给，我给你回禀老爷，革去你的差事。”官人吓得无法，委委屈屈把银子拿出来，说：“大师父，给你吧。”和尚哈哈一笑说：“我不要，我这是管教管教你。谁叫你多管闲事？你要拦阻我，叫你认识认识，我和尚乃是灵隐寺济颠僧是也。我再来，你就别拦我了。”官人说：“是。”大众一听是济颠活佛来了，众人就吵嚷动了。和尚同徐忠来到里面，徐致平一见，赶紧行礼，说：“圣僧久违，今天是从哪里来？”和尚说：“我今天来见你有一件事。”徐致平说：“圣僧什么事？”和尚说：“海潮寺的和尚跟我有点瓜葛，求老爷把他放了，我给你化缘修万缘桥。”徐致平说：“是，弟子实不知海潮寺的和尚跟圣僧有瓜葛，我要知道，天胆也不敢锁拿他们，既是圣僧要给化缘修万缘桥，弟子倒有个主意。”和尚说：“你有甚主意？”徐致平这才如此如此说毕，和尚一听，哈哈大笑。不知徐致平说出何等语词，且看下回分解。

第一百五十七回

施佛法善度王太和　因家贫经营离故土

话说济公来到石杭县，提说要化缘修万缘桥，徐致平说："圣僧既是说给化缘，何必圣僧亲自去化？我这地方上有十家绅士财主，每家捐他们一千两银子修桥就行了。"和尚哈哈一笑，说："老爷不必分心，我自有道理。"正说着话，两个小和尚来了，在外面伺候济公。知县立刻吩咐把广慧传来，当堂释放，徐致平说："现有济公来给你等讲情，本县看在济公的面上，把你等放回，从此各守清规，万缘桥有济公替你等化缘，不用你们了，下去吧。"济公说："智清、智静别走，我还有事。"两个小和尚答应，广慧谢过老爷，自己回庙，这个信外面就嚷动了，都知道现有济公活佛来化缘，要修万缘桥。知县这里摆酒款待圣僧，正喝着酒，外面当差人进来回禀，说："现有十家绅士递了一张公禀，请老爷过目。"书中交代，外面听说济公来了，人的名，树的影，大众一传嚷，传到十家财主耳朵里。众人一商量，说："咱们大众得见见这位济公活佛，他老人家既是来化缘修万缘桥，每人拿一千银子来，修这座桥。"众人议定，就写了一张公禀，来见知县。当差人接进来，给徐致平一瞧，徐致平说："圣僧，你看十家绅士，听说你老人家来了，他等自厢情愿，每家出一千银子，冲着圣僧修万缘桥。"和尚说："我和尚化缘，化一万银子，就化一家，不化十家。你问他谁一个人给一万银子，我和尚才要呢。"徐致平说："圣僧，你别得罪他们，这地方可就是他们十家有钱，除此之外，别人拿不起，要得罪他们，可没人施舍了。"和尚说："不要紧，我回头上兴隆庄王百万化去。"徐致平说："圣僧，你千万别去，那王百万可是人称王善人。每逢冬天施粥，夏天施凉茶暑汤，他报效过皇上银子，捐了个五品员外。可就是一样，他最恨和尚老道，不斋僧，不布道。前者在我这里打过几回官司，都是因为僧道化缘，不但不施舍，反把僧道打了，拿片子送到我衙门来。念他是个善人，也不肯得罪他。圣僧，万万去不得。"和尚哈哈一笑，说："老爷不必管我，和尚今天非得去不可。他既不施舍，我和尚才化他，要化他一万银子，他不能给九千九百九十九两,我今天就要化出来,明天就要动工,我和尚要没有这点手段,我也不来,倒要叫老爷你瞧瞧。智清、智静跟我走。老爷,咱们回头再谈。”徐致平也拦不了,和尚带领两个小和尚,出了石杭县衙门,一直来兴隆庄。刚一进东村口,济公就说:“智清、智静,你两个人带着法器没有?”智清说:“我带着手磬呢。”智静说:“我带着木鱼子。”济公说:“好,打着念着走。”智清说:“念什么呀?”济公说:“咱们念子弟焰口游街。”智清说:“就是。”立刻念着往前走,过路的人一瞧,都说这是半疯。往前走了不远,只见路北一座广亮大门,门口上马石①,下马石,有八株龙爪槐树,上有幌绳,拴着有百八十匹骡马,对面八字影壁,这所房屋高大无比,一概是磨砖对缝,雕刻活花。和尚来到门首一看,迎门抹的棋盘心,白灰涂的影壁,真白花瓦砌的咕噜钱。和尚一道“辛苦”,由门房出来一位管家,有二十多岁,道:“和尚你快去吧!你看我们门上贴着,僧道概不化缘,我们员外可是个善人,就是不斋僧布道。前者来了一个老道,不叫他化,他偏要化,我们员外出来,拿马棒打了一顿,还给送衙门去。这幸亏我们员外没在外头,你要化一吊香钱我给你,你快走,我可说的是好话。”和尚说:“你给我,你可知道我要化多少钱?”管家说:“你要化多少钱?”和尚说:“我化一万银子,修万缘桥,还得今天施舍给我,明天就不要了。”管家说:“我不叫你化,可是为你好。”心里说:“这个和尚必是穷疯了。”和尚说:“如要不叫我化,你得借支笔我使使,我在影壁上写几个字,我在门口喊三声,我就走。”管家说:“那行。”立刻把笔拿出来,和尚接过笔来,在影壁上写了几句。管家说:“和尚可惜你这点笔法,真可以的。”和尚说:“那是自然。”和尚就嚷:“化缘来了!喂!”拿手比画着往里捺。管家说:“你这是干什么?”和尚说:“往里捺呀!”管家说:“你嚷吧,我们员外要出来就得了。”和尚就大嚷了三声,说:“回头你们员外要出来,劳你驾,就提灵隐寺济颠僧要化一万银子,修万缘桥,明天给就不要了。他要不施舍,就提我说的,他不久必有一场横祸飞灾,我和尚走了。”说罢,和尚就走,管家也不解其意。焉想到和尚走了,王员外带着四个家人,由里面出来。原本员外在后面书房里坐着看书,耳轮中就听外面喊嚷:“化缘来了!喂!”连嚷了三

① 上马石——旧时交通工具主要是骑马,富豪人家门中均摆放踏蹬的石头,以方便上、下马。

声，王员外心中纳闷，暗说："怪道，这院子是五层房，素常外面有叫卖东西里面听不见？"王员外一想："外面喊嚷化缘来了呀，我怎会听得真真切切？"立刻带着四个家人出来，王员外就问："什么人在此喧哗？"管家正要叫瓦匠拿灰水把影壁上的字涂去了，省得员外瞧见，还没涂呢，员外出来了，管家说："员外要问，方才来了一个穷和尚来化缘。"员外说："你没告诉他么？我这里僧道一概无缘。"管家说："我告诉他了，他跟我要笔在影壁上写了几个字，他说员外出来，叫我告诉你，他是灵隐寺济颠僧，他要化一万银子修万缘桥，他说员外爷施舍，今天施舍，明天给他他就不要了。员外要不施舍，必有一场横祸飞灾。"王员外一听，抬头一看，影壁上和尚写得墨迹淋漓，王员外"呀"了一声，说："赶紧把和尚追回来，我施舍一万银子。"管家也不知所因何故，赶紧追赶和尚。书中交代：王员外为什么一瞧影壁上的字，就要施舍一万银子呢？这其中有一段缘故。这位王员外名叫太和，原是这兴隆庄生长，幼年的时节，家中很有钱。父母给定下前庄韩员外之女为婚，与王太和同岁。不料王太和少运乖舛，七岁丧父，九岁丧母，把一份家业全被一家坑骗了，自己过得一年不如一年。长到十六岁，家中这落得柴无一把，米无半升，自己住的这所房子，都被人家拆着零碎卖了，就剩了两间破屋。王太和已到十六岁，自己一想："莫非束手待毙不成，总得想个主意，护住身衣口食才好。"左思右想，实在无法，把家中的破烂书收拾收拾，买点笔墨纸张，挑着书箱出去游学，到各学馆去做买卖。游来游去，游到松江府地面，学馆也多。太和做买卖，人也和蔼，凡事死店活人开，做买卖是运筹，有道定生财。王太和做出条路来，各学馆的学生都不买别人的东西，专等他去，买他的笔墨纸张。越做越活动，也就有利息了，王太和就在这西门城外，有一座准提寺内住着，过了有二三年的光景，自己存下有五六十两的银子。王太和自己虽说年轻，在外面创业，但并不贪浮华，很务本分。这天王太和走在松江府大街，见有许多人围着拥挤不动，王太和一瞧，是一个卦棚。蓝布棚上有白字，是一副对联，上联是："一笔如刀，劈破昆山分玉石。"下联是："双瞳似电，冲开沧海辨鱼龙。"王太和也挤到里面一看，是一位老道，面如古月，一部银髯，飘洒在胸前，头戴青布道冠，身穿蓝布道袍，青护领相衬，白袜云鞋。看这位老道精神百倍，发如三冬雪，鬓赛九秋霜，真是仙风道骨。摊着卦摊，上面摆着是六爻的卦盘，按单折重交，有十二元辰，接八八六十四卦，三百八十四爻，摆着各样的卦子，有父母兄弟妻子官鬼等类。就听老道说："山人也能算卦，也能看相，可是诚则灵。可是有一节，要直话前来问我，爱奉承另找别人，卦礼倒不拘多少。"大众也有算卦的，有叫老道相面看，一个个没有说老道相的不对。王太和一想："我也叫老道来相相我的终身大运。"这才说："道爷，给我看看相。"老道睁眼一看，就一愣，说："贫道我可是直言无隐，尊家可别恼。"王太和说："君子问祸不问福，道爷只管说。"老道这才从头至尾一说，王太和不听犹可，一听吓得颜色更变。不知老道说的何等言辞，且看下回分解。

第一百五十八回

李涵龄神相度群迷　王太和财色不迷性

话说王太和给老道一相面，老道说："可是直言无隐，尊家可别见怪。"王太和说："道爷只管说。"老道说："看阁下的相貌，可与众不同，额无主骨，眼无守睛，双眉寒散。主于兄弟无靠，山根塌陷，主于祖业不擎，准头为土星，主人之财库，左为井，右为灶，井灶太空，有财而无库，你是一世不能存财。螣蛇文入口，将来必主于饿死，你七岁丧父，九岁丧母，十六岁犯驿马星。这几年在外面奔忙劳碌，幸喜你还勤俭，也没落下什么，从此之后，你是一天不如一天。尊家的相貌，贫道也就不能往下再说了。"王太和一听老道所说之话，已过之事，果然一点不错，大概未来之事，也必有准。把卦金给了，就回到准提寺，自己一思想："我终归饿死，我还往前奔什么？莫如我赶紧回家，把亲事退了，叫我岳父给姑娘另找婆家。我是这个命，别连累人家。"心中越想越难过，真如万把钢刀扎心一般，买卖也不做了，告诉和尚把房交了，自己挑着书箱，由松江府往回够奔。这天走在半路上，本来是无精打采，垂头丧气，也觉着累了，就在大道边树林子歇息歇息。刚来到树林子一瞧，见地下有一个黄缎子包袱，自己把书挑放下，把包袱捡起来，打开一看，里面有一个硬木小匣子，有锁锁着，有一个黄缎子小口袋，里面有钥匙。王太和拿钥匙把锁开开一看，匣子里是黄澄澄，两对金镯子，两头赤金首饰。宋朝年间，黄金最贵，每一两可换白银五十两。大概这两对镯有八两一对，首饰约有五六两一头，大概可值一千两银子还多些。王太和一想："我自己终归得饿死，我别害人家，要是这个东西是这个本主丢的，丢得起不要紧，倘若要是家人给主人做事，或替人办事，把这东西丢了，就有性命之忧。我莫如在这里等等，有人来找，我给人家。"想罢，把这个包袱包好，放在书箱里，王太和就在地下一坐，等了工夫不大，只见由北边飞也似赶来一个骑马的，是一匹黑马，走得甚快，亲至切近，马站住，这人翻身下马。王太和一看，这个人是长随的打扮，有二十多岁，白净面皮，看这人脸上颜色都变了，惊慌失色的样子，热汗直流，下了马赶奔上前，冲王太和一抱拳，说："这位先生请了！在下姓苏叫苏兴，在临安苏北山苏员外家当从人。今奉我家员外之命，到松江府我们姑奶奶家，取来一个包袱，内中是两对金镯、两头金首饰。走在这里，我这马一眼岔惊下了去，把包袱由马上掉下来，我也下不了马，好容易把马勒住，我这才回来找包袱。可没碰见有过路的人，先生你老人家要看见我这包袱，你老人家得救我。我要把这包袱丢了，我就得一死。你老人家若见捡着，给了我，可就救了我的命了，将来我必有一分人心。"王太和点了点头，打开书箱把包袱拿出来，说："你瞧瞧，这点东西对是不对？"苏兴一看说："先生，你真是我的重生父母，救了我的命了。要没这个东西，我真得死。也就是你老人家这样好人，千金不昧。未领教先生贵姓呀？"王太和说："我是石杭县兴隆庄的人，我叫王太和。"苏兴说："老人家何时到了临安城，可千万要到青竹巷四条胡同，苏北山苏员外家来找我，我叫苏兴。"王太和说："是了吧。"苏兴实在心里过不去，掏出五两银子，说："先生，我也不敢说谢你，我尽我这点穷心，给你老人家买一杯茶吃。"王太和微然一笑，说："你胡闹，我打算要你的银子，我捡着你这东西，就不给你了，你趁此拿着去吧。"苏兴见了王太和实意不肯要，自己也无法，便道："先生，既是不要，我也不敢相强①。先生哪时到了临安，可千万赏脸来找我。"说罢，趴地下给王太和磕了一个头，竟自告辞走了。王太和自己还是心里烦想："老道所说的七岁丧父，九岁丧母，十六岁犯驿马星，真的说赛神仙，未到先知其实。"书中交代：这个老道本是大路的活神仙，乃是万松山云霞观的紫霞真人李涵龄。老道下山，并不是相面算卦为要钱，所为是普度群迷，教化众生，故此断事如见。王太和哪里知道老道的来历？今天见苏兴走后，王太和烦了半天，才挑了书箱往前赶路。这天正往前走，上不靠村，下不着店，天有日落之时，偶然云生西北，雾长东南，狂风暴雨下起来了。王太和想要找个地方避避雨，见眼前一座破庙，又没有和尚老道，墙俱都坍了，中有大殿三间，尚可避雨。王太和赶到切近，刚要进大殿，一瞧大殿里有一位十七八岁的姑娘，长得十分美貌，正在大殿里避雨呢。王太和一瞧一愣，自己一想："男女授受不亲，虽然是四野无人，我焉能不避嫌疑，坏人名节？我莫若就在外面廊下避避雨吧。"想罢，王太和就在大殿

---

① 相强——勉强。

以外廊檐下一蹲，并不与那女子说话。焉想到雨越下越大，直下到天有五更方住，平地数尺深的水，幸喜山道水下去的快，天亮水都流没了。王太和挑起书箱就要走，那女子可说了话，说：“这位君子尊姓?”王太和说：“我姓王。”那女子说：“尊家乃是一位好人，奴家姓马，叫马玉荣。就在这前面马家庄住家，望求尊驾携带我几步。”王太和说：“那有何妨。”立刻送着姑娘来到马家庄。这位姑娘家有父母，有哥哥，姑娘原本在她舅舅家住着，跟舅母拌了几句嘴，姑娘赌气回家，走到半路，遇着雨了。王太和把姑娘送到门首，自己要走，姑娘到家跟父母哥哥一提，在庙里避雨，遇见王太和怎么是好人，连大殿都没进来，并未答话，今天送到家来，把这话一说，姑娘的父母追出来，把王太和让到屋中，置酒款待，一家老小甚是感激。姑娘的父亲说：“尊家贵姓？是哪里人？昨天小女原本在她舅舅家住着，因为拌一两句嘴，姑娘也太任性，她舅母也不该叫她一个人回来。偏巧赶上下雨，在庙里避雨，幸亏遇见尊驾，乃是正直君子。这要遇见歹人，那还了得?”王太和说：“我姓王，叫王太和，原本是兴隆庄的人。往后姑娘别叫她一个人走路，总要有人跟着才好。”马老丈说：“是，是，王先生可以在我家多住几天吧。”王太和说：“我还有事。”立刻告辞，姑娘的父母千恩万谢送出来，王太和这才顺大路往回走。这天到了自己家中，他这几间破房子，有本村一个苦人住着呢，王太和到家，自然还得让他住。王太和把书箱放下，自己甚为凄惨，吃了点东西，安歇睡觉。次日亲身到韩员外家去退婚，韩员外在他年幼的时节，把女儿给他，那时王家还有钱呢。自从他父母一死，一年不如一年，后来听说王太和出了外了，韩员外家里有几顷地，也算是乡下财主，也不能把女儿另聘了，就得等他。姑娘跟王太和同庚，偏巧姑娘心重，自己想着命不好，将来到婆家也得受苦，日积月累，一忧愁把两只眼睛急瞎了，双目失明，王太和还不知道呢。今天来一见韩员外，两下寒暄了几句，太和便道：“我打算叫你老人家把姑娘另聘吧，我的命苦，别连累了姑娘跟我受罪。所有的定礼，我也不要了。”韩员外说：“那可不行，现在我女儿把眼瞎了，你定的时节，可没有残疾。现在我也不能再给人家，你赶紧搬娶过去，你自己慢慢地混。若说你做个小买卖，二三百银子我给你拿，你只要勤俭，还不可以吃饭么?”王太和一听姑娘已把眼瞎了，自己一想：“不是一家人，不进一家门。该当要讨饭，我前头走，拉着一个瞎子，这倒也不错。”想罢，说：“岳父既是你女儿把眼瞎了，我也不能说不要，你可得成全我，我也没有多钱办事。”韩员外说：“倒好办，你有轿子就搭人。”王太和自己无法，这有几十两银子，回家张罗办事，定了吉日，把妻子娶过来。他这个时节，也没有亲戚来往人情，韩员外打算女儿过门后，过一两个月，再给王太和拿钱做买卖。焉想到王太和娶过来，未到半月，王太和晚上睡不着，思想这日子怎么过，翻来复去睁着眼。偶见地下有一个火球，滚到南墙根没了，一连三天。王太和就跟他妻子说道：“地下有个火球，你是瞧不见，滚来滚去，不知是什么道理？”韩氏说：“许是闹财吧。”王太和说：“也许有的事。”韩氏说：“你瞧准了，拿我的金簪插到那里，等明天刨开瞧瞧。”王太和果然把金簪记上，次日用铁锹一刨，刨到有二尺许，只听“咯当”一响，王太和仔细一看，目瞪痴呆。不知后事如何，且看下回分解。

第一百五十九回

得金宝福随相转　访娘亲跋涉天涯

话说王太和拿铁锹一刨，刨了二尺多深，就听“咯当”一响。王太和一瞧是石板，揭开石板一看，是一窖金元宝银元宝。金元宝都是一百两一个的马蹄金，银元宝是二百两一个的大元宝。王太和一看，先拿出一个来，照样埋好，也不敢声张。次日到岳父家提说要盖房，韩员外说：“你有钱么？”王太和说：“没有多钱，对付着办。”先买了两个银柜，找木厂子一看，他这片地基不小，先盖三间瓦房。随着动工，随着往外搬运金银，把房盖好了，把金元宝一数，是六百个，每个能换银五千两，银元宝是四百个，共一千个，从此陡然大富，有三百多万银子。在本地开的银楼缎号，置买田地房产，大众都知道王太和发了财回来了，都不知道怎么发的财。王太和自己想起，当初在松江府老道给我相面，说我该当饿死，现在我得了这大家私，还能饿得死么？老道几乎耽误了我终身的大事。从此不信服和尚老道，说僧道都是谣言惑众。王太和每年冬施粥，夏施茶，舍棉袄棉裤，遇穷苦人等，贫老病瞎，必要周济，就是不斋僧布道。今天为什么要把和尚找回来，施舍一万两银子呢？只因他瞧见影壁上写的字了，济公写的是两首绝句。头一首是：昔日松江问子平，涵龄道我一身穷。事至而今陡然富，皆因苏兴马玉荣。第二首是：梦醒更深三更天，见一红光奔正南。揭开石板仔细看，四六黄白整一千。王太和一看，暗道：“怪呀，我的事没人知道，这和尚可是神仙？”故此赶紧叫家人追回来。管家追出村口，一瞧和尚正往前走，管家说：“大师父请回来，我家员外施给一万银子。”和尚这才转身回来。王太和一见，说：“圣僧请里面坐。”和尚来到书房，有家人献茶，王太和说：“圣僧，我的事情，圣僧何以知晓？”和尚说：“你那事瞒不了我，你休要毁谤僧道。你可知道有两句话，‘心不好，命穷苦，直到了心好命也好,富贵直到老。命好心不好,中途夭折了'。人要做些阴骘①事,能逢凶化吉,遇难成祥。当初老道给你相面之时,你是螣蛇纹入口,主于饿死。你做这两件骘事,你这螣蛇纹通下来,变为寿带纹。”王太和这才如梦方醒,和尚说:“你要不信,我还有个主意,给你瞧瞧。你拿一万银子,在海潮寺做功德修万缘桥,明天吉日兴工,你叫人抬四块石头来。我写上四句话,一块上写一句,搁在万缘桥旁边,派两个家人看着。头一块石头,叫大众白瞧白看,谁要看第二块石头,跟他要二百两银子,要瞧第三块是三百两,看第四块是五百两。这一千两银子,助你修万缘桥作为酒钱,可别说是我写的,就说是神仙写的。”王太和一想,说:“谁花二百两银子瞧一块石头呀?我虽有钱,我也不能那么冤。”和尚说:“你不信,你瞧着有人瞧没有?”王太和立时叫人到海潮寺,收拾预备做公馆,又叫家人搭了四块石头,给和尚把字写好,把四块石头放好,叫家人看着。王太和也在海潮寺同和尚住着,没事下棋。万缘桥就动工修起来了,两个家人看着四块石头说:“众位瞧石头,头一块是白瞧白看,瞧第二块是二百两银。”街市上都吵嚷动了,大众围着,瞧石头上有字,写的是七个字:“不姓高来本姓梁。”大众一瞧,都说这两个人是财迷,谁能花二百银子瞧石头?众人纷纷议论。过了有十几天,也并没有一个问的,都是瞧瞧头一块,一笑就走。这天王太和就说:“圣僧,你老人家说有瞧石头的,怎么不灵呢?”和尚说:“你别忙,大约不过五天,就有人来瞧。”果然到第四天,忽然来了一个文生公子,头戴翠蓝色文生巾,身穿翠蓝绸文生氅,腰系丝绦,白袜云鞋,白净面皮,俊品人物,带着两个书童,挑着琴剑书箱。来到近前一看,这位文生公子就问:“这石头是谁写的?”家人说:“神仙写的。”文生公子说:“神仙在哪里?”家人说:“你不用管神仙在哪里,你要瞧第二块,是二百两银子,头一块是白瞧。”这位文生公子说:“我给二百银子,你搭开我瞧瞧。”家人就赶紧到海潮寺回禀员外,道:“有人来瞧石头了。”王太和心里说:“真有这等样人,肯花二百银子瞧石头?”自己不信,来到这里一瞧,是一位文生公子打扮。王太和说:“尊驾要瞧石头吗?”这公子说:“不错。”王太和说:“瞧第二块石头二百银子。”这公子说:“我给二百银子。”

---

① 阴骘(zhì)——《书·洪范》:“惟天阴骘下民。”意谓天默默地安定下民。“骘”作“定”解。也称阴德为“阴骘”。

立刻打开书箱，拿出四两黄金，折银二百两，交与王太和。王太和叫家人把石头搭开，众家人都不愿意搭。王太和说："你们谁来搭？每人我给二两银子赏。"大众一听，这个也是搭，那个也要搭？都抢着要搭。不到一刻，搭开一块，这位公子一瞧第二块更愣了。书中交代：这位公子为什么要花二百银子瞧第二块石头呢？这内中有一段隐情。头一块石头上写的是"不姓高来本姓梁"。这位公子就是不姓高来本姓梁。他原本是这石杭县梁王庄的人，他五岁的时节，正赶上金宋交兵，干离怖大队反到江南，他母亲带着他逃难，正赶上贼队把他母子冲散了，儿子找不着娘了，站在街上哭。由那边来了一个人，歪戴着帽子，闪披着大氅，说："小孩子，你哭什么呢？"小孩虽说五岁，倒很伶俐，说话很清楚，说："我是梁王庄的，我叫兴郎。我娘带我逃走，反遇见贼，把我娘冲散了，我找不着了。"这人说："这跟我找你娘去吧，我是你舅舅。"梁兴郎人小不肯吃亏，说："你不是我舅舅，你是我哥哥，你带我找我妈去吧。"这人说："跟我走。"立时带着梁兴郎一走，来到甘泉县地面，住在高家店，这地方太平，他打算把梁兴郎卖了。偏巧这开店的高掌柜就是夫妇两个，家有百万豪富，他也不指着开店吃饭，所为应酬苦亲友。这夫妇没儿没女，就问他带着小孩是你什么人呀？这拐子手说："我姓郎叫郎赞，这是我外甥。他父亲都叫贼兵掠了去，这孩子跟着我也赘手，我打算找个主把他卖了。"高掌柜说："我瞧瞧。"把兴郎叫到柜房去，一给吃的，说："你姓什么？"梁兴郎说："我姓梁，叫兴郎。"高掌柜说："他是你舅舅么？"梁兴郎说："不是，我不认得他。我娘带我逃难，遇见贼，我娘丢了。他说他是我舅舅，我就说你是我哥哥，他说带我找我娘去。"高掌柜问明白，一问拐子手要卖多少钱，郎赞说："五十两银子。"高掌柜说："五十两，我留下了，你给写一张字吧。"郎赞说："我不会写字。"高掌柜说："你不会写字，叫我先生代笔。我们这里可有规矩，说五十两可是减半，给二十五两，在店里卖有三成用钱，五十两是十五两，叫先生写字是十两，刨尽了，一两不找。你去吧，没你的钱了。你要不答应，我把你送到衙门去，照拐子手办你。"郎赞一听也愣了，大众作好作歹，算给了他几吊钱盘费，郎赞走了。高掌柜人称高百万，在家里以员外呼之，把梁兴郎留下，雇老妈哄着，要一奉十，起名高得计。后来请先生教他念书，到十六岁娶媳妇，也是本处杨百万的女儿。杨员外也是夫妇两个，就是一个女儿。过了有五六年，杨员外夫妇也死了，梁兴郎这点造化大了,两分百万家私都归他一人。这天梁兴郎跟他妻子说:"我本是梁王庄的人,现在我养生父母已死,我要出去访访我亲生母,去找个下落。如死了,我把尸骨请回来。如没死,我把娘亲找回来。我这一去,多带黄金,少带白银,暗藏珠宝,扮作游学的书生。说不定几年回来,家中全靠娘子料理。"杨氏说:"官人这是一分孝道,我也不能拦,官人去吧。"梁兴郎这才带了两个书童出来,逢山朝山,逢庙拜庙,求神佛保佑母子相见。今天来到万缘桥一瞧石头,罗汉爷指引孝子迷途,母子团圆。且看下回分解。

第一百六十回

梁兴郎千金看隐诗　济禅师佛法指孝子

话说梁兴郎来到万缘桥一瞧，石头上写的是："不姓高来本姓梁。"自己一想："我出来这些日子，并没访着一点头绪，我也不知梁王庄在哪里？这也许是神人指示。只要把我娘亲找着，花几千两也不要紧。"故拿出四两黄金折二百银子。王员外叫家人把头一块石头搭开，梁兴郎一看第二块上写的是："巧妆改扮觅萱堂①"。梁兴郎一看，这明明是我。这才问："第三块还有字么？"家人说："要瞧第三块，是三百银子。"梁兴郎一看，说："我倒要瞧瞧。"立刻又拿六两黄金折三百两银，交给王太和。王太和一想："真怪，真有人拿银子瞧。"叫家人把第三块搭开，梁兴郎一看，第三块写的是："兴郎要见生身母。"梁兴郎一看，这更对了，说："你把这块拿开我看。"家人说："要看第四块，是五百两。"梁兴郎说："你怎么讹人哪？"家人说："不讹人，你爱瞧就瞧，不爱瞧不瞧。"梁兴郎一想："已然花了五百，再花五百，只要有了我娘亲的下落，慢说花一千，两千也花。"想罢又拿出十锭黄金。王太和叫人搭开第四块一瞧，第四块上写："去到临安问法王。"梁兴郎一瞧这句话，"呀"了一声，几乎翻身栽倒。自己一想，了不得了，这许是有人知道我由家中出来的心思，设出圈套，诓骗我一千银。"自己又一想："我的乳名没人知道，此真令人难测。"自己这才问道："众人且知道这临安法王，是怎么一段事？可是地名？可是人名？"大众一个个俱皆摇头，说："不知道。"梁兴郎自己心中真如万把钢刀扎心，正在发愣，那边来了一位老丈。众人说："你要打听，问这位老头吧，他叫福地圣人，什么事他都知道。"梁兴郎赶紧施礼，说："借问老丈，可知道这临安法王是在哪里？"这老者说："你要问临安，由这往东南走二十余里，有一座兴隆镇，上那里打听去，这里没人知道。"梁兴郎一听，无奈叫书童挑起琴剑书箱，一直够奔东南，约走了有二十余里，见前面有一座镇店。村口外树

---

① 萱堂——旧时以"萱堂"指母亲的居室，亦即以指母亲。

林下有二位老者在树旁酌棋，一位是白脸长髯，一位长得清奇古怪，梁兴郎连忙上前说："二位老人家请了！我打听打听，有个临安法王，二位老人家可知道？"这位老者一听说："临安我可知道，当初金宋未交兵以前①，这座兴隆镇就叫临安镇，后来宋室天下太平，改叫为兴隆镇，这个法王我可不知。"那位老者道："贤弟，你是不知道，我比你大几岁，我十二三岁的时节，你还是小孩不记事。这村口如意庵尼姑庙，我记得就叫法王庵，后来改的如意庵。你去打听法王，尊驾到那里去打听吧。"梁兴郎一听，谢过二位老丈，赶紧带了书童，进了村口一瞧，路北里有一座庙，山门上写着"如意庵"。上前一叩门，由里出来了一个小尼姑，把门开开，说："施主找谁？"梁兴郎说："我是前来烧香。"小尼姑说："我们这是尼僧庙。"梁兴郎说："不管是甚庙，我要烧古香。"小尼僧便领到大殿，梁兴郎烧上一炷，烧完了香，说："小师父，你带领我在庙里游逛游逛。"小尼僧说："可以。"立刻带着梁兴郎到各院中观看。这个庙是三层殿，有东西跨院，甚为宽敞，游来游去，来到一个东跨院，这院中是北房三间，东西配房，北房门外挂着一块匾，上写"冰心堂"三字。梁兴郎一看，就知道这院中有孀妇守节，正在一愣，只见由北上房出来一位老婆婆，有六十多岁。鬓白成霜，穿的衣服平常，梁兴郎一看这位老太太的模样，不由自己心中一惨，二目落泪。这位老太太一看他，也觉着眼圈一酸，眼泪落下来了。母子天性所感，老太太并不敢认，说："这位先生尊姓？"梁兴郎说："我姓梁，乳名叫兴郎。"老太太一听，心如刀剜，说："儿呀！我只打算今生今世，你我母子不能相见，没想到为娘还见着你了！"梁兴郎叫了一声："亲娘呀！"也哭起来了。书中交代：他母亲怎么会落到这庙里呢？凡事自有个定数，自从母子一失散，老太太找不着孩儿，自己一想："我还活什么？"想欲自尽，幸遇见一位好人劝解老太太，说："你别死，倘若你儿在着，将来也可以母子见面。你暂为找个尼庙一住，慢慢再寻访你的孩儿。"老太太一想也是，就投奔这法王庵来了。这个庙离梁王庄三里地，这庙里老尼也是忠厚人，见梁老太太这分光景，老尼僧说："你就在我这住着吧，哪时你儿有了下落，你再走，没有音，你就跟我在庙里修行吧。"梁老太太就在这庙中苦守，早晚侍

---

① 金宋未交兵以前——钦宗靖康元年（相于公元1126年）金兵攻入开封，由此推断，"金宋未交兵以前"应为1126年以前。

奉佛祖。后来附近村庄都知道庙里有个梁李氏守节,大众送了一块匾,写了“冰心堂”三字。梁老太太终日吃斋念佛,祷告神灵显应,叫母子可以见面。今天果然梁兴郎来了,母子见面,抱头痛哭,兴郎说:“娘亲,你老人家不必哭了,孩儿现在甘泉县娶了亲了。我养身父母把我抚养大了,现在二老已经故世,孩儿才得出来寻找我娘亲,多蒙神人指示,得见你老人家。娘亲生养孩儿一场,未能在你老人家前晨昏定省,叫你老人家受这样清苦。孩儿今天接娘亲家去,还可以享两天安闲自在之福。”老太太一听,说:“儿呀,今天你我母了见面,也算是神灵默佑。为娘终日烧香祷告,但愿你我母子见一面,现在我瞧见你,就得了,你也不必接我回去。我已然是出了家,侍奉佛祖,我也就不想再还俗了。”梁兴郎一听,苦苦哀哀,总要请老娘回去。老太太执意不肯,梁兴郎无法,就把家眷接到兴隆镇来,给老太太单买一座庙,叫老太太在庙里修行静养,梁兴郎不时到庙里去问候。这天梁兴郎回想万缘桥,瞧瞧这几块石头,是什么人写的呢?我倒要访问访问。自己带着两个书童来到万缘桥一看,万缘桥已快告竣,梁兴郎一打听,方知是济公禅师写的。梁兴郎要见见这活佛济颠,正赶上王太和同济公来到万缘桥监工,有人指引告诉他:“这位穷和尚就是灵隐寺济公长老。”梁兴郎赶奔上前,说:“圣僧在上,弟子有礼,前者多蒙圣僧指示,我找着我娘亲,弟子实在感恩不尽。”和尚说:“你起来,不必行礼。你母子既见了面,你要好好地尽孝,你回去吧。”梁兴郎还要承谢礼物给圣僧长老,和尚说:“不必,我和尚常说,一不积财,二不积怨,睡也安然,走也方便。”梁兴郎无法,竟自告辞去了。王太和正同和尚在这里监工,偶然忽觉得对面来了一阵旋风,和尚说:“来了,来了。”王太和一看,随着这阵风,来了一个老道,披发仗剑,身高八尺,黄脸膛,三绺黑胡须,穿着蓝缎色道袍。王太和一看一愣,见老道赶奔上前,给济公行礼。来者老道非是别人,正是黄脸真人孙道全。和尚说:“悟真,你干什么来?”孙道全说:“弟子自天台山分手,回到自己庙中,把庙中安置好了。到灵隐寺找你老人家,听说你老人家来修万缘桥,我就在庙里住着。焉想到临安城出了塌天大祸,钱塘知县派我来请你老人家。”和尚一按灵光,早已察觉明白。书中交代:怎么一段事呢?只因钱塘县新任赵文辉,他本是两榜出身,自到任以来,两袖清风,爱民如子,焉想到地面上出了一件逆案。秦丞相的兄弟花花太岁王胜仙,他本是个恶霸,在本地无所不为,依仗着他哥哥是当朝宰相,无人敢惹他。王胜仙家中有二三十个如夫人侍妾,就有一个得宠的爱妾,就是田国本那个妹子。本来她是歌妓出身,琵琶丝弦,自己能歌能唱。这天王胜仙要到西湖湖心亭去取乐吃酒,先叫田氏坐着轿,带着婆子丫环先去。三乘轿正走在西湖苏堤,忽然来了一阵旋风,围着轿子,绕了几个弯,抬轿的人都睁不开眼,急至旋风过去,再一看田氏踪迹不见,小轿内婆子、丫环,一刀之伤殒命,大众吓得目瞪痴呆。不知后事如何,且看下回分解。

第一百六十一回

逛西湖恶霸遇妖风　看偈语私访白鱼寺

话说王胜仙的爱妾被旋风刮去了，婆子丫环被杀，一无凶手，二无对证。有人报与王胜仙，王胜仙勃然大怒，给钱塘县三天限，要破案。钱塘县一听这个信息，赶紧带领行房仵作一验尸，婆子丫环都是哽嗓咽喉，一刀之伤身亡，生前致命，并无二处。知县一想，这件事甚是奇异，回到衙门，派赵头、张头、王头、李头赶紧捉拿凶手。赵头、王头赶紧给老爷磕头，说："回禀老爷，这件案，求老爷开恩，下役办不了。老爷想情，要是人可以锁来，这旋风怎么拿得了？"知县说："这旋风其中定有缘故，你们得想法子给我办。现在王大人给三天限，要不把凶手拿着，连本县也担不了。"赵头说："老爷要办这奇巧案，可有一个人办得了。"老爷说："谁？快说来！"赵头说："现在灵隐寺济公长老，他乃是当世的活佛，神通广大，法术无边，善晓过去未来之事。老爷去到灵隐寺拜访济公，求他老人家给占算占算，可以能把这案办出来。"知县一听，说："好。"立刻传轿，带领赵头、王头、张头、李头、孙头、刘头、耿头、马头，一齐来到灵隐寺。当差人过去一问，门头僧说："济公没在庙里。"正赶上孙道全在庙内住着，他由天台山回到自己庙内，安置好了，来到灵隐寺找济公。济公未在庙内，孙道全就在庙内等着。今天听说钱塘县来拜访济公，孙道全出来一见，说："我师父上万缘桥去了，老爷有什么事？"知县说："尊驾原来是少师父。"孙道全说："是。"知县说："少师父，求你辛苦辛苦，把圣僧请回行不行？"孙道全说："那倒行，老爷有什么要紧事么？"知县就把王胜仙的夫人被旋风刮去了，婆子丫环被杀之故一说，孙道全说："请老爷回衙门去听信吧，我去找我师父去。"知县说："少师父要去，得明天回来才好，往返有二三百里。"孙道全说："那行，一千里我也能一天回来了。"知县半信半疑回去，孙道全驾着趁脚风，两个时辰就来到万缘桥。见济公一行礼，说："奉钱塘县知县之命，来请师父。"和尚说："钱塘县干什么请我？"孙道全把旋风杀人之故，从头至尾一说，和尚说："我现在不能回去呀，我得等万缘桥竣工，才能回去。我给你写一封信，你给钱塘县知县送去，叫他照我书信的话行事，就把凶手拿着了。”孙道全点头答应，和尚写了一封信，交与孙道全，信面上是一个绍兴酒坛子，上面有着七个钉子，这是和尚的花押。孙道全把书信收好，辞别了济公，仍驾着趁脚风回来。到了县衙门，往里一回禀，知县赶紧吩咐有请。孙道全来到书房，知县说：“少师父真快，往返才几个时辰。”孙道全说：“我还耽误了半天，要不然，早来了。”知县说：“可曾见着圣僧？”孙道全说：“我师父暂时不能来，叫我带了一封信来。”立时把信掏出来，递与知县。知县一瞧，信面上画着一个酒坛子，钉着七个钉子，打开书信一看，上面写的是：

字启，钱塘县老爷知悉，贫僧乃世外之人，不能与国家办理公事。老爷要捉拿凶手，照贫僧下面这八句话行事，可能拿获贼人。余容晤谈，书不尽言。

老爷一看，下面写的是：

此事搔头莫心焦，花花太岁岂肯饶？若问杀人名和姓？八月十五月半超。此事搔头莫心急，花花太岁岂肯休？若问杀人何处住？巧妆改扮访白鱼。

老爷一看，心中忖度了半天，说：“圣僧这是叫我出去私访，可不晓得这白鱼是人名是地名？今天天色已晚，明天烦少师父出去，帮本县访访这件事。”孙道全说：“可以。”知县就把孙道全留下，款待酒饭，老爷就在书房安歇。次日老爷吃完了早饭，换上便衣，带家人赵升出去私访。一面派钱塘县八个班头，赵大、王二、张三、李四、孙五、刘六、耿七、马八，同孙道全也出去访查。赵文辉带着老管家，出了艮山门，慢慢往前走，心中踌躇，也不知这白鱼是怎么一段事？往前走了有三四里之遥，觉着身倦体乏，打算要找个地方歇息，吃一杯茶才好。抬头往四外一望，但只见北边是山，半山坡松林密密，隐隐射出红光墙，乃是一座大庙。知县一想：“庵观寺院，是过路的茶园，倒可以去歇息。”想罢，说：“赵升，你我到山上庙里去找杯茶吃。”赵升点头，主仆二人顺着山坡小路，一直往前够奔。来至切近一看，这庙四处都是松柏，十分幽雅。再一瞧，庙前有一座石牌楼，上面有“同参造化”四字，牌楼后面是正山门。东西有角门，都关着山门，上面有字，上写“敕建古迹白鱼寺”，赵文辉一看，心中一动：“济公禅师那四句话，是‘此事搔头莫心急，花花太岁岂肯休？若问杀人何处住，巧妆改扮访白鱼’。莫非就是这白鱼寺,也未可知。”再细看东角门外,有一股小道,不长草,想必是由东角门出入。这才来到东角叩打门环,工夫不大,只听里面一声“阿弥陀佛”把门开开,是一位小沙弥,有十八九岁,穿着半大的僧衣,白袜云鞋,白脸膛,长得眉清目秀。小沙弥抬头一看,说:“二位施主来此何干?”赵文辉说:“我来这里烧香。”小和尚说:“施主请!”赵文辉带领家人往里够奔。小和尚把门关上,头前引路,来到了大殿引着火,赵文辉烧了一股香,磕完了头,小沙弥说:“施主请客堂坐!”这庙中前后是五层殿,同着赵大老爷由大殿往西,有四扇屏门,开着两扇,关着两扇。一进这西跨院,是北房五间,东西配房各三间,院中极其幽雅。小和尚一打西配房帘子,知县主仆来到屋中一看,有八仙条桌,两边有椅子,条桌上摆着许多的经卷。知县在椅子上落座,小和尚说:“施主贵姓?”知县说:“我姓赵,小师父,这庙里有几位当家的?”小和尚说:“有我师父,有一位师叔,我们师兄弟四个,余者就是使唤人,施主这是从哪里来的?”赵文辉说:“我们是从远方来的,从此路过。”小和尚说:“是,是,施主在此少坐,我去烹茶去。”小和尚更透着伶牙俐齿,说着话竟自去了。赵升见小和尚去后,他来到院中一看,北房五间,当中是穿堂,通着后面有院子,东西里面屋中垂着帘子。赵升来到北上房,走过厅一掀东里间帘子,闻着屋中有一阵兰麝脂粉之香。一瞧,屋中靠北墙是一张床,挂着幔帐,屋中有梳头桌,有镜子,有许多妇女应用的粉缸、梳头油瓶等类物件。赵升一想:“怪呀,和尚庙里哪有这些用的东西?”正在瞧着纳闷,小和尚由后面倒着茶来,一见赵升在这里偷看,小和尚说:“你做什么来这屋里?”赵升说:“我瞧瞧。”小和尚说:“你别满处混跑,我这庙里常常有官府太太来烧香,你要撞着,怎么得了?”赵升说:“你们这和尚庙里,怎么有粉缸梳头油瓶等物,做怎的呢?”小和尚说:“我师父爱闻梳头油粉味,买了为是闻的。”赵升一听,说:“这不像话了。”两个人正在狡展①之际,只见后面出来一个大和尚,他的身高九尺,头大项短,披散着头发,打着一道金箍,紫色脸膛,一脸的怪肉横身,粗眉大眼,身穿蓝绸子僧衣,月白绸子中衣,白袜云鞋,手拿萤刷,说:“什么人在此喧哗?”小和尚说:“师父,你瞧他们来烧香,就满室里胡跑,我拦他他不听。”大和尚睁眼一看,说:“又来了几个烧香的?”

---

① 狡展——此处作“辩论,争论”的意思。

小和尚说："西配房还有一位。"和尚哈哈大笑说："我打算是谁？原来是县太爷。我计算你该来了，大概你所为王胜仙之事而来。告诉你说，那件事是我做的。"知县一听这句话，大吃一惊，大概今天来到庙中，凶多吉少。不知这凶僧究是何人，且看下回分解。

第一百六十二回

孙道全惊走妖和尚　周得山穷困被人欺

话说这个和尚一见知县，竟敢目无官长，不但不畏惧，反倒一阵狂笑。说："县太爷，你必是为王胜仙那案来的，那案正是洒家做的，你来了便该怎么样？"知县一瞧，这事情不好，吓得惊慌失色，连忙说："和尚你错认了人了，那哪里是县太爷？原本是行路的客商。"凶僧哈哈一笑说："你不用不认，钱塘县我是常去。"知县赵文辉说："和尚你不要错认人，我要告辞赶路。"说着话，站起来就要往外走，和尚道："哪里走！今天你自来到我这庙中，尔休想逃走！这叫放着天堂有路你不走，地狱无门要找寻。徒弟，来给我将赃官缚了！"立刻小和尚进来，就把赵大老爷反剪二臂缚了。书中交代：这个和尚名叫月明，他有三个师弟，叫月朗、月空、月静，月空、月静没在庙里住着，就是月朗在这里。这两个和尚本是酒色之徒，庙里有夹壁墙地窨子，藏着有几个妇人，都是烟花柳巷买来的。这两个和尚都会妖术邪法，那天两个人到西湖去闲游，见王胜仙的爱妾坐着轿，长得十分美貌，两个和尚一看，淫心已动，月明说："师弟，你看真是绝色的佳人，你我施展法术，把她抢了去。"当时就地即起了一阵怪风，把田氏由轿子里拉出来，背着就走，婆子丫环瞧见要嚷，被和尚拉出戒刀给杀了。将田氏背回庙，和尚说："你要不从我，当把你杀了。"田氏本是歌妓出身，还有什么不从？百般献媚，从两个和尚那件云雨之事。和尚只打算这样事没人知道，焉想到被济公给指出来。今天月明一瞧知县一来，月明常瞧知县过堂问案，不拦闲人看，故此认识他，月明一想："他既来了，不能放他走，莫如剪草除根，省得萌芽复起。纵虎归山，长出牙爪，定要伤人。"立时叫小和尚把知县捆起来，赵升一看说："好和尚，胆子真不小，敢情是贼和尚！"一边嚷着，就往外跑。和尚说："别叫他走了，把他拿回来。"这句话尚未说完，外面角门"喀嚓"一响，把门踢开，由外面赵大、王二等八个班头闯进来了。这八个班头也是出来私访，刚来到庙门首，就听里面赵升喊嚷，八个头儿把门踢开，各拉铁尺闯进来。就要动手，和尚用手一指，用定神法把八个人俱都定住。和尚伸手拉戒刀，刚要杀人，就听外面一声喊嚷："好孽障大胆！光天化日，朗朗乾坤，竟敢在此要杀人？待山人来也！"和尚一看，来者正是孙道全。和尚一想："事情不好，闹大了，莫如三十六着走为上着。"赶紧够奔后面，告诉他师弟月朗，带着小和尚开后门，一并逃走。孙道全先救了八个班头，顾不得追赶和尚，又把县太爷找着救了，在庙中各处一搜，由夹壁墙搜出五个妇人来，一同带着回到衙门。一问，这五个妇人内中就有一个是王胜仙的爱妾田氏，那四个都是妓者，当堂开放。然后将白鱼寺庙入官，另招住持僧人，随即用轿子把田氏给王胜仙送回去。田氏见了王胜仙，还说没有失节，其实，跟和尚睡了两夜了。这也是王胜仙报应，他素来常常霸占良家妇女，叫他的爱妾被人家抢去。田氏本是他心上的人，见找了回来，很喜欢，叫知县案后访拿和尚。知县总算便宜，没被参了。把事情办完了，孙道全告辞回庙去。过了几天，济公也回来了，万缘桥已工程报竣。知县听说济公回来，济公在庙，派人把济公请到衙门，置酒款待，开怀畅饮。吃喝完毕，知县说："圣僧没事，在我衙门多住几天，可以盘桓盘桓。"和尚说："我得赶紧走，还有要事，你我暇时再谈。"和尚告辞，出了钱塘县。刚来到钱塘关，一瞧关里乡，有一座豆腐店，门口围着许多人，里面磨盘也碎了，水桶也劈了，豆子撒了一地，豆腐包也撕了。里面有一个人，穿着青布小袄，腰系钞包，蓝中衣，蓝袜子，打绷腿，两只搬尖大尾巴趿鞋，长得兔头蛇眼，龟背蛇腰，在那里指手画脚，口中乱嚷。和尚一按灵光，说："哎呀！阿弥陀佛！你说这事，我和尚焉能不管？"真是一事不了，又接一事。书中交代：这个豆腐店的掌柜的，姓周叫周得山，夫妇两个，跟前有一儿子，名叫周茂。他本是巡典州的人，只因家中年岁荒乱，度日艰难，来在这临安钱塘关，开了一座豆腐店，养着一条驴拉磨，供着各饭馆子、各大油盐店送豆腐。买卖做得很茂盛①，做了几年。手下存下几十两银子，焉想到时运不济，一家三口都得了疾病，指身为业的人，一旦不能做活，就得往外赔垫。一病病了半年，连吃药带养病，不但把所存的银用尽，还拉下空子②。好容易周茂能起来了，周得山叫周茂出去要要账，好垫办吃饭。周茂还走不动，就骑着驴出去，别处的

① 茂盛——指生意红火。

② 拉下空子——欠下债。

账都好要,唯有万珍楼上酒馆欠二十多吊钱,去要老不给。这个饭馆子的东家姓孙,原本是本地的泥腿,外面号叫麻面虎孙泰来。万珍楼的大管事的,姓廖双名廷贵,外号叫廖货,也不是好人。这天周茂去要账,廖廷贵一瞧,周茂骑的驴很快,廖廷宝说:“周茂,我骑你这条驴试试,可以吗?”周茂说:“骑吧。”廖廷贵骑着走了一趟,果然这条驴足底下真快,廖廷贵说:“周茂,你们家又不做买卖,把这条驴卖给我好不好?”周茂说:“不卖。”廖廷贵说:“我给你多些钱。”周茂说:“多给钱也不卖,告诉你说吧,别的驴拉磨磨二斗豆子,这条驴就能磨四斗。我父亲病好,早晚就要开张做买卖。”廖廷贵说:“你们做豆腐有本钱么?”周茂说:“没有,等开张再设法子。”廖廷贵说:“不要紧,你们那时开张,没本钱,我借给你。”周茂说:“好。”跟万珍楼要了几吊钱回来了。后来就把万珍楼的欠账也要完了,都垫办着吃了饭,好容易周得山病体好了,想要做买卖,没本钱,到处去借也借不来了。周茂忽然想起廖廷贵说过,要做买卖,他借给本钱。周茂跟他父亲一提,周得山说:“你去借去吧。”周茂就来到万珍楼说:“廖掌柜,现在我父亲好了,要做买卖没本钱,前者你提过,没本钱你借给我们。我父亲说叫我跟你提提,借二十吊钱。”廖廷贵说:“现在我可没钱,我给你转借吧,你明天来拿。”周茂一听,好欢喜回去。次日又去,一见廖廷贵,廖廷贵说:“你要借二十吊可不行,我只给你借了十吊,一个月一吊钱利钱。”周茂一听,一皱眉说:“利钱太大点。”廖廷贵说:“利钱大还没处借去呢?你嫌大你就别借。”周茂一听无法,说:“就是吧。”廖廷贵说:“可是十吊先给九吊。”周茂也答应了。后接过来一瞧,不是现钱贴,是日子条,到下月取九吊钱。周茂说:“怎么下月取钱呢?”廖廷贵说:“你要欠账还人家,日子条,比空口应人准强。”周茂说:“我们不是赊账,是用现钱买豆子,好做买卖呀!”廖廷贵说:“你要现钱,一吊可是给八百。”周茂是等钱用,无法拿了七吊二百钱回家。周茂拿到家一数,每吊短二百,只剩五吊八百实钱,还有小钱。周得山瞧着钱,叹了一口气,无法穷吃亏,只好买了几斗豆子且做买卖。一天磨二斗豆子,刨去度日,只赚一百多钱。一个月要拿出一吊钱利息,到日子就来取,迟一天都不能,再不然,就叫归回本钱。小本经营拉这十吊钱亏空,何时能补得上?这天这廖廷贵又来取利,正赶上周得山没钱,廖廷贵不答应,周茂可就说:“廖廷贵,你多等一两天,也不为过,这加一钱,已利过本好几折了。”廖廷贵一听恼了,说:“你当初借钱的时节，怎么不这么说呀？我没找你来要借给你，叫你使的。”周茂又同他分说，廖廷贵张口就骂，三言两语，跟周茂打起来。周得山出来一拉，廖廷贵揪住周得山就打，周茂一瞧打他父亲，他真急了，拿起斧子照定廖廷贵就砍，把膀劈砍伤了。廖廷贵说：“好周茂，你敢拿斧子砍我？我走了，回头再说！”说着话，廖廷贵走了。少时他带了有三十多人，各持刀枪木棍，来到豆腐店，把周得山父子拉躺下就打。不知父子性命如何，且看下回分解。

第一百六十三回

廖廷贵倚势欺人　陈声远助拳惹气

话说廖廷贵带领着数十个匪徒，各持刀枪器械，来到豆腐店，把周家父子拉出来，按倒就打。幸亏街坊各铺户出来劝解，廖廷贵叫众人把豆腐店全都摔了，连磨盘也都摔碎了，水桶也劈了，一概的家伙全摔净了。廖廷贵带着人走了，周得山父子浑身是伤，周得山见把屋中东西都拆了，自己买卖也不能做了，周得山一想说："儿呀，咱们活不成了，打架咱们不得人，打官司咱们也没人情势利。我这大的年岁，从没受过人这样欺负，咱们活着惹不起他，我揣上一张阴状，我一死到阴间告他。周茂你到钱塘县去喊冤，给我报仇，叫你娘到宁安府去告他，我这条老命不要了。"周茂也是想着要报仇，也不能拦他父亲。父子两个正说着话，外面进来一个人，周茂一看，这个人认识，也是这本地的泥脚，素常无所不为，敬光棍，怕财主，欺负老人，此人姓毛，外号叫毛嚷嚷。他就在这门口住，起先廖廷贵带着人来，他也不出来，这等人家都走了，他跑出来到豆腐店，说："谁敢上这里来拆豆腐店？好呀，在我眼皮底下，真如抓了我的脸一样，不知道我姓毛的在这住吗？方才我是没在家，要是我在家，得把他们砍了。"他正指手画脚，大嚷大叫，自称人物，和尚由外面进来，照定毛嚷嚷就是一个嘴巴。毛嚷嚷一瞧，说："好和尚，你敢打我？"和尚说："打还是好的，谁叫你在这里放肆？"毛嚷嚷说："好和尚，咱们俩是一场官司。"和尚说："你出来。"毛嚷嚷出来被和尚揪倒就打，打了三下。毛嚷嚷说："该我打你了。"抡起拳头就打和尚。和尚数着一来，二来，三来，和尚说："该我打你了。"一拧拐子，把毛嚷嚷翻下去。和尚打了他三下，和尚也不多打，说："你该打我了。"和尚自己就躺下。毛嚷嚷又打了三下，还想多打，和尚又把他翻下去。大众瞧着，也没人劝解，都说和尚公道，打毛嚷嚷三下，和尚就叫他打，毛嚷嚷打三下，非得和尚把他拧躺下。众人正瞧着和尚跟他一对打三下，就听旁边有人说："别打，我来也。"众人一看，来者这人好样子，身高九尺以外，膀阔三停，头戴皂缎色六瓣壮士帽巾，上安六颗明珠，身穿皂缎色箭袖袍，腰系丝鸾带，薄底靴子，闪披一件皂绣色英雄大氅，上绣三蓝色富贵花，面似乌金纸，粗眉大眼，海下一部钢髯洒满前胸，来者乃是铁面天王郑雄。书中交代：郑雄前者由常山县马家湖，跟济公分手，自己回到家中，没事也不上钱塘关来。只因郑雄有一个朋友，姓陈叫陈声远，乃是东路保镖的镖头，也在这临安城住家，人也极其厚道。这天陈声远没事，带着家人出来闲游，走在钱塘关外，见着有一个卖艺的在那里练把势，围着许多瞧热闹的人。陈声远一看，这个卖艺的，练得拳脚精通，受过名人指教，大概不是久惯走江湖的，他也不会说江湖话，也没人把钱。在外面做生意的，算命打卦，全凭说话，应该是，未从要练先交代交代说："众位，在下是远方人，不是久惯卖艺的，因为贵方宝地，投亲不遇，访友不着，把盘资花完了。在下在家中练过几踢乡拳。我也不知子弟老师在哪里住家，未能登门递帖，前去拜望。众位有钱帮把钱，没钱帮站脚助威，帮个人缘。"应当得有一套江湖话，交代明白。陈声远一看，这个卖艺的，也不会说话，练了好几趟也没有几个给捺钱的。陈声远一想："君子到处有成人之美，我下去帮他练一趟，给他几吊钱垫垫场子，周济周济他。"想罢叫家人陈顺："去到钱塘关里恒源馆钱铺，给我拿五吊钱来，回头我帮他练完了，你把钱串揪断了，给往场子里捺。把厂有规矩，不准带串捺。"陈顺就答应，到钱铺取了五吊钱来，陈声远进了场子说："朋友，我帮你练一回。"卖艺的赶紧作揖说："子弟太爷贵姓？"陈声远说："我姓陈，我看你不是久惯江湖卖艺的样子。"卖艺人说："可不是，我也无法，我的朋友没找着，困在这里。子弟爷，你帮我，我给你接接拳，还是站在旁边给你报报名？"陈声远说："你也不用接拳，你旁边看着吧。"说着刚要练，只见由外面跳进一个人来，说："朋友先等等练，我也帮个场了。咱们两个人揸揸拳。"陈声远说："可以。"一看这人身高八尺，头带粉绫缎软帕包巾，身穿粉绫缎箭袍，腰系丝鸾带，单衬袄，薄底靴子，闪披一件粉绫缎英雄大氅，上绣蓝牡丹花，面似油粉，一面的麻子斑点，长得透着奸诈的样子。陈声远刚跟这人一揸拳，偏巧陈声远胸前岔了气了，陈声远赶紧往外路圈子一跳，说："朋友慢动手，我岔了气了。"焉想到这小子不懂得场面，这小子哈哈一笑说："就凭你这样的能为，也要下来帮场子？"陈声远一听，气往上冲，说："你是什么东西？胆敢羞辱我？怎么我岔了气，你这样不懂事务？"这人说："本来你无能为，还要遮盖么？"大众一看，二人要打起来，大众赶紧劝解,有人把那人拖走了。陈声远叫家人把五吊钱给了卖艺的,陈声远说:"众位,哪位知道方才这人是哪里的?姓什么,我必要去找他,这厮太不懂事务。"大众劝解说:"大爷请回去吧,不必跟他一般见识,也不知道他是哪里的。"大众都不敢告诉他。陈声远无法,岔气岔得很厉害,自己只得回家。再找家人陈顺,找不着了,自己雇了一辆车回到家中。这口气实在出不出,少时家人陈顺也回来了,陈声远说:"陈顺你上哪里去了?我跟人家打起来,你怕人家打了你,你躲了?"陈顺说:"老爷不要错怪,小人见那粉白脸的棍徒一走,我想老爷又不知他的名姓,我暗中跟他去了。"陈声远一听,说:"好,你可曾打听明白?"陈顺说:"小人打听明白,这厮是万珍楼的东家,叫孙泰来,外号叫麻面虎。乃是本地的匪棍,结交官长,走动衙门,欺压良善,无所不为,在本地很出名的,无人敢惹。"陈声远说:"好,等我把病养好了,我必要前去找他。"自己气得了不得,请人给瞧,吃了几剂药,也不见好。这天铁面天王郑雄来瞧他,两个人是知己拜兄弟,陈声远说:"兄长来了,好,你给我捏捏吧,我岔了气了。"郑雄说:"怎么会岔了气?"陈声远说:"别提了。"就把帮场子之事,从头至尾一说。郑雄说:"贤弟,你只管养病,愚兄必要替你报仇去。孙泰来凭他一个泥腿,也敢欺负你我兄弟?"陈声远说:"兄长,不便跟他为仇作对,兄长的身价重,跟他犯不着。等我好了,我自己去找他。"郑雄说:"兄弟你不用管,我是不知道你岔了气,我要知道,把灵隐寺济公活佛请来,给你一点灵丹妙药,准吃了就好,我娘亲多年二目失明,济公都给治好,何况你这点小症?"家人陈顺说:"郑大官人,你提的是不是灵隐寺那位疯穷和尚?"郑雄说:"是呀。"陈顺说:"我方才在钱塘关去买东西,瞧见那位穷和尚跟毛囔囔打起来了,在周老儿豆腐店门首,打一对三下呢。"郑雄说:"我去看看,贤弟你在家里听信吧。我必要到万珍楼找出个样子来。"郑雄说着话,就往外走,声远叫家人拉没拉住,郑雄就一直来到钱塘关。正瞧见济公跟毛囔囔厮打,郑雄说:"别打!师父,你老人家为什么跟他来打?"毛囔囔一听,郑雄向穷和尚叫师父,他就吓得急流勇退。本来郑雄在临安城威名远震,今见郑雄给济公一行礼说:"师父为什么跟他一个无名小辈打起来?"和尚说:"我打算把这碎铁锅片,捡点卖了打酒吃。"郑雄说:"师父要喝酒,弟子这里有钱。"和尚说:"我一个人不去喝酒。"郑雄说:"师父上哪里去?

弟子陪你去。"和尚说:"我上万珍楼。"郑雄说:"我正要上万珍楼。"和尚说:"好。"这才要上万珍楼找孙泰来。大概一场恶战,不知吉凶如何,且看下回分解。

第一百六十四回

为朋友怒找麻面虎　邀师父大闹万珍楼

话说郑雄见了济公，济公说要上万珍楼去喝酒。郑雄说："我正要上万珍楼去。"和尚说："好。"郑雄说："我上万珍楼去不是喝酒，我要替朋友去报仇，找孙泰来。师父要喝酒，上别处去喝去。"和尚说："我也要去找孙泰来。"郑雄说："既是师父愿意去，我也不拦，你我一同走吧。"和尚说："你先等等。"和尚来到豆腐店里，说："周得山你先别死，你也别写阴状，周茂你也先别上钱塘县告去，我和尚替你到万珍楼去找廖廷贵。少时必叫你过得去，准得叫廖廷贵给你赔不是，摔砸你的东西，我管保照样赔你。你等我两三个时辰，听我和尚的回信，要没有场面，你再死也不晚。"周得山听这语一愣，说："大师父怎么称呼？"和尚说："我乃灵隐寺济颠僧是也。"周得山耳闻听见说过，本来济公在临安城名头高大，无人不知。周得山说："圣僧既是慈悲，我听你老人家回信。"和尚说："对。"这才同郑雄一直进了钱塘关。往前走了不远，北里就是万珍楼酒饭馆，郑雄头里走，一掀帘子进去。一进门，东边是柜房，西边是灶，郑雄在拦柜上一拍，说："呔，郑大太爷今天在这里照顾照顾你小子！"麻面虎孙泰来正在柜房里埋怨廖廷贵，不当依仗我这铺子，拆人家的豆腐店。倘要逼出人命来，怎么办？再说临安城乃藏龙卧虎之地，就许有人出来，路见不平，连我此时都收了心，不敢无故惹祸。廖廷贵说："不必怨我呀！皆因周茂他先拿斧子砍我，你瞧瞧我这膀子有多重伤？"正说着话，只听外面一声喊："孙泰来，今天郑大太爷照顾照顾你小子！"孙泰来隔帘缝往外一看，是铁面天王郑雄。孙泰来知道郑雄在临安城晃动乾坤人物字号，郑雄眼皮最杂，上至公侯下至庶民，没有不认识郑雄的。本来郑雄也真爱交友，挥金似土，仗义疏财，慷慨大道，济困扶危，无论是谁，求到郑雄跟前，十吊八吊，三十五十，真不含糊，故此临安城远近皆知，比孙泰来的字号大得多。郑雄是正直为人，孙泰来是个恶霸，当面都不敢惹他，背谈人人皆骂，郑雄为人的声气，是人人仰望。今天孙泰来一瞧是郑雄，就是一愣，说："廖廷贵你看，祸来了，郑雄可是本地的人物，今天这是旁风邪火。他来堵着门一骂我，我要不出去，我就不用混了。头十年他要来骂我，我不惹他不要紧，临安城提不到我孙泰来。现在我可就栽了，往后我就不用叫字号了，再一叫字号，人家就说：'孙泰来你不用欺负我们，郑雄你就不敢惹？'这一句话，我就得臊死。这可讲不了，我倒得斗斗郑雄。廖廷贵你出去，把他用好言稳住，别叫他走。我去找人去，我一个人不是他的对手，我约了人来把他打坏了，反正是一场官司。"廖廷贵点头，转身出来，见郑雄气哼哼，廖廷贵说："郑大爷，你来了？为何这么大气？谁得罪你老人家了？"郑雄说："我来找麻面虎孙泰来，叫他出来见我！"廖廷贵说："郑大爷你先消消气，我们掌柜的没在家，你先上楼去喝杯酒，有什么话好说，伙计来，把郑大爷陪上楼去，给郑大爷要两壶酒几样菜，郑大爷请吧！"伙计过来说："郑大爷楼上坐吧。"郑雄一想："冤各有头，债各有主。我找孙泰来，他既没在家，我不便跟别人闹，我上楼去等他。"想罢说："既是孙泰来没在家，我楼上去等他，他回来叫他见我。"伙计说："是了。"郑雄就往里走。和尚由外面进来，也是一拍拦柜说："孙泰来，今天和尚老爷照顾照顾你小子。"廖廷贵一想："真是壁倒众人推。"一瞧和尚，廖廷贵想起来了，他是蒙饭吃的和尚呀！只因前者济公知道万珍楼是恶霸开的，他就在这白吃过两顿饭。那一天和尚来到万珍楼，吃了十吊多钱，和尚说："跟我到钱铺拿钱去。"廖廷贵叫伙计跟去，出了酒铺，一展眼和尚没了，伙计回去说把人跟丢了，掌柜的打伙计一个嘴巴，骂了一顿。次日和尚又来了，一进门说："掌柜的，昨天我碰着朋友了，也没给你送钱来，今天我特为来给你送钱还账。"大众一想："和尚不是蒙饭吃的，要是蒙吃蒙喝，今天就不来了。"和尚又坐下要酒要菜，什么好吃要什么，要了一桌子。吃完了，叫伙计一算，二账还一，合银子十二两八钱，和尚说："不多。"和尚就到柜上说："掌柜，我吃了十二两八钱，跟我上钱铺取去吧。"廖廷贵一想："昨天叫伙计跟着去丢了，今天别叫伙计跟着了。"廖廷贵说："和尚，昨天你说到钱铺取钱，你就跑了，今天又到钱铺取钱？"和尚说："我昨天也不是跑了，是碰见朋友说话，跟伙计走岔了。"廖廷贵说："我同你取去吧。"跟着和尚出了酒铺。和尚说："你瞧过人飞没有？"廖廷贵说："没有瞧过。"和尚说："你瞧，这就是人飞。""踢踏踢踏"撒腿就跑。和尚一跑，口中说：

酒似青浆肉又肥，酩酊醉后欲归回。任凭掌柜不赊欠，架不住贫僧腿似飞。

廖廷贵追着，展眼和尚没了。廖廷贵回到铺子，说："和尚又跑了，哪时见着他，哪时揪住打他。"今天和尚自己来了，一拍柜说："孙泰来，今天和尚老爷来照顾照顾你。"廖廷贵一瞧恼了，说："好和尚，你蒙了两顿饭吃，还敢来搅我们？"和尚说："这是好的。"郑雄一回头，说："师父上楼呀。"廖廷贵一瞧，吓得就不敢说了，说："大师父，同郑大爷来的，请吧。"郑雄说："是我师父。"廖廷贵说："是，是。"往下不敢再说别的。和尚同郑雄上了楼，找桌坐下，和尚说："郑雄你不是找孙泰来斗气么？"郑雄说："是呀！"和尚说："要闹就得像个闹的。"郑雄一想这话对，立时把眼一睁，说："把这楼上的酒饭座，都给我逐下去！"伙计吓得战战兢兢，说："是，是。"当时楼上酒饭座共有几十位，胆小的赶紧走了，有不怕事的，听郑雄一说都逐下去，就大大不悦，说："怎么都逐下去？我花钱喝酒，就要在这喝完了，别管是谁，要把我撵下去，非得把我脑袋揪下来，没了我这口气。要不然，我就不能下去。"同座人就说："二哥，你别答言。你不认识这位是凤山街铁面天王郑雄吗？他素常是个仗义疏财，有求必应，没得罪过人的好人，这必是饭馆子里得罪了郑爷。本来孙泰来就是个恶霸，郑爷这是来跟饭馆斗气，与你我何干？咱们又跟郑爷往日无冤，近日无仇，你要一答言打起来，这不是淤气么？"说得那人也不敢答言了，就算还账，大众下楼走了。少时，楼上人皆走净了，郑雄叫伙计把小菜摆上，伙计赶紧把小菜步碟摆好。郑雄拿起一个碟子摔了，和尚说："我没听见什么响声，你再摔一个。"郑雄又摔了一个。和尚说："伙计，你们都卖什么菜？"伙计说："应时小卖都有。"和尚说："你给煎炒烹炸，配几个菜，拿几壶酒，把夜壶给我拿来。"伙计说："不行，你要酒可以，夜壶就是不敢拿。"郑雄说："去拿去，不拿把你脑袋给拿下来。"伙计赌气下了楼，来到柜上说："掌柜的，你再找人吧，我不能做这买卖。跟郑雄来的这个穷和尚，叫我拿夜壶，我不能拿，我怕坏了行规。"廖廷贵一听，说："这可是太难了，姓郑的他也是一个人，掌柜的去找人还没来，不必等掌柜的。我的主意，你到咱们立的把势场把那些朋友找来，先把姓郑的拉下楼来，打他一顿再说。不论他是多大字号人物，拼出一身剐，敢把皇帝拖。"伙计答应，立时够奔把势场来。一瞧，正有二十多人，在这里练拳脚，素常这些人都跟孙泰来同吃同喝。今天伙计来说："众位，我们铺子里现在有人来搅闹，掌柜的叫我约你们去助拳。拉下来打坏了，有我们掌柜的打官司，不与你们众位相干。”大众一听，说：“就是，咱们替孙大爷去充光棍。”立刻各抄刀枪棍棒，直奔万珍楼而来。不知郑雄该当如何，且看下回分解。

第一百六十五回

孙泰来忍气邀知己　猛英雄错打法元僧

话说众人各持刀枪棍棒，来到万珍楼。廖廷贵说："众位来了，姓郑的坐在楼上呢！"众人说："是。"立刻上楼。大众来到楼上一瞧是郑雄，大众都愣了。这些人都受过郑雄好处的，逢年按节，一没落子，就去找郑大爷，都知道郑雄慷慨，谁一找借钱，多少不拘，郑雄没驳回过，常周济他们。今天众人一瞧是郑雄，大众就不敢睁眼了。郑雄说："你们做什么来了？"大众说："郑爷，是你跟孙泰来怄气？"郑雄说："是呀。"众人说："我们要知道是你老人家，我们也不来。郑大爷因为什么找孙泰来？我们给说合说合。"郑雄说："你不必，你们管不了。"大众说："我们要是管不了，帮你老人家拆他，反正不能帮他跟你翻脸。"郑雄说："我也不用帮着，你等去吧。"众人这才下楼说："这个架我们打不了，叫你们掌柜的另请高明吧。"说罢各自去了。廖廷贵一看，说："这一干人都是虎头蛇尾。"他焉知道郑雄比孙泰来眼皮杂得多。廖廷贵正生气，见麻面虎孙泰来来了，带着一个大脱头和尚。这个和尚原本是陆安山莲花岛的，叫神拳罗汉法元。他到临安来逛，常在万珍楼吃饭。孙泰来一盘问和尚，知道和尚有一身好本领，他套着一交朋友，两个人倒很亲近，孙泰来把法元让到他家里住着。今天孙泰来一想："要约别人，打不了郑雄，认得郑雄的人多。非得找生脸色，不可打郑雄。"孙泰来知道神拳罗汉法元，本领高强，而武艺出众。孙泰来回到家中，一见法元，造出一片捏词，说："法师兄，我这买卖开不来了。"法元说："怎么？没有本钱不要紧，我有银子，你只管使。"孙泰来说："不是，本钱倒有。现在这临安城有一个铁面天王郑雄，他是本地的恶霸，结交官长，走动衙门，欺压良善。常到我铺子吃饭，不给钱还不算，挑鼻子弄眼，吃完了就摔就砸。今天他又来了，一进门说：'孙泰来，郑大太爷来照顾照顾你小子。'伙计一劝他，他就张嘴骂。我在柜房，我没有答言，要一答言，当时就得打起来。有人把他劝到楼上喝酒去，我这才回来，你想我还怎么能混？"法元一听说："不要紧，我去替你报仇去。你不便跟他翻面，把他叫出来指与我，我跟他分个高低上下。我若把他打死，不用你打官司，你说都是酒醉闹座，你都不认识，一问三不知，神仙也没法办。你我一回陆安山莲花岛，他也没地方拿凶手去。"孙泰来说："好。"立时同法元僧够奔万珍楼来，法元在门口站着，说："你把他叫出来。"孙泰来这才登楼梯上楼。郑雄一瞧孙泰来上楼来，仇人见面，分外的眼红，说："孙泰来，我找你来了！"孙泰来说："好，你找我来了，外面有人找你呢，你出来吧！"郑雄说："好，你就是预备上刀山油锅，我姓郑的既要来找你，我就敢试试！"说着话，郑雄下了楼，立刻来到外面一看，站着一个大脱头和尚。身高九尺，膀宽三停，披散着发，给打着一道金箍，身穿蓝缎色的僧衣，青缎子护领相衬，白袜青僧鞋，面如蓝靛，两道朱砂眉，一双金睛眍出，押耳两绺黑毫，长得凶如瘟神，猛似太岁，手拿一把萤刷。孙泰来用手一指，说："就是这位和尚找你。"郑雄知道这是孙泰来的爪牙，这才说："你一个出家人，我跟你素不相识，远日无冤，近日无仇，你找我做什么？"法元说："你就是铁面天王郑雄么？"郑雄说："然也，正是某家。尔是何人？"和尚说："洒家叫神拳罗汉法元，我找你，皆因你在本地欺压买卖客商，为非作恶，洒家特意前来，要结果你的性命。"郑雄说："好僧人，尔有多大的能为？敢说此朗朗狂言大话。"抡拳照法元就打，法元急架相迎，二人各施所能，打在一处。真是棋逢对手，将遇良才。郑雄本来能为出众，受过名人指教，法元也是拳脚精通，本领高强，两个打在一处，不分高低上下。围着看热闹的人就多了，都不敢上前解劝，众人纷纷议论，说："这场架可大了！"都知道郑雄是本地的人物，麻面虎孙泰来也是本地的恶霸，两造①都不是好惹的。郑雄正跟法元打着，未分胜负，这时节济颠和尚在楼上把楼窗推开往下瞧着，直说："可了不得了，打起来了！快劝快劝！"酒铺众伙计大众就嚷："你们瞧这个蒙吃蒙喝的和尚，真可恶！"这一句话不要紧，可碰巧旁边瞧热闹之中站着一个浑大汉，他听错了，他只打算法元是蒙吃蒙喝的和尚呢。这位浑大汉有两天没饭吃了，他一想："这个黑脸的，必是酒铺子掌柜的，因为这个和尚蒙吃蒙喝打起来。我要过去帮着这个黑脸掌柜的把和尚打跑了，酒铺掌柜的准管我一顿饭吃。"想罢，一摆手中熟铜棍，照定法元和尚就打，连郑雄也愣了。书中交代：这位猛英雄

---

① 两造——双方。

原本乃是巡典州的人氏，姓牛名盖，外号叫赤发瘟神。按说书演义，他乃是前宋精忠传牛皋之孙，乃是金毛太岁牛通之子。天生来浑浊猛勇，自年幼家传了一身好本领，力大无穷，就是太浑。家中很是富豪，只因他父亲一死，牛盖是人事不懂，把一份家业全被家人给分散了，牛盖自己直落到没饭吃。他又不懂得营运，要一饿了，瞧见哪家街坊一做饭，他进去就吃人家，一家子的饭被他吃了还没饱。先前老冲旧邻，都不好意思，念其都是瞧他长大的，就给他吃。后来日子长了，谁能供给他吃？每逢一要吃饭，将门关上，怕牛盖去，把门关上也不行，他把门踹了进去就抢，谁也不敢惹他。大众实没了法子，内中有一位殷二太爷，说："牛盖呀，你净在家里，今天这家吃，明天那家吃，又该怎么样了？凭你这个身量，到军营去投效，出去一开兵一打仗，准得个头品官岂不好吗？"牛盖本是个浑人，说："头品官是什么？"这个说："提督。"牛盖说："对，做提督去。"殷二说："我给你一吊钱盘费，你去吧。"牛盖就拿着一吊钱，由家中起身。他也不知道上哪里去，往前走着，牛盖一想："我问问军营在哪里呀？"想罢，见有过路的人，牛盖在后面一嚷："呔，站住，小子！"这人回头一瞧，牛盖身高一丈开外，面似青泥，红眉毛，发似朱砂，手里拿着一条茶杯口粗细的铜棍，这人吓得撒腿就跑。牛盖一看说："好小子，不告诉我反跑了。"见人他又说："呔，站住，小子！"这个一瞧也是跑。连问了三四个，一问就跑。牛盖想出一个主意，瞧见有过路人，他过去一把，把那人脖子一掐，牛盖说："别跑了，小子！"吓得这人说："怎么了？我招惹了你了？"牛盖说："我问问你，军营在哪里？我们街坊说了，凭我这个身量这个样子，投效到军营去，一开兵打仗，我就做提督。"这人说："你撒开我，我告你。"牛盖说："你可别跑。"这人说："不跑。"牛盖这才撒开，这人知道他是浑人，说："你如要投军，上京都去。那个地方，天子脚底下，求名在朝，求利于市，你要做官上那去吧。"牛盖说："京都在哪里？"这人说："在临安，你往北走吧。"牛盖也还是不明白，瞧见有店，就往店进去就吃，第二天吃完了就走。店里一要钱，牛盖说："老爷没钱，等做了官给钱吧。"说完话撒腿就跑，人家又追不上。他糊里糊涂，也不知道东西南北，这天真来到临安了，牛盖又一问人："上哪投军营？"有人说："你上衙门投军营去吧。"牛盖来到钱塘县衙门一瞧，门口有许多当差的那里坐着，牛盖说："投军营来了。"内中有一位老者就问他找谁，牛盖说："我们街坊说的，就凭我这身量，投到军营,出兵打仗,准做得了官。”老者一瞧,就知道他是浑人。老者说:“你来投军,现在没军务,你要找个保人保你,我给你在军营挑份差事,吃一分粮,成全成全你。”牛盖说:“我找保人去。”老者说:“对了。”牛盖转身就走,碰见过路人,他也不认识,他就说:“呔,你别走,你给我当保人。”这人说:“什么事?我给你做保人。”牛盖说:“营里挑份差吃分粮,成全成全我,你给我当保人。”这人说:“我不认识你呀?”牛盖说:“就算你认识我吧。”那人说:“不行。”牛盖说:“不行,我再找去。”自己找来找去,来到钱塘关,瞧见郑雄跟法元打在一处。伙计一喊蒙吃蒙喝的和尚来了,牛盖错听了,他只当是法元蒙吃蒙喝,郑雄是酒铺掌柜的,牛盖一摆熟铜棍,奔赶上前,照定和尚就打。不知法元性命如何,且看下回分解。

第一百六十六回

愣牛盖穷途卖艺　病符神无故被摔

话说赤发瘟神牛盖，摆棍照法元就打。郑雄一看，见牛盖身高一丈有余，头上戴豆青色五瓣壮士巾，身穿豆青剑袖袍，腰系丝绦，单衬袄，薄底靴子，面似青泥，两道朱砂眉，长得凶恶无比。手中使的这条棍，真有茶杯口粗细，照法元一打，法元吓得忙往外圈一跳。自己一想："这条棍子要打上，就得脑浆迸裂。"连忙撒腿就跑。猛英雄一声喊嚷："好球囊的，哪里走！"随后就追。郑雄也并不认识他，自己倒直发愣，麻面虎孙泰来自打算是郑雄的帮手，正在发愣之际，济公禅师由楼窗里跳下来，把麻面虎孙泰来吓了一跳。和尚刚跳下来，只见由北边来了四个人，是钱塘县的四位班头：柴元禄、杜振英、雷思远、马安杰，四个人是上别处办事去，由此路过。一瞧都认识，柴头说："郑大官人，跟谁辩嘴？济公你老人家在这做什么呢？"和尚说："郑爷在这钱塘关开了一座豆腐店，被孙泰来给砸了。因为这个，我们来找他，他还要讲打。"杜振英赶紧把孙泰来叫到旁边说："孙泰来你不认识这个和尚？这是当朝秦丞相的替僧，你惹得起么？依我说，你趁早认罪服输，倒是便宜。"孙泰来说："我也不认得这个和尚，再说豆腐店也不是我砸的，是廖廷贵砸的，我是不知道是郑爷的买卖。"杜振英说："廖廷贵砸的如同你砸的一般，你认个赔就得了。"孙泰来说："你们众位分分心，瞧着赔了吧。"杜振英说："圣僧，你给说合说合吧，豆腐店砸了什么东西，叫孙泰来赔。"和尚说："我给说合，准得对得起人。豆腐店门窗砸了算白砸了，不叫你赔，水桶劈了不叫你赔，豆腐槽子拆了不叫你赔，锅碎了不叫你赔，一切碗盏家伙摔了白摔，豆腐包撕了也不叫你赔。"郑雄说："怎么都不赔？"和尚说："孙泰来你就赔那盘磨吧，那可是见过二百五十两银子没卖，也不跟你多要，你就给二百五十两银子得了。我和尚管闲事，你们驳谁也别驳我，郑雄也冲着我，孙泰来也冲着我。"柴头说："对，你们二位谁也别驳回。"孙泰来一想："这倒不错，和尚亮了一大片人情，这一样就得了。"当着大众又不好驳，只可忍着肚子疼，当时给拿着出二百五十两银子交给和尚。和尚说:“郑爷,咱们走吧,劳众位头儿的驾。”柴头杜头说:“圣僧请吧！我们也要办事去。”和尚这才同郑雄来到豆腐店。和尚说:“周得山你也别死了,我给你讹了麻面虎孙泰来二百五十两银子,全都给你。你父子好整理买卖,张门度日。”周得山一看,给和尚磕头,千恩万谢,自己也就不死了。张罗置家伙,重整买卖,和尚总算救了他一家人的性命。郑雄说:“圣僧,到弟子家去吧。”和尚这才同郑雄来到凤山街。到了郑雄家中,天已掌灯,郑雄赶紧叫家人摆酒,陪着和尚开怀畅饮。郑雄就问:“圣僧,今天那个青脸使棍的猛汉,是跟圣僧认识么?”和尚说:“我不认识。”郑雄说:“我看他倒是个英雄,可惜不知他的姓名,也不知他哪里去了。”和尚说:“你要找他,我明天带你去,就把他找着。”郑雄说:“好,圣僧带我把那猛汉找着,我问问他。”说着话,和尚闭上了眼,直冲。郑雄说:“圣僧为何这样困倦？莫不是熬了夜了?”和尚说:“我爱吃了睡,睡了喝,倒有趣。”郑雄也只得陪着。喝到了天交三更,忽见由房上跳下一个人来,郑雄一看,来者正是神拳罗汉法元,手中拿着戒刀。原来法元被牛盖追的望影而逃,好容易走脱了,法元记恨前仇,今天晚上要前来刺杀郑雄,郑雄一看,大吃一惊,就要抄家伙动手,法元刚迈步来到上房门,济公禅师用手一指,口念:“唵,嘛呢叭咪吽！唵,敕令赫！”用定神法把法元定住。济公说:“好法元,你真胆子不小！竟敢前来行刺？你一个出家人,无故多管闲事。麻面虎孙泰来,原是本地的恶霸,欺压良善买卖人,倚势压弱,你还敢助纣为虐？今天我把你拿住,要一呈送当官,你黑夜持刀,跳墙入室,行凶作恶,你想想你这罪名,打得了打不了?我和尚是佛心人,出家人以慈悲为本,我念你是个出家人,我和尚不忍加害于你,我今天把你放了。你改也在你,不改也在你,随你的自便。”法元一听,说:“罢了,和尚你在哪庙住?”和尚说:“我是灵隐寺济颠僧是也。”法元说:“好,你我后会有期,你放了我吧。”和尚乃将定神法撤去了,法元竟自去了,回到孙泰来家,次日自己回陆安山莲花岛去了。书中交代:牛盖哪里去呢？他拿着棍追和尚,把法元追丢了,他再打算回万珍楼,找不着旧路了,他不认识路,自己可真饿了,一瞧眼前有一座大店,牛盖拿着棍就进去。伙计一瞧说:“大爷来了！”牛盖说:“来了！”伙计把他让到东单间去,他也不懂挑屋子。伙计说:“大爷吃了饭没有?”牛盖说:“没有。”伙计说:“你吃什么?”牛盖说:“要五斤酒。”伙计一听这位是大酒量,说:“还要什么?"牛盖说:"要五斤牛肉,要五斤面。"伙计说:"要五斤面怎么吃?"牛盖说:"拿嘴吃。"伙计说:"知道拿嘴吃,要五斤面的饼吧。"牛盖说:"对,就是饼吧,要五斤醋,五斤蒜。"伙计说:"哪有那么些醋蒜?"牛盖说:"少点也行,你拿来爷爷吃吧。"伙计说:"别玩笑呀!"牛盖说:"不玩笑。"伙计既知道这是个浑人,也不理他,把酒肉给他拿来,牛盖饱餐一顿,吃完了睡了,次日早晨又吃了一顿,吃完了就走。伙计说:"你给钱呀!"牛盖说:"等老爷做了官给钱。"伙计说:"做什么官呀?"牛盖说:"做提督,凭我这样的身量,到军营当兵,一打仗就做了官,我们街坊说的。"伙计说:"谁管你多咱做官,你给店饭钱。"牛盖说:"没钱。"伙计说:"没钱你怎么吃饭?"牛盖说:"饿。"伙计一想:"这是个大浑人,瞧他这样子,拿着棍必会把势,打也打不过他。"伙计说:"你会练把势不会?"牛盖说:"会呀?"伙计说:"你会练,我带你到大街练把势,得了钱给我们饭钱行不行?"牛盖说:"行呀,我哪练去?"伙计说:"我带你去。"立时伙计买了一块白土块,带领牛盖来到了十字街,伙计画了一个白圈说:"你练吧。"牛盖也不懂说江湖话,他就玩棍,耍完了棍,就练拳,有人就围上了,伙计就替他说:"人贫当街卖艺,虎瘦拦路伤人。这位也不是久惯卖艺的,在我们店里住着,困住了。众位瞧着练完了,有钱帮个钱缘,没钱帮个人缘,站脚助威。"说完了话,牛盖又练一趟,伙计说:"要钱了。"这一回见了有五六百钱。要完了钱又练,练了有三四回,见了有一吊五六百钱。伙计一瞧,够了他的饭钱了,说:"你再练见钱,是你自己的了,我不管了,这些钱算给我的饭钱了,我要走了。"说罢,拿着钱竟自去了。牛盖一瞧,说:"好球囊的,把钱给拿了走了,这倒不错。"自己愣了半天,说:"我再练一顿饭钱,够了饭钱我就不练了。"大众瞧着可乐,他又练了两回,见有了五六百钱。可巧旁边正赶上病符神杨猛、美髯公陈孝,由此路过,这两个人是上青竹巷四条胡同瞧朋友去。有北路镖头铁头太岁周堃的姊丈,姓窦叫窦永衡,外号人称打虎英雄,他夫妇来到京都,窦永衡拿着周堃的信,来找杨猛陈孝,求杨猛陈孝给找事。陈孝在青竹巷四条胡同,给找周老头院中的三间房屋叫窦永衡夫妻先住着,慢慢地找事。这几天没见了,杨猛、陈孝要去瞧窦永衡,由此路过,见牛盖在这里练把势,很有点能为。杨猛说:"兄长,你看这位朋友,必是为贫所困,不是江湖卖艺的。咱们都是一家人,我下去帮个场子,周济周济他。"陈孝说:"好,你下去吧。"杨猛分开众人,进去一抱拳说:

“朋友,你这个地方站得不错呀。”牛盖一听,心中一想:“方才叫伙计把钱拿了走,他也必是来抢我的钱。”过来一把把杨猛脖领一揪,这只手一托腿,给举起来,牛盖说:“球囊的,你滚吧。”隔着人扔出场子来,杨猛使了个鹞子抄水的架子,脚落实地没摔着。大众一乱,杨猛气往上撞,说:“好小辈,你敢捺杨太爷?”就伸手拉刀,要跟牛盖以死相拼。不知后事如何,且看下回分解。

第一百六十七回

铁天王感义找牛盖　黑面熊含冤见刑廷

话说杨猛被牛盖捺出来，自己脸上觉着挂不住，伸手拉刀，要跟牛盖以死相拚。陈孝赶紧拦住说："贤弟不可，一则看他也是个浑人，再则你我弟兄不便跟他一般见识，大人不见小人过，宰相肚里有海涵，何必如此？你我走吧。"陈孝把杨猛劝着走了，牛盖赌气也不练了，自己拿着五百多钱往前走。肚子又饿了，见有一个火烧摊子，牛盖说："给我数吧！"卖火烧的就给一五一十数了五十个，牛盖用箭袖袍兜着，给卖火烧的捺下二百多钱，转身就走，卖火烧的说："大爷，这钱不够。"牛盖说："就是那些钱，你爱要不要？"说着话，就跑。卖火烧的有心追吧，又没人看摊子，牛盖拿着火烧走远了。正往前走，见羊肉铺煮羊肉正出锅，牛盖过去说："这块给我，那块给我。"羊肉铺掌柜的就给他拿。牛盖拿了五块肉，把三百钱捺下就走，羊肉铺的说："不够。"牛盖撒腿就跑，掌柜的追也追不上。牛盖拿着火烧、羊肉来在一条胡同，见一家门首有上马石，牛盖就把火烧往石头上一放，打算要坐在这里吃。偏巧火烧掉在地下，有一只狗看见，咬起火烧就跑。牛盖说："好狗，我还没吃，你先抢我的吃，我打死你球囊的。"拿着棍就追，他也不管这些火烧、羊肉在石头上搁着丢了。他一追狗，狗跑来跑去，钻进一家狗洞里去。牛盖一瞧，说："好狗，我把狗主找出来，叫他赔我。"站在门口就嚷："狗主出来！"嚷了两声，里面没人答应，牛盖拿棍就打门，打得门"喀嚓喀嚓"声音大了。书中交代：这个门里正是打虎英雄窦永衡在这住着，杨猛、陈孝刚才来，正跟窦永衡提说方才帮场之故，遇见一个不通情理卖艺的真正可恼。正说着话，听外面街门"喀嚓喀嚓"直响，外面喊嚷："狗主快出来！"杨猛说："谁砸门？咱们瞧瞧去。"三人一同出来，开了门一看，是方才那卖艺的人。陈孝一想："这倒不错，倒追上门来了。"陈孝一使眼，窦永衡绕到牛盖身后，一揪牛盖发髻，杨猛就揪牛盖手腕子，陈孝底下一腿，就把牛盖踢倒，三个人拿一个，把牛盖给捆上。牛盖这嚷："好狗主不讲理，我那边还有火烧、羊肉呢。"

窦永衡说:“什么狗主? 乱七八糟的。且先把他搁在院里,少时咱们喝完酒再盘问他。”三个人把门关好了,把棍也倒立墙下,三人来到屋中摆上酒菜,喝酒谈心。刚喝了两杯酒,就听外面打门说:“开门来!”杨猛一听是济公的声音,说:“师父来了。”窦永衡就问:“谁?”陈孝说:“这可不是外人,是我二人的师父,咱们出去瞧瞧去。”三个人一同来到外面,开门一看,果然是济公同着铁面天王郑雄。今日济公和郑雄早晨起来,吃完了早饭,和尚说:“郑雄,我带你去找昨天帮忙的那青脸大汉去。”郑雄说:“好。”同着济公来到这条胡同。和尚一叫门,杨猛、陈孝同着窦永衡出来。杨猛、陈孝先给济公行了礼,跟郑雄也认识,彼此问好。陈孝说:“窦贤弟过来,我给你见见,这是我师父,灵隐寺济公长老。”窦永衡见和尚褴褛不堪,心中有些瞧不起,碍着杨猛、陈孝的面子不能不行礼,给和尚作了一个半截揖。牛盖在里面瞧见郑雄,牛盖就嚷:“黑掌柜的,你快救我吧!狗主不讲理,把我捆上了。”郑雄说:“谁是黑掌柜的?”接着就问:“你们为什么把他捆上?”杨猛说:“因为他无故特来砸门。”郑雄说:“你们几位冲着我,把他放了行不行?”陈孝说:“我们跟他也不认识,也无冤无仇,既是郑爷讲情,把他放了吧。”立刻把牛盖放开。和尚说:“郑雄,你把他带了走吧。”郑雄说:“师父不回我家去了?”和尚说:“不去了。”郑雄这才告辞,带着牛盖竟自去了,杨猛就问:“师父上哪去?”和尚说:“我回庙。”陈孝说:“师父到里面坐坐,喝杯酒再走。”和尚说:“又不是你家,我不便进去。”陈孝说:“这也如同我家一样,师父里面歇息无妨。”和尚说:“进去就进去。”说着话往里就走。窦水衡心里就有点不愿意,心里说:“杨大哥,陈大哥,做什么往我家里让和尚? 我又有家眷。”当面又不能说,同着和尚来到里面。陈孝说:“师父喝杯酒吧,现成的。”和尚也并不谦让,坐下就喝,这三个人也坐下了,和尚喝了三杯酒,叹了一声,陈孝就问:“师父怎么了?”和尚说:“我和尚跟着好朋友一同坐着喝酒也罢了,跟着王八羔子喝酒,一同坐着,我真不愿意。”陈孝说:“什么叫王八羔子?”和尚说:“要当王八还没当,就叫王八羔子。”陈孝说:“我是王八羔子?”和尚说:“不是。”杨猛说:“我是王八羔子?”和尚说:“不是。”总共三个人,这两个人都不是,窦永衡一听就恼了,说:“你这和尚,真是满嘴胡说,我要不看在陈杨二位兄长的面上,我真把你打出去!”杨猛、陈孝赶紧就劝说:“窦贤弟,你不知道,济公是诙谐的。”和尚又说:

“看君颜色不正，有点印堂发青。横祸飞灾难辨明，大略难逃数定。妻被他人抢去，家财一旦成空，永衡须得早逃生，难免临期事应。”

说得窦永衡气得直哆嗦，颜色更变。和尚说：“你要到了大急大难之时，连叫济颠和尚三声，必有救应。我和尚走了。”说着话济公站起来就走。杨猛、陈孝见济公走后，窦永衡气得了不得，这二人也觉着无味，当时也告辞。杨猛、陈孝走了，窦永衡心乱麻烦，躺在炕上就睡了，一连三天没出门，周氏娘子是个贤德人，怕丈夫烦出病来，说：“官人别净发烦，净发烦，又该怎么样？再说找事也不是忙的，倘若忧虑出病来，更糟了。你带上几两余银子，出去开开心，散散闷好不好？”窦永衡听妻子一劝解，自己一想，也是烦不出事来。自己把衣服换上，带上了几两散碎银子，由家中出来，打算去约杨猛、陈孝到酒铺喝酒去，刚一出家门口，往前走了不远，见由对面来了两位班头，带着有十几个班头伙计，都是头戴青布缨翎帽，青布靠衫，腰系皮挺带，足下薄底快靴，窄脑鹦腰的，各拿单刀铁尺，像办案的样子。一见窦永衡，官人说：“借光你哪！这是青竹巷四条胡同么？”窦永衡说：“是呀。”官人说：“有一位打虎英雄黑面熊窦永衡，在哪个门往？”窦永衡说：“你们找窦永衡做什么？”官人说：“我们跟你打听打听。”窦永衡说：“在下就姓窦，叫窦永衡。”官人说：“呵，尊驾就是窦永衡，尊驾就在周老头院子住么？”窦永衡说：“是呀，找我做什么？”官人说：“你有一个朋友在京营殿帅老衙门打了官司，叫我们来给你送信，你跟我们到衙门瞧瞧去吧。”窦永衡说：“什么人打了官司？”官人说：“你到那瞧瞧就知道了。”窦永衡一想：“自己朋友是多的，就瞧瞧去吧。”自己跟着就走。本来窦永衡也没做犯法的事，心里并不多疑。俗言有这两句话说得不错：“心里不做亏心事，不怕三更鬼叫门，心里没病，不怕冷言侵。”跟着刚来到京营殿帅府门里，官人一使眼色，大众过来就把窦永衡围上，抖铁链把窦永衡锁上。窦永衡一愣，说：“你们为什么锁我？”官人说：“你做的事，你还不知道么？”窦永衡一想：“我并未做过犯法事，这真是闭门家中坐，祸从天上来。”自己又不能拒捕，只得等着过堂再说吧。官人进去一回禀，少时就听里面响鼓响梆子打锇。响了三遍梆锇，立刻京营殿帅二品刑庭大人升堂，有四十名站堂军刽子手，抱刀刀斧手，也都在大堂伺候。壮皂快三班，威武二字喝喊堂威，吩咐带差事，有人拉着窦永衡上坐，官人喊嚷：“白沙岗断路劫银,杀死解粮饷官,抢去饷银贼首,黑面熊窦永衡是你么?”窦永衡一听这案,吓得惊魂千里。不知这场横祸飞灾从何而来,且看下回分解。

第一百六十八回

见美丽恶人定奸计　陆炳文献媚害良民

话说窦永衡一上堂，吓得战战兢兢。抬头一看，见上面坐的这位大人，头戴二品乌纱帽，身穿大红蟒袍，玉带官靴，白生生脸面，三绺黑胡须。这刑廷大人姓陆，叫陆炳文。宋朝年间，京营殿帅刑廷大人，就类似清朝的九门提督一般，统辖文武，管辖陆步两营地面，查拿盗贼赌博流娼。刑廷大人见把窦永衡一带上来，窦永衡在下面一跪，口称："大人在上，小人窦永衡给大人磕头！"陆大人在上面把惊堂木一拍，说："窦永衡你在白沙岗断路劫钱，杀死解饷职官，抢去饷银，还不从实招来？免得本院三推六问，你的皮肉受苦。"窦永衡向上磕头说："小人窦永衡，原本是常州府北门外窦家岗的人，先前以打猎为生，后来想要在镖行找碗饭吃。我夫妇二人来到这临安城谋事，寄居在青竹巷四条胡同，小人从来并未做过犯法之事。今天我出来要去看望朋友，不知所因何故，被官人把我拿来。求大人明镜高悬，格外开恩，小人实在冤枉冤屈。白沙岗什么劫饷杀人，我一概不得而知。"刑廷说："你这厮大概跟你好好说，你不肯认，抄手问事，你万不肯应，来，看夹棍伺候！"窦永衡说："大人的明鉴，大人要用严刑苦拷小的，说小人是明火执仗，何为凭据？小人实在冤枉，求大人明鉴！但愿大人公侯万代，禄位高升。"刑廷大人说："你说本部院断你冤枉了是不是？本院自为官以来，上不亏君，下不亏民，岂肯亏负于你？要没有凭据，我也不能勒令于你。我怎么不拿别人呢？我把凭据给你找出来看，你认不认？"大人立刻标监牌，吩咐提差事。窦永衡一听有凭对证，自己大吃一惊，心里说："了不得了，真有凭据。俗言说得不错，'贼咬一口，入骨三分'。"自己一想："我没结交匪类呀，我又没有仇人，什么人攀我呢？"正在心中思想，工夫不大，就听"哗愣哗愣"铁链响，窦永衡一看，带上两个罪人来，都是穿着罪衣罪裙，大项锁手铐脚镣。头里走的那个，身高九尺，大脑袋，项短脖粗，面如蓝靛，发如朱砂，凶眉恶眼，连鬓络腮胡须。后头跟着那个，也是身躯高大，黑脸膛两道剑眉，一双环眼，长得一脸的横肉。窦永衡一瞧这两个犯人，并不认识。见这两个人往堂下一跪，刑廷说："你两个人可认识他？"那个蓝脸的说："窦大哥，这个官司你打了吧。想当初你我弟兄一处做的案，一处吃，一处穿，各分银钱，现在我两个人犯了案，你连瞧瞧我们都不瞧。我二人实受刑不过了，但能挺得过去，也不能把你拉出来，这也无法。当初你我怎么好来，你我活着在一处做人，死了在一处做鬼，吃过乐过，总不算冤。"刑廷大人说："你这还不招么？"窦永衡说："回禀大人，小的并不认识他两个人。"大人说："王龙，王虎，你二人说实话，到底认识不认识窦永衡？"王龙说："回大人，我二人跟窦永衡是结拜的弟兄，在白沙岗断路劫银，杀死解饷职官，是窦永衡率领，我二人听从。"陆大人说："窦永衡你可曾听见吗？"窦永衡说："小人实不认识这两个人，他所说的话，俱是捏词，实没有这么回事。求大人开恩！"陆大人说："本院自为官以来，上不亏君，下不亏民，岂肯亏负于你？我自有道理。他二人既说跟你是结拜的兄弟，大概你有多大年岁，多咱生日，家乡住处，家里有什么人，他必知道。窦永衡你拿笔先细细地把年岁、家乡住处都写出来，本院再问他二个人。他要说不对，必定是攀拉你，我要重重办他二人，本部院把你当堂开放。他二人要说的跟你写的一样不二，那时本院可要照例办你。"窦永衡一想："这么办甚好，大概他二人仇攀我，必不知道我的年岁生日。我写出来，他一说不对，大人就把我当堂放了。"想罢说："大人的恩典，小人我会写，求大爷赏给我纸笔，我写就是了。"刑廷说："好，你会写字，你先写字吧。"大人说："王龙王虎，你可曾知道窦永衡的年岁生日？"王龙说："知道。"大人说："先叫窦永衡写完了，你二人再说。"有当差人把笔墨纸砚拿过来，刑廷大人说："窦永衡你背着他二人写，别叫他们瞧见。"窦永衡道："是。"立刻拿笔一写："窦永衡年二十八岁，三月十五日子时生，原籍系常州府北门外窦家岗的人，先以打猎为生，娶妻周氏，今年二十四岁，现在来京谋事，住在青竹巷四条胡同周老头家，同院是北房三间，东房两间。"写完了，交与当差人递给刑廷大人。大人看罢，这才问王龙、王虎，王龙、王虎说："大人要问窦永衡，他原本是常州府北门外窦家岗的人氏，先以打猎为生，现在不打猎了，来在临安城，住在青竹巷四条胡同的路北。他今年二十八岁，三月十五日子时生人，我们那位盟嫂，娘家周氏，今年二十四岁，二月初九日卯时生。他住的是周老头周老婆的房子，同院北房三间，东房二间。北房三间是一明两暗，东里间是他的卧室,西里间来人让客做客室堂屋,一进门有条案八仙桌,两边有椅子,里间屋里炕上有两只箱子,地下有一张连二抽屉桌,有一个钱柜,东房做厨房。"窦永衡一听,一概说得全对,我妻子的生日时辰都对,屋里摆设也不差。窦永衡一想:"这可怪?这两个人并未到我家去过,怎么他们会全知道呢?"自己一想:"这场官司不得了。"刑廷陆大人一听,就问窦永衡王龙、王虎说的对不对?窦永衡说:"对可是对,小人实在冤枉,求大人公断!"刑廷大人立刻把惊堂木一拍,说:"窦永衡你还敢狡赖?大概抄手问事,万不肯应,你这厮必是个惯贼呀!来,看夹棍,给我把他夹起来再问。"官人一声答应,三根棒为五刑之祖,往大堂上一撩,真是人心似铁非是铁,官法如炉果是炉,窦永衡吓得战战兢兢,说:"大人,你要看那头上的青天。"陆炳文勃然大怒,说:"窦永衡你还敢说叫我看头上的青天?本部院断你屈了?夹起来!"官人立刻把窦永衡套上了夹棍,窦永衡此时忽然想起济公的那几句话来,怪不得说我印堂发青,颜色不正,有横祸飞灾,敢情我有这样的大祸。果然济公长老,他老人家是活佛,有先见之明。事到如今,我窦永衡才知道,我要听济公的话,早逃生离开了临安城,还许把这场凶祸躲开了。掌刑的把夹棍给窦永衡套上两只脚,回头一看陆大人,陆大人一伸手,官人一看用八成刑,两个人一背绳,一个人一拉,窦永衡就觉夹的疼入骨髓。自己想起了济公说的,有大急大难之时,连叫济颠和尚三声,必有救应。窦永衡此时疼得如刀剜肺腑,箭刺心肝一般,便口中祝告说:"弟子窦永衡,前者不知济公是活佛,现在弟子大难临了身。济公长老,你老人家真有灵有圣来搭救弟子,弟子此时实受不了了。"窦永衡嘴里咕咕哝哝,连祝告了三遍。众官人也不知他嘴里说什么,话言未了,就在大堂上起了一阵怪风,真是:

扬把狂风,倒树绝林;海浪如初纵,江波万叠侵。江声昏惨惨,枯树暗岑岑;万壑怒嚎天咽气,走石飞沙乱伤人。

这一阵风刮得毛骨悚然,大堂上出手不见掌,对面不见人,只听"咯嚓"一声响,这阵风过去,陆炳文再睁眼一看,大堂以下有一种岔事惊人。不知后事如何,且看下回分解。

第一百六十九回

王胜仙见色起淫心　陆虞侯嘱盗施奸计

话说陆炳文把窦永衡用夹棍夹起来，忽然大堂上起了一阵怪风，本来是窦永衡这场官司是被屈冤枉。书中交代：窦永衡这场官司，皆因他妻子长得美貌，惹出来的。临安城有四个恶霸，头一个就是秦丞相的兄弟，花花太岁王胜仙，第二个就是风月公子马明，第三个是追命鬼二公子秦恒，第四个是罗公子，外号静街爷。这天周氏正在门口买绒线，可巧花花太岁王胜仙骑着马，带着许多恶奴，由青竹巷四条胡同路过。本来周氏长得美貌，天姿国色，虽不是浓装艳抹，穿着淡装素衣，更透着一番姣态，真称得起眉舒柳叶，唇绽樱桃，杏眼含情，香腮带俏，梨花面，杏蕊腮，赛似瑶池仙子，月殿嫦娥。王胜仙一见，心神飘荡，问手下众家人：“这个妇人是谁家的？”家人王怀忠说：“大爷先回去，我打听打听。”王胜仙到了家，工夫不大，王怀忠回来了，王胜仙说：“你打听明白没有？”王怀忠说：“小人打听明白了，大爷你死了心吧。”王胜仙说：“怎么？”王怀忠说：“我打听这个妇人，是打虎英雄黑面熊窦永衡之妻。这个窦永衡两膀有千斤之力，那如何能抢得了？”王胜仙一听，说：“哎呀！我瞧见这个妇人实在才长好，我这些如君侍妾，长得都是平平无奇，要比上这个妇人差多了。我真一瞧见他，把魂就都没有了，你们谁想法子给我把美人弄到手，我给五百银子。”众家人俱皆摇头说：“我们实在没法。”王胜仙自己就如同入了迷，茶思饭想，真仿佛丢了魂一般。过了有两三天，这天有家人进来禀报：“有京营殿帅陆炳文前来拜见。”王胜仙一听门生来了，赶紧吩咐有请。书中交代，王胜仙他乃是大理寺正卿，为什么陆炳文拜他做老师呢？只因是秦丞相的兄弟，陆炳文所为有事求秦相，借他的鼎力，故此拜他为老师。今天王胜仙把陆炳文让到书房，陆炳文给老师行过礼，王胜仙说：“贤契，今天怎么这样闲在？”陆炳文说：“特意前来给老师来请安。”王胜仙说：“这两天我中了病了。”陆炳文说：“老师欠安了，什么病症？”王胜仙说：“我难以对贤契说。”陆炳文说：“老师有什么不可说的？何妨说说。”王胜仙说：

“实不瞒你,我那天骑马出去拜客,走在青竹巷四条胡同,看见一个美貌的妇人,乃是打虎英雄黑面熊窦永衡之妻。我回来茶思饭想,得了相思病了,没有主意,贤契你要能把这个人弄得来,我必要保举你越级高升。”陆炳文说:“既是老师台爱,门生必当设法给办,老师候信吧。”陆炳文说完了话,自己回到家中,要打算给王胜仙办这件事,就是想不起主意来。他家人陆忠说:“老爷要办这件事,我小人倒有个主意。”陆炳文说:“陆忠,你要把这件事办好了,我赏你二百银子。”陆忠说:“既赏我二百银子,我就给办,这个窦永衡,我知道,我可没见过,他妻子我倒见过一面,实是美貌。他住的是周老头周老婆院中,周老头是我的义父。那一天我去义父义母家去,窦永衡的妻子给窦永衡算了一命,她自己也算了一命,我还记着他们的生日。窦永衡是二十八岁,三月十五日子时生,他妻子是二十四岁,二月初九日卯时生。我义母太太也算了一命,我也算了一命,所以我知道窦永衡的根底。老爷要把查狱的差事派我,买通大盗,把窦永衡咬上,老爷把窦永衡拿来,一入狱就好办了。”陆炳文说:“好,我就派你管狱,你给办吧。”陆忠得了这个管狱的差事,早晚一查狱,见有两个大盗,陆忠就问:“你两个人姓什么?”这两个人说:“我们亲哥俩,叫王龙、王虎。”陆忠说:“你们两个人什么案?”王龙王虎说:“在白沙岗抢劫饷银,杀死解饷职官。”陆忠说:“你们两个人这案活不了。”王龙说:“可不是。”陆忠说:“你们家里还有什么人?”王龙说:“有老娘,我两个人都有妻子。”陆忠说:“你两人年轻轻的,为什么做这个事?你两人要一死,家里你老娘妻子怎么好?谁能管吃管穿呀?”王龙说:“这也是无法,谁叫我当初做错了事呢?”陆忠说:“我倒瞧着你们很可怜的,有心救你们救不了,皇上家的王法,不能改例。你两个人愿意活不愿意?”王龙说:“谁为什么不愿意活?谁能愿意死呢?你要能想法救了我们,我二人决不忘了你的好处。”陆忠说:“我要救你们也容易,你两个人得拉出一个为首的来,你两个人就能保住性命。”王龙说:“就是我两个做的,有谁可拉?”陆忠说:“我有个仇人在青竹巷四条胡同住,叫黑面熊窦永衡。你两个人过堂,把他拉出来,说他为首,我管保叫你两个人不死。”王龙说:“就是吧。”商量好了,晚上一过堂,王龙就说:“回大人,在白沙岗路劫,杀死解粮饷官,抢饷银是黑面熊窦永衡为首,他率领。”陆炳文心里明白,说:“你说的话当真?”王龙说:“小人不敢说谎,他现在青竹巷四条胡同住家,大人把他传来对证。”陆炳文这才派原办马雄,急拘锁拿窦永衡。今天堂上一讯问,王龙、王虎所说的话,都是陆忠早把供串好了,故此王龙、王虎知道窦永衡的根根切切。陆炳文用夹棍把窦永衡夹起来,突然大堂上刮了一阵怪风,风过去再看夹棍,折了三截了。陆炳文糊里糊涂,叫王龙替窦永衡画供,吩咐将窦永衡钉镣入狱。王龙、王虎来到狱里,托牢头要把窦永衡置死,我二人的官司就好打了,只要我二人活了,我二人将来必有重谢。牢头说:“是了,你不用管了。”官人把窦永衡送到狱里来,牢头一见窦永衡,就把窦永衡带到一间屋子里。窦永衡一看,这屋里有一张八仙桌,桌上摆着四盘菜,有酒壶酒杯,牢头说:“窦贤弟,你喝酒吧,你许不认识我了。”窦永衡说:“我可实在眼浊,尊驾贵姓?”牢头说:“我也是常州府的人,咱们老街坊,我姓刘叫刘得林。我因为争行帖,用刀砍死人,我就奔逃在外。现在我在这狱里当了牢头,我知道你是被屈含冤,我可救不了你。你只管放心,绝不能叫你受了罪。”窦永衡这才想起来,说:“原来是刘兄长。”二人坐下吃酒谈心,窦永衡说:“幸亏遇见故旧,狱里这不算受罪。”

陆炳文把窦永衡入了狱,这才问:“陆忠怎么想法子,把他妻子诓出来,给王大人送了去。”陆忠说:“我有主意。”立时叫过一个家人来,陆忠说:“你外头雇一乘小轿来,附耳如此这般这般。”这个家人姓白,叫白尽忠,点头答应。雇了一乘小轿,来到青竹巷四条胡同窦永衡家的门首,一打门,正赶上周老头也没在家,周老太太出来,把门开开问了找谁,白尽忠说:“我是杨猛、陈孝二位大爷那里打发我来的,现在窦大爷打了官司,杨爷、陈爷有心先去打听,给窦大爷去料理官司,又怕窦大爷家里窦大奶奶没人照管,有心来照看家里,又没人给窦大爷去衙门托人情,杨爷叫我带轿子来接窦大奶奶到陈爷、杨爷家去商量。”周老婆一听,吓得往里就跑,就说:“窦大奶奶,可了不得了!窦大爷也不知为什么,他打了官司了。后街杨爷、陈爷,打发家人搭了轿子来接你,你是去不去?”周氏娘子一听丈夫打了官司,恨不能打听打听是为什么,俗言说得不错:“至亲者莫过父子,至近者莫过夫妻。”听说丈夫打了官司,焉有不着急之理?周氏一听,是杨猛、陈孝打发人来接,焉能不去?赶紧穿上蓝布褂,青布裙,把门关锁上了,说:“周大娘,给照应点吧。”周老婆说:“窦大奶奶去吧,打听打听也好。回头等我老头子回家,我再叫他去给打听明白,到杨爷家去给你送信。”周氏来到外面,还给白尽忠万福万福说:“劳你驾了。”白尽忠说:

“大奶奶上轿吧。”周氏就上到轿子，焉想到白尽忠头前带路，轿子搭着，一直够奔泰和坊，搭到花花太岁王胜仙家里来。这个时节，陆炳文早坐着轿来，见王胜仙正在书房谈话，陆炳文说：“老师大喜！现在门生买盗攀贼，已将窦永衡入了狱了，少时就给老师把美人送到。”王胜仙说：“贤契多费神，我必有一番人情。”正说着话，有家人禀报美人抬到。王胜仙忙来到院中，见轿子落平，撤轿杆，去扶手，一掀轿帘，把周氏吓得七魂皆冒。不知后事如何，且看下回分解。

第一百七十回

中奸计误入合欢楼　闻凶信寻师灵隐寺

话说陆炳文遣人把周氏诓到王胜仙家中，一打轿帘，周氏就愣了。连忙问道："哟，这是哪里？"旁边过来两个仆妇说："大奶奶你要问，我告诉你，你丈夫已然打了官司，入了狱了。现在我家太岁爷姓王，是当朝秦丞相的兄弟，现任大理寺正堂，久慕大奶奶芳容美貌，特把大奶奶接来，跟我家太爷成其百年之好。你这一辈子，享不尽的荣华，受不尽的富贵，比你跟着窦永衡胜强百倍了。"周氏一听这句话，如站在万丈楼上失脚，扬子江断缆崩舟。周氏虽然不是书香门第，也是根本人家，自己颇知礼义，立刻气得浑身发抖，说："好恶霸，你既做皇上家的职官，理应该修福利善，无故谋算良家妇女，做出这样伤天害理事！我丈夫既被你陷了，我这条命不要了！"自己说着话，伸手就抓自己的脸，欲要撞死。王胜仙一看，本来周氏长得芳容貌美，绝世无比，赶紧叫婆子把她拦住，揪到合欢楼劝解劝解她。婆子把周氏手拉住，就把二臂捆上，周氏本来懦弱的身体，焉能拉拉扯扯？婆子把周氏架到花园子合欢楼上去，有四五个伶口俐齿的婆子，劝解周氏娘子，周氏破口大骂，骂累了，就不言语了，众婆子一个个你一言我一语劝说。周氏娘子气得颜色更变，说："谁家没有少妇长女？你这婆子岁数也不小了，总要说点德行话，你总盼着别当奴才，给人家支使着，你们要瞧着恶霸家里好，你们谁家里有少妇长女，就送给恶霸成亲好享福。"众婆子一听，说："大娘子，你别绕弯骂我们，太爷叫我们来劝你，我们也是为你好。你要不依从，真把太岁爷招恼了，就是一顿马鞭子，那时你也应得。再不然把你打死了，就在花园子一埋，你也是白死，谁来给你报这个仇？"周氏说："我情愿死，你们还有什么说了？"书中交代：周老婆见窦永衡的妻子走后，把门关好，少时周老头由茶铺子喝茶回来了。周老婆说："你回来了，咱们街坊窦大爷打了官司了，方才东街陈爷、杨爷打发人用轿子把窦大奶奶接了去，也不知窦大爷因为什么事打官司？"周老头一听就一愣，说："陈爷、杨爷亲自来接的？"周老婆说："不是，打发一个家人来接的。”周老头一听，说：“既不是陈爷、杨爷亲身来接，你就不应当叫她去。临安城有四恶霸，常常地设圈套，诓骗良家妇女，倘若窦大奶奶有点差错，又年轻轻的，咱们这场官司打得了吗？你这般大岁数，就不知道慎重慎重。”周老婆说：“我哪想到这些事情？你到陈爷、杨爷家去打听打听吧。”周老头连忙来到杨猛、陈孝门首一打门，这哥俩在一个门里住，杨猛在前头住，陈孝在后院住，杨猛、陈孝正在一处谈话，忽听外面打门，二人开门一看是周老丈，陈孝说：“周老丈，为何这样闲在？”周老头说：“我来打听打听，现在窦永衡为什么打官司？”杨猛、陈孝说：“不知道。”周老头说：“二位不知道？哎呀！可了不得了！”周老头“哎呀”了一声，翻身就地栽倒，倒把杨猛、陈孝吓了一跳，赶紧把周老丈扶起来。杨猛、陈孝说：“老丈，有什么话慢慢说，为何这样的着急呢？”老丈醒来，缓了半天，周老头才把这口气缓了过来。陈孝说：“老丈不必着急，慢慢说。”周老头说：“方才我回家，听我老婆子说，我上茶铺子喝茶，我没在家里，有人去带着轿子，说你们二位打发去的，说窦大爷打了官司接窦大奶奶，把窦大奶奶接了走。我回去就说我老婆子，不是你们二位亲自去接，就该拦住窦大奶奶别去。我就想到怕有差错，果然你们二位不知道，这事怎么办？也不知道把窦大奶奶搭到哪里去了？”杨猛、陈孝一听也愣了，说：“周老丈不必着急，先请回去。我二人打听打听吧。”周老头无奈，告辞走了。陈孝说：“杨贤弟，你我去打听打听，窦永衡在哪衙门打官司，因为什么？这件事你我焉能袖手旁观呢？窦永衡来投奔咱们弟兄，他要有了差错，你我也对不起铁头太岁周堃。要不然，你我先去找济公，求他老人家给占算占算。”杨猛说：“也好。”二人这才赶紧换上衣服，由家中出来，要打算到灵隐寺去找济公。二人正往前走，见对面来了一个人，头戴缨翎帽，青布靠衫，腰系皮挺带，青皮快靴，面皮微黄，粗眉大眼，燕尾髭须。杨猛、陈孝一看，认识是京营殿帅府的大班头，此人姓白名平。杨猛、陈孝一看，说：“白头哪去？”白平抬头一看，说：“原来是杨爷、陈爷，我正想找你们呢，我今天心里是慝①，咱们三人去喝酒去吧。”杨猛、陈孝一想也好，正要打算打听打听窦永衡在哪衙门打官司，可以打听打听白头。三个人一同来到酒楼之上。跑堂的一看，都是熟人，说：“杨爷、陈爷、白头，今天怎么聚会

---

① 慝（tè）——作“阴气”解，此处引申为“闷气、背时”之意。

一处了？三位要什么酒？”白平说：“你给我们来一百壶酒，随便给我们配几个菜。”陈孝说：“白头干什么，要这么些酒？随着喝、随着要好不好？”白头说：“我告诉你二位说吧，我简直不愿意混了。今天咱们痛饮一醉，我把我这一肚子的牢骚，跟你们哥俩说说。”陈孝说：“什么可烦的事呢？”白头说：“唤！别提了！咱们哥们在六扇门当份差事，大概有个名儿姓儿，你们二位有个耳闻，无论什么样难办的案，我出去伸手就办着。”杨猛、陈孝说：“那不是错，我们是知道的。”白平说：“现在我眼皮底下的像样的案，我会没办着，反叫我手下的伙计马雄给办了。当初马雄在我手下当小伙计，没想现在会把我给压下去。”杨猛、陈孝说：“什么案叫他办了？”白平说：“就是白沙岗断路劫银，杀死解饷职官，抢劫饷杠那案。贼首窦永衡就在青竹巷四条胡同住，我会不知道？叫马雄把这案给办了，人家露了脸了，刑廷大人赏他一百银子。我冲着他这六扇门，是不吃了。”杨猛、陈孝一听窦永衡打这样官司，心里一哆嗦，说：“怎么知道是窦永衡做的呢？”白头说：“有王龙、王虎把他供出来的。”杨猛、陈孝说：“这就是了，白大哥这也不必想不开，后浪催前浪，一辈新人换旧人。兄长早年把脸也露够了，也该叫人家出头了。”白头说着话，一扬脖子一壶酒，少时喝得酩酊大醉。杨猛、陈孝叫伙计：“把白头搀到雅座去躺躺，我们哥俩去去就来，伙计多照应吧！”伙计说：“是了。”杨猛、陈孝惦着去找济公，二人这才下楼，陈孝说：“杨贤弟，你听见了，窦永衡打这样官司。要据我想，窦贤弟决不能做伤天害理之事，这必是买盗攀贼，将他拉上，还不知窦大奶奶被谁诓了去？”杨猛说：“不要紧，我有主意。”陈孝说：“你有什么主意？”杨猛说：“你我回家，拿上刀，到京营殿帅府见一个杀一个，见两个杀一双，劫牢反狱，把窦贤弟救出来，再找窦弟妇。找着，你我一同找个老山岳，当了大王就得了。”陈孝说：“你满嘴胡说，临安城净护城军就有几十个，凭你我两个人就要造反？三步一个官厅，五步一个棚栏，一传信护城军一齐队，连你我二人都白白饶上。再说你我都有家眷，焉能跑得了？”杨猛想：“连家眷一齐跑呀？”陈孝说：“你别嚷，嚷了这要给官人听见，当时先把你办了。”二人说着话，幸亏街上没人听见，往前走了不远，见由对面来了一个人走路。一溜歪斜，说着话，舌头都短了，是喝醉了的样子。杨猛、陈孝抬头一看认识。这人说：“杨爷、陈爷二位贤弟别走，你我一同喝酒去。”陈孝点头答应。要打听窦大奶奶的下落，就在此人身上。不知来者是谁，且看下回分解。

第一百七十一回

遇故友巧得真消息　见义弟述说被害事

话说杨猛、陈孝刚出了酒楼，往前走了不远，又碰见一个醉汉。书中交代：来的这个人，此人姓黄名忠，是长随路跟官的。当年跟过两任外任知府，手里有两个钱，也没剩下。此人心地最直，最好交友，把银钱都交了朋友了。现在跟着旧主人来京引见，把他荐到花花太岁王胜仙手下当管家。他在这临安城又交了一般朋友，上至绅董富户，买卖商贾，下至街上乞丐，他都认识，跟杨猛、陈孝也有来往。今天碰见杨猛、陈孝，黄忠说："二位跟我喝酒去吧，我方才一个人喝了半天无味，我心里不用提有多烦了。咱们哥们素常最对劲，今天总得喝喝。"杨猛、陈教虽然心中有事，又不好驳复，反同着黄忠仍回到这座酒楼。伙计一瞧，刚把白平挽到雅座去睡着了，这二位又同了一位醉鬼来。三个人坐下，伙计过来擦抹桌案，黄忠说："给我来三百壶酒。"伙计一听："这倒不错，方才白头要一百壶，这位要三百壶。"伙计连忙说："有有，你先慢慢喝着，酒倒现成，没有那么多酒壶，你随喝随灌。"杨猛、陈孝说："黄大哥干什么要三百壶酒？我二人方才喝了半天了。"黄忠说："今天咱们一处喝一回，明天你们二位就见不着我了。"杨猛、陈孝说："兄长此话从何而来？"黄忠说："阳世人间是没了我了，我决不能活了。"陈孝说："兄长受了谁的欺负？是什么过不去的事？只管说，我二人可以替兄长管管，素常咱们弟兄总算知己。"黄忠说："你们哥俩不用管，也管不了，我心里懕。先前我在外任跟官，挣多挣少，倒是小事，现在我们旧主人，把我荐到大理寺正卿花花太岁王胜仙家里当差，我把肚子都气破了。我这脾气爱生闷气，王胜仙这小子，身为大员又是丞相的兄弟，不知自重，尽做些个伤天害理之事。今天无故他把人家安善良民窦永衡，给买盗攀赃入了狱，把窦永衡妻子给诓到他家里来。人家这位妇人，还是贞节烈妇，一下轿子，破口大骂。王胜仙叫老婆子把人家捆上，搁到合欢楼，派婆子劝解，硬要叫人家依从，跟他成亲。我看见这事情，我真瞧不下去。我也想开了，我又没儿没女，人生一世，百岁也要有个死。我今天晚上买一把刀,到合欢楼把王胜仙这小子杀了,给大众除害,我自己一抹脖子就算完了。我上无父母、下无妻子的挂碍,我落个名在人不在倒好。”杨猛、陈孝的心中,得着周氏的下落,一看黄忠说话舌头都短了,喝得酩酊大醉,往地下一栽,人事不知了。杨猛、陈孝叫伙计:“把这位暂叫他在雅座躺躺睡一觉,醒醒酒,我二人去办点事,少时就来。”伙计说:“杨爷、陈爷可别再同醉鬼来了,我们一共四个雅座,这二位已占了两间,再来两位,买卖就不用做了。”杨猛、陈孝说:“伙计多辛苦点吧,少时我们必多给酒钱。”说着话,杨猛、陈孝二人下了楼。陈孝说:“杨贤弟,敢情窦弟妇被花花太岁王胜仙诓去了,倘若窦弟妇周氏要被恶霸奸了,你我怎么对得起铁头太岁周堃?”杨猛说:“要依我,还是拿刀劫狱反牢,把窦永衡抢出来,咱们三个人一齐到花花太岁王胜仙家去,把狗娘养的一杀,把周氏抢出来,咱们三个人一同跑了,就完了。”陈孝说:“你别满街上胡说了,惹出祸来,你就不说了。”说着话,二人来到钱塘关。刚一出钱塘关,见对面来了一个人,身高九尺,膀阔三停,头上青壮士帽,身穿白缎色箭袖袍,腰系丝鸾带,单衬袄薄底靴子,闪披一件皂缎色英雄大氅,左手拿着一蒲包大八件,右手拿着一蒲包土物,再往脸上一看,面如锅铁,粗眉环眼,正在英雄少年。杨猛一看,非是别人,正是北路镖头周堃。凡事不巧不成书,周堃原本是由北路保着镖,由此路过,离临安城有二十多里路。周堃叫伙计押着镖先走,他就拿了一蒲包土产东西,又买了一蒲包点心,要到临安城瞧瞧姐姐姐丈,顺便探望杨猛、陈孝。焉想到走到钱塘关碰见了,周堃连忙上前行礼说:“陈大哥,杨大哥,一向可好?前者我姐丈同我姐姐来京,拿着我的书信投奔二位兄长,多蒙二位兄台照应,我承情之至。现在我姐大他们在哪里住着呢?请二位兄长先指示我,我去看看,少时我必要亲到二位兄长家去请安。”陈孝刚一愣,尚未答言,杨猛本是个浑人,说:“周贤弟,你来了好,我二人正在想劫牢反狱人少,你来,这倒有了帮手了。”陈孝赶紧过去推杨猛一掌,说:“你是疯了?”周堃听说话一愣,连忙说:“二位兄长,倒是怎么一段事?”杨猛说:“我们两人正为你姐姐姐丈为着难呢!你姊丈窦永衡被人家买盗攀赃入了狱,你姐姐被大理寺正卿秦丞相的兄弟,花花太岁王胜仙诓了去,搁在合欢楼,要逼着成亲呢,还不定怎么样子!”周堃一听,“哇呀”一声喊嚷,一甩手把两个蒲包抛起去,这蒲包点心正掉在一家院里。这家是老夫妇两个过日子,老婆说要吃大八件，老头说："你瞧家里连柴米都没有，你还想吃大八件细饽饽？哪有钱给你买去？"正说着话，只听"叭哒"一声，由半空掉下一个蒲包来，捡进来打开一看，是大八件。老婆说："这是上天可怜我，天赐的点心。我这造化不小，大概还有几年福享。"老头说："这可真怪？"夫妻两个悦喜非常。那一蒲包土物，掉在另外一家院里。这家小两口过日子，男人没在家，这位大奶奶素常就不安分，常在门口倚门卖俏，勾引少年的男子。今天见捺进一个薄包来，大奶奶一想："这必是隔壁二兄弟给我捺进来的，我说昨天他跟我眉来眼去呢，这准是他。"这位大奶奶胡思乱想起来了，这是闲话休提。单说铁头太岁周堃，听说姐丈遭了官司，姐姐被人家诓了去，焉有不动怒之理？当时无名火往上一撞，如站在万丈高楼失脚，扬子江断缆崩舟一般，把蒲包一捺，撒腿就跑。进了钱塘关，要找花花太岁王胜仙的住家，见一个杀一个，见两个杀一双，刀刀斩尽，剑剑诛绝，把姐姐救回来，方出胸中的恶恨。自己往前走着，两眼发赤，周堃忽然一想，自己叫着自己的名字："周堃周堃，你这不是糊涂了么？天上无云，不能下雨，手中无刀，焉能杀人？自己并未带着兵刃，先得买口刀再去。"想罢往前走，见眼前一座刀铺，周堃迈步前去，说："掌柜的，有好刀没有？"掌柜的一瞧周堃，两眼发赤，说："你买刀做什么？"周堃说："你卖刀做什么？"掌柜的说："卖的是兵刃。"周堃说："我买的是兵刃，你给我拿纯钢打造的，刀越快越好，能一刀一个，杀人不费事的。"掌柜的说："没有。"周堃把眼一瞪，说："你敢说没有？我自己找着出来，先拿你开刀。"掌柜的吓得连忙说："有有有！大爷别着急，我给你找。"周堃说："快给我拿来，只要刀好，不怕花钱。"掌柜的赶紧到里面拿出一口纯钢刀来。周堃一看说："还有好的没有了？"掌柜的说："这就是顶好的了，这个刀能斩钉削铁，再没有比这个好的了。"周堃一看，果然不错，问："掌柜的，要多少钱？"掌柜的说："要四两银子。"周堃并不驳价，由兜囊掏出几块散碎银子，交与掌柜的自己平，爱平多少平多少，掌柜的把银子收下。周堃拿着刀出来，自己一想："我也不知道花花太岁王胜仙恶霸在哪里住？我脸上带着气，打听人家，就许人家不告诉我。再说我拿着刀满街走，也不是样子，我自己先把刀暗带起来，定定神再问人。"自己找了个地方，微然定定神，天色已然黑了。周堃见有过路人，这才说："借光，大理寺正卿花花太岁王胜仙在哪里住？"这人说："由此一直往北，见路北有一座庙叫狼虎庙，由庙前一直往西，就是泰和坊，头一座大门是秦相府，往西走隔十几个门，由西数头一个大门，那处大的房子，那就是花花太岁王胜仙的住宅。”周堃打听明白，当时这才够奔泰和坊，要杀王胜仙的满门家眷。不知后事如何，且看下回分解。

第一百七十二回

合欢楼姐弟同受困　凤山街师徒定奇谋

话说铁头太岁周堃问明白道路，顺大街往北，果然见有一座狼虎庙。这才往西，到了西头一瞧，果然见路北有一大门。见门口有一乘人轿，多少马匹从人，门堂里点着大门灯，外面站着许多的差官，抬轿的轿夫。原本是京营殿帅陆炳文，今天没走，给王胜仙贺喜。师生在客厅摆酒，开怀畅饮，王胜仙打算今天痛饮一醉，晚间好洞房花烛，跟美人成亲。周堃由外面来到大门洞里，家人问："找谁？"周堃说："可是花花太岁王胜仙在这里住？"家人说："你要反哪？这是王大人住宅。"周堃一听是王胜仙的家，拉出刀来，照家人就是一刀，人头滚落在地。家人一乱，周堃摆刀乱砍，往里就走，逢人就砍，遇人便杀，杀了有十数个人。周堃一想："这宅院子大了，不知道姐姐在哪里。救姐姐要紧。"想罢揪住一个家人，周堃一举刀说："我且问你，王胜仙骗来那个妇人周氏在哪里？你告诉我实话，我不杀你！"这家人吓得直哆嗦说："大太爷饶命！我告诉你，出西边角门，穿过一层院子，往北是花园子，有五间合欢楼，在那楼上呢。"周堃听明白，把这个家人也杀了，一直够奔西角门，穿过一层院子，果然来到了花园子。见正北有五间楼房，楼窗灯影朗朗，人影摇摇，周堃登楼梯上去一看，见姐姐周氏倒捆着二臂，有四个婆子还解劝呢。周堃一摆刀，"扑哧扑哧"把四个婆子杀了，说："姐姐跟我走。"过去把周氏绳扣解开。这时就听楼下一阵大乱，齐喊嚷："拿！别叫他跑了。"周氏一看说："兄弟你快把刀给我，我一抹脖子，你快逃命吧。"周堃说："姐姐不要寻死，我背着你走。"周氏说："你看外面人都围上了，你快设法走吧！我反正不能落到恶霸手里，你要不逃命，连你也饶不了。"周堃说："姐姐别死。"再一看楼下，人都满了，灯球火把，亮子油松，照耀如同白昼一般，各持刀枪棍棒。原来周堃一进来，在门口一杀人，就有人报与王胜仙。王胜仙赶紧传话，叫家丁人等，看家的护院的拿人，仅他家里就有百余个家丁，大众各抄家伙，追到合欢楼，把楼就围了，周堃见楼上有一根顶门的杠子，他抄起来站在楼门一堵,说:"哪个不怕死的上来!"众家人喊嚷,都不敢上楼。王胜仙同陆炳文也来到花园子,有众多人围随保护着,王胜仙传话:"谁要把杀人凶手拿下来,赏银二百两。"人为财死,鸟为食亡,听这句话,有胆子大的就往头上冲,刚一上楼梯,上到三四层,就被周堃用棍点下来。再有人上去,被周堃一棍,把脑袋打碎了。内中有两个护院的,是亲兄弟,二人商量说:"兄弟你上楼梯,我爬到栏杆,叫他首尾不能相顾。"周堃有主意,见一个爬栏杆奔楼窗,一个奔楼梯,周堃先把上楼梯的用棍打下去,这个刚爬到栏杆,周堃赶过去一棍,正打在天灵盖,给打下来了。一个个又都不敢上前了,周堃口中喊嚷:"哪个敢来太岁头上动土?"大众家丁一听,齐声喊嚷:"那个太岁爷厉害呀!"正在这般景况,外面喊声大振,来了无数的官兵。原来陆炳文早传下令去,调本衙门两员官,五百兵,知会城守营各官厅,陆步两营齐来拿贼。大众一聚会来了,真有几千官兵衙役,各掌灯球火把,长枪大刀,短剑阔斧,就把合欢楼四面围了个滴水不通。众人乱嚷拿,可都不敢前进,这个说:"二哥你头里上呀!"那个说:"我当这份差,每月挣豆子大的一点银子,卖命不干。你要贪功,你上楼呀!你瞧这位太岁爷,拿着明晃晃的刀,又是木杠子,谁不怕死,谁就往前进。"大众虽围着不往前上,周堃也是着急,下不来,不能把姐姐救了走。正在危急之际,只听外面一声喊嚷:"尔等让路,天王来也!"有一人身高九尺,蓝脸红胡子,手中一条铁棍,由官兵后面乱打,这些官人真是挨着的就死,碰着就亡,着了一下筋断骨头伤。官兵大众一乱,说:"天王厉害呀!"众人往两旁一闪,这位天王打了一条血路,直奔合欢楼的楼梯而来。周堃一看,这人脸上抹着蓝靛,挂着红胡子,周堃赶紧就问:"什么人?"这人说:"周贤弟,是我。"周堃听说话口音甚熟,又问:"哪位?"天王说:"且到里面再说。"书中交代:来者这位天王,是怎么一段事情?原来周堃跟杨猛、陈孝分手之后,杨猛、陈孝无法,也不能拦周堃,二人一直够奔灵隐寺而来。来到庙门首,陈孝一道:"辛苦!"门头僧问:"找谁?"杨猛、陈孝说:"济公可在庙里?"门头僧说:"你二位找济颠呀?"陈孝说:"是。"门头僧说:"别提了,这个济颠真可恨,一早起来,他就走出去一天,晚上非等关山门他才回来。我们打算把他关到外头,老不行。往山下瞧二里多地远,瞧不见他,我想这关山门他可赶不上了。刚一关门,焉想到他伸进一条腿来,说:"别关,还有我呢。"天天如此。也不知道怎么那么巧,哪时关门,哪时他回来。今天你们二位来得巧了,由早晨他就没出去,在大雄宝殿拿虱子呢。你们二人瞧瞧去吧!"杨猛、陈孝二人立刻进了庙,来到大雄宝殿一瞧,果然济公在大雄宝殿拿虱子呢。杨猛、陈孝二人赶紧行礼,和尚说:"你两人做什么来了?"杨猛、陈孝二人说:"师父,应了你老人家的话了。"和尚说:"应了我什么话了?"陈孝说:"现在窦永衡打了官司了,他媳妇被花花太岁王胜仙诓了去,求师父你老人家慈悲慈悲吧!设法救他才好。"和尚点了点头说:"我救他,你二人附耳如此如此。你二人先走,咱们不见不散,准约会。"杨猛、陈孝点头答应,竟自去了。和尚穿上了僧袍,出了灵隐寺一直往前走,进了钱塘关,走了不远,见对面来了一个人,身高九尺,面似乌金纸,环阔眉目,正是探囊取物赵斌。一见济公连忙上前行礼,说:"师父,一向可好?"和尚说:"赵斌呀!今天你不用卖果子了,我烦你点事。"越斌说:"师父有什么事,只管说。今天我正心里发烦,不爱做买卖呢。"和尚说:"我这里有一封字柬,你拿着到凤山街,就是你头一天卖果子那家,他叫铁面天王郑雄。送去交到门房,他必有应酬你,你就在那里等我。"赵斌点头。济公写了一张柬字,交给赵斌,赵斌把果筐提起来,一直够奔凤山街。来到郑雄门首,一道"辛苦",家人一看,说:"这不是那位卖果子的么?你找谁呀?"赵斌道:"我奉灵隐寺济公之命,来给郑爷送信。"家人说:"你认识济公么?"赵斌说:"济公是我师父。"家人一听说:"呵!你贵姓呀?"赵斌说:"我姓赵。"家人说:"你是济公的徒弟,我们大爷也是济公的徒弟,你跟我们大爷还是师兄弟呢!你在这门房坐坐,我给你进去回禀。"赵斌来到门房,家人把书信拿进去,郑雄正在书房跟牛盖说闲话呢。日前把牛盖带到家来,问牛盖哪里人,他说是巡典州的人,问他姓什么,他说姓牛,叫什么,叫盖,郑雄问他别的话,他也说不清楚,郑雄倒很喜爱他,把牛盖留在家里坐着。早晚没事,教给牛盖人情世态,说话礼路,他就是太浑,也有明白的,也有不明白的。今天二人正在书房坐着,家人把书信拿进来,说:"外面来了一个姓赵的,说是灵隐寺济公叫他来给送信。"把信呈上去,郑雄打开一看,心中明白,叫家人把赵斌让到厅房去,给他预备几样菜,灌一壶酒,就提济公说了,叫他在这里等着,至迟二更天,济公必来。便叫家人买一百钱蓝靛,再买一挂唱戏用的红胡子,交给赵斌,等济公来了,自有吩咐,又教把铁棍拿出来给他。家人点头答应,出来说:"赵爷,我们大爷说了,请你到厅房去坐着喝酒。济公有话,叫你在这里等候,至迟二更天,济公必来。"赵斌点头,这才到书房,家人擦抹桌案,把酒菜摆上,赵斌自斟自饮起来了。家人把蓝靛红胡子都买了,将郑雄的铁棍拿出来,交与赵斌。赵斌问:"做什么?"家人说:"等济公来了,他老人家自有吩咐。"赵斌就在郑雄家喝着酒。少时天色掌灯,吃喝完了,天有初鼓以后,外面济公来了。只见他背着一个大包袱,赵斌说:"师父,背的什么?"和尚把包袱打开,众人一看,全都目瞪痴呆。不知包袱包的何等物件,且看下回分解。

第一百七十三回

改形象暗救贞节妇　施佛法火烧合欢楼

话说济公禅师来到郑雄家中，背着一个包袱，打开一看，是五身衣裳。有青布缨翎帽，青布靠衫，皮挺带，薄底鹦脑窄腰快靴，连裤子腿带袜子全有，整整五份。赵斌一看，说："师父，这衣裳帽子是哪里来的？"和尚说："我偷来的。"书中交代：还是真偷来的，这话不假。原来仁和县有一位班头，姓焦，在钱塘关外住，家里就是一个妻子孙氏住着，独院独门，三间北房，一间茅楼。素常孙氏就不正经，常与人私通，焦头出去办案去了，仁和县衙门中散役，都常到焦头家里去，跟孙氏不清楚。今天焦头出去办案不在家，他们凑了五个人到焦头家里去，孙氏一见，说："众位兄弟哥哥来了。"大众说："来了。"这个打酒，那个买菜，众人喝起来了，乱说乱闹乱玩笑。喝完了酒，五个人说："焦大嫂子，我们都不走了。今天焦大哥不回来，咱们凑一夜。"孙氏说："不走就不走了，你们都住下吧。"这五个人都欢天喜地，也有点醉了，全把衣裳脱了，五个人赤身露体往炕上一躺。众人刚躺下来，就听外面叫门说："开门来。"孙氏一听，说："可了不得了，我男人回来了。"这五个人吓得三魂皆冒，说："这可怎么办？"孙氏说："你们快藏到茅房去吧。"这五个人顾不得穿衣裳，都藏到茅房去。孙氏赶紧把五人的衣服帽子靴子裤子带子捡到一处，用包袱包起来，那才出来开门。把门开开一瞧，并没有人，孙氏心中纳闷，找了半天真没有，复返回来。到屋里一瞧，五个人的衣服全丢了，就忙把五个人由茅房叫出来说："我男人并没回家，你们的衣裳可都丢了。"这五人一听愣了，说："怎么办呀？"孙氏说："你们快走吧，要等天亮这怎么走？"五个人无法，跑了出来，溜着墙根走，怕碰见熟人。偏巧有过路人，打着灯笼，这五个人越溜墙根，人家越要照照，一瞧还是熟人呢。说："你们几位头儿，怎么光着身子？敢是输了？"五个人说："不是，我们洗澡去，刚脱了衣裳，澡堂子着了火，我们吓得跑出来了。"这人说："哪个澡堂子着火，怎么没听见打锣呀？"这五个人说："许是把火救灭了。"用话遮盖过去，这五个人各归各家。这五个人好找便宜,这也是报应。衣裳原是被济公偷了去,和尚拿着五身衣服,来到郑雄家见了赵斌,叫赵斌拿着三身官人的衣服,附耳如此这般这样这等。赵斌把话记住了,用蓝靛抹了脸,挂上红胡子,拿着铁棍,一直够奔泰和坊。来到王胜仙的门首,往里就闯,摆棍见人就打,口称天王来了,打了一条大路,来到合欢楼。上了楼,周堃问:“谁?”赵斌说:“我是探囊取物赵斌。”周堃原与赵斌也认识,说:“赵大哥打哪里来?”赵斌说:“我奉灵隐寺济公之命,前来搭救你姐弟二人。我带来三身衣裳靴帽,你同你姐姐都换上,我也换上。济公说了,见楼下旋风一起,你我就下楼逃走,这叫鱼目混珠。”周堃赶紧说:“姐姐换上吧。”周氏这才把靴子穿上,用绳子扎好,套上青布靠衫,腰系皮挺带,戴上缨翎帽。周堃也换好了,赵斌也把胡子摘了,把壮士帽揣在怀内,换上官人这身衣服。刚才换好,就见楼下起了一阵旋风,刮得出手不见掌,对面不见人。周堃同周氏、赵斌趁此下楼,赵斌在头里,周氏在当中,周堃在后面,分着众人就往前走。大众官兵被风刮得睁不开眼,这三个人都是官人打扮,众人瞧见,也不介意。本来官人太多了,各衙门的全有,谁能准认得谁?再说刮风刮得也顾不得睁眼。三个人闯出重关,不敢奔前面走,奔后面花园子角门,把门开开,出了角门。周堃说:“哎呀,两世为人了!”这句话尚未说完,只见对面来了两个人,都是缨翎帽,青布靠衫,腰系皮挺带,薄底窄腰鹦脑快靴。这两个人用手一指,说:“惊弓之鸟,漏网之鱼,往哪里逃走?”周堃、赵斌一看,说话这两位非是别人,正是杨猛、陈孝。书中交代:和尚在郑雄家打发赵斌走后,和尚出家找着杨猛、陈孝,把两身官人的衣裳给了杨猛、陈孝,叫他们换好了,一同来到王胜仙的后花园子角门,等候周堃周氏赵斌。嘱咐杨猛、陈孝几句话,和尚先进了后花园了,施展佛法,起了一阵怪风,周堃同周氏赵斌才混出来。杨猛、陈孝一瞧是周堃,赶紧过来说:“周贤弟,多有受惊了!济公叫我二人在此等候,叫赵贤弟回家吧,不必管了。周贤弟先同你姐姐到我家去,济公说了,明天必搭救你姐丈窦永衡。”周堃点头,同周氏跟杨猛陈孝走了,赵斌自己回了家,这话不表。单说和尚来到里面花园子一施展佛法,这些官兵这个说那个:“你为什么打我?”那个说:“我这只手拿着火把,这只手拿着灯笼,我怎打你了?”那边就说:“你为什么拧我?”那个说:“你为什么掐我?”大众一乱,这个跟那个揪起来了,那个跟这个打起来了,这个把火把捺了,那个把灯笼捺了。灯笼捺在楼上,一着凡火,勾引神

火,展眼之际,把合欢楼着了烈焰腾空。真是:

南方本是离火,今朝降在人间。无情猛烈性炎炎,大厦宫室难占。滚滚红光照地,呼呼地动天翻。犹如平地火焰山,立刻人人忙乱。

王胜仙一瞧火起来了,急得直跺脚,疑惑把太岁、天王、美人都烧死在楼内。太岁、天王烧死倒不要紧,心疼把美人也烧死了,连忙吩咐人救火。大众怎么用水浇也不灭,展眼之际,把一座合欢楼烧了个冰消瓦解。天光也亮了,火也烧完了,王胜仙心中自是丧气,许多家人被太岁杀了,也有被天王打死的。这件事,又不敢告诉秦丞相,怕秦丞相究起底里根由,反倒抱怨他。王胜仙无奈,死一个人给五十两银子办白事,叫各家的尸亲把尸领回去,这叫乐没乐成,反闹了个天翻地覆,他也该当遭这样的恶报。和尚早就走了,天刚一出太阳,济公来到京营殿帅衙门门口。衙门对过有一座小酒铺,刚挑开火,有几位喝酒的都是做小买卖的,一早出来赶市,也有卖菜的,也有这卖耍货的,都在酒铺来喝酒。和尚掀帘子进去,内中有认识的,说:“济公这么早,打哪里来呀?”那个说:“圣僧,这边喝酒。”和尚说:“众位别让,我和尚今天心里愿,我等着见刑廷大人,非得打官司不可。”众人说:“济公你老人家一个出家人,跟谁打官司呀?”和尚说:“别提了,昨天我们庙里应了一家佛事,应得是七个人接三。偏巧我们庙里和尚好忙,不够七位,去五位还短一个。这四位和尚好容易找了一个秃子,凑着去了。接完了三,本家说:‘我们有一锅煮饭,给和尚吃饭,可得烧一台焰口。’本来我们这几个和尚都是饿疯了,一想既给烫饭吃,就烧一台焰口,也不算什么。焉想到把焰口放完了,本家就挑了眼了,他说:‘正座嗓子不好。’不肯给钱。三说两说说翻了,打起来。人家本家人多,把我们那四位和尚都给打了,就是没打了我。”众人说:“济师父,你打了人家了?”和尚说:“没有,我跑出来了。要不跑出来,也就叫人家打了。我非得告他,念完了经,打和尚,那可不行?”众人说:“济公,把气消消,这也不要紧事,不必见刑廷大人,官司不是好打的。”说着话,过来一人说:“圣僧,慈悲慈悲,我有个舅舅,寒腿疼得下不了炕,求你老人家给点药。”又一个说:“我拜兄弟的母亲,痰喘咳嗽,老病复发,求师父慈悲慈悲,赏些药吧!”和尚说:“今天我一概不应酬,过了今天,哪天都行。今天我心里烦得了不得了,非得等着见刑廷。”正说着话,就听外面轰赶闲人,说:“闲人躲开,刑廷大人回来了!”本来刑廷大人出来威严大了,头里有鞭牌锁棍刽子手,前呼后拥一大片。众人看热闹,只见刑廷陆大人坐着轿子刚到,和尚一声喊嚷:“冤哪!”过去一把揪住轿子,和尚一使劲,就听“喀嚓”一声,轿杆断了。不知该当如何,且看下回分解。

第一百七十四回

见刑廷法术惊奸党　请济公神方买良心

话说济公禅师一声喊嚷"冤哪!"过去一伸手,把轿杆揪住。"喀嚓"一响,轿杆就断了。轿子往前一栽,刑廷陆大人几乎摔出来,他在轿内往前一冲,把二品纱帽掉下来。偏巧一滚,滚在撒尿子窝里,轿子也不能坐了,纱帽也不能戴了。陆炳文勃然大怒,吩咐把和尚锁上,自己赌气,走进衙门去。官人把和尚锁上,带着来到班房,官人说:"和尚你好大胆子,竟敢把刑廷大人的轿子按断了? 回头你有过乐了。"和尚说:"我也不知道,怎么股子劲,就把大人弄出来了。"官人对和尚说:"你回头见了大人,也这样说,可别改。"和尚说:"那是自然。"正说着话,就听梆点齐发,大人升堂。陆炳文这个气大了,到衙门换上帽子,立刻传伺候升堂,吩咐带和尚。官人立刻把和尚带上来,陆炳文原打算和尚一上来,不容分说,拉下去重重地责打,方出胸中的恶气。哪知和尚一上来,陆炳文尚未说话,旁边过来一个家人,在陆炳文耳边说:"大人,这个和尚可打不得的,他乃是灵隐寺的济公。他是秦丞相的替身,大人要打他,岂不是羞辱秦丞相么?"陆炳文一听,心说:"怪不得他这样放荡不羁,敢情是我师伯的替身,怎可打下的?"自己无奈,把气压下去说:"和尚,你是个出家人,做事不可这样粗鲁呀! 就是有什么冤枉之事,也可以慢慢说呀!"和尚回说:"我也不是故意的,请大人不必动怒。"陆炳文刚要下台,就说道:"既是你不是存心,我念你是出家人,不怪罪你,你下去吧,往后须要安分。"也就算完了。焉想到和尚偏不这么说,和尚说:"我和尚实在冤枉! 昨天晚上,我们庙里应了一件佛事,是七个人接三,庙里忙,和尚不够了,剩了四个和尚,添上一个秃子,共去了五个人。接完了三,本家说给烫饭吃,叫饶一台焰口,我们和尚本都饿疯了,就吃了烫饭,给饶了一台焰口。焉想到念完了经,本家说'正座嗓子不好'。不给钱,还把我们和尚打了。我来一喊冤,也不知怎么一股子劲使猛了,把大人给弄出来。"陆炳文一听和尚说的太不像话了,当着这许多的官人,若再不打和尚,太下不去了。陆炳文一想:"我先打了他再说，若秦相问我，我再到秦相跟前去请罪，就说我不知道是秦相的替僧，大概也不致为和尚把我丢官罢职。”想罢，一拍惊堂木说：“僧人，你好大胆量，满口胡说，搅扰官署重地，拉下去给我重打四十板！”掌刑的答应：“是。”翻过来一拉和尚道：“走。”和尚大声说：“我要挨打了。”官人说：“你嚷什么。”和尚说：“我要嚷。”官人把和尚拉下堂去，按倒就地，一个骑着和尚的脖子，一个按着腿，掌刑的刚把板子拿过来要打，忽然大堂前起了一阵怪风，刮得人人都不能睁眼，按人的也不能睁眼，掌刑的也睁不开眼。正刮着风，陆炳文在堂上坐着，好好的忽然肚中鼓起来，鼓得有犬皮鼓相似，自己两只手够不着肚脐。陆炳文心里一迷，连说：“别打。”官人自然就不能打了。陆炳文自己用手就掀胡子，展眼三绺胡子掀下两绺来，从人说：“大人这是怎么的了？”赶紧把陆炳文搭在内宅去，有官人暂把和尚看押起来。陆炳文到了内宅，夫人、少爷、小姐一瞧，都急了，说：“大人这是怎么了？方才好好的，片刻的工夫，肚子会胀这么大？你们快给请医生去吧。”家人慌慌张张出来，就把隔壁卖药的王先生请来了，这位王先生叫做三元会。怎么叫三元会？只因他给治好了三个人，一个牙疼，一个长大疮，一个长痔疮，他将三个人治好了后，三个人给他挂了一块匾，写的是“三元会”，故此众人都叫他三元会。这位王先生，本来少读王叔和，未念药性赋，不懂得切脉，什么叫浮沉迟数，用药哪叫热寒温凉，何为五脏六腑，哪论阴阳五行，一概素常就是糊弄饭吃。今天把他请到内宅，陆炳文在帐子里伸出手来诊脉，夫人小姐婆子丫环都在屋中围侍，得病不避医家。王先生听说肚子大，他错疑是姨奶奶分娩急。本来陆炳文的手十指尖尖，王先生把医家的规矩都忘了，一进门应该望闻问切，他也不问是谁，伸手一诊脉，装模作样半天，王先生说：“不要紧，这是要生产，你们快去请收生婆吧。”夫人一听，说：“快把他赶出去。”王先生还说：“我说是喜，夫人不信？”夫人说：“这是我们大人。”王先生一听，没得说了，被家人把他赶出去了。夫人说：“你们这些奴才，没有能办事的，请这样的狗先生。快出去请名医去！”家人说：“临安城就有两家名医，一位赛叔和李怀春，一位指下活人汤万方。”夫人、少爷说：“不拘把哪位请来都行。”家人复又去了，少时把赛叔和李怀春请到。他给刑廷诊脉，说：“大人这个肚子可奇了，我看六脉平和，内里十二经并没有病，这个肚子我瞧不了。”夫人说：“先生瞧不了，谁还能瞧得了呢？望求先生指示。”李怀春说:“我看不了,汤万方也看不了,就有一个人可能治,手到病除。”夫人说:“谁呀?”李怀春说:“灵隐寺的济公长老。前者我在秦相府看病,二公子秦桓得着大头瘟,我也瞧着脉理没病,就是济公治好了。非请他老人家来,别人治不了。”家人在旁边言道:“灵隐寺济颠僧,在我们衙门班房锁着呢。”李怀春说:“原来如是,快去请他。”夫人问:“为甚锁着?”家人就把方才之故一说,夫人说:“你们快把和尚请来,只要把大人的病治好,我的主意,把他放了。”家人跑出来,到了班房,本来这个家人也不会说话,说:“和尚,我们夫人叫你进去呢。”和尚说:“你们夫人叫我,我怕落口舌,言言语语不好听。”家人说:“和尚,别胡说,我们夫人叫你进去,是给大人治病。”和尚说:“治病呀,你告诉你们夫人,说我和尚刷了。”家人一听,说:“好和尚,你真找着要打?我就照你这话回去。”家人来到里面说:“回禀夫人,和尚不来,他说刷了。”夫人一听,不懂这句话,说:“什么叫刷了?”李怀春说:“夫人可以派少爷亲身去请,见了和尚说几句谦词话,和尚就来了。”夫人说:“好,少爷你同家人请去。”少爷答应,连忙同家人来到外面,说:“圣僧,你老人家慈悲慈悲吧,我父亲得了大肚子,求圣僧给治吧!”和尚想:“既是少爷你来请我,和尚就去给瞧瞧,可不定治得好治不好。”和尚这才往里走,少爷先叫人把和尚的铁链撤去。话说这位少爷倒很恭敬,本不是陆炳文的亲儿子,是抱来的。他家里是大杂拌,他这位夫人当初本是勾栏院的妓女,陆炳文原系四川人,带着三万银子来京乡试,他就在勾栏院一嫖,认识这个妓女,名叫翠红。陆炳文也没乡试,把三万银子都花到翠红的身上,后来只落得分文皆无,连盘费都没有,也不能回家了。倒亏着翠红一番恻隐之心,看陆炳文实不得了局,翠红就把陆炳文留在勾栏院,在门房管管账,买买东西。后来翠红手里,存了倒有两万多银子,自己一想:“将来青春一过,又该如何?”看陆炳文倒是饱学,他跟老鸨儿一商量,要跟陆炳文从良。出来就花钱给陆炳文捐了一个小武职官,得了实缺,居然翠红是个官太太,老鸨儿就是岳母老太太。买了一个姑娘,就是小姐,抱了一个孩儿,就是公子少爷。后来,陆炳文拜了王胜仙做老师,官运也好,又有人情,未到十年,就做了刑廷,翠红就是夫人了。今天少爷把济公请进来,李怀春赶紧站起来说:“圣僧,你老人家来了!”和尚说:“李怀春,你尽给我和尚找事。”李怀春说:“这病非师父治,别人治不了。”和尚哈哈大笑,立刻要施佛法度脱陆炳文,施展神通搭救窦永衡。且看下回分解。

第一百七十五回

秉良心公堂释好汉　访故友夫妻得团圆

话说济公禅师来到里面，给陆炳文一看，夫人、少爷、小姐都说："圣僧，你慈悲慈悲吧！"和尚说："我看大人这病，我说出来，你们准都不信。"夫人说："圣僧说吧，焉有不信之理？"和尚说："大人这肚子是胎。"夫人一听一愣，心说："怪不得方才那个先生说是胎，这和尚也说是胎。"连忙问说："圣僧，你看是胎怎么办呢？"和尚说："这可跟旁胎不同，大人这是一肚子阴阳鬼胎，非得把胎打下来才能好。我和尚开个药方，到李怀春的药铺去取药去。"李怀春说："好，师父开吧。"立刻家人拿过笔来，和尚背着人写好封上，交与家人，大人也不知和尚开的什么药。家人拿着去了，到了李怀春药铺，把字柬交到柜上，家人说："你们先生在我们大人衙门坐着，这是灵隐寺济公开的方子，叫我来取药。"药铺伙计打开一看，上面写的是"天理良心一个，要整的，公道全分"。药铺一看，说："管家，你把药方拿回去吧，我们药铺没有良心。"管家说："你们药铺没良心？"伙计说："不但我们没良心，是药铺都没良心。"管家无法，回来到里面说："回禀夫人，药没配来。"李怀春说："怎么？我那药铺是药皆有，怎么会没配来呢？"家人说："你们药铺没良心。"李怀春说："为什么我们药铺没良心？"管家说："他说是药铺都没有良心，没有这味药。"陆炳文说："这药方拿来我看看。"家人把方子递给陆炳文，一看是："大埋良心一个，要整的，公道全分。"陆炳文一想，说："这药不用费钱，自己就有良心。"和尚说："你只要有良心，就好得了。"陆炳文说："传伺候升堂。"家人说："大人这个样子，升得了堂么？"陆炳文说："升堂，升堂！我做得亏心事，我知道非升堂好不了。"他刚一说升堂，肚子就往回抽。李怀春说："大人升堂办公，医生要告辞了，我还要到别处去看病。"说罢竟自去了。且说陆炳文立刻命家人搀着，升坐大堂，给和尚搬了一个座，就在旁边坐下。陆炳文吩咐拿着监牌，提王龙、王虎、窦永衡，手下原办马雄答应，立刻到监里把王龙、王虎、窦永衡提上堂来。三个人在堂下一跪，陆炳文说："王龙、王虎在白沙岗抢劫饷银,杀死解粮职官,有窦永衡没有?你两个人可要说公道良心话。”王龙、王虎一想:“前者已然都画了供,大人这又问,久状不离原词,我二人改不得口。”想罢,说:“大人,有窦永衡。”陆炳文勃然大怒,一拍惊堂木说:“你这两个人混账!拉下去给我重打每人四十大板!”掌刑的答应,立刻把王龙、王虎拉下去。打完了,陆炳文又问:“王龙、王虎,你两个人说实话,到底有窦永衡没有?”王龙、王虎一想:“这必是窦永衡的人情到了,大人要拷打我二人,倒别改嘴,一口咬定。大概要把窦永衡办了,我二人许把命保住。”想罢说:“实有窦永衡。”陆炳文说:“你这两个东西实找打,再给我每人重打四十!”立刻又打,打完了又问。王龙、王虎一想:“这可真怪,前者我二人拉窦永衡之时,倒没打,这是怎么缘故呢?”二人还不改口。陆炳文又吩咐打,把两个人连打了三次,打得皮开肉绽,鲜血直流。陆炳文说:“你两个人要不说良心话,我生生把你两个打死。到底有窦永衡没有?”王龙、王虎一想:“这个刑受不了啦!再说有,还是打。”二人无法,说:“回禀大人,没有窦永衡。”陆炳文说:“这不错了,人说话要有良心,本部院有良心。我知道窦永衡是好人,你两个人仇攀,是没有窦永衡。”接着吩咐:“来呀!把窦永衡的锁镣砸了,我将他当堂开放!”旁边众官人一瞧,大人这是无故疯了,书办赶紧过来说:“回禀大人,窦永衡在白沙岗打劫饷银,杀死解饷职官,情同叛逆。再说大人已然都定了案,奏明皇上,大概这个案必是立决,不久就有旨意下来。大人这里把窦永衡放了,那如何使得?”陆炳文说:“你休要多说,我有良心。皇上他没我大,大凡现官不如现管,我要放窦永衡,皇上他管不了我。”书办一听,这更不像话了,说:“大人要放窦永衡,书办了不了,大人先把书办革了倒好。”陆炳文说:“革你不费事,来贴革条,先把他革了。”立刻写了革条贴上。原办马雄也过来给刑廷磕头说:“回禀大人,窦永衡放不得的。”陆炳文说:“怎么?”马雄说:“大人想情,窦永衡谋反大逆,已画了供,大人给秦丞相行了文书,秦丞相已然知道。大人再把他放了,秦丞相再要问这案,大人怎么办?”陆炳文说:“你放屁!秦丞相他管不了我的事。他做他的丞相,我做我的刑廷,他管不着我,我有良心,窦永衡是好人。”马雄说:“大人要放窦永衡,先把下役革吧。”陆炳文说:“革你不费事,来贴革条,把马雄给我革了。”手下众官人,一个个吓得往后倒退,谁一拦就革谁,众人都不敢言语了。陆炳文吩咐来人:“把窦永衡手铐脚镣砸开了。”手下官人,立时把窦永衡的大三件摘了。陆炳文说："窦永衡，本部院知道你是被屈含冤，你是个好人，我将你当堂开放。"窦永衡心中纳闷，心说："这是怎么一段情节？"抬头一看，济公在旁边坐着呢。窦永衡倒瞧着发愣，和尚说："混蛋你还不快走！等他明白过来，再叫人把你锁上呢！"窦永衡这才明白，赶紧往外走。来到衙门门首，就听门口众官人大家纷纷议论，这个说："咱们大人无故放窦永衡，这事可新鲜！"那个说："你听信吧，早晚他这个刑廷决做不长了。"窦永衡一出衙门，只见对面两个骑马的，都是长随路的打扮，来到刑廷衙门门口，翻身下马。来者非是别人，乃是秦丞相两位管家大人秦安、秦顺。皆因陆炳文把济公锁了，街上全都吵嚷动了，传到秦相府。秦相府的家人，都感念济公的好处，前者济公初入秦相府之时，是家人每月多增三钱银工钱，是济公出的主意。今天听说刑廷把灵隐寺济公锁了去，有人回禀了四位管家大人，大管家秦安一听，说："好一个胆大陆炳文，竟敢把相爷的替僧锁去了，这分明是羞辱丞相爷的脸面！"立刻进去一回禀秦相，相爷一听，大大不悦，叫家人："拿我的片子，赶紧到刑廷的衙门，就说我请济公即刻就来。"管家秦安、秦顺拿着相爷的片子，故此忙奔刑廷衙门来，不言讲二位管家请济公，单说窦永衡出了龙潭虎穴，自己有心回家吧，又不敢回去，遭这样官司，不晓得家里抄了没抄。自己一想："先到杨猛陈孝家去打听打听，再作道理①。"想罢，这才来到杨猛、陈孝门首。一打门，杨猛、陈孝正同周堃在里面一处谈话，听外面打门，陈孝出来开门，一看是窦永衡，陈孝倒一愣，说："窦永衡你怎么会回来了？"窦永衡说："陆炳文当堂把我放了，到里面我细对兄长说。"陈孝说："你来好了，你妻子也在这里，你内弟周堃也在这里，你进来吧！"窦永衡同着陈孝来到这里面，周堃一见说："姐丈，你怎么回来了？官司怎么样了？"杨猛一瞧也乐了，大众彼此行礼，窦永衡就把方才陆炳文当堂开放，怎么革书办官人，济公在堂上坐着，这话从头至尾细述一遍，杨猛、陈孝、周堃三个人方才明白。窦永衡就问周堃，"你打哪里来？"杨猛、陈孝说："窦贤弟，你还不知道，你的官司被人家买盗攀赃入了狱，你妻子被花花太岁王胜仙诓了去，搁在合欢楼。"杨猛、陈孝就把以往从前，怎么找济公，怎么周堃到王胜仙家里杀人，济公怎么施佛法把众人救出来，火烧合欢楼之

---

① 道理——这里指"打算"。

事，如此如此一说。窦永衡一听，吓得毛骨悚然，说："原来有这些事，令人可怕！"陈孝说："这件事要没有济公，可就了不得了。窦贤弟你今天既来了，咱们是合家欢乐，我预备点酒菜，痛饮一番。今天听听信，明天你们哥俩带领弟妹好逃走，临安是住不得了。杨贤弟，你陪着窦贤弟、周堃弟说话，我去买菜去。"说着话，陈孝出去买菜。工夫不大，见陈孝回来了，什么菜也没买来，脸上颜色更变。众人问："怎样陈兄长没买菜来？"陈孝说："了不得了，京营殿帅传下令事，水旱十三门紧闭，各街巷口扎驻官兵，按户搜拿窦永衡。"众人一听，唬得神魂皆冒。不知后事如何，且看下回分解。

第一百七十六回

陆刑廷下令捉强盗　美髯公闻信挡官兵

话说美髯公陈孝出去买菜，见街市上都乱了。听说京营殿帅下了令，水旱十三门紧闭，按户搜拿越狱脱逃江洋大盗黑面熊窦永衡。书中交代：怎么一段事呢？原本刑廷陆炳文把窦永衡放走之后，秦相府派管家把济公也请了走了，陆炳文忽然明白过来。一看在大堂上，王龙、王虎在下面跪着，陆炳文就问手下人："王龙、王虎在这跪着做什么？谁叫他们出来的？"手下人说，"大人不是把书吏革了？把马雄也革了？把窦永衡放了么？"陆炳文说："谁把窦永衡放的？"手下人说："大人叫放的，莫不是大人方才的事就忘了么？"陆炳文一想，真仿佛心里一糊涂，如做梦一般，渺渺茫茫，有点记得，自己唬得惊慌无措。窦永衡已然定了案，奏明圣上，这如何放的？立时吩咐赶紧传我的令，水旱十三门紧闭，知照各地面官厅把守，左右两家搜一家，官至三品以下，无论什么人家按户搜查。叫他们不能说他放走窦永衡，只说拿越狱脱逃的大盗窦永衡。如有人隐匿不报，知情不举，罪加一等。如有人将窦永衡献出来，赏白银一千两。这一道令下来，水旱十三门就闭了，街市上全乱了，各该管地面的老爷，带官兵各查各段。陈孝听见这个信，菜也顾不得买了，跑回家来。一见杨猛、周堃、窦永衡，就把这件事一说，窦永衡一听，叹了一声，说，"二位兄长不必吃惊，我窦永衡情屈命不屈，别连累你们二位。我由后面跳墙出去，到刑廷衙门报案打官司。二位兄长设法，把我内弟同敝贱内将他们送了走，叫他们逃命就是了，二位兄长就不必管我了。"陈孝说："那如何使得？"杨猛说："我倒有主意。"陈孝说："你有什么主意？"杨猛说："我同周堃每人拿一把刀，到花花太岁王胜仙家见一个杀一个，见两个杀一双。你同窦贤弟二人，够奔刑廷衙门，刀刀斩尽，剑剑诛绝，把狗娘养的杀一个鸡犬不留，咱们大反临安城。杀完了，闯出临安城，远远的找一座山，去当山大王，扯起旗来，招军买马，聚草屯粮，官兵要来了，咱们也不怕，省得受这些狗官的气。"陈孝说："你别满嘴胡说，就凭我们四个人就要造反，那如何能行？你先别胡出主意，咱们看事做事。”正说着话，只听外面一乱，有人打门，杨猛说：“你瞧，搜来了，我先把他开刀。”陈孝说：“你别莽撞，待我出去，跟他说。能用话把他们支走了更好，实在不行，那可讲不了。”说着话，陈孝赶紧来到外面，一开门，见门外站定了无数的官兵，有两位本地面的老爷，一位姓黄，一位姓陈，都是将巾折袖，鸾带扎腰，箭袖袍，薄底官靴，肋下佩刀。陈孝一看，两位老爷都是熟人。陈孝故作不知说：“二位大老爷来此何干？”黄老爷说：“陈孝，咱们彼此都是老街旧邻，其实素常我们也知道你是安分度日的人。今天我们是奉京营殿帅的令，按户搜查越狱脱逃的大盗窦永衡，这是公事，没偏没向，不得不如此。你闪开，我们到里头瞧瞧吧。”这是跟陈孝有个认识，透着还有面子，要是到别人家，没有这些话，带人就往里闯，叫搜也得搜，不叫搜也得搜。陈孝一听这话，说：“二位老爷且等等进去，我有句话说。其实我在这方住了，也不是住了一天半天了，素常我也没结交过匪类人，也没有乱招的朋友到我家来，大概你们老爷们也有个耳闻。今天我倒不是不叫你们众位进去搜，我这家里住着亲戚呢，有我两侄女，一个外甥女，在这住着，都是十八九岁，未出闺门的大姑娘。二位老爷带着官兵进去，叫我这几个亲戚姑娘抛头露面的，多有些不便。二位老爷既是跟我陈孝有个面子，二位先带人到别处查去，少时我把这几个姑娘送走了，你们再来查。”二位老爷一听，说：“那可不行，这是官事，莫非你敢抗令不遵么？”陈孝说：“我也不敢抗令不遵，二位老爷多照顾吧，谁叫我家里赶上不便当呢。”二位老爷说：“陈孝，你家里是否隐藏着窦永衡呢？”陈孝说：“没有。”黄老爷说：“既是你家没有窦永衡，就有几位姑娘也不要紧，我们到里头瞧瞧，这有何妨呢？”说着话，就要推开陈孝往里走。此时杨猛早拿着刀，在二门里听着，心说：“那个球囊的一进来，我先拿他开刀。”陈孝正跟二位老爷狡辩之际，见由对面来了三乘小轿，有一个人骑着一匹马，来到陈孝门首，翻身下马。这人说：“陈爷，我们来接你侄女外甥女来。”陈孝一听一愣，心里说：“我说住着侄女外甥女，是信口开河撒谎，怎么真有人来接人？”看这人是长随路的打扮，并不认识。他也真是随机应变，当时说：“二位老爷，你瞧我不是说瞎话，是我家里有亲戚住着不是？人家来接了。二位老爷先候一候，等我侄女外甥女她们上了轿子走了，你们再搜，这可以行了。”黄老爷、陈老爷说：“就是吧。”陈孝同着这人，带着三乘小轿子来到里面。陈孝说：“尊驾是哪里来的。”这人说：

“我是凤山街铁面天王郑雄郑爷教来接窦永衡，我这带来一封信，你看。”掏出来陈孝一看信，是济公的信，陈孝这才明白，赶紧叫窦永衡、周堃、周氏三个人上轿，把轿帘扣好，这人带着就走。轿子走后，陈孝说：“黄老爷，陈老爷，你们二位带人进来搜吧。”二位老爷才带人进去搜查。那还搜谁？自然是没有了。黄老爷一想这个事，自己忖度了半天，这二位老爷也都是精明干练，在外面久惯办案，一见这三乘轿子来得诧异，先见陈孝不叫搜，说话言语支吾，脸上变颜变色的。这三乘轿子抬走了，见陈孝颜色也转过来了，说话也透着理直气壮了。二位老爷一想，这三乘轿子之内定有缘故，即派官人赶紧跟在后面跟着，看这三乘轿子抬到谁家去，给本地面官送信，无论查过去没查过去，赶紧着人搜拿。官人答应遵令，在后面跟着。这三乘轿子抬到凤山街，进了一座路北的大门，官人一看，是铁面天王郑大官人家。官人立刻到凤山街地面官厅一报，这本地面两位老爷，一位姓白，一位姓杨，官人一回禀，道：“我们黄老爷、陈老爷，派我跟下来，有三乘轿子由东街杨猛、陈孝家抬来，抬到这凤山街郑大官人家去。我们老爷说，轿子里有情弊①，叫我给老爷送信，赶紧去查去。”白老爷、杨老爷一听，立刻带本汛官兵，来到郑雄门首。一道辛苦说：“我们奉京营殿帅之令，按户搜查越狱脱逃大盗窦永衡，烦劳众位管家到里面回禀一声，我们要进去搜查。”家人郑福进去回禀。郑雄原本前者有济公给他的信，叫他今天遣三乘轿子，到杨猛、陈孝家去接窦永衡夫妇和周堃。刚把三个人抬了来，家人进来回禀，说：“本地面官带兵搜来了。”郑雄一听愣了，说：“可怎么好？”心里说：“济公叫我把窦永衡接来，这要由我家搜了去，我落个窝主，这场官司我可打不了。”自己吓得半晌无语。窦永衡说：“郑大官人不必着急，我是命该如此，别连累你老人家。我跳后墙出去，投案打官司就是了。”郑雄说：“如何使得？济公既叫我把你们救来，我又焉能把你送进牢笼？”家人郑福说：“奴才倒有主意，官人仍叫他们三位上轿子，官人骑上马带着走，作为携眷出城去，就好办了。”郑雄一想，言之有理，立刻叫人备马，把轿子抬进来，复又叫周堃、周氏、窦永衡上轿子。郑雄带着轿子，出来就上马，白老爷、杨老爷问：“郑大官人上哪里去？”郑雄说：“带家眷上坟。”说着话，郑雄催马同轿子就走。家人再叫白老爷到

---

① 情弊——情况指异常的情况。

里面搜,那不是白搜么?白杨二位老爷更有主志,一看这三乘轿子刚到郑雄家去,刚要来搜,复又把轿子抬出来说上坟,显然更有情弊。立刻派官人跟着,看出哪门,给门汛①老爷送信,务要搜轿子,别放他出城。见郑雄带着轿子够奔艮山门而来,焉想到来到艮山门,门汛四位老爷带官兵拦住要搜。大概轿子想要出城,势比登天还难。不知后事如何,且看下回分解。

① 门汛——"汛",凡武官统率的兵均称为汛,其驻防巡逻之地区为"汛地","门汛"为其汛地之关隘之门。

第一百七十七回

佛法点化救英雄　途中逃难逢山寇

话说铁面天王郑雄，带着三乘轿子，够奔艮山门而来，心中甚是提心吊胆。刚来到艮山门，一看城门关着，门汛官厅四位老爷由里面出来。这四位老爷，一位姓王，一位姓马，一位姓魏，二位姓赵，这四位老爷原本都跟郑雄认识。本来郑雄这个人，素常最好交友，眼皮是宽的，上至公侯，下至庶民，跟他认识的人甚多。今日四位该班老爷一看说："原来是郑爷，轿子里是什么人？上哪里去？"郑雄说："轿子里是我的内眷，今天是祭祀日子，我要出城去上坟。烦劳众位老爷开开城，我要出城。"四位老爷一听，说："郑爷今天可不比往日，平常也不关城，任凭来往人出入。今天有京营殿帅府的令，水旱十三门紧闭，查拿越狱脱逃的大盗窦永衡。此事关乎重大，你轿子要出城，我们得掀轿帘门瞧瞧。其实咱们素常有交情，这个事公事公办。"郑雄一听，说："众位老爷这话不对，我姓郑的，大概你们众位也知道。我平素也不与匪类人来往，我这轿子还能隐藏奸细么？这轿子里都是小男妇女，众位要瞧，在大街上多有不便。"众位老爷说："郑爷你是明白人，我们是办的公事，这个郑重，我们担不了。你要出城，不叫瞧，我们把你放出去，回头再有人，我们怎么办？叫你出去，不叫别人出去，岂不是有了偏向么？"郑雄说："既是你们众位不瞧不叫出去，我回家不去了。"四位老爷正与郑雄这里狡辩，焉想到有凤山街的官人赶到说："我们白老爷叫给众位老爷送信，这三乘轿子可别放出城去。原由东街杨猛、陈孝家搭出来，搭到郑雄家，我们老爷要查，郑雄又带着搭出来，其中定有缘故。"四位老爷一听这话说："郑雄你叫瞧，我们也得瞧，不叫瞧，我们也得瞧。"郑雄说："我不能叫年轻的妇女，在街上抛头露面的，我不去了，我回去就是了。"众位老爷说："你回去，我们也得瞧。"郑雄说："你们众位，这就不对了。我出城，你们要瞧瞧，怕带出奸细。我回去，怎么你们还要瞧呢？"众位老爷说："郑雄，你这三乘轿子里是谁？"原本头一顶轿子是周堃，第二是窦永衡，第三是周氏。郑雄说："头一顶轿子是我敝贱内,第二顶轿子是我侄女,第三是我外甥女,都是年轻的少妇姑娘。”众老爷说:“有窦永衡没有?”郑雄说:“我也不认识窦永衡,哪里来的窦永衡呢?”众老爷说:“既是没有窦永衡,我们瞧瞧也无妨。”郑雄说:“你们太不讲理,真是倚官仗势。”正说着话,只见由那边“踢踏踢踏”,济公来了。原来和尚由京营殿帅府大堂上,被秦相府的管家请到秦相府去。秦相一见,连忙让座说:“圣僧因为什么,刑廷陆炳文敢把你老人家锁去?”和尚说:“相爷问我和尚,原本有点不白之冤。昨天我们庙里应了一个接三,本家一锅冷饭,叫饶一台焰口。五个和尚念完了经,本家不给钱,说正座嗓子不好,还要打和尚,把我们那四个和尚都打了,就是没打我。我要见刑廷告他,焉想到刑廷不讲理,把我锁了去。及到了大堂上,陆大人他疯了,他把大盗黑面熊窦永衡给放了。”秦相一听,说:“窦永衡白沙岗断劫饷银,杀死解饷职官,情同叛逆,我已然奏明圣上,呈请勾到,怎么他又给放了?”和尚说:“他现在已给放了,大人不信,你派人打听去。”秦相说:“好。既是他给放了,我看圣上旨意下来,他怎办?他真要把这案放了,那可是找着被参。暂且不便管他,圣僧,在我这里吃酒吧。”和尚说:“也好。”秦相立刻派人擦抹桌案,把酒摆上。和尚喝了两三杯酒,站起来要告辞,秦相说:“圣僧忙什么?喝完了再走。”和尚说:“我去瞧热闹去。现在刑廷他把窦永衡放了,他又派人传令,水旱十三门紧闭,按户搜查大盗窦永衡。”秦相说:“这事可新鲜。”和尚说:“他要自己倒乱说着话。”和尚告辞,出了秦相府,一直来到艮山门。郑雄正跟门汛老爷在这里狡辩,怕人家搜轿子,见济公来了,郑雄连忙说:“济公来了,你是出家人,你给评评这个理。”和尚说:“什么事呀?”郑雄说:“我带着家眷,要出城上坟,他们众位老爷要搜轿子。我想在大街上,年轻妇女抛头露面的,多有不便,我说不去了。他们说不去了,也要瞧瞧轿子里什么人,你想这事,他们众位太不讲交情了,有些不对吧。”和尚说:“不对吧,可是郑雄你不对,人家这是公事,你要不叫瞧,别位走到这里也都不叫瞧了。你想人家公事,还怎么办呢?”众老爷一听说:“大师父这是明白人。”郑雄一想,心里说:“济公,这可是跟我玩笑。他叫我拿书信轿子接的窦永衡,现在人家要搜,他倒说这些话,这可是存心叫我打这场官司。”自己无法,说:“你们瞧吧。”众老爷说:“头一乘轿子是谁呀?”郑雄说:“是敝贱内。”众人掀轿一看,是一位白胡子老头,连郑雄一瞧也愣了。众人说:“郑雄,你不是说这是你贱内么?”郑雄说:“你们没听明白,是我贱内的父亲。”众人说:“第二乘轿子是谁?”郑雄说:“是我侄女。”众人打帘子一看,是一位老太太。众人说:“这是你侄女?”郑雄说:“是我侄女的姥姥。”又问第三乘轿子,郑雄说:“是我外甥女。”打开一看,是一老尼姑。郑雄说:“是外甥女的师父。”众老爷说:“郑雄,你这是存心打哈哈,轿子又没有年轻的妇女,又没有窦永衡,你故意戏耍我们。开城放郑爷他们出去吧!”立时把城开了。三乘轿子连和尚一并出了城,来到郑雄的阴宅,周堃、窦永衡、周氏下了轿子,过来给济公行礼。窦永衡说:“圣僧,你老人家真是佛法无边,搭救弟子再生。我窦永衡但得一地步,必报答你老人家的厚恩。”和尚说:“郑雄,你送给他三匹马,一把佩刀,叫他三人逃命去吧,将来你我还有一面之缘。”窦永衡又谢过郑雄,这才同周氏、周堃三人告辞。郑雄说:“你们三位打算奔哪里去呢?”窦永衡说:“我也无地可投。”周堃说:“我打算同我们舍亲,暂为投奔一个朋友处安身。”说罢拱手作别,三个人上了坐骑,顺大路往前走,也没有准去处,道路之上饥餐渴饮,晓行夜宿。这天,往前走,天色已晚,有掌灯的景况。三匹马正往前面走着,眼前是山口,“呛啷啷”一棒锣声,出来了数十个人,都是花布手巾缠头,短衣裳小打扮,各拿长枪大刀,短剑阔斧,把去路阻住。有人一声喊嚷:“此山是我开,此树是我栽,有人从此过,须留买路财。牙缝说半个不字,一刀一个土内埋。”又说:“对面的绵羊孤雁,趁此留下买路金银,饶你不死。如要不然,要想逃生,势比登天还难。”周堃一看,对面有了截路的,赶紧往前一催马说:“对面的朋友请了!在下姓周名堃,原本是北路镖头。今天我同舍亲由此路过,烦劳众位回禀你家寨主,就提我周堃今天不能上山去拜望,暂为借山一行,改日再来给你家寨主请安。”众喽兵一听,说:“原来尊驾是北路的镖头周堃,尊驾在此少候,我等回禀寨主一声。”说着话,有人往山上飞跑。工夫不大,就听山上“呛啷啷”一棒锣声,来了二百余人,各掌灯球火把,亮子油松,照耀如同白日一般。周堃抬头一看,为首有三骑马,当中一匹红马,骑着这人,头上戴宝蓝缎扎巾,蓝箭袖,黄脸膛,押耳黑毫,肋下佩刀,得胜钩挂着一条枪。上首一匹黑马,这人穿黑褂,皂黑脸膛,也是挂着一条枪。下首里一匹白马,这人穿白爱素,白脸膛,得胜钩上也挂着枪。三位寨主来到近前,把马一拍,问:“对面来者何人?”周堃说:“我乃北路镖头铁头太岁周堃,今日同舍亲由此路过,要借山一行,改日再谢。”这位黄脸的大寨主说："令亲是哪一位？"周堃说："我姐丈打虎英雄黑脸熊窦永衡。"三位寨主一听，"呀"了一声，说："原来是窦大哥。"赶紧三人翻身下马，上前行礼。不知三位寨主是谁，且看下回分解。

第一百七十八回

翠云峰英雄落草　陆刑廷献媚欺人

话说周堃一提说打虎英雄黑面熊窦永衡,三位寨主赶紧翻身下马,上前行礼,说:“原来是窦兄长,久违少见。”窦永衡一看,这三位寨主他并不认识,连忙答礼相还说:“三位寨主贵姓?我可实在眼生。”三位寨主说:“窦大哥是贵人多忘事,请至山寨一叙。”窦永衡说:“三位倒是谁呀?”这位黄脸的说:“提将起来,你我不是外人,此地亦非讲话之所,请上山寨去再谈。”窦永衡也不好不去,随同大众上山。来到大寨门一看,这座大寨房子不少,进了头道寨门,马匹交与从人,一直来到分赃聚义大厅落座,有手下人献上茶来。周堃说:“未领教三位寨主尊姓?”这个黄脸膛的说:“你我是五百年前一家人,我也姓周,名叫虎,有个小小的外号,人称笑面貔貅①。这是我两个拜弟。”用手一指那位黑脸的说:“他叫铁背子高珍。那位白脸的叫黑毛虿②高顺,这座山名叫翠云峰。窦兄长,你们这是从哪里来?”周堃说:“别提了,我姐丈在临安城寄居,无故遭一场不白之冤的官司,幸亏遇见一位高僧,将我等救出龙潭虎穴。我打算同我姐丈投奔一个朋友去,由此路过,遇见三位寨主,不知三位寨主怎么认识我姐丈?”周虎说:“我弟兄三人,在此久候多日,奉上命委派我等在此。久闻窦兄长威名远震,今幸得会,真乃三生有幸。前者我们派人请过窦大哥两次,没找着住处。今天在此巧遇窦大哥,周贤弟,你们二位别走了。”窦永衡说:“你们几位在此占山,怎么还有上司么?”周虎说:“我们在此占山,原本是所为招聚天下的英雄,将来我们都是开国大将军之职。”窦永衡说:“三位原是大宋国的将军么?”周虎说:“倒不是大宋国的官,我们有一位祖师爷叫赤发灵官邵华风,他有一件宝贝,名曰乾坤子午混元钵,他老人家能掐会算,善晓过去未来之事。在常州平沙江当中有一座山,叫卧牛矶。山上

---

① 貔(pí)貅(xiū)——古籍中的猛兽名。

② 虿(chài)——原指蝎子一类有毒的动物。

有一座庙，叫慈云观。现在那庙里有前殿真人、后殿真人、左殿真人、右殿真人，有绿林人五百多位。要设立熏香会，大众都在这庙里作落脚，窦大哥你们别走了，就在我这山住着。我们给慈云观祖师爷去一封信，听候祖师爷的回音，你们帮助我等共成大业，将来亦可以得个一官半职的，好不好？"窦永衡一想："暂时也无处可去，只可先在这里住着吧。"当时也就应允了。周虎派人单给窦永衡夫妇打扫出一所房子来，叫他住，有婆子人等伺候。周堃也在这山上住着。笑面貔貅派人给慈云观送了一封信。终日五位寨主在一处盘桓，光阴荏苒，日月如梭，过了些日子。这天众人正在大厅谈话，窦永衡提起在临安城受了王胜仙的挫辱，深为可恨。周虎说："不要紧，将来你我成了事，就可以报仇。"正说着话，由外面跑进一个喽兵报说："回禀众位寨主，山下现有临安城京营殿帅陆炳文卸任回家，由山下经过。我等出去把驮轿车辆截住，他拿了一个名片子，说拜望寨主，要借山一行。"笑面貔貅周虎一听，说："高贤弟，你们谁认识京营殿帅陆炳文？"高珍、高顺俱摇头不认识。周虎又问："窦兄长可认识？"窦永衡一听是陆炳文，立刻气得颜色更变说："三位寨主有所不知，这位陆炳文跟我仇深似海。我在临安就是他买盗攀赃把我入了狱，把我妻子诓了去，给花花太岁王胜仙送了去，害得我一家被害。要不是济公救我，我等全皆死在他的手内。济公早就告诉我，他是我的仇人。今日既是他来了，我焉能跟他甘休？既是你们三位不认识这个陆炳文，今天活该我报仇雪恨。"当时拿起一口刀来，往外就奔。书中交代：陆炳文怎么会来到这里呢？这内中有一段缘故。只因前者陆炳文把窦永衡放了，自己明白过来，再派人搜拿，也没拿着。自己一想："这事已然奏明了皇上，这如何担得了？"赶紧坐轿来到泰和坊王胜仙的住宅。一求见，王胜仙把他让到书房，陆炳文给王胜仙一行礼说："老师得救我门生，遭了事了。"王胜仙说："贤契有什么事？慢慢说。"陆炳文说："现在白沙岗抢劫饷银之窦永衡越狱脱逃，这件事已然奏明了圣上，求老师爷得庇护门生。"王胜仙一听，勃然大怒说："窦永衡是我的仇人，你不知道么？火烧了合欢楼，把我的美人也给烧死在内，我落了个人财两空。你单把他放了，等着他拿刀来跟我拼命，这个事你还叫我护庇你？他要来找我报仇，谁护庇我呀？你自己办的好事，你自作自受，我也没法，你请回去吧。"陆炳文碰了一个大钉子，自己无法，只得告辞。坐着轿子正往回走，打算回衙门再设法托人情，偶然见大道旁站着一个美人，真是千妖百媚，如花似玉。陆炳文偶然心中一动，自己一想，王胜仙最爱美人，要求他的事，非得送给他美人，可以买动他的心。想罢，赶紧吩咐住轿，问："旁边站着什么人？"当差人说："没有人，就是一个卖画的。"陆炳文定睛一看，原来是挂着一轴画，上面画的一个美人图，猛一看真似活人一般。旁边站着一个卖画的人，一位儒流秀才打扮，俊品人物。陆炳文连忙叫把卖画的人叫到近前，陆炳文说："你这轴美人卖多少钱？"这人说："大人要买，不敢多要钱，大人给一百银子吧，少了也不卖。"陆炳文说："一轴画怎么值这些银子呢？"这人说："我这画卖的是工夫钱，货卖识家。明公，我这画阴天不画，下雨不画，刮风大寒大暑不画。每逢天气晴朗，还得人高兴，神清气爽之时，拿起来画两笔，微有一点不高兴就不画。这轴画画了一年多的工夫，才能够有神，故此少了不卖。"陆炳文说："先生贵姓？"这人说："我姓梅，双名成玉。"陆炳文说："你是哪里人氏？"梅成玉说："我原是镇江府人氏。"陆炳文说："你来京何干呢？"梅成玉说："只因我家中父母双亡，带着小妹来京，有两家亲戚，所为多有个照应。现在青竹巷二条胡同寄居，我兄妹就倚着画画度日。"陆炳文心中一想："每逢画画必随人五官，看梅成玉他的相貌清秀，大概他妹妹也许长得好。"想罢，说："先生你把画卷起来，跟我到衙门去。"梅成玉就拿着画，随同来到京营殿帅衙门。把梅成玉让到书房，陆炳文又问："先生，你家中共有几口人？"梅成玉说："就是我兄妹二人。"陆炳文说："先生，令妹也会画么？"梅成玉说："也会画。"陆炳文立刻叫人拿了一百银子，交与梅成玉。陆炳文说："先生，你把你的住脚①留下，或许我还要找你画几条屏。"梅成玉心中很欢喜，留下住脚，告辞走了。陆炳文次日一早，派了一个婆子，拿着两包点心，教给婆子几句话，叫婆子坐小轿，够奔青竹巷二条胡同来。一打听画画的梅先生住家，打听明白，来到门首下轿。一打门，梅成玉同他妹妹碧环正在家中说话，听外面打门，梅成玉一看是一位仆妇。梅成玉问："找谁？"仆妇说："我是京营殿帅陆大人衙门的，只因我们大人昨天买先生一轴画，我们夫人瞧见很爱，叫我来找先生，还要画几样画。我到你家里扰个座。"梅成玉一想："是个仆妇，让进去有何妨呢？"立刻把仆妇让到里面，仆妇自然也见着了碧环姑娘，一看这位姑娘，果然是貌似天

---

① 住脚——住处。

仙。陆炳文所为派仆妇来看看姑娘，如果美貌就便把梅成玉请了去，如果姑娘长得平常，就作为罢论。婆子一看姑娘，真是千娇百媚，这才说："我们大人叫我来请先生到衙门去面谈，还要画多少样呢，我也记不清楚。先生亲身去见了我们大人说好了，就把定银带来了。"梅成玉一想甚好，立刻随同仆妇，来到刑廷衙门。不知后事如何，且看下回分解。

第一百七十九回

梅成玉急中见表兄　点白犬要笑惊奸党

话说梅成玉同着仆妇来到刑廷衙门，仆妇先进去一回禀，陆炳文赶紧把成玉让到书房。今天分外透着恭敬，说："先生请坐！"梅成玉一想，我一个穷儒，刑廷人人怎这样谦恭？自己倒觉着诧异。坐下一谈话，陆炳文说："先生今年贵甲子？"梅成玉说："小生今生二十七岁。"陆炳文说："听说先生家中有一位令妹，没有婆家，这倒是天缘凑合，我给你说一门亲吧。现在大理寺正卿花花太岁王大人，新失的家，尚未续室，倒是甚好。"梅成玉也来到临安住了好几个月，向有耳闻，知道王胜仙乃是本地的恶霸，赶紧说："小生乃一介穷儒，不敢仰视高攀，大人不必分心了。"陆炳文说："先生，你倒别推辞，这门亲你我都找不到。王大人乃是当朝秦相爷的兄弟，他是我的老师，将来过了门，论起亲戚来，你还是我舅舅呢！"梅成玉心里说："我不给你当舅舅，恐怕多挨骂。"连忙说："大人放心，我领情。这件事我也不能自主，还得回去，和妹子商量商量。"陆炳文说："不用商量，你不愿意也得愿意。来，拿二百银子来，你带了去作为定礼，也不便打首饰，择吉日就娶。你请回去听信吧，这件事我给你做主。"梅成玉不拿银子不行，勒令叫他拿着。梅成玉无奈，拿着二百银子回了家。一见妹妹，梅成玉说："妹妹，你快把细软东西收拾收拾，你我快逃走吧。我去雇船去。"姑娘说："哟，哥哥什么事这样慌张？"梅成玉说："我也不便告诉你，没有工夫，你快收拾，我去雇船去。"说着话，由家中出来，焉想到刚走到东胡同口，就见两位班头带着十个伙计，在这里扎住。众人一见梅成玉，大众说："梅先生你哪里去？我等奉京营殿帅之令，在这里把守，你要打算逃跑，那是不行。你要走可以，可得把家眷留下。"梅成玉一听就愣了，自己想着要跑，焉想到陆炳文早派人看上了。自己拨头又往西走来，到西胡同口一看，也有两位班头十个伙计把上。梅成玉一看，心中真急了，这便如何是好？自己正在发愣，只见对面来了一人，说："贤弟，为何在此发愣？"梅成玉一看，说："表兄，你来了好，我这里出了塌天大祸。"书中交代:来者这人非是别人,正是探囊取物赵斌。原来赵斌的母亲是梅成玉的姑母,这两个人是表兄弟,赵斌一看梅成玉这样惊恐,问:“贤弟什么事?”梅成玉说:“到我家再说。”二人一同来到梅成玉家中。赵斌说:“贤弟因为什么?”梅成玉说:“我卖画卖出祸来了。”赵斌说:“怎么?”梅成玉就把陆炳文勒令说亲之故,如此这般一说,“现在要跑也跑不了啦,东西胡同都有官人扎上,兄长你给我出个主意吧。”赵斌一听,把眼一睁,说:“好狗娘养的,终日抢人害人,欺负到你我兄弟的头上!我拿把刀到京营殿帅府,见一个杀一个,然后连王胜仙全都把他们杀了,方出我胸中之气。”梅成玉说:“兄长这话不行,你一个人焉能反得了?京营殿帅有多少兵,你就满打杀一个杀两个,叫人家拿住,你便糟了。再说你又无兄弟几个,不但你救不了我,你再有个差错,那时姑母她老人家怎么办?兄长总得想个万全之策才好。”赵斌愣了半天,自己一想,说:“我有主意了。”梅成玉说:“兄长有什么高明主意呢?”赵斌说:“我有个师父,乃是灵隐寺济公活佛,他老人家能掐会算,善晓过去未来之事。你我兄弟去请他老人家来,给出个主意吧。”梅成玉说:“也好。”二人这才赶紧站起身往外走,由他家中出来。往前走了不远,偏巧见济公由他对面一溜歪斜,脚步不稳,“踢踏踢踏”来也。赵斌一看说:“这可是活该,济公他老人家来了。”连忙赶奔上前行礼说:“师父在上,弟子有礼,我正要去找你老人家去。”和尚说:“赵斌你起来,不便行礼。”赵斌说:“贤弟,你过来见见,这就是我师父济公。”梅成玉一看和尚,褴褛不堪,心中有些瞧不起,过来给济公作了个揖。赵斌说:“师父,这是我表弟梅成玉。”和尚说:“你要找我什么事?”赵斌说:“师父,跟我到表弟家里去说。”和尚说:“也好。”这才同着梅成玉、赵斌,来到梅成玉家中。让和尚在堂屋里落座,赵斌说:“师父,你大发慈悲吧,我表弟出了塌天大祸。”和尚说:“你不用说,我都知道,你们两个人快到屋里瞧瞧吧,屋里这个乱还大。”赵斌、梅成玉一听这话诧异,连忙赶到里间屋中一瞧,见梅碧环姑娘上了吊了,这吓得梅成玉与众人浑身是汗。碧环命不该绝,这时候,幸亏工夫还不大,梅成玉赶紧把姑娘救下来,慢慢呼唤,姑娘悠悠气转,梅成玉说:“贤妹,你不可这样想不开,你我兄妹亲丁两个,你要一死,剩我孤身一人,我也无依无靠。现在有表兄请了灵隐寺济公活佛前来,他老人家必能救你我兄妹,贤妹你不可再胡思乱想。”说罢,一想自己这话,心中一惨,二目落泪。和尚说:“梅成玉、赵斌,你二人出来。”赵斌说:“师父怎么样?”和尚说:“梅成玉你赶紧去到京营殿帅府见了陆炳文,你就说跟我妹妹商量好了,跟他要白银千两,一头真金首饰,裙衫衬袄,要上等高摆海味席。给这个东西,当时送来,今天晚上就叫他轿子抬人,不给这东西,可不能把姑娘给他。”梅成玉说:“师父这话倘若他都应允,把东西给了,拿轿子来抬人,那便如何是好?”和尚说:“不要紧,你只管去。他给了东西轿子来,自然有人上轿了。”梅成玉说:“谁上轿子呀?”和尚说:“我看院中不是有一条白狗么?就叫它上轿吧。”梅成玉说:“那如何能行?”和尚说:“你就别管我,保能行。”赵斌说:“贤弟,师父叫你去你就去,师父他老人家神通广大,法术无边,他自有道理。”梅成玉半信半疑,自己这才起身出去。走到胡同,众官人说:“梅先生哪去?”梅成玉说:“我到京营殿帅衙门见陆大人去。”众官人说:“是,先生请吧!”梅成玉一直来到刑廷衙门,往里一回话,陆炳文赶紧吩咐有请,把梅成玉让到书房,问:“先生来此何干?”梅成玉说:“我因回家跟我妹妹一商量,她倒愿了意,可得要一千银子,一头真金首饰,要一套裙衫衬袄,一桌上等高摆海味席。把这东西送了去,今天晚上叫王大人拿轿子抬人,要不给我银子,那是不行。再说过门之后,她是豪富之家,我没有钱,这个亲戚也走动不了。不给我这些东西,这件事作为罢论。”陆炳文一听,心中甚为喜悦,说:“只要你愿意,要银子东西现成,先生你回去,随后我派人把银子衣服首饰酒席就送了去。”梅成玉这才告辞,回到家中说:“师父,陆炳文都答应了。”和尚说:“好。”话言未了,有人已把银子东西俱皆送到。和尚说:“摆上酒,咱们喝酒。”梅成玉说:“师父,少时轿子可就来。”和尚说:“你先去买四个叉子火烧,半斤咸牛肉来,我给白狗吃上轿子饭。”梅成玉立刻到外面,把火烧牛肉买来。和尚说:“家里有红头绳胭脂粉没有?”梅成玉说:“有。”和尚说:“拿来。”立刻把四个火烧拿上,每个夹上牛肉二两。和尚说:“赵斌,你先去到钱塘关雇好一只船,预备好了。梅成玉你赶紧把家中细软的东西收拾收拾,回头我打发白狗上轿子一走,随后赵斌你送你表弟表妹逃走。要不然白狗一现了原形,他必定还要来拿你的。”赵斌点头答应,和尚这才把白狗一招手叫过来。罗汉爷这才要施佛法,大展神通,点化白狗变人,报应王胜仙。不知后事如何,且看下回分解。

第一百八十回

娶美人白狗闹洞房　丢官职狭路逢山寇

话说济公禅师把白狗叫过来，把四个火烧给白狗吃了，白狗摇头摆尾，前蹿后跳。和尚找花轿娶拿红头绳、白粉、两个耳兜拴上，又用红头绳把白狗的嘴一系，拿胭脂粉脸上一抹，把裙衫短袄给白狗一穿，把红绣鞋给白狗后爪一穿，和尚口念："唵嘛呢叭迷吽！"用手一抹白狗的脸，和尚说：

遍体白毛乌嘴，摇头摆尾发威。昼防门户夜防偷，主人寒苦不悔。好犬不乱吠，今夜同入香闺。贫僧点化你变蛾眉，要你报应花花太岁。

和尚用法术点化了白狗。赵斌、梅成玉再一看，白狗坐在那里，真是变了一个千娇百媚的美人，赵斌、梅成玉二人喜出望外。赵斌先去到钱塘关把船雇好，回来同和尚开怀畅饮，直喝到天有掌灯以后，只听外面鼓乐喧天，花轿来了。书中交代：陆炳文给梅成玉派人送了银子去，随后他坐轿拿着美人图，到王胜仙家去。一见王胜仙，陆炳文说："老师大喜！"王胜仙自从火烧了合欢楼，他只当把美人烧死，心中实深想念，并无一刻忘怀，烦得了不得。今天听陆炳文一来说大喜，王胜仙说："我喜从何来？"陆炳文说："门生已给老师访着一个美人，已然说妥。这位姑娘有自己画的行乐图喜容，老师看了这轴画，跟人一般不二。"王胜仙打开美人图一看，说："世上哪有这样的美人？"陆炳文说："现在就有，我都给老师办妥了，乃是青竹巷二条胡同，梅成玉的妹妹，定规今天晚上，拿轿子就替老师娶过来，一见就知道了。"王胜仙本是酒色之徒，一听这话，说："贤契，你这样替我劳神，我实在抱愧。"陆炳文说："只要老师能护庇我，把窦永衡放了，别丢官职就得了。"王胜仙说："那倒是小事一段，好办，好办！来人摆酒！"一面同陆炳文开怀畅饮，一面遣家人即刻成亲。只要有钱好办事，少时就皆齐备，悬灯结彩，鼓乐喧天，花轿奔青竹巷二条胡同来了。和尚先安置好了，见花轿到门口，和尚把门关上，叫吹打吹打，外面就吹打。和尚说：

“吹大开门，工尺上柳青娘，扑粉蝶。”和尚说：“完了，要喜包。”要了无数的包，和尚这才跑进来，叫梅成玉说：“新人上轿，轿子堵门口上忌生人。”轿夫答应，把轿子搭到门口，和尚搀白狗上了轿。有和尚的法术，治得白狗不能动，在轿子里坐着，吹吹打打，搭着轿子，来到王胜仙家。有婆子掀帘把白狗搀下轿，王胜仙一看，果然是美人真白，脚底下真小。拜了天地，王胜仙喜悦非常，一坐帐，桌上摆着成席的酒，大家让新人吃，新人也不言语也不吃。大家瞧着是美人，是有和尚那点法术，治得要动也不能动。瞧这一屋子的生人，它这气大了，摆着一桌子吃的，也张不开嘴，白狗净生气。直到天有二鼓以后，陆炳文说：“老师请入洞房吧，少时门生也要回去，明天再来道喜。”王胜仙来到屋中一瞧，美人坐着也不言语，婆子要给新人脱衣裳，过来刚一解纽子，把白狗捆嘴的绳儿碰脱了。王胜仙这个时节说：“婆子你等去吧。”婆子都退出来。王胜仙赶过去，说：“美人你不必害臊，这乃是人间大道理，你我是夫妇。”说着话，这小子淫心已动，过去一搂白狗，他要跟白狗亲嘴。本来白狗正有气呢，照定王胜仙脸上一嘴，把王胜仙的鼻子咬掉了，白狗也现了原形，把衣裳连咬带撕，往外就跑。王胜仙疼得乱滚，说：“狗精！”家人吓得都跑了，也没人敢拦狗。狗跑之后，才有人把王胜仙的鼻头子捡起来，趁势热血给他粘上，再找陆炳文。陆炳文早已听见说，跑回衙门，派人再拿梅成玉，已剩了空房子。王胜仙这件事也瞒不住了，大家都说这是陆炳文的奸计，安心陷害。王胜仙这件事一回禀秦丞相，秦丞相勃然大怒，说：“本来我兄弟就无知，陆炳文还引诱他！这厮深为可恨！”秦相递折本一参他，说：“他放走了大盗窦永衡，捕务废弛，行同市侩，有忝官箴，任意胡为。”圣上旨意下，将陆炳文即行革职，永不叙用。陆炳文虽然革了职，这一任刑廷，他总剩十万八万的银子。他自己带着夫人、少爷、小姐，打点行囊褥套，雇驮轿车辆，由临安起身，回归南京。这天驮轿车辆正往前走，走到翠云峰山下，忽然出来数十个喽兵，把去路挡住，一声喊嚷：“对面的绵羊孤雁，趁此留下买路金银，放你逃生。如要不然，叫你等人财两空！”陆炳文一想，赶紧催马往前走，拿了一个名片子，说：“你们寨主贵姓？”喽兵说：“我们大寨主叫笑面貔貅周虎。”陆炳文说：“劳众位驾，拿我的名片子，就提我是京营殿帅陆炳文，卸任归家，特意绕道来给你寨主请安，就说我要借山一行。”喽兵拿着名片到山上一回禀，周虎、高顺、高珍三位寨主彼此盘问，都不认识。窦永衡一听是陆炳文，不由得怒从心上起，恶向胆边生，说："三位寨主既不认识，这可活该，陆炳文是我的仇人，该当今天报仇雪恨。"说着话，窦永衡抄起一把刀来，就要往山下够奔。笑面貔貅周虎说："窦兄台且慢，你跟他有什么仇，你细细说。"窦永衡就把临安被他所害之故，从头至尾一说。周虎说："既是你跟他有这样仇，你倒不必下山杀他，他一死也就算完了，那也不算报仇。我倒有个主意，也不便要他的命，我下山把他让上山来，用好言把他安慰了，我这三个人就说送他一程，把他押到慈云观，送到祖师爷那里去。把他的妻子女儿，叫祖师爷爱给谁给谁，祖师爷那里有乾坤所妇女营。把陆炳文留在那里，叫他伺候众人，没事就打他一顿零碎挫辱他，比杀他还好。山寨就烦你们二位给照料，我兄弟三人回头就把他送了走。"窦永衡一想也好，说："我见他不见？"周虎说："你就不便见他了，我下山去见他。"说罢，周虎同高顺、高珍三人一同下山。陆炳文正在这里着急，周虎来到近前，说："原来是大人驾到，小可未曾远迎，当面谢罪。"陆炳文赶紧说："寨主在上，我陆炳文有礼！今日借山一行，改日必来答谢。"周虎说："大人今天既来到敝山，请至山寨少叙，大人必须要赏脸。"陆炳文心中是害怕，又不敢说不去，三位寨主立刻派喽兵牵马上山。同陆炳文来到山寨之内，分宾主落座，陆炳文说："未领教三位寨主尊姓？"周虎三人各通了名姓，赶紧吩咐摆酒，款待陆炳文。周虎说："大人这是从哪来？"陆炳文说："我是由临安城要回金陵上元县。"周虎说："今天你我一见有缘，回头我弟兄三人送大人一程。"陆炳文说："不敢烦劳各位寨主这样分心。"周虎说："大人不必太谦，我三人是要送的。"吃喝完毕，这三位寨主带着一百喽兵，送陆炳文走下了翠云峰，就奔常州府慈云观去了。这山上就剩下窦永衡、周堃二人，照料山寨的事情。周堃说："姐丈，这一来陆炳文可遭报应了，总算他是害人反害己。现在你我弟兄还是怎样？"窦永衡说："虽然你我报了仇，但只一件，咱们本是安善良民，守分百姓，被事所挤，挤得无奈，现在已占山落草为寇。终归你我还得想主意，这恐不是常法。"弟兄二人就在山中过了五六天。这天忽然有喽兵上山来报："回禀寨主，现在山下有一人，堵住山口大骂，要走路的金银，如不给送下山去，杀上山来，杀个鸡犬不留。"窦永衡、周堃一听，道："这事可太难了，人家当山大王，讲究断路劫人。这倒有人来找山大王要银子，真是欺我太甚！"二人立刻抄兵刃，翻身上马，领喽兵撞下山来。不知山下要走路金银之人是谁，且看下回分解。

第一百八十一回

醉禅师书写忠义祠　假道姑拍花盗婴胎

话说窦永衡、周堃二人，气哼哼来到山下一看，二人赶紧翻身下马，上前行礼。山下非是别人，正是济公禅师。二人上前行礼说："原来是圣僧，你老人家从哪里来？"和尚说："我由临安城要上江阴县去。"窦永衡说："师父，你老人家上山吧！"和尚说："我不上山，你二人在这山当大王哪？"窦永衡说："我二人无地可投，暂为借山栖身。"和尚说："窦永衡你附耳过来，如此这般，这等这样。"窦永衡点头答应说："师父，给你带点盘费。"和尚说："我不要，有钱花，我要走了。"和尚告了辞往前走。这天和尚来到江阴县地面，眼见一座村庄，村口外那里围着许多的人。和尚刚来到近前，内中有人说："和尚来了，我们领教领教和尚吧，大师父请过来！"和尚说："众位什么事？"内中有人说："我们这座村庄，有七八十户人家，有三四辈人，没有一人认字的，都是目不识丁。"大众说："这个事真怪，许是我们这座村庄，犯什么毛病了。请了一位瞧风水的先生一看，他说我们不供文武圣人之过，供奉文武圣人，就有了文风了。我们村庄，公议修了一座庙，是关夫子？孔圣人？我们大家为了难了。有心说是关公庙吧，又有孔圣人，尽说圣人庙，又有关夫子。这个匾没法起名，和尚你给起个名，大概你必能行。"和尚说："我给起名就叫忠义祠吧。"大众一听说："好，还是和尚高明。你会写字，就求你给写块匾行不行？"和尚说："行。"立刻拿了笔来，和尚就写。写完了忠义祠的匾，大众说："师父你给写一副对子。"和尚说："可以。"提笔一挥而就，上联是"孔夫子，关夫子，二位夫子。"下联是"作春秋，看春秋，一部春秋。"大众一看，书法甚佳，文理兼优，无不齐声赞美。众人说："大师父再求你山门上写一副对联。"和尚提笔写起，山门上写的是："天雨虽宽，不润无根之草；佛门广大，难度不善之人。"和尚写完了，众人说："这位大师父写得这么好，你怎么的这样寒苦[1]？这样脏呢?”和尚说:“众位别提了,我是叫媳妇气的。”大众说:“怎么叫媳妇气的?”和尚说:“我娶了个媳妇,过了没有十天,我媳妇跟人家跑了。我找了半年,把她找回来了。”众人说:“那就不要她了。”和尚说:“我又要了,跟我在家过了一个多月,她尽招和尚老道往家里跑。我说她爱和尚,我一气做了和尚。我媳妇又跟老道跑了,气得我各处找她,找着我决不能饶她。”众人说:“你媳妇既跑了,你也就不用找她了,你已然是出了家,就在我们这忠义祠住着吧,我们给你凑几十亩香火地,有你吃的。你在庙里教书,给你凑几个学生,你自己一修行,好不好?”和尚说:“不行,我得找她去。”说着话,和尚一抬头说:“这可活该,我媳妇来了。”大众抬头一看,由对过来了一位道姑,长得芙蓉白脸,面似桃花,手中拿着一个小包裹。和尚过去,一把手将道姑揪住,说:“好东西,你跟老道跑了,你当了道姑了？我娶了你,不跟我过日子,我找你这些日子,今日可碰见你了!”道姑说:“哟,你们众位快给劝劝,我本是自幼出家,这也并没有男人,和尚是疯子,他满嘴胡说。”众人就赶过来劝解,说:“你倒说说是怎么一段事?”和尚说:“她是我媳妇,她跟老道跑了,她当了道姑了。”道姑说:“你们众位听和尚他是哪处口音？我是哪处口音？和尚他是疯子。”众人过来说:“和尚一撒手,叫他去吧。”和尚说:“不行。”大众好容易把和尚拉开,道姑竟自去了。和尚说:“你们大众把我给媳妇放走了,你们就要赔我媳妇。”众人都以为和尚是疯子,众人说:“咱们给和尚凑几串钱吧。”大众给和尚凑了两串串钱,说:“大师父你去吃点什么吧。”和尚拿着两串钱,说:“我再去找吧。”说着话,和尚扛着两吊钱,往前走。来到江阴县城内十字街,见路北里有一座卦棚,这位先生正冲盹[2]呢。本来这位先生也是不走运,由今早晨出来就没开市,人家别的卦摊拥挤不动,抢着算卦,他这里盼得眼穿,连个人都没有。先生正冲盹,就听有人说:“来一卦。”先生一睁眼,只打算是算卦的,睁眼一瞧不是,人家买一挂红果。先生赌气,又把眼闭上。刚一闭眼,和尚来到近前说:“辛苦,算卦,卖多少钱?”先生一抬头说:“我这卦理倒好说,每卦十二个钱,你要算少给两个吧,给十个钱。”和尚说:“钱倒不少,你给我算一卦,算着我请你吃一顿饭,算不着我

---

① 寒苦——贫穷,形容衣服破烂不堪。

② 冲盹——打盹,小睡。

把你告下来,我们两人打一场官司。”先生说:“我给你算着,你也不必请我吃饭,算不着我也不跟你打官司。”和尚说:“好,你给算吧。”先生说:“你抽一根签吧。”和尚说:“不用抽,就算一个子吧。”先生说:“那不行,这是十二根签,是子丑寅卯辰巳午未申酉戌亥,你说子不行,你抽出来才算呢。”和尚说:“我抽也是子。”先生说:“那不行。”和尚说:“你瞧。”用手一抽,先生一看,果然是子,说:“和尚你嘴倒灵了。”先生拿起卦盒刚要摇,和尚说:“你不用摇,就算个单吧。”先生说:“不摇那不行,分为单折重交。”和尚说:“你摇也是单,不摇也是单。”先生不信,拿起卦盒一摇,倒出来果然是单。和尚说:“你就摆六个单吧。”先生说:“哪能净是单。”和尚说:“你不信你就摇,找费事!”先生连摇了五回都是单,赌气不摇了,摆上六个单说:“这是六冲卦,离而复合,和尚你问什么事?”和尚说:“我媳妇丢了,你算算找得着找不着。”先生说:“按着卦说,找得着。”和尚把两吊钱往摊上一扔,和尚说:“我要找着我媳妇,两吊钱给你,我不要了。要找不着我媳妇,我跟你要四吊,我还把你告下来,我们打一场官司。”先生吓得说:“你也别告我,我也不要你这两吊钱。”和尚说着话,一抬头见那道姑又来了,和尚说:“先生真灵,我媳妇来了,这两吊钱送给你吧。”和尚赶上前,一把将道姑揪住,说:“你这可别跑了,你是我媳妇,不跟着我,跟老道跑了,那可不行!”道姑道:“你这和尚,疯疯癫癫,满嘴胡说。我跟你素不相识,你为何跟我苦苦作对?”和尚说:“我们两人就是打官司去。”道姑说:“打官司就打官司。”正说着话,对面来了两个班头,说:“和尚,你们二位打官司么?”和尚说:“打官司。”班头抖铁链就把道姑锁上,道姑说:“二位头儿,你们这就不对,我又没犯国法王章,就满打我跟和尚打官司,怎么单锁我不锁和尚呢?”班头说:“我们老爷这里有规矩,要有道姑跟和尚打官司,只锁道姑不锁和尚。”道姑一听这话,透着新鲜,其实不是这样一段事。皆因江阴县本地面出了两条人命案,老爷正派人差拿道姑呢。江阴县有一位班头,姓黄名仁,他有个兄弟叫黄义,开首饰铺,弟兄分居另过。这天黄仁要下乡办案,家中就有妻子吴氏住着,独门独院三间北房,黄仁要出去办案,得四五天才能回家。临走之时,找他兄弟黄义去,黄仁说:“我要下乡去办案,这三两天不能回来,你明天给你嫂子送两吊钱日用,我回来再还你。”黄义说:“哥哥你去吧。”黄仁走后,次日黄义带了两吊钱,给嫂嫂送了去。来到黄仁家中一看,在他嫂子家中,坐着一个道姑,二十多岁，芙蓉白面。黄义就说："嫂子，我哥哥不在家，你住家里招三姑六婆，有什么好处？"吴氏说："你管我呢，她又不是男子，连你哥哥他在家也不能管我。"黄义也不好深说，给他嫂子把两吊钱留下，自己回了铺子，一夜就觉着心惊肉跳不安。次日黄义一想，莫非有什么事？我哥哥不在家，我再瞧瞧去，立时又来到他嫂子门首。一叫门，把嗓子就喊干了，里面也不答话。左右邻居都出来了，同着黄义把门撬开，进来到屋中一看，吓得黄义"呀"了一声，有一宗岔事惊人。不知后事如何，且看下回分解。

第一百八十二回

吴氏遇害奉谕捉贼　济公要笑审问崔玉

话说黄义同街坊邻人进到屋中一看，见吴氏在墙上钉子崩着，手心里钉着大钉子，腿上钉着大钉子，肚子开了膛，肠子肚子流了一地，吴氏怀胎六个月，把婴胎叫人取了去。黄义一看，赶紧到江阴县衙门喊了冤。老爷姓高，立刻升堂，把黄义带上堂来一问，黄义道："回禀老爷，我哥哥黄仁，奉老爷差派出去办案，托我照料我嫂嫂吴氏。昨天我给送去两吊钱，今天我嫂嫂被人钉在墙上，开了膛，不知被何人害死，求老爷给捉拿凶手。"知县下去验了尸，稳婆说："是被人盗去婴胎紫河车。"老爷这件事为了难，没有地方拿凶手去。过了几天，黄仁回来，一听说妻子被人害了，黄仁补一呈子，说："素日跟黄义不和，这必是黄义所害。"老爷把黄义传来，说："你哥哥说是你害的，你哥哥不在家，你去了几次？是怎么一段细情？你要实说。"黄义说："回禀老爷，我哥哥走后，次日我送了两吊钱去，见我嫂子家中有个二十多岁的道姑。我说我嫂子不应让三婆六姑进家中，我嫂子还不愿意，我就回铺子了，觉着心神不定。次日我又去，就叫不开门，进去一看，就被人害了。"老爷一听有道姑在他家，豁然大悟。前两天西门外十里庄有一案，是夫妻两个过日子，男人外面做买卖，家里妇人头一天留下一个道姑，住了一夜，次日被人开了膛，也是怀胎有孕。左右邻居都瞧见她留下一个道姑，次日她也死了，道姑也不见了。此案告在当官，尚未拿着凶手，这又是道姑。老爷立刻派马快访拿道姑，两位班头奉堂谕出来，访拿道姑。故此见和尚这揪着道姑，过来把道姑锁上，就是和尚不揪着道姑说打官司，班头也是拿锁道姑。二位班头，一位姓李，一位姓陈，把道姑锁上，拉着够奔衙门，和尚随同来到江阴县衙门。班头进去一回禀老爷，说："有个穷和尚揪着一道姑，下役把道姑锁来。"老爷一听，心中一动，立刻传伺候升堂，带和尚、道姑。和尚来到大堂之上，老爷一看，赶紧离了座位，说："原来是圣僧佛驾光临。"上前行礼，众官人一看说："怎么我们老爷会给穷和尚行礼？"书中交代：这位老爷非是别人，乃是高国泰。

前集济公传,济公在余杭县救过高国泰、李四明,后来高国泰在梁万苍家攻书,连登科甲,榜下即用知县。故此今天见了济公,连忙给和尚行礼,吩咐来人看座。和尚在旁落了座,高国泰说:“圣僧因为什么揪着道姑?”和尚说:“我有五十两银子掉在地下,道姑捡起来,她不给我了。我揪着她跟她要,她不给,因为这个我要跟他打官司。”知县一听,吩咐把道姑带上来。官人立刻把道姑带上堂,道姑一跪,知县说:“你是哪里人?姓什么?叫什么?”道姑说:“小道是扬州府的人,我姓知,叫知一堂。自幼到家,在外面云游访道。”高国泰说:“你为何瞒昧圣僧的银子?”道姑说:“我并不认识他,和尚满口胡说。”和尚说:“老爷叫人搜她身上。”老爷立刻传官媒在当堂一翻,道姑身上并没有什么东西。和尚说:“你都翻倒了。”官媒一搜道姑的下身,搜出一个包裹来,官媒说:“回禀老爷,他不是道姑,他是个男子。”老爷一听,勃然大怒,说:“你这混账东西!你既是男子,为何假扮道姑?大概你必有缘故,趁此说实话,免得受皮肉受苦。”道姑说:“回禀老爷,我原本是扬州府的马快,只因我们本地有两个女贼越狱脱逃,我出来改扮道姑,所为访拿女贼。”知县说:“你是办案的马快,你可有海捕公文?”道姑说:“没有。”知县说:“大概抄手问事,你万不肯应,来人看夹棍伺候!”旁边官媒打开包裹一看,里面有油纸包着那三个血饼子,有一个似乎成人形的,有好几把钢钩钢刀。官媒说:“回禀老爷,这是三个婴胎,这就是六条人命。”老爷说:“你这东西哪里来的?”假道姑说:“我捡的,我还没打开瞧,我还不知是什么呢?”知县说:“你捡的,你为何带在贴身隐藏着?大概你也不说实话。”立刻派人用夹棍将他打起来,再一看他倒睡觉了。高国泰说:“圣僧,你看这怎么办?”和尚说:“不要紧。”当时用手一指,口念六字真言:“唵嘛呢叭咪吽!唵,敕令赫!”贼人当时觉着夹棍来得凶,疼痛难挨,热汗直流,口中说:“老爷不必动刑,小人有招。我原本姓崔,叫崔玉,外号叫玉面狐狸。我奉常州府慈云观赤发灵官邵华风祖师爷差派出来,盗去妇人的婴胎紫河车,配熏香蒙汗药。我扮作道姑,所为跟妇人不避,得便①行事,这是真情实话。”高国泰道:“慈云观有多少贼人?”崔玉说:“有前殿真人、后殿真人、左殿真人、右殿真人,有五百多位的绿林,都在那里啸聚。”高国泰立刻叫崔玉画了供,吩咐钉镣入狱。

---

① 得便——方便。

和尚说:“拿污秽之物把他嘴堵上,吃饭时再给他拿出来,不然他会邪术,他能跑了。”大人点头答应。高国泰退堂,请和尚来到书房,高国泰说:“现在我这里还有一案,求圣僧指示我一条明路。”和尚说:“什么事?”高国泰说:“西门外八里铺,出了两条命案。我下去验,门窗户壁未动,两个被杀,别的东西不丢,失去黄金百两。我没验出道理来,这案怎么办?”和尚说:“不要紧,我请两个人替你办这案。”高国泰说:“请谁呀?”和尚说:“我把我们庙里韦驮请来,叫它给你办这案。”高国泰说:“那行吗?”和尚说:“行,前者我请韦驮在秦相府盗过五雷天师八卦符,今天晚上在院中摆设香案,我一请就请来。你们可别偷着瞧,要偷着一瞧就瞎眼。”高国泰说:“是。”立刻吩咐家人,预备香烛纸马,摆酒席在书房,同和尚喝酒,直喝到天有初鼓。外面桌案预备停妥,高国泰说:“圣僧该请了吧!”和尚说:“该请了,你在屋里,可别出去。”高国泰说:“是。”和尚来到院中,把香烛点着,和尚说:“我乃非别,我乃灵隐寺济颠是也。韦驮不到,等待何时?”和尚连说了三遍,只听高处一声喊嚷:“吾神来也!”飕飕来了两个人,说:“罗汉圣僧,呼唤吾神。有何吩咐?”和尚说:“八里铺门窗未动,杀死了两条人命,盗去黄金百两,尊神把凶手给我拿来。”上面一声答应:“吾神遵法旨!”说罢,竟自去了。高国泰在屋中听着,心中说这韦驮爷来得真快。书中交代:来者这两位神仙,非是别人,乃是雷鸣、陈亮。这两个人原本由前者济公在天台山法斗老仙翁之后,叫孙道全回庙,叫悟禅投奔九松山灵空长老和尚,交给雷鸣、陈亮一封信,叫这两个人某月某日到江阴县,晚间在二堂后房上听招呼,叫这两个人装神仙,给和尚捧场。雷鸣、陈亮由头几天就来到江阴县,在店里住着,天天晚上到江阴县衙中来。今天听济公说叫他两个人去给办八里铺这案,雷鸣、陈亮一声答应说:“遵法旨。”二人出了知县衙门,雷鸣说:“老三,这案怎办法?”这两个人头两天就听见说八里铺这案,门窗未动,两条命案,雷鸣、陈亮也不知是谁做的,今天济公叫给办这案,雷鸣没有主意,陈亮说:“要探贼事,先入贼伙。我们到八里铺左右去瞧探去。”雷鸣说:“也好。”二人这才一直来到西门,顺马道上城,用白练套锁抓住城头,顺绳下去,抖下白练套锁带在兜囊。二人施展陆地飞腾,往前走,只见眼前一座树林。二人刚来到树林,只听树林一声喊嚷,怪叫如雷,说:“吾神来也!”雷鸣、陈亮二人抬头一看,吓得亡魂皆冒。不知后事如何,且看下回分解。

第一百八十三回

因奇案济公请神　见大鬼雷陈问盗

话说雷鸣、陈亮正往前走，只听树林内一声喊嚷："吾神来也！"二人睁眼一看，只见由树林子出来一个显大神，身高丈六，头如麦斗，头上戴着凤翅盔，五色的脸膛，五色的衣裳，两只眼似两盏灯相仿，一张嘴由嘴内喷出一股黑烟起在半悬空，这股烟不散。雷鸣、陈亮大吃一惊，雷鸣说："这是什么东西？"二人打算要跑。陈亮说："二哥且慢，你我弟兄在绿林这些年，可没遇见过这事。大道边什么装神弄鬼的事可都有，真要是神他也不能害人，要是妖魔鬼怪你我跑也跑不了，莫若你我壮起胆子，问他一问。"雷鸣说："对。"二人立刻拉出刀来，一声喊嚷："呔，对面你是神，趁此归庙，你是鬼，趁此归坟。我二人也是绿林人，也没做过伤天害理的事情，跟你远日无冤，近日无仇，你别吓唬我们。"这个鬼"呀"了一声，说："原来是雷鸣、陈亮。"说完了这句话，晃晃悠悠复又进了树林中。雷鸣、陈亮心里说："怪呀，他怎么知道我二人是雷鸣、陈亮呢？"两个人在这里站着发愣，工夫不大，只见由树林子出来一人，头上青壮帽、青绸氅，说："原来是雷爷、陈爷！"雷鸣、陈亮一看，这人原来是绿林中小伙计姓王，叫王三虎，外号叫云中火。雷鸣、陈亮说："原来是王三虎呀！你怎么干这个？"王三虎说："我也是不得已而为之。我就在这江阴县住，我家中七十多岁的老娘，病着家里没有吃的。我在这里虽然装神，我可不截孤行客，我怕把人家吓死。我瞧有两三个人，方才出来，也不害人，只要得点财帛就罢了，没想今天遇见你们二位。"雷鸣、陈亮说："我跟你打听打听，你是这本地人，在这八里铺，门窗壁未动，杀死命案两条，盗去黄金百两，你知道这案是谁做的不知？"王三虎说："这件事我倒知道，你们二位怎不知道？做这案的人，是跟你们二位联盟的拜兄弟呀，也是西川路的人。"雷鸣、陈亮说："我们拜兄弟里，没有甚能为的人。你说是哪位？"王三虎说："这个人是乾坤盗鼠华云龙的拜兄，叫鬼头刀郑天寿。当初他把华云龙带出来的，不是跟你二位联盟的吗？"雷鸣说："你知道这个郑天寿，他在哪里住着？"王三虎说:“他就在这西边,有个地名叫盆底坑,那里有座庙,叫大悲佛院。庙里有两个和尚,一个叫铁面佛月空,一个叫豆儿和尚拍花僧月静。他们虽是和尚庙,可跟常州府慈云观的老道是一党,这庙是慈云观的下院,郑天寿就在那庙里住着。听说他们都会邪术,墙上画个门就能走。”雷鸣、陈亮说:“你带我们到庙瞧瞧去,你只要指给我们就得了。”王三虎说:“可以。”立时到树林拿他自己的包裹,带领陈亮、雷鸣往前走。雷鸣说:“你方才拿什么弄得那么大个?”王三虎说:“我拿竹皮子支的架子,假人脑袋有一个铜筒子,一烧狼粪就由嘴里冒出烟来不散。”雷鸣说:“这就是了。”三个人说着话,来到盆底坑,王三虎用手一指说:“就是这座庙。”雷鸣、陈亮说:“我二人到里面去探探,你在外面等着。”王三虎说:“就是吧。”雷鸣、陈亮二人这才来到庙界墙,拧身蹿上房去,在东配房后房坡,卧着望下一瞧,借着月亮看得甚真。正大殿头里有月台,月台上有一张牙桌,牙桌上放着茶壶茶碗,旁边坐着一个大脱头和尚。黑脸膛,穿着青僧衣,看那个样子,身躯胖大,就听和尚那里叫:“来人!”只见配房出来两个小和尚,都是长得凶眉恶目,来到月台前,说:“师父呼唤我等有什么事?”就听那脱头和尚说:“今天白天这件事,你郑大叔回来别跟他提,叫他一知道有钱,他就爱花。无论有多少钱,到他手一嫖一赌就完了,我是把他愿透了。”两个小和尚说:“师父心里既愿他,不会把他撵走了,不叫他住?”大和尚说:“你两个小孩子懂得什么?满嘴胡说。去亮青字,把那个溜丁的瓢儿摘了,把他一埋,你郑大叔回家别提。”两个小和尚一声答应,到东屋里拿了一把刀,往后够奔。雷鸣、陈亮在暗中一听:“这是杀人哪!”二人就在房上暗中跟随,只见这座庙是三层殿,两个小和尚往后走着,这个说:“我师兄,你瞧咱们才冤呢,分赃没分,犯法有名。杀人叫我们杀去,分银子两也不给咱们。”那个小和尚说:“师弟你别瞎抱怨了,咱们庙里时常害人,哪个月不害几个?一回也没有给我们钱呀!”雷鸣、陈亮在暗中听得明白,到了第三层院子,雷鸣、陈亮由后面跳下来,每人拿一个,由后面一个老鹰拿兔,把两个小和尚脖子掐住。雷鸣、陈亮拿刀在小和尚脑袋上一搁,说:“你们两个人要嚷,当时把你两个杀了。”小和尚说:“不嚷,二位太、太爷饶命!”雷鸣、陈亮说:“我问你们拿刀要杀谁?”小和尚说:“有一位公子姓曾叫曾三品,离此五十里地,有个曾家集,他是那里人。今日来到我们庙里找茶喝,我师父瞧他有一匹马,褥套里有银子,用蒙汗药把他麻过去，捆上搁在这东跨院北房屋里，叫我们二人去杀去。”雷鸣说：“这个公子的马匹褥套银子在哪里？”小和尚说：“马在那边花园子马棚里拴着，褥套银子都没动，里面说有三百多两银子。我师父怕叫别人知道，都藏在西跨院。”雷鸣、陈亮问明白，手起刀落，把两个小和尚杀了。二人来到东跨院北房屋中，用白蜡点照一看，在床上捆着一位文生公子，昏迷不醒。陈亮先把绳扣结解开，在院中找着荷花缸，拿碗取了一碗水到屋中给这公子灌下去，少时公子缓醒过来。陈亮说：“你别嚷，我二人是来救你，你在这庙中被害了，你姓什么？”这公子道：“我姓曾，我叫曾三品，我原曾家集的人。今天来到这庙中找茶喝，我也不知怎么就糊涂了。”陈亮说：“你快跟我们走，给你找你的东西，送你逃命了。”曾三品活动了活动，同着雷鸣、陈亮来到西跨院花园子一找，果然马匹褥套都在这里。陈亮说：“你瞧这是你的东西不是？”曾三品一看，银两东西一样不短。雷鸣、陈亮带着他，开花园子角门，把马拉出来，又绕到前面，找着王三虎。陈亮说：“你没走甚好。”王三虎说：“你们二位到庙里怎么样？可曾瞧见郑天寿没有？这大的工夫，我甚不放心。”雷鸣、陈亮说：“倒不瞧见郑天寿，我二人杀了两个小和尚，把这位曾公子救出来。王三虎我二人给你十两银子，你拿到家去奉养你老娘，你可得把这位曾公子送到曾家集去。”王三虎说：“就是吧，我谢谢二位大爷。”雷鸣、陈亮说：“不用谢，你们去吧。”曾三品说：“二位恩公尊姓大名？救了我一条命，我一家感念二位恩公的好处。”陈亮说：“我姓陈名亮，这是我二哥雷鸣。我也不便说，你赶紧快走。”曾三品同王三虎二人走后，雷鸣一想：“先回去先把这个秃头拿了，回头再拿郑天寿。”本来雷鸣是个浑人，他想罢，也没跟陈亮说，二人复又拧身上房，往下一探。这个时节，月台上那黑脸和尚正在着急，心中暗恨这两个徒弟实在可恨，这半天还不来，杀一个人这么大工夫，也不知哪里去了。正在心中犹疑，忽然间瞧见地下有人影，原来雷鸣、陈亮在东房上，有月亮照得如同白昼一般。和尚抬头一看，说：“什么人好大胆量，竟敢在我这屋上？”雷鸣更口快心直，伸手拉刀说：“好球囊的，雷二爷把给你狗头砍下来！”说着，雷鸣跳下来，摆刀就要过去。焉想到这个和尚会邪术，用手一指说声：“敕令！”雷鸣翻身栽倒。陈亮一瞧雷鸣躺下，立刻一摆刀蹿下来，说：“好贼和尚，我焉能与你善罢甘休！你敢伤我兄长？”说着话，刚要过去，和尚用手一指，陈亮也躺下了。和尚说："好孽障，这是你自来送死，休怨洒家。"立刻伸手拉戒刀。不知雷鸣、陈亮性命如何，且看下回分解。

第一百八十四回

王三虎泄机大悲院　愣雷鸣智捉铁面佛

话说这凶僧刚要拉刀杀雷鸣、陈亮，偏赶巧这个时节，由房上跳下一人，穿着一身夜行衣靠，紫脸，说："什么事？且慢动手！"陈亮一看，是鬼头刀郑天寿。陈亮认识他，他可不认识陈亮。陈亮真是见景生情，真伶俐，赶紧说："郑大哥么？"郑天寿说："哪位？"陈亮说："我陈亮同雷鸣。"郑天寿一听，说："哎呀！这可不是外人，你们二位做什么来了？"陈亮说："我二人做买卖来了。"郑天寿说："唉，咱们自家，幸亏我来。"赶紧过来，把验法撤去，把雷鸣、陈亮扶起来，说："我给二位贤弟见见，这位和尚叫铁面佛月空。"雷鸣、陈亮彼此赶紧行礼。月空和尚说："贤弟你打哪里来？"郑天寿说："我今天白天瞧见一个美貌的妇人，我晚上去采花作乐，没想到我找不着门了。活该总是人家祖上有余德，不应当失节，我赌气跑回来。也亏得我回来，我要不来，你这个乱惹大了。这二位是玉山县三十六友的人，你要给杀了，你想想玉山县的人答应不答应？"月空说："这也难怪，我也不认识。事从两来，莫怪一人，这位雷爷他先要跟我动手的。"郑天寿说："得了，不必说了，你我彼此都是自家。雷陈二位贤弟既来了，我们一同吃酒吧。"月空立刻叫小徒弟收拾菜蔬预备酒。月空他庙里有四个徒弟，那两个到后去杀人，这半天没回来，这两个小徒弟立刻在厨房，收拾酒菜。这个小和尚说："咱们师兄他们两人，怎么还不回来呢？"那个说："管他做什么？回头他们两人找着要挨打。"两个小和尚正说着话，把菜都打点好了。刚要做，雷鸣跑到厨房来说："你们做什么菜呢？"两个小和尚说："没做什么，连荤带素，打算要配十二样。"雷鸣眼珠一转，他腰里有包蒙汗药，是前者得着单刀刘凤的，要害济公使了几两，腰里还剩下几两，雷鸣自己手里拿着药，搭讪着说话，用手指点说："这盘是炒的，这盘是爆的，这样是拌的。"两个小和尚也没留神，雷鸣把麻药下在菜里，六样有药的，六样没药的。雷鸣记住了，仍出来跟月空、郑天寿谈话。少时小和尚擦抹桌案，就在月台上把酒菜摆下。雷鸣早记着呢，他就说："老三你吃这盘,我吃这盘,郑大哥吃那盘,和尚哥哥你吃这盘。咱们分着吃,别打架,我爱吃的我留下。”和尚同郑天寿也没想到菜里有毛病,以为雷鸣是个爽快人,倒不拘束。焉想得雷鸣把六盘有药的给郑天寿跟和尚吃,没药的雷鸣同陈亮吃。少时之际,和尚和郑天寿一吃菜,俱皆翻身栽倒。陈亮说:“这是怎么回事?”雷鸣哈哈一笑,说:“把球囊的用麻药麻躺下了。”陈亮说:“你怎么搁的?”雷鸣说:“我到厨房去,冷不防给把药撒上,六样有药,六样没药,咱们吃的是没药的。”陈亮说:“二哥,真罢了,我佩服你。”立刻先把月空和尚、鬼头刀郑天寿捆上,把这两个小和尚也拿住捆上。雷鸣说:“等天亮开了城,咱们把这几个贼人解到江阴县去,交给师父就得了。”陈亮说:“也好。”二人自己弄酒弄菜,又吃又喝,直等到天亮太阳出来。雷鸣、陈亮刚要打算把贼人解了走,忽然见外进来两个班头。都是头戴缨翎帽,身穿青布靠衫,腰扎皮挺带,薄底窄窄腰莺脰快靴。带着有几十位伙计,来到这里,说:“二位姓雷姓陈吗?”雷鸣、陈亮一听一愣,说:“不错,二位头儿贵姓啊?”官人说:“我姓李,他姓陈,我们是江阴县的。你们二位是济公的徒弟么?我们是济公打发来的,说你们二位在这里拿住贼了。你把贼交给我们吧,少时济公就来。”雷鸣、陈亮说:“不错,我们这里拿住了一个铁面佛月空,一个鬼头刀郑天寿。”官人说:“咱们押着贼人一同走吧。”手下伙计刚把两个贼人扛起来,大众一同出了庙,只见对面济公扛着一个和尚来了。书中交代:和尚昨天住在知县衙门。今天清早,跟高国泰说明白,和尚带着众班头出了衙门。和尚说:“众位头儿,你们大众够奔盆底坑大悲佛院那里。有一位姓雷的,一位姓陈的,是我两个徒弟,他们那里拿住贼了。你们到那去等我,随后我就到,我还得去办一般差事。”众官人头里走了。和尚来到西门里,路北有一座酒馆,和尚进去,要了一碟菜,两壶酒喝着,就听众酒座大众纷纷议论。说:“我们这江阴县出这样新鲜事,无故净丢二十多岁的小伙计,若是小孩丢了,说是拍花拍了去。这净丢大人,莫非也叫拍花的拍了去?街市上都乱了,这几天,听说有好几十家丢人的。都告在当官,各处寻找,街上尽是找人的,你说怪不怪?”大众正在议论之际,只见外面一声:“阿弥陀佛。”只见外面进来一个和尚。淡黄脸膛,有二十多岁,手里托着簸箩,里面有绿豆,按各桌上抓施舍,只给三四十颗。书中交代:这个和尚就是月空的师弟,叫豆儿和尚拍花僧月静,他这豆儿有麻药,叫吃三四十粒不怎么样，只要一过五十粒，药劲一发散开，这个人就得迷糊，他一天只拍一个，不定由哪拍，大众也不理会他，拍了人给慈云观送了去，都要年轻力壮的，到慈云观就不叫出来。今天和尚又来到酒铺，打算拍人。按各桌上一给绿豆，济公说："才来吗?"月静一看是个穷和尚，豆儿和尚说："早来了，大师父。"济公说："我来了半天了，你给我点豆儿吃，可得过五十粒，少了可不行。"豆儿和尚一听这话一愣，连忙抓给济公有三十多粒豆子，济公说："不够。"自己伸手就抢了一把。豆儿和尚心里说："你一吃就迷糊。"心说："我拍他这疯疯癫癫的做什么？也罢，等他迷糊了，我把他带出城，没人的地方，将他推在大江里就完了。"心中想着，见济公把豆儿都吃了嘴里，自言自语说："这豆儿怎么不灵呢？不是五十多颗就行了吗？我吃了有一百颗还不怎么样，你再给我点吧。"豆儿和尚一听这话，吓得心里直跳，恐怕给明说出来。心中暗想道，又给济公抓了一把，心说只要把他迷糊过去，省得他满嘴胡说，坏了我的大事。济公又吃了好几十粒，说："我吃了有一百五六十粒，还是不行，你再给我吃点。"豆儿和尚赶紧又给抓了一把，见穷和尚吃下去，一打冷战，两眼发直，不言语了。豆儿和尚一想："必是迷了。"赶紧把济公酒钱给了，说："掌柜的，这是我们庙里疯和尚，我把他的酒钱也给了，我带他走。省得他发了疯病，打人骂人。"掌柜的说："是。"大众也不理会。豆儿和尚往外走，济公站起来一声不言语，随后就跟了一直出了西门。豆儿和尚心中想要把穷和尚推在江里就完了，正往前走着，济公在后面一声喊嚷："站着!"把豆儿和尚吓得一哆嗦，立刻站住，说："不是迷糊过去了的?"济公说："没有，我为是叫你给我的酒钱，你不是拍花的么?"月静说："你怎么知道?"济公说："我们专门拍花的。"豆儿和尚说："怎么你拍花的?"济公用手一指，口念："唵，敕令赫!"豆儿和尚迷糊了。济公头里走，他后头就跟着，济公一高兴，把他扛起来，走街市上过。路人一看，说："和尚化缘有打锣的，有拉大锁的，没见过扛着和尚化缘的。"济公说："不开眼，少说话，我们庙里搬家，大和尚搬运小和尚。"大众一听，这倒新鲜。和尚扛着拍花僧，来到盆底坑，正碰见雷鸣、陈亮、众官人押解着郑天寿、月空。济公把月静也交与官人，雷鸣、陈亮给师父行礼，大众一同来到江阴县。高国泰立时升堂，给济公在旁边搬了座位，将三个贼人带上堂来。月空、月静、郑天寿也明白醒过来，高国泰一拍惊堂木说："你等姓甚名谁？快说实话!"郑天寿从头至尾一说，把高国泰惊得目瞪痴呆。不知后事如何，且看下回分解。

第一百八十五回

解强盗同至常州府　为故友涉险入贼巢

话说高国泰升堂一讯问，这三个贼人一看已然到了公堂之上，济公在旁边坐着，料想不招也是不行。郑天寿说："老爷不便动怒，我实话实说。小人姓郑，名叫郑天寿。我同这两个和尚，都是慈云观祖师爷差派出来，叫我给他们诓人。"高国泰说："慈云观是怎么一段事？"郑天寿说："慈云观有一位老道，叫赤发灵官邵华风，他有一宗宝贝，叫乾坤子午混元钵。那里面有五殿真人，有三十二位采药仙长，三十二位巡山仙长，三十二位候补真人，有熏香会上三百六十位绿林人，在外面有七十二座黑店，五百只黑船。不久祖师爷要起首①，夺取大宋江山社稷。"高国泰一听就愣了，问说："我们西门外八里铺，窗门户壁未动，杀死两条人命，盗去黄金百两，可是你做的？"郑天寿说："不错，是小人做的。我夜晚去窃盗，他瞧见一嚷，被我将他杀死。"高国泰又问两个和尚，这两个人亦都实说实话了。高国泰当时吩咐把他三个人钉镣入狱，和尚在旁说："老爷你别要把他们入狱，这几个贼都会邪术，要跑了你也担不起。我和尚所为常州府慈云观这件事来的，你赶紧坐轿，我和尚帮你解到那常州府去，连假道姑崔玉一并。你把差事交到上宪，就没你的事了。"高国泰说："甚好。"立刻传两顶轿，给雷鸣、陈亮备两匹马，手下官人俱各带兵刃，把四个贼人戴上三件手铐脚镣，装在车上，前后有人把着。高国泰先请和尚上轿，和尚一上轿，把轿底蹬掉了，高国泰也不知道，上了轿，抬轿的也瞧见，搭起轿子走，和尚在轿子里跟着跑。街上人一瞧，道："这可新鲜，四个人搭轿子，怎么十只脚呀？"大众直嚷。高国泰在轿子里坐着，听着草鞋底"蹋踏蹋踏"直响，赶紧吩咐住轿，高国泰下了轿一瞧，和尚在轿子里露着两只脚。高国泰说："圣僧这是怎么一段事？"和尚说："你真冤苦了我，难为老爷这两只厚底靴子，要没把靴子头跑破了。我瞧还没有走着舒服，跑快了头里挡着，

---

① 起首——造反。

跑慢了后头兜着，累了我一身汗。我可不坐这轿了。”高国泰一看和尚坐的轿子没有底，说：“这是怎么的？你们这些轿夫混账！”众轿夫说：“我们也不知道，怪不得抬着真轻呢！”高国泰说：“快来给圣僧换马。”立刻有人给和尚拉过马来。和尚骑上马，大众押解差事，来到常州府。有人往里一回禀，提说：“江阴县知县同济公押解四个叛逆前来禀见。”知府一听是济公，赶紧吩咐有请。这位知府本是新由绍兴调过来的，就是顾国章顾大老爷，前者济公在白水湖捉妖见过，故此今天赶紧有请。高国泰同济公带着雷鸣、陈亮来到里面，一见顾国章，彼此行礼。高国泰回禀上宪，把公事交代清楚，顾国章说：“贵县先请回衙办公。”高国泰告辞去了。顾国章说：“圣僧四位门徒，那两位呢？”济公说：“那两个人没跟我来。老爷升到这里，贫僧特来道喜。”顾国章说：“圣僧说哪里话来。弟子倒时常想念圣僧。”和尚说：“老爷升到常州府，声名如何？”顾国章说：“我自己也不知道。”和尚说：“在你该管地面，有无数的邪教叛逆啸聚，不久就要起事，你还不赶紧责拿？将来要一起首，你的地面担得了么？”顾国章说：“弟子一概不知，哪里有反叛？圣僧指示我一条明路。”和尚说：“常州府正西，平水江卧牛矶，有一座慈云观。有一个老道，叫赤发灵官邵华风。他招集了无数的贼人，在外害人诓人，将来不久就要起首。”顾国章说：“这话当真？”和尚说：“你把这几个贼人带上来一问，你就知道了。”顾国章立刻传伺候升堂，吩咐把江阴县解来的贼人带上来，立刻将四个贼人带上公堂。顾国章说：“你等都是哪里人？”四个贼人各通名姓，鬼头刀郑天寿说：“回禀大人，我四个人都是一处的，都是慈云观祖师爷派出来的。”顾国章说：“慈云观共有多少人呢？”郑天寿说：“要说人多难以尽述，尽说有能为的，就够好几百。有五殿真人，有三十二位采药仙长，三十二位巡山仙长，三十二位候补真人，三百多绿林人，在熏香会的，外有七十二座黑店，五百只黑船，人是多了没有数。”顾国章一听，说：“圣僧这件事可怎么办？贼人势派大了。”和尚说：“太守，你不必着急，我和尚所为这件事来的。”正说话，只听外面一声喊嚷：“无量寿佛。”手下官人上来回禀，说：“外面来了一个老道，说找济公长老。”顾国章说：“什么人？”和尚说：“要办慈云观这件事，就应在此人身上。”书中交代：来者是谁呢？这内中有一段隐情。只因前者济公捉拿华云龙之时，有玉山县的两个人追云燕子姚殿光、过量流星雷天化，这两个人在半路上要抢劫差事，打算要救华云龙，没救了。

后来一访问，才知道华云龙在临安城为非作恶，镖伤三友，种种不法，罪大恶极。姚殿光说："雷贤弟你我不必管了。"二人这天走在鲍家庄，雷天化说："兄长你我瞧瞧鲍二哥去。"这鲍家庄住着一位绿林人，叫矮岳峰鲍雷，也在玉山县三十六友之内。姚殿光、雷天化二人，这天来到鲍雷的门首，一叫，老管家鲍福由里出来了，认识这两个人。鲍福连忙行礼，说："原来是姚爷、雷爷，一向可好？"姚殿光说："承问承问！你家大爷可在家里？"鲍福说："二位休提，我家大爷提不得了。"姚殿光说："怎么？"鲍福说："你们二位不知道，我家大爷归了慈云观，竟真是疯了，永不回家来，把老太太也想病了。我去找他去，我家大爷说得真不像话，他道他已然出了家了，要成佛做祖，不管在家的事了。劝他不行，连家都不要了，现在老太太病得甚厉害，想我家大爷想病的。"姚殿光、雷天化二人一听，说："这事可新鲜，我们到里面瞧瞧老太太。"管家说："好。"立刻带着姚殿光、雷天化来到里面，一见鲍老太太在床上躺着，病体沉重，形容枯槁。姚殿光、雷天化说："老伯母，你老人家这是怎么了？小侄男二人来瞧你来的。"老太太一翻眼，看了一看，原来是儿子两个拜兄弟。老太太二目垂泪，叹了一声，说："老身是不行了，家里没有德行，你鲍二哥归了慈云观疯了，家里老娘妻子他都不要了，你们看这可怎么好？我跟前又没有三个两个，就是他这一个忤逆子，他把家抛了，我鲍氏门中断绝了香烟，我这病是好不了。"姚殿光、雷天化一听这话可惨，说："我鲍二哥他素常是个明白人，怎么会做出这样事来呢？老伯母不要伤心，我二人去找我鲍二哥去。我们见了他，劝劝他，把他劝回来就得了。"老太太说："你二人真能把他劝回来，我烧高香，我的病还许好得了。"姚殿光说："伯母请放宽心，我二人自有道理。鲍福你来告诉我们，说你家大爷在什么地方住着？"管家说："在常州老正西平水江当中，有一座山叫卧牛矶，那一座山上有庙叫慈云观，那庙里有一个老道叫赤发灵官邵华风。你们二位去，不定进得去进不去？再说就满打①见着我家大爷，也未必你们二位能劝得了他，他说他现在封为镇殿将军了，虽劝他，那算白说。"姚殿光说："瞧吧，我二人尽力所为。实在不行，那也无法。"二人当时告辞。出了鲍家庄，二人尽其交友之道，顺大路够奔常州府而来。这天正向前走，只见对面来了一个人，骑着一匹

① 满打——即使。

白马，鞍镫新鲜，看这人头戴粉绫缎软帕包巾，身穿粉绫缎团花大氅，衣服鲜明。来到近前，滚鞍下马过来行礼，说："原来是雷爷、姚爷。"姚殿光二人睁眼一看，"呀"了一声。不知来者是谁，且看下回分解。

第一百八十六回

逢贼党述说慈云观　入虎穴有意找盟兄

话说姚殿光、雷天化正要奔慈云观,在道路上碰见一个骑马的。这人下马,赶上前一行礼,姚殿光、雷天化二人一看,认识这个人。原来当初是绿林中踩盘子的小伙计,姓张叫张三郎,外号叫双钩护背。今天姚殿光一看,说:“张三郎,你发了财了?你在哪住着呢?”张三郎说:“我现在慈云观呢!当五路的督催牌。”姚殿光说:“你在慈云观,我跟你打听个人,你可知道?”张三郎说:“不用说,你们二位必是打听矮岳峰鲍雷,对不对?”姚殿光说:“不错,你怎么猜着了?”张三郎说:“我知道你们二位是跟鲍雷拜过兄弟,我常听鲍爷说起你们二位。”姚殿光说:“他此时在慈云观,是怎么一段事?”张三郎说:“人家这个时节位份大了,在慈云观封为镇殿将军。你们二位要去找他,我告诉你们,二位可别由前山进去。前山牛头峰山有镇南方五方太岁孙奎,带着四员大将镇守,你们也进不去,找人也不行,要去奔卧牛矶的后山。这座山头里占六里,北面宽有十二里。你们二位顺着平水江一直往西,过了桃花渡口,有一座孤树林,那里靠着有一只小船,有四位该值的头目,专伺候我们,合字绿林的人。你们二位到那一捏嘴,一打嘲哨,他就过来,你们一上船,不用说话,他就把你们渡到卧牛矶后山码头去了。有二十多里的水面,你们下了船,爱给多少钱给多少,他也不争竞,不给钱都行。那山坡上有几间屋,你们要坐坐喝茶都行。要上山一直往南,瞧见东西的一道界墙,高有一丈六,没有门。你们二人蹿上墙去,可别往下跳,地下瞧着是平地,可尽是削器埋伏。你们站在墙上,看里面有五个亭子,离一百二十步远,一个当中亭子,有一块汉白玉,你们二位跳在汉白玉上,走当中那一条小路,可别走错了。一直往南,有三间穿堂的过厅,那屋里有桌椅条凳,也没人看着,只要你们往椅子凳子上一坐,那就有人来。凳子椅子都有走线,是绿林人买熏香蒙汗药,都在那里买。找人有人来给通知,外人也不知道,也进不去,到不了那里,生人进去,就叫埋伏拿住。你们二位记住了,去找鲍雷去吧,咱们回头见,我办公事去。”姚殿光、雷天化一听,心里说:“好险要的地方,幸亏有人告诉明白。要不知道,前去就得闹出乱来。”姚殿光说:“张三郎你上哪里去?”张三郎说:“我当五路都催牌,是咱们合字各处的催饷传信都归我办。”姚殿光说:“你去吧。”张三郎上马去了。姚殿光说:“雷贤弟,你听慈云观这点势派大了,大概必是要造反。”雷天化说:“咱们到那瞧瞧,见着鲍二哥,能劝得了更好,实在劝不了,那也无法,你我尽到心了。”二人说着话,过了桃花渡口打听,来到孤树林一看,果然有只小船靠着。二人一打唿哨,由船里出来四个水手,说:“合字吗?”姚殿光说:“合字。”水手说:“上船吧。”二人立刻上了船,当时撑船就走,一直往南,来到卧牛矶山坡码头靠了船。姚殿光掏了一块银子给了水手,真是并不争竞。二人下了船,顺着山道上山,往前走了三里之遥,见东西的一道界墙,高有一丈五六。二人蹿上墙去一看,里面地甚是宽阔,果然有五个亭子。二人奔当中亭子蹿下去,走正当中小路,往前走了有半里之遥,抬头一看,是三间穿堂的过厅。屋里有三张八仙桌,有椅子杌凳,并没有人。就在凳子上一坐,只见穿堂南院由东西配房西房屋中出来一人,头戴翠蓝六瓣壮士帽,身穿蓝箭袖袍,三十多岁,两道细眉,一双三角眼,一脸的白斑。来到过厅,说:“二位来了!”姚殿光说:“辛苦辛苦!”这人说:“二位贵姓?”姚殿光说:“我姓姚,他姓雷,未领教尊驾贵姓?”这人说:“我姓甘,名叫露渺。二位尊字大号,怎样称呼?”姚殿光、雷天化各通了姓名,甘露渺说:“久仰久仰!二位是来此买熏香蒙汗药,是有别的事?”姚殿光说:“我们到这里来找人,有一位矮岳峰鲍雷,他在这里?”甘露渺说:“不错。”姚殿光说:“烦劳尊驾,传禀一声,就说我二人前来找他。”甘露渺说:“是,二位在此少候,我去给通禀。”说罢,仍转身出去,奔西厢房。工夫不大,只见由西厢房出来了四个道童,都在十四五岁,都是发挽牛心,别着金簪,蓝绸子道袍,手里打着金锁提炉,再一看有四个人搭着一把椅子,上面坐着正是矮岳峰鲍雷,头上紫缎色六瓣壮士帽,上安六颗明镜。鲍雷原是五短身材,身高五尺,田字体,紫胸膛,粗眉环眼,身上穿着蓝色绸箭袖袍,腰系鹅黄丝鸾带,薄底靴子,闪披一件紫缎色团花大氅,来到穿堂过厅,姚殿光、雷天化一看鲍雷大模大样,二人忙上前行礼,说:“鲍二哥一向可好?”鲍雷大不似从前,见了故友,并没有一点亲热的样子,说:“原来是你二人,来此何干?”姚殿光说:“二哥,我二人是由鲍家庄来。我二人原本是去瞧看兄长,听说兄长没在家,老太太想你想得病了,甚为沉重,我二人特意找你,你还不到家里去瞧瞧老太太去?”鲍雷说:“你二人真胡说,我已然出了家,不管在家的事了。”姚殿光说:“兄长你是个明白人,怎么这样糊涂了?老娘乃生身的母亲,你莫非不要了?”鲍雷说:“我已然出了家,不久要成佛做祖,不管他们在家的事了。”姚殿光说:“兄长你不回家,家中嫂嫂岂不守活寡?再说也没人照应。”鲍雷说:“那是阳世三间搭伙计,不算什么。”姚殿光说:“哥哥你这话是疯了么?至亲者莫过父子,至近者莫过夫妇,嫂嫂你也不要了,孩子你莫非也不要了?”鲍雷说:“唉,那是讨债鬼,什么叫儿子?你两个人全不懂。”姚殿光、雷天化一听,这番不像话,说:“二哥你在这里有什么好处呢?兄长自己不要胡闹,依我二人说,兄长别想不开,还是回家去吧。不然老太太想你,病越想越厉害。”鲍雷说:“你二个人满嘴胡说,我不久就要成仙得道,谁管他们这些事情。”姚殿光说:“世上神仙自有神仙做,哪有凡夫俗子做神仙的?”鲍雷说:“就做了神仙,不信你跟我去瞧瞧。”姚殿光、雷天化说:“可以,我二人开开眼,瞧瞧你在这里怎么成仙?”鲍雷叫人带着姚殿光、雷天化二人,奔西配房,也是穿堂门。鲍雷仍坐着椅子,四个人搭着,曲曲弯弯走了许多的门,来到一所院落,是四合房。来到北中房屋中坐落,姚殿光说:“这地方就是住神仙的么?”鲍雷拿出两粒药丸来,说:“给你两个人每人一粒仙丹吃了,能化去俗骨。”姚殿光说:“我们不吃。”鲍雷说:“你二人既来了,就不用走了。祖师爷早就提说,叫我约玉山县众朋友,今天你们自己来了,这也倒好。”姚殿光说:“你不必,你瞧着这里好,我不愿意。你不听劝,我们要走了。”鲍雷说:“你两个人哪里走呀?这庙里只许往里进人,不许往外出人。前首有秦元亮来找我,我不叫他走,他一定要走,被我把他拿住。我念其朋友之道,没肯杀他,幽囚起来,哪时他应了归降,我把他放开。你两个人不要不知自爱,少时我也把你两个人幽囚起来了。”那姚殿光、雷天化一听这话,气往上撞,说:“鲍雷,你太不懂交情,我二人来找你,是一番好意。你归了慈云观,连父母都不要了,为人子不孝,为臣定然不忠,为兄弟不义,交朋友定然不信,你还叫我们归降?凡事得两相情愿,我不愿意归你。”说着话两人站起来就走,鲍雷哈哈大笑,说:“没人带着你两个人,焉能出得去?”话音未了,姚殿光、雷天化走到削器上,被绊腿绳绊倒,鲍雷吩咐手下人缚,这两人气得破口大骂。大约二位英雄难得活命,且看下回分解。

第一百八十七回

刘妙通有心救好汉　济长老写信邀英雄

话说姚殿光、雷天化二人被获遭擒，二人气得破口大骂。鲍雷吩咐叫人看守着他，立刻回禀了正殿真人赤发灵官邵华风。立刻前殿真人长乐天、后殿真人李乐山、左殿真人郑华川、右殿真人李华山五殿真人升了座位，手下一干众人都在两旁边排班站立，邵华风吩咐将姚殿光、雷天化搭上来。这两个人被捆着来到大殿前，一看，见上面坐定五位真人，头前有十六个道童，打着金锁提炉，真是香烟缭绕，两旁站着无数的老道，也有俗家，高高矮矮，胖胖瘦瘦，老老少少，面分青红赤白紫绿蓝，都是四野八方的山林海岛的盗寇。正殿真人邵华风口念"无量寿佛"。说："姚殿光、雷天化你二人休要执迷不悟，山人奉佛祖牒文，玉帝敕旨，降世凡间，所为急救黎民于水火之中。大宋国气数已终，山人乃应天顺人，你两个人跟山人有一段俗缘，奉佛派天差，你二人临凡保护山人，共成大业。将来山人南面称孤，你二人都是开疆辟土的功臣、列土分茅的大将。"姚殿光、雷天化二人一听，气得颜色更变，破口大骂，说："好妖道，你既是出家人，就应当奉公守分，跳出三界外，不在五行中，一尘不染，万虑皆空。扫地不伤蝼蚁命，爱惜飞蛾纱罩灯，出家人以慈悲为门，善念为本，无故妖言惑众，蛊惑愚民，在这里占山落草，乱臣贼子，人人得而诛之。你家大太爷乃是堂堂正正英雄，烈烈轰轰豪杰，岂能归降你等这些叛逆？不久皇上家天兵一到，把你等全皆拿住，碎尸万段，刨坟灭祖，死后也落个骂名千载。你家大太爷既被拿住，杀剐存留，任凭于你！"这两个人破口一骂，邵华风气得"哇呀呀"怪叫，说："众位此事该当如何？"旁边有一人叫单刀太岁周龙说："祖师爷，这两个人还留着他？他们毁谤你老人家，还不速将他两个人结果了性命！"邵华风立刻吩咐："来人，将他拉到后面去，给我枭首号令！"旁边过来一位老道，叫董太清。他原本是从前要陷害王安士，也没害成，自己庙也烧了，他投奔到慈云观来。邵华风封他为后门真人，把守慈云观的后门。今天董太清说："祖师爷要把他两个人杀了，岂不便宜他们？往后谁只要拼出一死，就敢骂祖师爷了。要依我把这两个人交给我，到后面把他们剐了。再说这两个人是玉山县三十六友之内的，跟雷鸣、陈亮是拜兄弟，我大兄张太素死在雷鸣之手，我今天把他两个人凌迟了，也算给我师兄报了仇。”邵华风说：“既然如此，就派你将他二人结果了性命，随你自便。”董太清吩咐手下人：“搭着走！”旁边过来一个老道，说：“董道兄，单丝不线，孤树不林，我也跟玉山县的人有仇，我帮你将他二人剐了。”董太清一看，这说话老道是刘妙通。董太清说：“刘道兄，你怎么跟玉山县的人有仇？”刘妙通说：“你师兄张妙兴五仙山祥云观被他们烧了，我们帅父华清风被济颠和尚所害，我正想报仇雪恨。”董太清说：“好，你我二人去结果他等的性命。”说着，有人搭着头里走，董太清、刘妙通跟随，来到西跨院，将姚殿光、雷天化放在地下，董太清拉出宝剑说：“我来杀！”往前赶奔，刚一举宝剑要杀姚殿光，他的宝剑尚未落下去，刘妙通由后面手起剑落，把董太清的人头砍下来，随后用宝剑将这二人绳扣挑开。刘妙通说：“你二人快跟我走。”姚殿光、雷天化也并不认识刘妙通，二人跟着他来到后面，蹿出界墙，来到后山江岸。幸喜小船在这靠着，刘妙通同姚殿光二人上了船，船上的人以为是慈云观的人，也不盘问，刘妙通催船快走。姚殿光说：“祖师爷你老人家贵姓？”刘妙通说：“此时没有说话的工夫，下了船有什么话再说。”小船刚来到岸北，下了船，就只听慈云观乱起来了。原本是刘妙通把董太清一杀，早有人报与邵华风，邵华风派七星道人刘元素、八卦真人谢天机两个老道，急速连刘妙通一并拿回来。这两个道人都有妖艺邪法，随后就追赶下来，相离也不甚远，两个老道手中仗剑喊嚷：“刘妙通慢走！”这个时节，姚殿光、雷天化说：“了不得了，要跑不了。”刘妙通说：“你二人把眼闭上。”这两个人就把眼闭上，刘妙通带着两个人，驾起趁脚风，往下一逃，好容易听后面没了声音，大概是离远了，不追了。三个人这才止住脚步，姚殿光、雷天化这才跪倒给刘妙通行礼说：“多亏祖师爷，你老人家救命，未领教仙长怎么称呼？”刘妙通说：“我姓刘叫刘妙通，我原是五仙山祥云观的，只因我师兄张妙兴不务正道，无故兴妖害人，前者济公到余杭县搭救高国泰之时，把我师兄火烧死，连庙烧了。我师父九宫真人华清风，也不是好人，要练五鬼阴阳剑，被雷击了。我倒不敢做为非之事，在外面游方，来到这慈云观挂单，不想遇见这些反叛，把我留下，也不叫我走了。今天我看你们二位倒是英雄，又是玉山县三十六友的人,故此我趁此机会把二位救出来。我有个朋友,叫圣手白猿陈亮,你二人可认识?"姚殿光说:"陈亮是我们拜兄弟,怎么不认识?"刘妙通说:"这提起来,你我不是外人了,你我一同奔常州府吧。"姚殿光、雷天化二人点头答应。三人一同来到常州府,打算找一座店住下,盘桓几日,焉想到来到常州府城里就听得市上纷纷传说,言济公长老在知府衙门拿了慈云观几个贼人,要帮着知府老爷办这件事,大概这个乱不小。刘妙通一听,说:"这可活该,原来济公长老来了。我算计这件事,济公就得来,非他老人家办不了。二位我们一同见见济公去好不好?"姚殿光、雷天化说:"好,我二人前者为华云龙,无意把济公得罪了。他老人家既在这里,我们一同去拜访圣僧去。"三人这才一同到知府衙门。刘妙通口念:"无量佛。"说:"烦劳众位到里面通禀一声,就提我叫刘妙通,同姚殿光、雷天化前来拜见济公!"当差人往里一回禀,知府顾国章说:"圣僧是谁来找你?"和尚说:"雷鸣、陈亮出去把他们让进来。"雷鸣、陈亮二人来到外面一看,都认识,连忙行礼,姚殿光说:"陈、雷二位贤弟,在这里甚好?"陈亮说:"三位请里面去吧!济公在这里。"大众一同来到里面。刘妙通、姚殿光、雷天化给和尚行礼,见过知府,刘妙通说:"圣僧你来了好,现在这个乱大了。"和尚说:"你不用说,我都知道。你三个人来了好,我烦你三个人办点事。"三人说:"师父有什么事,只管吩咐。"和尚要过笔来,写了字柬,拿了一块药,说:"姚殿光、雷天化,你二人先去到陆阳山莲花坞,请金毛海马孙得亮,火眼江猪孙得明,水夜叉韩龙,浪里钻韩庆,叫他四个人急速前来,帮着我办慈云观。然后你二人拿我这块药,照我这字柬行事。"姚殿光、雷天化二人点头,即刻告辞知府,顾国章说:"二位壮士,何妨吃杯酒再走?"姚殿光说:"大人不必费心,回头再见。"这二人竟自告辞去了。和尚说:"刘妙通,你赶紧够奔八卦山松阴观,请坎离真人鲁修真前来,这件事非他来办不可。"原来邵华风当初是鲁修真的徒弟,他盗出乾坤子午混元钵,来到这慈云观,又拜马道玄为师。刘妙通也遵命去了。顾国章说:"圣僧这件事贼人势派太大了,甚不易办。"和尚说:"等孙得亮他们四个人来,先把贼人的五百只截江船破了要紧,水面的贼人甚为猛烈。官兵不习水战,先破了贼人的船,然后再调官兵。我帮你破慈云观。"和尚在衙门住着,过了几天,这天有人进来回禀:"外面来了四个人,求见圣僧。"和尚哈哈一笑:"这几个人一来,要破慈云观易如反掌。"不知后事如何,且看下回分解。

第一百八十八回

四雄奉命探长江　妖道施法捉侠义

话说济公禅师在知府衙门等候，这天有人回禀，外面来了四个人求见。和尚吩咐让进来，工夫不大，只见由外面进来了四位英雄。顾国章抬头一看，头一位，这人身高七尺以外，细腰扎背，头上戴银红色六瓣壮士巾，上安六个明镜，迎门一朵素绒球突突乱晃，鬓边斜插一枝守正戒淫花，身穿一件银红色箭袖袍，腰系鹅黄丝鸾带，薄底靴子，闪披一件西湖色英雄大氅，面似淡金，粗眉大眼，准头端正，颏下无胡，正在英雄少年，这位正是金毛海马孙得亮。第二位头戴粉绫缎六瓣壮士冠，上安六颗明镜，也是插着戒淫花，身穿粉绫缎窄领瘦袖箭袖袍，周身走金线掏金边，上绣三蓝牡丹花，腰系丝鸾带，套玉环，佩玉珮，单衬袄，薄底靴子，外罩一件粉绫缎英雄大氅，周身绣花团朵朵，面似银盆，雅如美玉，双眉带煞，一双金眼叠暴，这位是火眼江猪孙得明。第三位翠蓝褂，也是壮士打扮，淡黄的脸面，细眉朗目，这个就是水夜叉韩龙。第四位穿青皂褂，身高九尺，正如半截黑塔一般，粗眉环眼，这位就是韩庆。知府一看，这四个人都是仪表非俗。和尚说："四位来了！"这四个人连忙行礼，说："圣僧久违少见。"和尚说："四位坐下。"四个人见过知府，雷鸣、陈亮彼此叙礼已毕，众人告了座。和尚说："你们四个人来了甚好，我和尚特为请你四个人有事奉烦。"孙得亮说："我四个人也听见姚殿光、雷天化提了，皆因慈云观的事情。圣僧有何吩咐，叫我四个人做什么，圣僧只管说，我等万死不辞。"和尚说："别的不用你们，就是卧牛矶前山牛头峰下，有贼人的船五百只，你四个人能把拦江绝护网、滚龙挡刀轮船只给毁了，就算你等奇功一件。这件事别人办不了，就烦你四个人给办这件事。"金毛海马孙亮等四人点头答应，说："圣僧吩咐，这乃小事。我四人这就告辞，圣僧听信吧！"四个人立刻出了知府衙门，找了一个酒饭馆子，吃了点饭。候至天黑了，给酒饭账，四个人出来，一直顺江岸往西。离卧牛矶不远，四个人把水师衣靠打开，把白昼衣脱下来，用包裹包好，拿油绸子一裹系在腰间。四个人都换上分水鱼皮帽，日月连子古水衣水靠，油绸子连脚裤，香河鱼皮岔。收拾停妥，顺江岸落水，四个人浮水往前走，来到牛头峰以前抬头一看，这座山口坐北冲南，东西两座牛头峰，其形似牛角一般，东西两座水师营，正当中有浮桥，都是明分八卦，暗合五行。晚间有灯笼分为五色，按着东方甲乙木是蓝灯笼，西方庚辛金是白灯笼，南方丙丁火是红灯笼，北方壬癸水是黑灯笼，中央戊己土是黄灯笼。就听里面来往有人巡更走筹，梆锣齐发。金毛海马孙得亮、火眼江猪孙得明、水夜叉韩龙、浪里钻韩庆四人看够多时，见些船只紧抱山根以下，要由山里出来人，也得坐船过浮桥大关，由外面进去，船也得由这里过。四个人沉身落水，睁眼一看，当中水寨门以下，当中有拦江绝护网，两旁边有半鱼头的刀轮。要有会水的人，由水面一钻，就被拦江绝护网拿住，要碰在刀轮上，轻则就得受伤，重则就得废命，非得从此走过不去。金毛海马孙得亮看明白，他手中使的是一口折铁钢刃，能够斩钉剁铁，孙得亮一看那网，知是绒绳做的，慢说是人，连大鱼都拿得住，孙得亮慢慢用刀把绝护网割了一个大窟窿。四个人俱都钻过去，钻上水来露着半截身一看，贴着船往前够奔。孙得亮说："三位贤弟，今天济公派我们这点小事，他老人家从没求过你我。前者抢劫差船，被他老人家拿住，圣僧有好生之德，复又把你我放了，总算待你我恩重如山。现在我们几个人，净把贼人的船坏了，这点小事不算露脸，一不做，二不休，今天我们倒得努努力。既来捣贼巢，把赤发灵官邵华风的人头带回。也叫济公长老看看，不枉你我几个人来一场。"孙得明三人点头，说："咱们瞧事做事吧。"四个人暗中瞧探，各船上窃听，抬头一看，见有一只大船在当中上面有大黄灯笼，上面写着一个"孙"字。四个人料想这必是中军，来至切近，隔着窗户往里一看，里窗灯光明亮，正当中坐定一人，头戴紫色缎六瓣软帕巾，身上穿紫箭袖袍，腰系丝鸾带，外罩紫色缎一件团花大氅，紫红的脸膛，长得凶眉恶目，一脸的怪肉横生，押耳黑毛。旁边坐定一人，头上青壮帽，皂色缎箭袖，黑脸膛，浓眉大眼，花白的胡须。书中交代：这个紫脸的就是镇南方五方太岁孙奎，这个黑脸的叫净江太岁周殿明。两个人正在谈话，就听周殿明说："孙大哥，今天祖师爷传下谕来，你可知道？"孙奎说："甚谕？"周殿明说："常州府衙门对门有一座五福居，那是咱们慈云观开的，常州府衙门有什么事，酒铺就来给祖师爷送信，今天有人来送信，提说我们合字有几个人被江阴县拿住，有西湖灵隐寺济颠僧押解来到常州府，叫祖师爷早作准备，恐其济颠要跟我们为仇作对。祖师爷叫我们昼夜多加小心留神，要有什么动作，赶紧报与祖师爷知道。”孙奎说：“贤弟你多此一虑，咱们这座卧牛矶慈云观不亚是铁壁铜墙、天罗地网一般，一人把守，万夫难过。水旱两路能人倍出，祖师爷有乾坤子午混元钵，这宗法宝就能挡几万官兵。再说众位真人，都是神通广大，法术无边。就即便有官兵来，也都是凡夫俗子，也不足为论，除非有天兵天将临凡①。要打算破慈云观，势比登天之难。”周殿明一听，说：“兄长言之有理，可有一节，凡事不可大意，总以小心为妙。岂不知泰山高矣，泰山之上还有天？沧海深矣，沧海之下还有地？人外有人，天外有天。做事胆要大而心要小，智要圆而行欲方，见狸猫而当虎看，方保无虞。”金毛海马孙得亮四个人听得明明白白，孙得亮用手一拉这三个人，来到无人之处，孙得亮说：“三位别拿他们，打草惊蛇。这些东西俱都是无名小辈，就把他们杀了也不算什么。今天来到这里，不入虎穴，焉得虎子，畏首畏尾，焉能成事？你我够奔慈云观去找赤发灵官邵华风，把他杀了，你我也人前显耀，鳌里称尊。”四个人真是艺高胆大，浮水来到北山坡，上了岸，一直往北走了十数里地。只见眼前是慈云观的大门，墙高一丈七八，周围占三十六里地。四个人一看，有两旁的脚门，不敢奔迎面去，由东南角蹿上界墙，往里一看，房子真有七八百间。四个人蹿房越脊，各处哨探，见有一个院子东西两溜房都是单间，北房南房也是一大溜，各屋中都有灯光。四个人跳在院中一窥探，各屋中俱都是妇人女子，都是二十多岁三十以内，没有上年岁的。有唉声叹气的，有悲悲惨惨的，有哭哭啼啼的。这个说：“我是叫卖花婆把我拍来的，一家骨肉不能见面。”那个说：“我是道姑把我拍来的，也不知怎么迷迷糊糊，来到这里。到了这里也出不去，如同坐监一样。”这五六百妇女都不明白，糊里糊涂在这里住着。四位英雄一听，种种不一，说得可惨。四个人复又上房，探来探去，来到一所院落，见院中灯光明亮，北上房挂着四个纱灯，里面坐着一个紫脸的老道，花白胡须，气度不俗，有四个童子伺候，四位英雄料想必是邵华风。四个人并不认识邵华风是什么样，胆子也真不小，各拉兵刃蹿下来，打算闯进屋中，就凭一个老道，还怕什么？焉想

---

① 临凡——降临凡世。

到四个人刚一跳下来，老道"呵"了一声，说："好大胆！"站起身出来，用手一指，说声"敕令！"把四个人俱皆定住，老道吩咐缚四位英雄。今日来到龙潭虎穴，被获遭擒，大概难脱活命，且看下回分解。

第一百八十九回

邵华风升殿问豪杰　小悟禅一怒找妖人

话说金毛海马孙得亮四位英雄来到慈云观，瞧见一个紫面的老道，只打算是邵华风呢。四个人拉刀下来，就被老道用法术制住。其实这个老道只是慈云观的无名小卒，他姓董叫董云清，外号叫妙道真人。当初他原本是坞镇龙王庙的，来在这慈云观，认邵华风为师，派他管妇女营的外围子，他也会的术学的工夫。这四个人都是艺高胆大，被老道妖术法制住，老道手下人把四个人绑上，说："好大胆量！四个刺客是哪里来的？"孙得亮说："妖道，你要问，大太爷是陆阳山莲花坞的。"董云清说："你四个人是陆阳山的不是？陆阳山的当家的，跟我们祖师爷是拜兄弟，至友交情。我且问你陆阳山的当家的叫什么？"孙得亮说："叫花面如来法洪。"董云清说："对呀！你四个人既是陆阳山的，来此何干？是怎么一段情节？"孙得亮本是个直人，说："妖道，我告诉你，你也不用说交情。我等虽在陆阳山，我们在莲花坞可是跟法洪一般，我们是奉济公长老之命，前来杀你这杂毛老道，你就是赤发灵官邵华风么？"老道说："我山人乃是妙道真人董云清，原来你这几个小辈是前来行刺。好，好好，来人把他四个人看起来，等候大亮，我回禀祖师爷，任凭祖师爷发落去。"立时有人看着四位英雄。等到天光已亮，董云清叫人搭着四个人去回禀了邵华风。当时五殿真人升了座位，吩咐将刺客带上来。这四个人一看，见赤发灵官邵华风，头戴鹅黄色莲花道冠，身穿鹅黄色道袍，上绣乾三连坤六断离中虚坎中满，当中太极图，老道是赤发红须，蓝靛脸，长得凶如瘟神，猛似太岁。这四个人破口大骂，赤发灵官邵华风说："你这四个鼠辈，休要这等无礼！你等姓什么？叫什么？是哪里人？为何前来行刺？趁此说实话。你家祖师爷跟你往日无冤，近日无仇，生而未会，面不相识，究系被何人主使前来？只要你等说出道理，祖师爷有好生之德，饶你等不死。"金毛海马孙得亮立刻把眼一瞪，说："妖道，你要问你家大太爷，行不更名，坐不更姓，我乃陆阳山莲花坞的人，这是我一个拜兄，叫火眼江猪孙得明，那是我的两个拜弟，叫水夜叉韩龙、浪里钻韩庆。皆因你等为非作恶，使出贼人各处拍花，各处设立贼船黑店，陷害客旅行商，起意造反，败坏妇女的名节，拆散人家骨肉，杀害生灵，种种不法，济公长老派我等来结果你的性命，给四方除害。乱臣贼子，人人得而诛之。我等既被你拿住甚好，你家大太爷乃堂堂正正英雄，烈烈轰轰豪杰，大丈夫生而何欢，死而何惧？来来来，快把你家大太爷杀了，我等死而无怨。你要把我等幽囚起来，可别说我辱骂你万代！"老道邵华风一听，气往上冲，立刻吩咐："把他四个给我推出去枭首号令！"手下人答应，旁边过来一人，说："祖师爷把他们杀了，岂不便宜他们？他等既来行刺，情同叛逆，应该把他们剐了。"邵华风说："也好，既然如是，就派你结果他等的性命。"金毛海马孙得亮一看，说话之人，乃是铁贝子高珍。这四人从前跟这高珍认识，今天高珍一说这话，孙得亮一想："这小子真是小人得志，癞狗生毛。我等跟他素有认识，他出这样主意，害我们这四个人。"立刻破口大骂高珍。书中交代：铁贝子高珍，黑毛蚤高顺，笑面貔貅周虎，三个人自打翠云峰送陆炳文回家，就把陆炳文押到慈云观来。陆炳文也是报应循环，他女儿叫赤发灵官邵华风收为侍妾，那妻子叫乾法真人赵永明霸占了，把陆炳文打到囚犯营，给众人支使。着他做了一任刑廷，刮尽地皮，得来十数万银子，也被慈云观留下了。陆炳文无故害人，倒都没害成，他自己落了个人财两空，死不了活不了，在囚犯营受罪。笑面貔貅周虎同高珍二人来到慈云观就没走，今天铁贝子一出主意，邵华风就派他结果金毛海马孙得亮四人。高珍刚押着四个人走，忽然由外面跑进一个老道来，说："回禀祖师爷，现在外面来了一个穷和尚，口称是济颠僧，堵着山门破口大骂，点名叫祖师爷出去，我等也没看见这个和尚从哪里来的？"赤发灵官邵华风一听，说："好，这四个人就是济颠僧主使来的，我料想济颠僧必来，我正要瞧瞧济颠僧是何许人也。把他拿住，问问他因何跟我为仇作对。来，先暂为把他四个人押起来，等候拿住济颠僧一并再杀。"高珍一声答应，立刻把四人交到囚犯营。管理囚犯营是一个在家，叫义侠太保刘勇。高珍把四个人交给刘勇，回来禀报邵华风，邵华风说："待我出去捉拿济颠僧。"话言未了，旁边即有人答话，说："祖师爷暂息雷霆之怒，谅此无名小辈，何必你老人家亲身劳动？待我等出动拿他，不费吹灰之力，易如反掌。"邵华风一看，说话非是别人，乃是乾法真人赵永明，妙道真人董云清。邵华风说："二位真人要去也好，须要小心留神。”赵永明、董云清二人立刻同左门真人,来到外面,赵永明说:“哪里来的济颠僧,胆敢前来送死?”说着话,来到山门以外一看,并没有人。赵永明说:“济颠僧哪里去了?”左门真人说:“方才站在这里一骂,我就跑进去回禀,也不知道此时哪里去了。也许知道二位真人出来,他不敢见,逃走了。”赵永明说:“也罢,既是他逃走了,便宜他去吧。他如果再来,我必要结果他的性命。”两个老道说罢,转身刚要往里走,听后面一声喊嚷:“呔,好杂毛老道回来! 和尚老爷没走!”两个老道回头一看,见山门外站定一个穷和尚,短头发有二多寸长,一脸的油腻,破僧衣短袖缺领,腰系绒绦,疙里疙瘩,穿着两只破草鞋,头上有一股黑气。两个老道叹了一声,说:“我打算怎么个济颠僧呢,原来是一个妖精。”书中交代:来者并非是济公禅师,乃是小悟禅。小悟禅自从前济公法斗昆仑子,老仙翁给悟禅一封信,叫他投奔九松山松泉寺,给长眉罗汉灵空长老去看庙。济公不肯带悟禅回临安去,恐其他是一个妖精,在天子脚底下多有不便。济公也知道悟禅心地最正,后到下文书,小悟禅成其正果,他也在五百尊小罗汉之内。悟禅在松泉寺,跟着长眉罗汉,习学僧门里的规矩,奉经念佛,修道学法。这天悟禅忽然跟长眉罗汉说:“我要到临安瞧我师父去。”灵空长老叹了一声,说:“你不去为是。”悟禅说。“我要去。”灵空长老说:“你要去,现在济公在常州府衙门,你去吧。贫僧也不能拦你。”悟禅临出门之时,灵空长老说:“遭劫在数,贫僧也不能遮拦,逆天行事。”悟禅也并不措意①,一晃脑袋,来到常州府衙门。一见济公,济公叹了一声,眉头紧皱:“唉,你为着什么来?”悟禅说:“我想念师父,我来瞧你。”知府顾国章嘴快,说:“小师父来了甚妙,济公正在为难。”悟禅说:“什么事?”顾国章说:“现在拿住几个贼,是慈云观的余党。现在慈云观赤发灵官邵华风势派闹得甚大,方才圣僧请了四个会水的能人,到慈云观去了,先破贼人的船只,尚未见回来。我打算急速调官兵去破慈云观,又怕不行,圣僧也正在为难呢。”悟禅一听,说:“师父不用为难,我去找他,把杂毛老道拿来。”济公说:“你别去——”一句话没说完,济公一把没揪住,小悟禅一晃脑袋走了。济公叹了一声,说:“他这一去,给我惹这个乱子了。”罗汉爷有未到先知,说:“凡事天意,劫数当然。”小悟禅这一来到慈云观,焉想到惹出一场杀身之祸,给济公招出一件大难。不知后事如何,且看下回分解。

---

① 措意——领会意思。

第一百九十回

悟禅僧施法救四雄　赤发道法宝捉和尚

话说小悟禅一晃脑袋，来到慈云观，堵着山门一骂，说："趁早叫赤发灵官邵华风杂毛老道滚出来，就说有灵隐寺济颠僧和尚老爷来也！"把门老道这才进去回禀，赵永明、董云清二人出来和尚没有了。小悟禅并没走，他先到慈云观里暗中一看，见金毛海马孙得亮四个人正绑着，义侠太保刘勇看着。小悟禅知道这四个人是济公打发来的，小悟禅下去，一口气把义侠太保刘勇喷躺下。把四个人放开，叫四个人闭上眼，悟禅把四位英雄带在江岸。孙得亮说："圣僧你老人家不来，我等性命休矣！"悟禅说："我不是济颠，我是济颠徒弟，我叫悟禅。你们四个人赶紧回常州府吧，我师父还在常州府呢，你们四个人焉能是这些妖人的对手，岂不是白送残生？这个事都有我呢！"说罢，复发一晃脑袋，复又回来，赵永明、董云清出来没找着和尚，刚要回去，悟禅在后面一声喊嚷："呔，杂毛老道回来！和尚老爷没走！"赵永明、董云清一回头一瞧，原来是一个穷和尚，头上有黑气，必是妖人。两个老道俱并不放在心上，说："好妖僧，真乃大胆！竟敢这样猖狂，待我山人来拿你。"悟禅说："你就是赤发灵官邵华风么？"赵永明说："你要问山人，我乃乾法真人赵永明是也。拿你这无名的小辈，何用我家祖师爷。"董云清也道了名姓，两个老道各摆宝剑，往前够奔。悟禅一张嘴，一口黑气，把两老道俱将喷倒在地。早有人看见，把两个老道搭着往里走，回禀赤发灵官邵华风。五殿真人一看，说："这是怎么了？"左门真人说："被那个穷和尚给喷倒了。"邵华风一听，口念"无量佛"，说："好孽畜，真乃大胆！待我亲身去拿他。"这句话尚未说完，只见甲马兵库火着起来了。原来邵华风这庙里有两座库，一名甲马兵库，乃是老道练成的纸人、纸马、纸刀枪，用符咒练成的，静等造反的时节，老道用咒一催，能够天昏地暗，日色无光，十万纸人马能够杀人。还有一座阴兵库，是他派人收来的不该死的阴魂。前者七星道人刘元素，在小月屯害了好几十个人，还有前殿真人长乐天、后殿真人李乐山、同左殿真人郑华川、右殿真人李华山，这五个老道收来的五百阴魂，收在一个火葫芦之内，有符贴着。要用时节，就把葫芦口一拔，咒语一催，能够天昏地暗，阴风惨惨，鬼哭神号，是一座阴魂阵。他这两个库，是对面有一个老道叫赤发真人陆猛看守。小悟禅今天把董云清、赵永明喷倒，有人往里搭，小悟禅随着进来，见有一个紫脸红头发的老道，看着这两座库。小悟禅下来，赤发真人陆猛说："什么人?"刚要念咒，被小悟禅一口气喷倒，当时就把甲马兵库点着，少时烈焰飞腾。邵华风见火起来，烧了甲马兵库，赶紧叫童子拿了一碗茶来，邵华风果然是神通广大，术法无边，口中一念咒，把茶往空中一泼，当时一阵暴雨，把火浇灭了。邵华风气得"哇呀呀"怪叫如雷，再找小和尚踪迹不见，又有人报拿住的四个人丢了，义侠太保刘勇人事不知，昏迷不醒。邵华风有百草夺命金丹，立刻给刘勇一丸，连赵永明、董云清每人都灌下一丸药去，将众人救醒过来。邵华风说："好妖僧，我山人跟他势不两立！"正说着话，有人进来回禀："现在穷和尚又堵着山门骂呢！"赤发灵官邵华风气的颜色更变，立刻吩咐众位真人："尔等随我来。"大众一同围随着，来到山门以外，睁眼一看，果然门外站定一个穷和尚，头上有一股黑气。邵华风说："好孽障，竟敢这样搅乱我的庙？尔真是前来送死！"小悟禅一看，出来了真有百余人，又见赤发灵官邵华风，头戴鹅黄巾莲花道巾，身穿淡黄色的道袍，上绣乾三连坤六断金八卦太极图，腰系杏黄丝绦，水袜云鞋，背插一口宝剑，绿沙鱼鞘皮，黄绒穗头黄绒腕手，真金的什件，手拿萤刷。小悟禅说："你等这些叛逆之贼，真乃可恼！今天和尚爷爷把你等全皆拿住，送到当官治罪。"邵华风一听，就要往前够奔，旁边有七星真人刘元素在旁说："祖师爷你老人家不必动怒，谅此无名的小妖魔，何必你老人家拿他？有事弟子服其劳，割鸡焉用牛刀，待我拿他易如反掌。"邵华风说："你须要小心留神。"刘元素微然一笑说："此乃小事一段。"说罢，拉宝剑赶奔上前，说："来者尔可是济颠僧?"小悟禅说："非也，拿你们这些狐群狗党，何必他老人家亲身前来，我乃济公的大徒弟悟禅是也。皆因你等无故兴妖害人，各处拍花，设立贼船黑店，获罪于天，无所祷也，和尚老爷特来拿你。杀恶人即是善念，你就是赤发灵官邵华风么?"刘元素说："你家祖师爷乃七星道人刘元素是也，拿你何用我家祖师爷！"说着话，摆宝剑劈头就剁，悟禅就溜闪身躲开，左一剑，右一剑，和尚跑得甚快。刘元素说："好和尚，气死我也！"悟禅说："气死你，你死吧！”老道说：“待山人用法宝取你。”悟禅说：“好，你把宝贝拿出来我瞧瞧。”刘元素由兜囊掏出一宗物件，口中念念有词，说声：“敕令！”就见平地陡起一阵怪风，来了一只斑斓猛虎，摇头摆尾，要咬和尚。悟禅喷了一口气，把老虎喷起来，现了原形，乃是一个纸老虎。悟禅照老道一喷，这口黑气喷得老道说声：“好厉害！”拨头就跑，立刻浑身都肿了。跑到赤发灵官邵华风跟前，刘元素要栽倒，邵华风当时给刘元素一粒金丹吃下，方能止住疼痛，把毒气散了。八卦真人谢天机说：“好大胆妖僧！竟敢伤我的朋友，待山人用宝贝拿你。”说着话，祭起扣仙钟。这种东西，其厉害无论什么妖精，别管有多大的道行，扣上总是现原形。老道瞧出悟禅是个妖精，头上有黑气，故把扣仙钟祭起来，焉想悟禅可与别的妖精不同，他受过济公的传授，再说他在九松山松泉寺跟灵空长老在一处，又习学各样妙法，此时悟禅能为大长，有这么两句话：“鸟随鸾凤飞能远，人伴贤良品自高，近朱者赤，近墨者黑。”这话一点不错。八卦真人谢天机这一扣仙钟，往下一落，眼瞧着把小和尚扣在底下，八卦真人谢天机哈哈一笑，说：“列位可曾看见了，我这打算这妖精有多大能为，据我看来更是无名小辈，被我用扣仙钟扣住了。”赤发灵官邵华风说：“谢道兄，你先等等说大话，据看其中有缘故。方才扣仙钟落下，我只见起了一阵黑风，恐其未必将和尚扣住，你掀开钟看看罢。”八卦真人谢天机说：“不能吧，我看见将他扣住。慢说他这小小的妖精，无论多大的道行，也跑不了。”说着话，立刻把扣仙钟一掀，大众一看，都皆愣了，扣的并不是和尚，把邵华风的小道童扣上了。谢天机“呵”了一声，说：“真乃怪道，怎么就把小童子扣上了？”话言未了，只见小和尚在眼前一晃，说：“和尚老爷焉能叫你杂毛老道的拿住？”谢天机一看，气往上撞，说：“好妖僧，我看你今天哪里走？”拉定剑就要砍，小悟禅张嘴一口黑气，照老道一喷，立刻谢天机浑身紫肿，口中喊嚷：“好厉害！”急忙跑到邵华风跟前，邵华风赶紧给谢天机一粒丸子吃了，方才止住疼痛。邵华风说：“你等拿不了这个妖僧，还是山人去拿他吧。”邵华风立刻拉宝剑往前够奔，说：“好孽畜，真乃大胆！竟敢这样猖犯！待山人来拿你！”小悟禅说：“你就是赤发灵官邵华风么？”邵华风说：“然也，正是你家祖师爷。”悟禅说：“我正要拿你，你乃是罪之魁、恶之首，拿了你给四方除害。”邵华风立刻宝剑照悟禅就剁，悟禅一闪身，张嘴就喷。焉想到赤发灵官邵华风真有点能为，口中念定护身咒，并不怕喷，悟禅连喷了几口，老道并不躺下。老道也忙用宝剑砍不着和尚，邵华风气往上撞，吩咐童子："看我的乾坤子午混元钵来！"老道就倚仗他这种法宝，为镇观之宝。这个乾坤子午混元钵，经过四个甲子，里面有五行真火，无论什么妖精，装在里面六个时辰化了脓血，就是西方罗汉装上，都能把金光炼散，过不去伽蓝山①。老道叫童子把乾坤子午混元钵取来，悟禅也是胆量不小，并不知他这乾坤子午混元钵的厉害。焉想到邵华风口中念念有词，把混元钵的盖打开出来，五道光华分为青黄赤白黑，把悟禅一卷卷到混元钵里去。老道把盖一盖，说："孽畜自来找死，休怨山人，六个时辰将你化了就完了。"众人说："还是祖师爷佛法无边。"邵华风当时用符咒封上混元钵，大概悟禅要想逃命，势比登天还难。不知后事如何，且看下回分解。

① 伽蓝山——"伽蓝"，佛教寺院的通称。"伽蓝山"指"寺院之山"。

第一百九十一回

鲁修真涉险入慈云　坎离道施智放悟禅

话说赤发灵官邵华风，将悟禅装到乾坤子午混元钵之内，大众立刻回归到里面。邵华风升了殿，把乾坤子午混元钵用符咒封好，说："六个时辰，他准得化为脓血，这也是他自送残生。"大众说："还是祖师爷法力无边。"正说着话，只见由外面跑进来左门真人陈本亮说："回禀祖师爷，外面现有八卦山松阴观坎离真人鲁修真，前来要见。"书中交代：鲁修真从哪来呢？这内中有一段隐情。原本前者济公差刘妙通拿书信够奔松阴观云请鲁修真，刘妙通拿着书信来到松阴观门首，一叫门，由里面小道童儿出来，刘妙通说："道兄请了！"小道童说："你来此何干？"刘妙通说："我叫刘妙通，奉济公禅师之命，前来禀见真人，有要紧的大事。"小道童说："你在此少候，我到里面去回禀。"当时来到里面，一见鲁修真，道童说："回禀祖师爷，现有刘妙通奉济公之命前来禀见。"鲁修真说："叫他进来。"小道童来到外面，说："祖师爷叫你进去。"刘妙通一看屋中幽雅沉静，鲁修真在上首椅子上坐定，头戴青布道冠，身穿蓝布道袍，腰系杏黄丝绦，水袜云鞋，面如三秋古月，发如三冬雪，须赛九秋霜，一部银髯。刘妙通赶紧行礼，说："祖师爷在上，弟子刘妙通参见祖师爷！"鲁修真说："你来此何干？"刘妙通说："我奉济公禅师之命前来，有一封书信给祖师爷观看。只因赤发灵官邵华风，在慈云观妖言惑众，起意造反，招聚绿林中的江洋大盗，发卖熏香蒙汗药，使人在外面拍花害人，有七十二座黑店，五百只黑船，济公由常州府叫我前来。"说罢，将书信拿出来，递与鲁修真。鲁修真打开书信一看，上面没字，就是画着一个酒坛子，钉着七个锔子，里面书信写的是：

灵隐寺道济字启：鲁真人台鉴，日前一别，天南地北，人各一方，实深想念，伏思！真人坐守深山，清修古观，乃道高德重之人，近维，仙驾起居安燕。阖庙清吉，定如意祝耳！敬启者，令徒赤发灵官邵华风，现在慈云观，招聚绿林贼寇，妖言惑众，起意造反。手下有贼船黑店，发卖熏香蒙汗药，使人四处拍花，陷害良民，罪莫大焉。贫僧乃世外之人，你我俱不应管尘世之事。无奈令徒太肆招摇，杀害生灵，势派太大。诛恶人即是善念。今小徒悟禅受邵华风所害，装在乾坤子午混元钵之内，祈鲁真人鹤驾光临搭救！见字切勿耽延，则功德无量矣！余无别述，面见再谢，即请！法安不一。

鲁修真看罢，点了点头说："济公前者跟我提过此事，刘妙通你就给我看庙，我赶紧就走。我这庙中几个童子，不能掌事。"刘妙通说："祖师爷请吧，我看庙就是了。"鲁修真当时下了八卦山，驾起趁脚风，展眼之时，先来到常州府衙门。叫官人往里一通禀，济公正同知府在书房谈话，济公赶紧吩咐有请，鲁修真有官人带领来到书房。和尚说："真人来了！"鲁修真说："久违少见！"和尚说："顾大人，我给你引见引见，这是八卦山坎离真人鲁道爷。"知府顾国章跟老道彼此行礼，鲁修真说："圣僧方才遣刘妙通去给我送信，所有的事我都知道了，圣僧还有什么吩咐吗？"和尚有未到先知之能，说："现在小徒已被赤发灵官邵华风用乾坤子午混元钵装起来，真人急速去搭救才好，去晚了，小徒悟禅性命休矣！"鲁修真立刻告辞，出了知府衙门，驾起趁脚风，来到慈云观门首。一声"无量佛"，接着说："烦劳你等，到里面通禀，就提八卦山鲁修真前来看望。"左门真人到里面回禀，邵华风说："原来鲁修真来了，按说从先我在八卦山之时，他是我的师父，现在我已然另投别门，再说不久我得了宋室江山社稷，乃九五之尊①，就不能论师徒，先得论君臣礼。"大众说："祖师爷言之有理。"邵华风说："有请，我不便迎接他，叫他自己进来。"左门真人陈本亮立刻来到外面，说："我家祖师爷有请！"鲁修真迈步往里够奔，一直来到大殿，抬头一看，见赤发灵官邵华风在上面端然坐定，两旁边也有老道，也有僧家，高的高，矮的矮，胖的胖，瘦的瘦，老的老，少的少，真有百余人。鲁修真来到大殿上，邵华风并没离开座位，坐着一抱拳，说："真人来了，旁边看座！你我也算师徒，现在我不久就要登基坐殿，有九五之尊，先论君臣礼为重，

---

① 九五之尊——"九五"本为《易经》中的卦爻位名。《易·乾》："九五，飞龙在天，利见大人。"孔颖达疏："言九五阳气盛至于天，故飞龙在天……犹若圣人有龙德，飞腾而居天位。"后因此以"九五"为帝位。"九五之尊"作"帝王之尊严"解。

再说我又拜了马道玄为师。"鲁修真并不动怒,在旁边落座,说:"我是前来望看望看你,听说你这里声势甚大,我特来瞧瞧你,倒并无别事。"邵华风说:"我将来面南拜北,封你为护国仙师。"鲁修真说:"好,我听说你有一种宝贝,叫乾坤子午混元钵,你拿出来我瞧瞧。当初这宗宝贝,可是八卦山松阴观镇观之宝,我可没试验过。你且拿出来,我开开眼,见见世面,你可不必多心,并无别意。"邵华风料想给这瞧瞧也不要紧,说:"你要瞧可也行,我现在混元钵里可装着人呢。"鲁修真故作不知,说:"装什么人呢?"邵华风说:"装着济颠和尚的徒弟,是一个妖精,六个时辰就能化为脓血。他无故前来跟我作对,这也是自找其死。真人你要看可别起盖,一掀盖他可就跑了。"鲁修真说:"我瞧瞧什么样儿。"邵华风说:"童子把乾坤子午混元钵取来。"童子拿过混元钵,递给鲁修真。鲁修真一看,说:"原来是这种样子,还用符咒封着呢?这有什么好处呢?"邵华风说:"里面有三昧真火,无论什么妖精,装到里面,六个时辰能化脓血,就是西方罗汉,都能把金光炼散。"鲁修真说着话时,一掀盖,由里面滋溜冒出一股黑烟,小悟禅跑了。邵华风说:"你怎么把妖精放走了?"鲁修真说:"我倒是无意之中,小小的妖怪跑了也罢,总是他不该死,便宜他去了。哪时他来再拿他,也不算什么。"邵华风一见,心中一动,勃然大怒,说:"好鲁修真,这分明你受济颠和尚的主使,前来救他徒弟。你不说帮着我,你反向着外人,你今天既来到这慈云观,休想放你出去!"鲁修真说:"你休要多疑,我跟济颠和尚并不认识。"说着话,站起来往外就走。邵华风说:"你拿我的宝贝哪去?"鲁修真并不回头,往外就跑。邵华风下了座位,往外就追,追出山门再找鲁修真,踪迹不见。焉想到鲁修真借着遁光走了,把乾坤子午混元钵收了去。邵华风一瞧鲁修真把宝贝拐了去,他就愣了,众人追赶出来,说:"祖师爷怎么样了?"邵华风说:"好鲁修真,把我的宝贝诓了去,这必是济颠僧叫他来的。"大众说:"祖师爷这一丢宝贝,此乃大大不幸!再说倘若济颠和尚前来,如何敌他?"邵华风说:"那倒是小事,我有几个朋友,在万花山圣教堂,有八魔,都是术学旁门,要拿济公和尚,易如反掌,不费吹灰之力,再说还有陆阳山花面如来法洪。"大众说:"祖师爷进去吧。"邵华风回来,立刻升殿,忽然外面有双钩护背张三郎,探事回来禀报。如此这般一说,把邵华风气得须眉皆竖,当时要派人夜入常州府前去行刺。不知后事如何,且看下回分解。

第一百九十二回

黄天化行刺被捉　顾国章调兵剿寇

话说双钩护背张三郎，一见邵华风，说："常州府现在调官兵，要前来攻打慈云观，祖师爷早作准备。"邵华风一听，气往上撞，说："这是济颠和尚的蛊惑，哪位先生去到常州府，把知府连济颠僧一并给我杀了，算奇功一件。哪位敢去？"大众听这话，目瞪痴呆，并没人答话。邵华风说："莫不成这些人，就没有一位敢去的么？"话言未了，旁边有人答言，说："祖师爷不必着急，这件事我去。"邵华风一看，说话这人，乃是都天道长黄天化。邵华风说："黄道兄你有这样胆量？"黄天化说："这小事一段，无奈我一个人，单丝不线，孤树不林。一个人是死的，两个人是活的，哪位跟了我去？"大众一个个并没人答话，黄天化说："众位都畏刀避剑，怕死贪生么？既是众位都不敢去，我只好一个人去吧。"邵华风说："黄道兄你去，待山人敬你三杯酒，以助英雄之胆！"黄天化说："祖师爷不必预备酒，等我回来，将知府济颠的人头带来再喝，方显我的英名。"邵华风说："好，道兄请吧！我等眼观旌旗捷，耳听好消息。但愿你到那里，旗开得胜，马到成功。"黄天化立刻告辞下山，直奔常州府而来。书中交代，一落笔难写两件事。济公遣鲁修真去救悟禅走后，少时有人进来回禀："外面有金毛海马孙得亮，火眼江猪孙得明，水夜叉韩龙，浪里钻韩庆，四个人前来禀见。"济公吩咐叫他等进来。四个人来到书房，一见和尚，孙得亮说："我等奉圣僧之命，够奔慈云观破贼船，我四个人心高性傲，要打算拿邵华风，不想被贼人妖术所擒。幸亏少师父悟禅去，把我四个人救出龙潭虎穴，叫我四个人回来，圣僧还有什么用我等之处？"和尚说："还有一事奉烦。"孙得亮说："圣僧有话只管吩咐，我等只要能行，万死不辞。"和尚说："我这里有一封锦囊，附耳如此这般，照我字柬行事，你四个人奔西湖灵隐寺去罢。"四个人点头答应。和尚叫知府给四个人拿了五十两作盘费，四个人告辞去了。少时小悟禅也回来了，济公说："我不叫你去，你不听。"悟禅说："我没想到这个妖道真厉害，要不是鲁修真前去救我，我命休矣。"和尚说："我这里不用你，你们到西湖灵隐寺去，附耳如此如此，谨记在心。我已然派孙得亮四人去了，恐其他四个人办理不善，你去过了，下月十五再回来，不准违背我的话。"小悟禅点头，正说着话，有人进来回禀："鲁修真回来了！"和尚叫人把鲁修真让进来。鲁修真说："圣僧吩咐的事，我都办了，少师父可曾回来了？"和尚说："回来了。"小悟禅过来答谢鲁道爷救命之恩，和尚说："悟禅你去吧。"悟禅告辞走了。和尚说："真人多有辛苦！"鲁修真说："圣僧还用我不用？"和尚说："真人先请回山！"鲁修真告辞去了。知府说："圣僧，贼人势派太大了，圣僧你看怎么办才好？我已然知会了兵马都监，叫他调官兵去办案，可不定怎么样？"和尚说："大人不用忙，慢慢地商量着办。"知府见天光已不早了，吩咐在书房摆酒，陪着和尚吃饭，直吃到二更后。忽然间和尚打一冷战，和尚一按灵光，早已察觉明白，口念："阿弥陀佛，善哉善哉！"知府顾国章说："圣僧什么事？"和尚说："没什么事，我变个戏法给你瞧。"顾国章说："什么戏法？"和尚说："我变平地抓鬼给你瞧。"知府纳闷，不懂得什么叫平地抓鬼。书中交代：此时都天道长黄天化早来了，老道在房上趴着，黄天化暗中窥探，是一个穷和尚，褴褛不堪，短头发有二寸多长，一脸的油腻，长得人不压众，貌不惊人。黄天化心里说："这就是济颠僧，我打算是项长三头，肩生六臂，脚蹬肩膀，走道人上之人呢。真是闻名不如见面，见面胜似闻名，原来是一个丐僧。据我看大概也没有什么能为。"心中正在思想，听和尚说要变戏法，黄天化一想："我何必等着他睡了行刺呢，简直下去亮刀把他杀了就完了。"心里正在打算，主意未定，和尚在屋中用手一指，口念："唵嘛呢叭迷吽！唵，敕令赫！"黄天化就仿佛有人推他一把，由屋上翻身掉下来，把知府吓了一跳。手下人说："有贼！"立刻把老道按住捆上，拿到房中。和尚说："好东西，你这胆子真不小！你趁此说实话。"黄天化说："罢了，我既被你等拿住，我告诉你。我叫都天道长黄天化，我奉赤发灵官邵华风之命，前来行刺，杀知府，杀济颠，不想今天被获遭擒。这是一往真情实话，杀剐存留，任凭于你。"和尚说："大人，你派人先把他钉镣入狱。"知府立刻派手下人，将老道带下去收监。这个时节，忽然有差官来回禀："今有兵马都监陆大人派人来知会，今天陆大人派一位承信郎杨忠，带一百兵坐着两只小船，去到慈云观办案。不想船到牛头峰以下，贼人竟敢亮了队，贼净江太岁周殿明，带领无数水鬼喽兵，用锤钻下水，把小船钻了一只，承信郎杨老爷阵亡了，那一百官兵落水，淹死五十三个，逃回四十七名，糟蹋了一只船。兵马都监陆忠陆大人，派人来报。”知府顾国章一听，大吃一惊，说：“这还了得！贼人竟敢拒捕官兵，情同反逆，慈云观简直是反了！圣僧，你老人家可有什么高妙主意？本府我打算调本地面的兵船，会合兵马都监，前去剿贼，求圣僧你老人家帮着破慈云观。”和尚说：“我帮着破也行，可得依我出主意，头一则得调水兵战船，贼人牛头峰有水鬼喽兵，陆营官兵不习水战，去了也是白送命，往返徒劳。再说老道妖术邪法，须排演激筒兵，找妇人的污秽之物，要用黑狗血，白马尿，方能破得了贼人的妖术。”知府说：“别的都好办，唯有妇人的秽水可难找。”和尚说：“容易，只要有钱就买得出来。大人你拿二百银子，十两银子一筒，叫手下人去买二十筒来。”顾国章点头答应，叫手下人拿二百银子出去买来。果然有钱就能办事，就有人卖，两天的工夫，把二十筒秽水预备齐了。和尚叫顾国章知会了兵马都监陆忠陆大人，调一千能征惯战的水兵，战船二十只。和尚教给众兵练激筒，两个人抬筒，两个人手持兵刃护激筒，两个人打激筒，一个人掌令旗，七个人一分，和尚把激筒兵先排演好了。这天兵船齐备，和尚同知府顾国章、兵马都监陆忠，带领雷鸣、陈亮、本衙门挑二百快手，共一千二百人，上了兵船，飘飘荡荡奔牛头峰，和尚吩咐：“叫水性精通的兵先护住船底。”兵船打到牛头峰，相离不远，只见牛头峰三声炮响，金鼓大作，贼人把战船一字排开。原本早有人报进水师营去，镇南方五方太岁孙奎，正同净江太岁周殿明在中军帐谈话，周殿明说：“孙大哥，这几天也没听见信，前者五路督催牌双钩护背张三郎回来禀报，说常州府要来攻打慈云观。那一天来了两只小船，也无非百八十个官兵，一个小武职官，被你我把他等船钻了一只，伤损数十个官兵。我只打算常州府决不能善罢甘休，必然还有官兵前来。祖师爷叫你我昼夜小心防范，不可大意。不想这几天倒安静了，真令人难测。”镇南方五方太岁孙奎说：“贤弟你看将来怎么样？祖师爷可能成事否？”周殿明说：“要据我想，祖师爷神通广大，术法无边，再说众位真人都是精通法术，官兵来了，也是白送残生。”孙奎说：“我想官兵这两天没动作，必有缘故，要来就不善，善者不来。”正说着话，忽然外面有人进来禀道：“现有常州府来了二十只兵船，官兵无数，刀枪如林，直奔牛头峰而来。相离不远，请都督早作准备。”孙奎说：“你看如何？”赶紧吩咐齐队，“呛啷啷”一棒锣声，把队伍调齐，兵船撞出牛头峰，要与官兵决一死战。不知后事如何，且看下回分解。

第一百九十三回

雷陈奋勇杀水寇　妖道施法战官兵

话说镇南方五方太岁孙奎得报，现有官兵前来攻打卧牛矶，孙奎立刻吩咐手下水鬼喽兵调齐了队伍，麻洋战船五十只，一字排开，旗幡招展，号带飘扬。当中一杆大旗，三丈三高，葫芦金顶，火雁掏边，蜈蚣走穗，坠脚铜铃，被风一摆，哗楞楞乱响，白缎子旗上面有黑字，写着“三军司令”，当中斗大的一个“孙”字，背面一个“帅”字。孙奎手擎三截钩连枪，头戴分水鱼皮帽，日月莲子箍，水衣水靠，油绸子连脚裤，香河鱼皮岔，面如紫玉紫中透红，粗眉大眼，海下一部花白胡须扇满胸前，真是威风凛凛，相貌堂堂。对面官兵船只，队伍整齐，正当中一杆大旗，上面一个“陆”字，上首里是知府顾国章，下首里是一个穷和尚。五方太岁孙奎吩咐：“你等哪个前往，先把知府顾国章结果了性命？”话言未了，旁边有人一声答话说：“待我前去！”孙奎一看，乃是翻浪鬼王连，手中一摆三截钩连枪，船往前一撞，王连站在船头，说：“哪个小辈敢前来送死？”兵马都监陆忠一看，这个贼人，身高有八尺，膀阔三停，头上戴分水鱼皮帽，日月莲子箍，水衣水靠，油绸子连脚裤，香河鱼皮岔，面似油粉，两道剑眉，一双三角眼，鹦鼻子裂腮额，长得凶如瘟神，猛如太岁，手中擎着三截钩连枪。陆忠吩咐：“尔等何人前往，把贼人给我拿来，算奇功一件。”旁边有一位承信武功郎王文玉说：“大人不必着急，待卑职前往。”王文玉刚要摆刀出来，和尚说：“且慢！这些贼人都是高来高去，江洋大盗，能为武艺出众，本领高强。王老爷去未必拿得了他，恐其受他人所算。”陆忠说：“依圣僧该当如何？这些贼人竟敢堂堂掌鼓，正正执旗，拒捕官兵，这还了得？”和尚说：“陈亮你去把贼人结果了性命，以振军威。”圣手白猿陈亮遵命，立刻拉出单刀，往前赶奔。翻浪鬼王连正在扬扬得意，一声喊由官队闪出一人，身高七尺以外，细腰扎背，头上戴翠蓝色六瓣壮士巾，迎门拉茨菇叶，鬓边斜插一朵守正戒淫花，身穿蓝箭袖袍，腰系丝鸾带，单衬袄，薄底靴子，前后衣襟掖着，面如美玉，粗眉大眼，手擎钢刀。来到船头，王连用三截钩连枪一点指,说:“来者小辈,尔是何人?竟敢前来送死!”陈亮说:“你要问,你家大太爷我姓陈名亮,绰号人称圣手白猿。尔是何人?”王连说:“我姓王名连,绰号人称翻浪鬼是也。你要知道我的厉害,趁此回去,休要前来送死!”陈亮哈哈一笑,说:“你等这些无知的叛逆,真是执迷不悟!大宋国自定鼎以来,君王有道家家乐,天地无私处处同。你等都是大宋国的子民,不思务本分,听信妖道妖言惑众,聚党成群,叛反国家,皇上家省刑罚,薄税敛,五谷丰登,万民乐业,君正臣忠,哪一样亏负了你们?你等无故杀害生灵,荼毒百姓,上招天怒,下招人怨,乱臣贼子,人人得而诛之。你岂不知一日为贼,终身是寇?上为贼父贼母,下为贼子贼妻,被在官应役拿住,刨坟三代,祸灭九族,死后落个骂名千载。你等要知时达务,趁此率众跪倒,认罪服输。本处知府大人,有一分好生之德,还许饶尔不死。如要强暴抗横,谅慈云观也无非弹丸之地,尔手下统带,不过蚁群蚊团,乌合之众,架不住婴儿投石。现在都监知府,带领天兵一到,尔趁此投降免死!”王连一听,气得“哇呀呀”怪叫如雷,说:“小辈休要说此朗朗狂言大话!你岂不知天下,乃人人之天下,非一人之天下,有德者居之,无德者失之,胜者王侯,败者寇盗。犬吠尧王,各为其主,谅尔有多大能为?”陈亮一听,气往上撞,摆动了那手中刀,照定贼人劈头就剁。王连用手中枪往上一架,陈亮执刀分心就扎,贼人斜抱月往外一崩,陈亮一顺刀,照贼人脖颈就砍,贼人立上铁门闩,往上相迎。两个人在船头一动手,各施所能。陈亮一想:“今天当着知府顾国章一干众人总得努点力,人前显耀,鳌里称尊。”两个人杀了个难解难分,陈亮把刀的着数一变别,一刀跟着一刀,一刀紧似一刀,贼人王连只有招架之功,并无还手之力。这个时节贼队之内,有人一声喊嚷:“待我来!”一摆钩连拐直奔船头,要帮着王连动手。这边雷鸣一看,出来这个贼人,黄脸膛,短眉毛,母狗眼,也是头戴分水鱼皮帽,日月连子箍,一身水师衣靠。雷鸣拉出手中刀,一声喊:“好球囊的!打算两个打一个?待我来拿你!”贼人一看雷鸣,长的红胡子,蓝靛脸,二眸子一瞪,令人可怕。贼人不顾去帮着王连,赶紧把手中兵刃一顺,问:“来者尔是何人?”雷鸣说:“你雷大太爷姓雷叫雷鸣,人称风里云烟。你小子姓什么,叫什么?你家雷大太爷刀下不死无名之鬼。”贼人说:“你要问,大太爷名叫胡芳,人称破浪鬼。”雷鸣说:“你小子是鬼,今天就叫你做鬼。”一摆刀照定贼人劈头就剁,贼人用钩连拐急架相还。要讲论能为，雷鸣、陈亮胜强百倍，胡芳焉能是雷鸣的对手？三五个照面，被雷鸣一刀，扎在哽嗓咽喉，贼人当时一翻身，掉在水内。翻浪鬼王连见胡芳一死，他心里一发慌，被陈亮手起刀落，将贼人结果了性命。五方太岁孙奎一见手下两员偏将死在雷鸣、陈亮之手，贼人气得“哇呀呀”怪叫，手中令旗一摆，有水鬼喽兵五十名，各拿锤钻下水，打算要钻官兵的船底。焉想到和尚早有防备，船底下有能征惯战水兵一百兵，各擎兵刃护船底。见对面来了数十个水贼，各拿锤钻奔船底来，这边官兵用枪就扎，来一个扎一个。五方太岁孙奎在上面看着水花一滚，死尸往上一翻，水一发红，大概是死了一个，孙奎就知道事情不好。当时一摆手中纯钢鹅眉刺，赶奔上前，照定雷鸣分心就刺，雷鸣摆刀急架相还。陈亮刚要摆刀过去帮着雷鸣，净江太岁周殿明，一摆钢刀过来敌住陈亮，四个人如同走马灯相仿。真是棋逢对手，将遇良才，四个人不分高低上下。正在动手之际，和尚说：“陆大人你传令叫官兵前进，一拥齐上。”陆忠这才一挥令旗，这些官兵都是久操练之兵，真是队伍整齐，大众一声喊“杀”，各摆兵刃往上就拥。贼兵虽人多，队伍杂乱，本来这些贼人，都是些无业的游民，素常又不操练，有事也无非狐假虎威，打胜不打败。官兵众人，抱成一个团，枪刀乱刺，贼人大众一乱，展眼之间，杀伤数十人。后队见前队一伤人，后队便乱了，也有跳河的，也有会水的由水内逃命。镇南方五方太岁孙奎、净江太岁周殿明，见事不好，孙奎说：“合字风紧急，浮流扯活吧！”周殿明一想：“已然是敌挡不住了，莫若趁此逃走。”想罢，摆刀照定陈亮虚点一刀，拨照拧身蹿下水去，孙奎也跳下水去逃命。雷鸣、陈亮不会水，见贼人跳下水去，二人回归本队。展眼之际，贼人四散奔逃，官兵把贼人的船只都抢过来。济公吩咐船进山口，来到山坡，把船只靠岸，陆忠带队下船，激筒兵也下了船。方要上山，只听山上锣声大振，众人抬头一看，见由慈云观出来无数老道，真有百余人。原来赤发灵官邵华风早已得报，邵华风正在大殿升坐，有牛头峰的小头目跑进来说：“回禀祖师爷，大事不好！现有常州府带领无数官兵，二十只战船，来到山口，跟水军都督孙奎开了仗，请祖师爷早作准备。”赤发灵官邵华风一听，勃然大怒，说：“众位真人随山人出去，跟他等决一死战！”众老道一个个扬扬得意，各持宝剑，出了慈云观。只见官兵队已然进了山，邵华风说：“好一干无知的孽障，胆敢前来送死！待山人全把他们结果了性命！”话言未了，旁有七星真人刘元素说：“祖师爷暂息雷霆之怒，谅他这等些无名小辈，何必你老人家亲身临敌？待我拿他，不费吹灰之力。”刘元素立刻口中念念有词，一声“敕令”，平地起了一阵狂风，走石飞沙，直奔官兵队。真是天昏地暗，日色无光，官兵俱不能睁眼，众官兵说：“妖术邪法可了不的，济公快来！”和尚哈哈一笑。僧道斗法，不知若何，且看下回分解。

第一百九十四回

激筒兵扬威破邪术　济长老涉险捉贼人

话说七星道人刘元素一念咒，走石飞沙，直奔官兵队而来。官兵全都不能睁眼，大家齐声喊嚷："济公快来！"和尚用手一指，口念六字真言："唵嘛呢叭迷嗕！唵，敕令赫！"立刻就风定尘息。七星道人一见穷和尚，吓得拨头就往回跑。八卦真人谢天机一声"无量佛"，说："贤弟你闪在一旁，待我拿他。"伸手拉出宝剑，往前赶奔，说："来者你就是济颠么？"和尚说："然也，正是。"谢天机说："你可知道你家祖师爷的厉害么？你要知事达务，趁此过来跪倒，给我磕头，叫我三声祖师爷，山人有一分好生之德，饶尔不死。如要不然，当时我要结果你的性命。"和尚说："好杂毛老道，你给我磕头，叫和尚老爷三声祖宗，我也不能饶你。"八卦真人谢天机看和尚是一个凡夫俗子，他哪里瞧得起他？焉知道和尚早把佛光、灵光、金光闭住。老道举宝剑过来，照和尚劈头就剁，和尚滴溜一闪身躲开，伸手掏老道一把，老道一剑跟着一剑，也砍不着和尚。和尚掏一把，拧一把，拧一把，掏一把。老道真急了，立刻口中念念有词，由平地起了一阵怪风，从空中来了许多毒蛇怪蟒、兔鹿狐獾。无数的野兽，直奔官兵队，张牙舞爪咬官兵，吓的官兵纷纷倒退。和尚用手一指，口念："唵嘛呢叭迷吽！唵，敕令赫！"立刻现了一道黄光，这些东西都现了原形，全是纸的，坠落于地。八卦真人一看事情不好，连忙跑回去说："祖师爷，我等法力太小，敌不了和尚。请祖师爷大施佛法，去把和尚拿住。"邵华风一见了得，连声喊嚷，立刻一摆宝剑，赶奔上前说："好济颠，我山人跟你远日无冤，近日无仇，你无故跟我作对。今天祖师爷将你拿住，碎尸万段，方出胸中恶气！"和尚说："好孽畜，你就是赤发灵官邵华风么？"老道说："正是你家祖师爷。"和尚说："我正要拿你，你既是出家人，就应当奉公守分，跳出三界外，不在五行中，一尘不染，万虑皆空，扫地不伤蝼蚁命，爱惜飞蛾纱罩灯，老道应当戒去贪嗔痴爱罪。你无故妖言惑众，杀害生灵，招聚绿林江洋大盗，发卖熏香蒙汗药，贻害四方，使人各处拍花，败坏良家妇女，拆散一家骨肉分离,上招天怒,下招人怨,天作孽,犹可违,自作孽,不可活。我和尚并不愿多管闲事,无奈你实属罪大恶极,我和尚诛恶即是善念。今天该当你恶贯满盈,你还执迷不悟,还欲抗衡?"老道一听,气得三尸神暴跳,五灵豪气腾空,摆宝剑照定和尚劈头就剁。和尚闪身躲开,走了三五个照面,和尚身体灵便,老道砍不着。真急了,身子往旁一闪,说:"好颠僧,气死我也!待山人用宝贝取你。"和尚说:"你把你的宝贝掏出来,我瞧瞧。"老道由身背后拿出一个葫芦,里面是五百阴魂,都是不该死的人,前者众老道练百骨神魔,害的人收来的。今天老道真急了,口中念念有词,把葫芦盖一拨,放出五百阴兵,立刻天昏地暗,日色天光,鬼哭神嚎,直奔官兵队。和尚赶紧吩咐拿激筒打,众官兵立刻用激筒一打,这污秽之水,专破邪术,展眼之际,阴兵四散,化为灰飞。赤发灵官邵华风一见和尚破了他的阴兵阵,老道大吃一惊,立刻又要念咒。和尚又吩咐官兵用激筒打老道,官兵激筒照老道一打,众老道浑身上下是脏水,念咒也不灵了。大众说:"祖师爷,可了不得了。"邵华风说:"快跟我走。"众人拨头就往庙里跑。和尚说:"追!"官兵队直追到慈云观山门以外。和尚吩咐官兵把东西南三面围住,陆忠传令围庙,官兵虽有一千余人,慈云观地势太大,兵也不能满围过来,官兵就把前面扎住。和尚说:"陆大人、顾大人随我进庙。"大众带领亲随人等,进了庙门一看,正北是大殿五间,有月台,东西各有配殿,在大殿两旁边有两个八角的亭子,里面当中仿佛两眼井口。和尚来到东边井亭子,望下一探头看,大众说:"不用说,众妖道许由井亭子逃走,也许是地道。"话言未了,只见由井口里伸出一只大手,真有五六尺大,一手的黑毛,竟把济公的脑袋抓住,就听和尚一嚷:"可要了我的命了!"大手把和尚揪下井亭子去。知府顾国章众人吓得亡魂皆冒,说:"这可糟了!大概济公要没命了!"此时雷鸣、陈亮等一看,心中好似万把钢刀扎心,赛如叉挑五脏,油烹肝花,箭刺了雄心,刀挑了铁胆。雷鸣本是一个忠厚人,心中一想:"师父待我等恩重如山,屡次救我等性命的。现在他老人家被大手抓下井去,不知生死,我这条命不要了,倒要跳下去看看这里面怎么一段情节,看个水落石出。"猛英雄想罢,撒腿就跑,来到井亭,把心一横,跳下井去了。陈亮一看,急得一跺脚,自已心中一阵难过,想二哥已跳下去,世上知道有雷鸣就有陈亮,有陈亮就有雷鸣,我二人活着在一处为人,死了在一处做鬼。想罢就往前跑,知府顾国章刚要拦,这句话没说出来,见陈亮已跳下去了。急得顾国章一跺脚,自己一想:"济公、雷鸣、陈亮,大概是没命了。这老道再出来,谁能抵挡得了?"官兵众人一个个无不胆战心惊。顾国章一想:"为人子孝当竭力,为人臣忠则尽命,既受国家俸禄之德,理应当答报君恩,以身许国,为国捐躯,莫若我也跳下去,一死万事皆休。"正在心中思想之际,只听大殿旁一声喊嚷:"无量佛,善哉善哉!你等放着天堂有路你不走,地狱无门自找寻。"众官兵抬头一看,只见由后面出来一个老道,头戴青缎子九梁道巾,身穿蓝缎色道袍,周身绣八卦,按着乾三连坤六断离中虚坎中满,当中八卦太极图,紫脸膛,凶眉恶眼,众官兵吓得魂不附体。书中交代:这是怎么一段事呢?原来赤发灵官邵华风众妖道被激筒打了一身秽血水,众妖道跑到后面,邵华风说:"可了不得,好济颠僧,施展这样狠毒之计,他破了我的法术。众位快跟我把身上洗干净,再作道理,山人焉能跟济颠僧这善罢甘休?"众人赶紧打了净水,把浑身都洗干净。赤发灵官邵华风说:"众位哪位去探探去?"乾法真人赵永明说:"我去。"邵华风说:"你附耳过来,如此如此。"赵永明点头答应。说:"哪位去到前面探探去。"旁边有黑虎真人陆天霖说:"我去。"立刻往外够奔。方奔到二门,有两个从人说:"真人你上哪里去?方才和尚被大手给抓下去了,连那两个姓雷姓陈的都跳到井亭子里去。"陆天霖一听,说:"这可是活该,待我去看看。"老道这才来到外面,站在大殿一看,工夫不大,只见由井亭里摔出一只胳膊来,鲜血淋淋,是刚才砍下的样子。老道在大殿上看得真真切切,鼓掌大笑。兵马都监陆忠同知府顾国章也都看见了,吓得颜色更变。顾国章说:"可了不得了,大概是济公被贼人害了,把胳膊砍下来。"兵马都监陆大人说:"顾大人你看这不是济公的胳膊。"顾国章说:"都监何以见得呢?"陆忠说:"你看要是济公的手有泥,肉皮不能这么白。"顾国章一想言之有理,说:"要不是济公,这必是雷鸣、陈亮。可惜这二位侠义英雄,一不为名,二不为利,一旦之间丧在妖人之手。"正在叹息之际,忽见井亭子又扔出一条大腿来,也是鲜血淋淋,瞧着甚为可惨。老道黑虎真人陆天霖看够多时,一阵狂笑,说:"好一个胆大的知府,竟敢前来送死!山人今天全把你等结果性命!"说着话,老道摆宝剑往前够奔,口中咕哝咕哝,又念起咒来。顾国章一瞧事情不好,赶紧吩咐:"尔等快拿激筒打。"这句话尚未说完,就听由西角门一声喊嚷:“哎呀,阿弥陀佛！好孽畜！你又来兴怪作妖？待我拿你。”众官兵抬头一看,见和尚“踢踏踢踏”脚步踉狂,来到大殿前,众人目瞪痴呆。不知罗汉爷从何处而来,且看下回分解。

第一百九十五回

济公兵困慈云观　妖道率众渡长江

话说黑虎真人陆天霖方要念咒，跟官兵作对，只见济颠和尚来了，老道吓得拨头就跑。跑到后面一看，赤发灵官邵华风众人全都踪迹不见，陆天霖一想："这倒不错，大众拿我作了押账了，全都跑了，我也跑吧。剩我一个人，单丝不线，孤树不林。"老道立刻奔后山牛背驼竟自逃走。书中交代：赤发灵官邵华风哪去了呢？原本众人一商议，见事不好，大概今天慈云观是保守不住了，邵华风咬牙忿恨济颠和尚无故跟我作对，把我这座铁桶相似一座庙给毁了，闹得我上天无路，入地无门。邵华风说："众位，现在济颠和尚把我的庙挑了，我焉能跟他善罢甘休？我由这里够奔临安城，到西湖灵隐寺，把他庙里的僧人见一个杀一个，刀刀斩尽，剑剑诛绝，然后放火一烧庙，我也算报了仇。众位，哪位愿意去跟我走一趟？如不愿意去，众位够奔仙人峰弥勒院，到通天和尚法雷那里去等我，不见不散。"旁边有前殿真人常乐天、后殿真人李乐山、左殿真人郑华川、右殿真人李华山、七星道人刘元素、八卦真人谢天机、乾法真人赵永明、艮法真人刘永清、乾坎艮震坤离巽兑八位真人，连黑毛蚤高顺，铁贝子高珍，这些人都要跟着邵华风，迷魂太岁田章，带领单刀太岁周龙，笑面貔貅周虎，一干众薰香会的人单走。众采药真人巡山真人在一处走，分为三起，逃出了慈云观。来到后山牛背驼，上了船，渡过平水江，来到孤树岗，天光已晚，头一起邵华风众人说："暂且先找地方住下吧。"这孤树岗有慈云观的一座黑店，邵华风带领众人进了店。这些贼人，各各分头四散逃走，也有单走的，内中矮岳峰鲍雷一个人单走，自己觉着垂头丧气，不知如何是好。顺着江岸往东，走了数里之遥，自己觉着口干舌燥，偶见对面有一座小村庄，有茶摊子，鲍雷正想喝茶，来到近前一看，这里坐着两个人，正是追云燕子姚殿光、过度流星雷天化。这两人是前者奉济公之命，叫他二人今天在这里等候鲍雷，焖上一碗茶，有济公的一块药放在茶内。今天鲍雷方来到近前，姚殿光说："鲍二哥你来了！"鲍雷一见这两个人，立刻把眼一瞪，说："你两个小子,在此做什么呢?前者叫你归慈云观,你二人不但不归,反伤了我们的一个人,今天你们又在这里。”姚殿光一听:“你先不用瞪眼,你喝碗茶,有什么话再说。”鲍雷是真渴了,当时把这碗茶喝下去,出了一身的透汗,心中豁然大悟,鲍雷说:“二位贤弟从哪里来?”姚殿光说:“我二人特为来等你。”鲍雷说:“我打哪里来?”姚殿光、雷天化说:“我们知道你打哪来,你自己不知道么?”鲍雷心中迷迷糊糊,真仿佛做了一场大梦一般,说:“哎呀!我家中还有人没有?”姚殿光说:“怎么没有?前者我二人到慈云观,奉老太太之命去找你,你要杀我二人,莫非你忘了么?”鲍雷自己一想说:“我渺渺茫茫,可记得我自从到了慈云观,邵华风给我一粒药吃,我心中就迷了。瞧见你们就有气,你们谁要一归慈云观,我就喜欢了,真乃怪道。”姚殿光说:“现有灵隐寺济公长老派我二人来接你,茶里有药,你喝下去才明白了。现在你家里老太太盼你,盼得病了,你先同我二人到家去看看,叫老太太好放心,然后你我再找济公,给圣僧道谢。”鲍雷这才点头,同姚殿光、雷天化回归鲍家庄。这且不表,单说赤发灵官邵华风,同众人来到孤树岗店内,心中甚是不安。邵华风说:“众位,哪位到慈云观去探探官兵走了没有?”艮法真人刘永清说:“我去探探,祖师爷听候我的回信。”邵华风说:“刘真人须要小心。”刘永清立刻出了店,驾着趁脚风,来到慈云观一探,原来官兵正在搜庙放人呢。和尚叫官兵把乾坤所妇女营被难的放出来,问明白了众妇女的家乡住处,叫官兵给护送回去。书中交代:和尚由井亭子怎么出来呢?著书一支笔,难说两件事。原本八角亭子伸出那只大手,是削器。人在上面一踏削器,这大手就出来,正把人抓住,底下有八个人看守地道,专等拿人。和尚故意叫大手抓下去,底下八个人正打算捆和尚,被和尚用法术定住。雷鸣、陈亮跳下去,见济公在地道里站着,和尚说:“这八个人害人多了,你两个人先把他等结果了性命。”雷鸣、陈亮杀这八个人,把胳膊大腿扔上去,顾国章只打算是雷鸣、陈亮被害了,其实不是雷鸣、陈亮。把这八个人杀完了,和尚说:“你们两个人到那边地道去找找,有一个人把他救出来。”雷鸣、陈亮二人顺着地道,找有半里之路,只见对面有一个人正在那里唉声叹气。雷鸣、陈亮在头里,济公随后跟着,来至切近一看,见这人身高八尺,膀阔三停,头戴青缎色六瓣壮士帽,身穿青缎色箭袖袍,腰束丝鸾带,单衬袄,薄底靴子,面如紫玉,粗眉朗目,此人非别,乃是飞天火祖秦元亮,雷鸣、陈亮一看,说:

“秦大哥你在这里？快跟我们走！”元亮一看，说：“雷陈二位贤弟，你们从哪来的？”雷鸣说：“我等奉济公之命，帮着常州府知府带兵来剿灭慈云观，济公知道你在此遇难，我等特来救你。你怎么会到这里的？”秦元亮说：“唉！二位贤弟别提了，我原本是一番好意。我到鲍家庄去瞧矮岳峰鲍雷，听说他归了慈云观，他母亲想他，想得病了，我来到这里找鲍雷，劝他回家。他不但不听，反倒叫我归慈云观，我说不归，他把我捆了。一见赤发灵官邵华风，他们给我一粒药叫我吃，我不吃，他说要杀我。后来也不知因什么，又不杀了，把我弄到这地牢幽囚起来，更难受，生不如死。有四个人看守着我，天天也倒给我吃，给我喝，就是走不出。每天这些人劝我，叫我吃他这粒药，说能化去俗骨，成佛做祖。所有是上慈云观来的人，就不叫走，就得吃他们的药，不吃药就给幽囚起来，永不放，急得我心似油烹。我来了有半个多月了，今天看守我这些人都走了，我自己打算出去，也找不着出去的路，你二人由哪里进来的？”雷鸣说：“我二人是由亭子里跳下来，有济公带领着。”正说着话，见济公来到近前，雷鸣说：“秦大哥，我给你见见，这就是济公长老。”秦元亮赶紧给济公行礼，说：“圣僧你老人家来救我，再生我，心中实深感激！”和尚说：“不必行礼，跟我走吧。”三个人跟着和尚，走在地道内，各处搜寻，救出数十个被难的人来。和尚把众人带到慈云观前门，问明众人的来历，叫官兵用船只送过平水江，一面派官兵搜查慈云观庙内，抄出无数的金银物件。和尚问道：“雷鸣、陈亮，你二人打算上哪里去？”雷鸣、陈亮说：“师父要不用我等，我二人打算要回家去。”和尚说：“你二人要回家，可有一节，走在路上千万要少管闲事，戒之慎之。你二人要不听话，惹出祸来，我和尚可救不了你们。”雷鸣、陈亮说：“是，我二人也不管闲事。”和尚说：“我嘱咐你们的。”问：“秦元亮你上哪去？”飞天火祖秦元亮说：“我也要回家了，改日再答谢你老人家救命之恩。”和尚说：“那倒是小事一段，你三个人要走，可有盘费么？”雷鸣、陈亮说：“盘费倒有，师父不必惦念着。”知府顾国章说：“三位壮士要走？”吩咐手下人，给三位壮士每人拿五十两银子。三个人还不肯要，和尚说：“大人既赏你们，你们就拿着吧。”三个人这才把银两带好，立刻告辞，官兵有船送到南岸。秦元亮谢过雷、陈，告辞单走。雷鸣、陈亮二人，连夜往下一走，天光亮了，眼前一座酒店，叫五里碑，有一座万成店，专仟来往保镖的达官。雷鸣说:“老三,咱们到店里吃点什么,歇息歇息再走。”陈亮点头,二人这一到店中,焉想到狭路相逢,又生出一场大祸临身。不知后事如何,且看下回分解。

第一百九十六回

五里碑雷陈逢妖道　慈云观济公救难民

话说雷鸣、陈亮由慈云观来到五里碑这座黑店。连夜走路，觉着身体劳乏，也觉着腹中饥饿，见眼前有一座店。原本这座店常住保镖的，雷鸣、陈亮一进店，小伙计王三认识，知道雷鸣、陈亮是威镇八方杨明的同伴。伙计说："雷爷、陈爷二位少见哪！"雷鸣、陈亮说："少见。"王三说："二位打间上房好不好？"雷鸣说："好。"伙计带领来到北上房，是一明两暗三间，东西都是单间屋子。二人来到北上房西里间一看，屋里有八仙桌椅子，靠后窗户是一张床，张着床帏，床上有小桌。伙计给打洗脸水，倒了茶来，说："二位吃什么？"雷鸣、陈亮说："你给来两壶酒，先给煎炒烹炸，配六个菜来。"伙计说："是。"转身出去，少时擦抹案桌，把小菜杯碟摆好，把酒菜端来。雷鸣说："王伙计你喝一盅。"王三说："请吧，你们二位这是从哪里来？"雷鸣说："我们由平水江。"王三说："你们二位由平水江来，没听见慈云观怎么样了？"雷鸣说："你们也知道慈云观的事么？"伙计说："我们也听见说慈云观有几个老道，妖言惑众，听说常州府调官兵去拿贼，可没得准信。"雷鸣说："现在有灵隐寺济公长老，带领官兵把慈云观抄了。"伙计说："这就是了。"说完了话，转身出去。雷陈二人喝着酒，雷鸣说："老三，你我这回闲事总算管得不错，要不是济公他老人家，这些妖道可真办不了。"陈亮说："你我要不是济公，咱们也不管闲事。多一事不如少一事，是非皆因多开口，烦恼皆因强出头，这件事总算全始全终。"二人正说着话，只听外面一声喊嚷："无量佛！店家有地方没有？"伙计说："有。"雷鸣、陈亮听声音甚熟，偷着往外一瞧，来者非是别人，正是赤发灵官邵华风、前殿真人、后殿真人、左殿真人、右殿真人、七星真人、八卦真人。这一干群贼，把雷鸣、陈亮吓得亡魂皆冒。书中交代：邵华风昨天夜内住孤树岗店内，派艮法真人刘永清一哨探，官兵围着慈云观，正在放人。刘永清回去说："回禀祖师爷，现在官兵并没走。"邵华风说："好，明天一早你我起身，先够奔灵隐寺，见僧人就杀，放火烧庙。回来到弥勒院，找通天和尚法雷,大众聚会在一处,把外面五百只黑船调齐,七十二座黑店的人一并凑齐,先杀济颠和尚,然后跟常州府知府决一死战。把知府杀了,我自立为常州王,你等大家须要助我一臂之力。”众老道全都点头答应。在店中住了一夜,今天天一亮,众人头一起起身,要够奔临安城。走在这五里碑,众人要吃点饭,见万成店是一座大店,众人进了店,邵华风说:“伙计这里有宽大的屋子没有?”伙计说:“上房里方才来了两位,倒是打间,众位道爷等一等,我叫上房那两位挪出来,到别的屋去吃也行。”邵华风说:“甚好。”伙计立刻来到上房一看,见雷鸣、陈亮踪迹不见。书中交代:雷鸣、陈亮哪去了呢?这两个人偷着看是邵华风众妖道来了,把雷鸣、陈亮吓得亡魂皆冒。心中一想:“是这对头冤家到了,这要一见着老道,准得要我的命。”吓得这两个人无处可躲,一撩床帏,藏在床底下去。心里说:“只要老道不找,等他们吃完了饭走了,再钻出来。倘若要搜寻着,也是无法,只可认命,万事皆由天定,生有处,死有地。”两个人藏起来,伙计一瞧没了人,说:“这件事可怪,怎么会没了人?莫非这两个人是骗子手,没给饭钱就跑了?怎么也没见出去呢?是不是鬼呀?”伙计愣了半天,说:“众位道爷进来吧,上房这两个人没有了。”赤发灵官邵华风众人来到屋中说:“怎么一段事?”伙计说:“这两个人连饭钱没给,也不知什么时候走的。”邵华风说:“走了走了吧,你赶紧给我们要两桌菜。快来,我们吃完了还要赶路呢。”伙计点头,转身出去。邵华风众人也没想到是雷鸣、陈亮,幸喜没往床底下找。少时伙计把桌子摆上酒菜,端进来,众老道坐下喝酒。邵华风心里是烦,说:“众位真人,今天你我快吃,吃完了就走。我恨不能一时到了临安城,把灵隐寺庙里和尚刀刀斩尽,剑剑诛绝,放火一烧庙,我这个仇算报了。我然后再把常州府知府一杀,我自立常州王,众位助我一膀之力。我得了江山社稷,跟你等列土分茅,平分江山。”说得正在高兴之际,忽听外面有人说:“阿弥陀佛!”问伙计说:“辛苦辛苦,你们这店里有十几位老道在这里没有?”伙计说:“有,不错。”众老道一听是济公和尚的口音,吓得连魂都没有了。邵华风说:“众位可了不得了,济颠和尚来了。可恨就是鲁修真,他要不把我的乾坤子午混元钵诓了去,我焉能不是济颠和尚的对手。”此时雷鸣、陈亮在床底下一听,心中暗喜。书中交代:外面来者非是别人,正是济公禅师。和尚在慈云观把庙抄了,所有庙中被难的人都放净了,抄出贼人的细软金银不少,知府顾国章把银子赏了被难这些人,分散了有一半,直闹了半夜天光,东方发晓。和尚说:“陆大人你带兵回去罢,暂且把庙封锁。顾大人你也回衙理事,我和尚带着你手下马快班头何兰庆、陶万春两个人,去到戴家堡拿众妖道完案。”知府说:“圣僧你老人家既是慈悲,甚好!”立刻叫何兰庆、陶万春,跟着圣僧去办案,带一百银子作盘费,二位班头点头答应。和尚说:“咱们回头见!”立刻告辞分手,坐船来到平水江南岸下了船,和尚带着何兰庆、陶万春往前走来。到五里碑,和尚说:“二位头儿,咱们吃点东西再走。”说着话,进了万成店。和尚说:“辛苦辛苦!你们这店里,有十几位老道在这里没有?”伙计只打算和尚跟老道是一同伴的,赶紧说:“不错,在上房里,我伴同师父去。”和尚说:“好。”伙计头前走,说:“众位道爷,有一位和尚来找你们众位。”伙计说着话,没听见上房里有人答言,急至来到上房,掀帘子一看,众老道一个没有了,方才那两位,一位蓝脸的,一位白脸的,又在那里坐着喝上了。伙计一愣,说:“这是怎么一段事?众老道哪去了?”雷鸣、陈亮说:“由后窗户都跑了。”伙计说:“你们二位方才哪里去了?”雷鸣说:“老道是我们仇人,我二人在床底下藏着。”正说着话,和尚同陶头、何头进来,雷鸣、陈亮赶紧给师父行礼。伙计说:“老道他们走了,你们二位给这两桌饭钱吧!”雷鸣说:“我们凭什么给呀?方才我们要的六样菜,都叫老道吃了,我们这是吃他们剩的,谁要的菜谁给钱。”伙计说:“那可不行。”正说着话,掌柜的过来,问:“怎么一段事?”伙计照样一学说,掌柜的一听,说:“老道为什么跑了?这位大师父是谁?”雷鸣说:“这是灵隐寺济公,方才那些老道,都是漏网的贼人。”掌柜的一听说:“既是济公活佛,这不要紧,无论吃多少钱,我候了。伙计再给济公添酒换菜,圣僧在我这里吃两年,我也不要钱。”本来济公名头高大,掌柜的一恭敬和尚,和尚倒说:“不要紧,我给钱。”立刻落座,连二位班头,五个人一处喝酒,开怀畅饮。吃喝完,和尚照数连雷鸣、陈亮先要的菜,都给了银子。陈亮说:“师父上哪里去?”和尚说:“我上戴家堡,你二人要回家去吧,千万可要少管闲事。伸手是祸,缩手是福,诸事瞧在眼里,记在心里。要不听我和尚的话,闹出祸来,我和尚可不能管。”陈亮说:“师父不用嘱咐,我二人也不管闲事。”当时二人先告辞出了万成店,顺大路行走。陈亮说:“二哥你我也该回家了,头一则我妹妹也该聘了。”本来陈亮家里有叔婶,在镇江府丹阳县开白布铺,并不指着陈亮做绿林,他自幼跟叔叔婶母长大成人。陈亮是自己好在外面闯荡江湖，行侠做义，跟雷鸣住家相离十里地的街坊。这两个人往前走，来到一座村庄，忽见有一老丈，揪着一个十二三岁的小孩直打，小孩破口大骂，看光景也不是父子，也不是爷孙。雷鸣一看，有些诧异，连忙上前询问。焉想到这一问，又生无限是非。不知后事如何，且看下回分解。

第一百九十七回

赵家庄英雄见怪事　七星观罗汉捉妖人

话说雷鸣、陈亮要回镇江府,走在道路之上,来到一座村庄,见有一个老道,拉着一个十二三岁的小孩直打,这孩子口中不住直骂。雷鸣一看,说:“老三,你看这个小孩,老头为什么这么大年岁跟小孩一般见识?我过去问问。”雷鸣来到近前,说:“老头,这孩子是你什么人?你打他?”老头说:“二位要问,这孩子并不是我什么人,实在可恨!”雷鸣说:“既不是你什么人,你这么大岁数打小孩子,因为什么?”老者说:“我告诉你们二位,你给评评理。老汉我姓赵,叫赵好善,我们这地方叫赵家庄。这个孩子叫二哥,他姓陈,他有一个母亲,娘家姓孙,跟我并不沾亲带故。只因他母子逃难,来到我这村庄,我是一片慈心,见他母子可怜,一个年轻的妇人,带着一个小孩子,流落在外乡,连住处都没有,我对门有三间场院房,叫他母子白住,我并不要房钱,他母亲倒很安分,天天到七星镇有一家财主家去做针线活,早去晚归。人家财主家有小孩子怕打架,他母亲天天去也不带着他。昨天他母亲回来,躺在炕上,一句话也没说就死了。今天我听见说,我一想已然死了,这也无法,谁叫住我的房呢?我只好给买一口棺材,把她埋了吧。谁想到这孩子他说不叫埋,他说他母亲没病,他还要留着他母亲做伴。二位想想莫非我这房子就搁着一个死尸占着?世界上也没有死了人不埋的道理。我就要埋,这孩子张嘴就骂,不叫埋定了。因为这个骂上我的气来,我这才打他。”雷鸣说:“你这孩子这可是太浑,你娘业已死了,焉有不埋的道理?”小孩说:“我娘没病,我不叫埋,我还留着叫我娘跟我做伴呢。”雷鸣说:“你这孩子可是胡闹,你快叫人家把你娘埋了吧。不要紧,你没人管,我们把你带了走,我瞧你也怪苦的。”赵老丈说:“二位把他带了走吧。”小孩直哭直闹,赵好善说:“二位贵姓?”雷鸣、陈亮各通了名姓,赵好善说:“二位跟我来瞧瞧,他说他娘没病死不了,你们二位来瞧瞧,是死了没有?”雷鸣、陈亮二人跟着,进了这西村口,赵好善说:“我就在这路北大门住家,路南里就是我的场院了。”雷鸣、陈亮一看,路南里是一片空地,周围篱笆圈,里面有三间南房。大众一同来到里面,到了屋中一看,东里间顺前檐的炕,炕上躺着一个少妇,已然是死了。虽然衣服平常,看年岁也不过有三十岁,长得倒有几分姿色。雷鸣、陈亮一看,果然是死了,说:“孩子,你娘分明是死了,好端端又不是人害的,你不叫埋怎么样?”正说着话,听外面一声:“哎呀!阿弥陀佛,善哉,善哉!你说不管,我和尚焉有不管之理?”雷鸣、陈亮一听是济公的声音,赶紧往外一看,果然不错,是和尚带着何兰庆、陶万春两位班头。雷鸣、陈亮说:“好,赵老丈你看看灵隐寺济公来了!”赵好善也有个耳闻,知道济公名头高大,赶紧把和尚让进来。雷鸣、陈亮说:“师父从哪里来?”和尚说:“我告诉你两个人,不叫你们两个人管闲事,你两个人还是不听。方才我一出店,要上戴家堡,偶然打了一个冷战,我就知道你两个人要惹祸。我和尚不能不追来,我要不来,这个乱大了。”雷鸣、陈亮说:“师父这有什么祸呢?”和尚说:“那是有祸。我且问你,这个妇人是怎么一段事?”雷鸣说:“赵老丈你跟圣僧说说这件事。”赵老丈又照样把话学说一遍,提说:“人死小孩不叫埋。”和尚说:“这是死人么?”赵好善说:“怎么不是?”和尚说:“你来看!”用手冲着死人一指,口念“唵嘛呢叭迷吽!唵,敕令赫!”雷鸣、陈亮、赵老丈再一看,和尚把障眼法给撤了,众人一看,炕上躺着并不是真人,原来是一个纸人,众人全愣了。书中交代:这是怎么一段事呢?原本这村北有一座庙,叫七星庙,庙里有一个老道,叫吴法通,绰号人称广法真人,乃是赤发灵官邵华风的记名徒弟。素常这个老道,无所不为,庙里有夹壁墙,他在烟花巷里买了几个妇人,搁在夹壁墙之内,终日作乐。吴法通自己有一部邪书,老道会练妖术邪法。老道常在庙门口站着,见孙氏早起上七星镇去做活,晚半天回来,天天由他庙门口经过,老道一看,本来孙氏长得美貌,虽衣服平常,人才出众,称得起眉舒柳叶,唇绽樱桃,杏眼含情,香腮带笑。老道本是花里的魔王、色中的饿鬼。这天孙氏又从他门口过,老道访问别人,问:“这个妇人是谁家的?”有人说:“道爷你不知道?这个妇人原本是逃难来到赵家庄,在赵善人的场院房住着,天天到七星镇李宅去做针线养活。”老道听明白了,自己一想:“我要把这个妇人,用法术引到庙里来。大概妇人一丢,必有人找,我总得把这件事办严密了,免生口舌是非。”老道用纸糊了一个妇人跟活人一般,老道能用法术催着,叫这个假人能走。这天老道在门口等候,又见孙氏来了,老道一念咒说声

"敕令!"孙氏一打冷战,两眼发直,自己就进了庙,老道把孙氏搁到夹壁墙,叫那四个妓女给顺说,老道一面给假人贴上一道符,用咒语一催,这假人来到场院房一躺,有伏验法,遮着凡人眼,跟真人一样,老道在庙内点着一炷信香,要有人把假人埋了,他也能知道,要有人破了他的法术,这信香就灭了,他也能知道。今天被济公把法术一破,雷鸣、陈亮、赵好善一看是个假人,赵好善说:"这是怎么一段事?"和尚说:"你也不用问,少时你看,必有人来不答应。"雷鸣、陈亮说:"师父这是怎么一段缘故?师父给管管吧!"和尚说:"我既来,焉有不管的道理?我要不管,就得出人命。我和尚诛恶人即是善念,咱们等着吧。"赵好善说:"圣僧到我家去吧。"和尚说:"也好。"连雷鸣、陈亮一同来到赵好善家中,是南倒座五间为客厅,屋中倒很幽雅沉静,众人落了座,有手下人倒过茶来,赵好善说:"圣僧吃荤吃素?既来到我家里,不要做客,我这里荤素都可以现成。"和尚说:"我荤素都可以用。"赵好善立刻叫家人预备酒饭。家中倒是便家,少时擦抹桌椅,把酒菜摆上,大众落座,开怀畅饮。谈心叙话,直吃到天有初鼓以后。忽然间走石飞沙,声如牛吼,令人胆战心寒,刮得毛骨悚然,立刻屋中灯头火就灭了,和尚说:"来了。"众人吓得亡魂皆冒。书中交代:和尚把假人的障眼法一撤,老道在庙里就知道了。心中一动,说:"这是什么人?好大胆量!竟敢破我法术,坏我大事?我焉能跟你甘休善罢!"吴法通他庙里早有练成的百骨神魔,是他素日在乱葬岗子里捡的人骷髅骨,也并非容易,非是一日之功,凑来凑去凑齐了,也有脑袋,也有胳臂腿脚,凑成一处,用舌尖中指的鲜血滴上,借天地阴阳之气,雨润露滋,并受其日月之精华,老道再用符咒一催,把这百骨神魔练好了。在大殿里有一口空棺材,将只骷髅骨藏在里面,要用他,能用符咒一催,给他宝剑,使他出去,非得杀了人不回来。这件东西,专能害人。前者小月屯闹嘁嘁啕啕就是这一类的东西。今天老道吴法通知道有人破他假人,心中暗恨,到晚上星斗出全了,老道在院中预备香烛纸马、五谷粮食、黄毛边纸、朱砂笔砚、香菜根醮无根水,老道披发仗剑,画了三道符,一念咒,把百骨神魔催起来,给他一口宝剑。这种东西,带着一阵阴风,直奔赵好善家中来了。雷鸣、陈亮众人一看,就是一个旋风裹着雪白,有一丈多高,也看不准是什么。和尚说:"来了,好孽畜!"立刻把僧帽摔出来,霞光万道,把百骨神魔压在就地。和尚说:"你们瞧。"众人一看,是个骷髅骨。和尚说:"赵好善,你叫人用火烧。”立刻用柴火一烧,烧的有血迹,有腥臭之气。赵好善说:“这是哪里来的?”和尚说:“你跟我来。”连雷鸣、陈亮二人,俱跟随和尚要够奔七星观,捉拿老道吴法通搭救难妇。不知后事如何,且看下回分解。

第一百九十八回

戴家堡妖魔作怪　八蜡庙道士捉妖

话说济公禅师把百骨神魔烧化，随即带领雷鸣、陈亮、赵好善出了赵家庄，来到七星观。老道吴法通正在院中作法，不见百骨神魔回来，桌上的七盏灯花都灭了，老道就知有人破了他的法术，正在心中一愣，只听外面一声喊嚷："好孽畜！你敢兴妖，无故害人，我和尚焉能饶你？"老道抬头一看，见来了一个穷和尚，短头发有二寸多长，一脸的油腻，破僧衣短袖缺领，腰系绒绦疙里疙瘩，足穿两只草鞋，踢踏踢踏，一溜歪斜，长得三分不像人，七分倒像鬼，带着一个蓝脸，一个白脸，一位老丈。老道看和尚是个凡夫俗子，罗汉爷早把三光闭住，吴法通一见，口中说："什么人？好大胆量！"和尚说："就是我老人家。"老道打算要跑，和尚用手一指点，口中念六字真言："唵嘛呢叭迷礵！唵，敕令赫！"用定神法将老道定住。和尚说："雷鸣、陈亮，你两人把那老道杀了吧。这东西害过无数的人了，留着他贻害于后人，我和尚诛恶人即是善念。"雷鸣、陈亮立刻拉出刀来，手起刀落，将老道结果性命。和尚说："在大殿里有一口空棺材，就把老道搁在里面，明天赵好善你叫人把他埋了，就完了，这座庙就给你作为家庙。"赵好善点头答应。和尚带领众人，把夹壁墙打开，里面有四个妓女，连孙氏也在里面。和尚说："你们这四个妇人，赶紧收拾自己的东西，天亮各奔他乡。赵好善你把孙氏领回去，叫他母子团圆。"等候天光亮了，四个妇人各自去了，众人把孙氏带回赵家庄，和尚说："雷鸣、陈亮，你二人要回家去吧！还是少管闲事为要紧。我和尚也要上戴家堡，捉拿邵华风。"赵好善谢过济公，雷鸣、陈亮告辞分手，和尚带领何兰庆、陶万春，由赵家庄出来，直奔戴家堡而来，大约有四五十里之遥。戴家堡也属常州所管，和尚同二位班头方来到戴家堡，只见由对面鼓乐喧天，八个人搭着一个彩亭子。里面坐着一个十二三岁的小孩，有好几十人护送。何兰庆、陶万春一看，这事透着新奇，心里说："这么一个小孩，可有什么好处呢？"何兰庆见旁边站定一位老者，在那里唉声叹气，何兰庆过去深施一礼，说："借问老丈,这小孩可有什么好处呢?大众围随着,用亭子搭着上哪里去?”这老者叹了一声,说:“尊驾不是我们本处人吧?”何兰庆说:“不是。”老者说:“尊驾有所不知,在我们这村北,有一座庙,只因前者八蜡神在我们这村庄里闹得甚厉害,不是伤人,就是着火。众村会首到八蜡庙一烧香上供,八蜡神吩咐人来说,叫我这村庄一天给他供一个小孩,他吃一百天就走。若要不给供,把我们合村的人都要了命。我们这村庄方圆有两千多户人家,众会首一商议,谁家有孩子也舍不得去给八蜡神上供,花钱买谁也不卖。大众说:‘这是咱们的村难。’众人出了个主意,谁家有孩子,写上名字,团上纸团,搁在斗里摇,摇出谁家的小孩,就把谁家的小孩去上供。没偏没向,碰命,每天送一个,今天二十九天了,八蜡神吃了二十八个小孩子。今天这个小孩姓刘,家开着杂货铺,人家三门守着这一个孩子。人家家里是善人,真称得起乐善好施,急公好义,都说不应当遭这样报,偏巧就把他家孩子的名儿摇出来。不能不送去,大众瞧着可惨。老哥们三个要亭子搭着这小孩,给八蜡神送去。”何兰庆一听,说:“这还了得!”回头说:“济公,你老人家给管管这件事好不好?把妖精捉了,搭救这一方的黎民,也算你老人家一件大功德。”和尚说:“我不管。”兰庆说:“圣僧能行为,何不管呢?”和尚说:“倒不是我不管,回头有比咱们能为大的来管。等人家管,不用咱们再管,不信你瞧着。”正说着话,只听对面一声“无量佛”,何兰庆抬头一看,只见对面来了一个老道,头戴青缎子九梁道巾,身穿蓝缎色道袍,青护领相衬,腰系杏黄丝绦,白袜云鞋,面似银盆,眉分八彩,目如朗星,鼻如梁柱,唇似涂丹,似表非俗,手中拿着蛍刷,胁下佩着一口宝剑,绿沙鱼皮靴,黄绒穗头,黄绒腕手,来者老道非是别人,正是神童子褚道缘。书中交代:前者褚道缘同鸳鸯道长张道陵出上清宫给老仙翁送信之后,二人由上清宫回来,各归自己的庙。褚道缘回到铁牛岭避修观,自己一想:“这口气不出,非得找济公报仇不可。”无奈不是济颠和尚的对手,褚道缘忽然心生一计:“我何不到万松山云霞观去,找我师爷爷紫霞真人李涵龄?他那庙里,有一宗镇观之宝,名曰八宝云光装仙袋。这一宗宝贝,无论什么妖精,装上立现原形,要装上人,即刻云光一照,照去三魂七魄,就是大路金仙,都能照去白光。”自己想罢,立刻够奔万松山而来。来到门首一叫门,道童开门一看,说:“师兄来了!”褚道缘说:“祖师爷在庙里?”道童说:“在庙里。”褚道缘来到里面,一见紫霞真人李涵龄,跪倒行礼。李涵龄说:“你来做什么?”褚道缘说:“没事,我来瞧瞧祖师爷。”李涵龄说:“你没吃饭,去吃饭吧。”也没拿他着意。当初褚道缘在这庙里当道童。他在这庙里住了两天,这天黑夜,他把八宝云光装仙袋盗出来,跑下山来,各处寻找济颠。今天走在这戴家堡,见许多人搭着彩亭,里面坐着一个小孩,褚道缘就问:“什么事?这个小孩子什么好处呢?”众人就说:“道爷你有所不知,我们这里闹八蜡神,一天要吃一个小孩,今天已然二十九天了,吃了二十八个小孩子。八蜡神说:‘要吃一百天就走了。’这也是我们村是该遭劫。这个小孩原本是刘善人家的,三门守着这一个,人家家里是善德人家,遭这样恶报,真是上天无眼。”褚道缘一听,心中一想:“这必是妖精,我有八宝云光装仙袋,我何不把妖精捉了,给这一方除害,也算我一件功德。”想罢,说:“众位你们不用把小孩送去,我去把八蜡神捉了好不好?今天你们就拿我上供,我去等他。”刘善人一听,心中喜悦。本来要送孩子去上供,老哥三个哭得眼都红了,听说老道说能捉八蜡神,刘善人连忙过来说:“道爷,你老人家要能把八蜡神除了,要多少银子,我给多少银子。”老道说:“我倒不要银子,所为了做功德。”刘善人说:“更好了。”立刻叫人把亭子抬回去。大众一同老道来到八蜡庙,刘善人说:“未领教仙长贵姓?在哪座洞府参修?”褚道缘说:“我是铁牛岭避修观的山人,姓褚名道缘,绰号人称神童子。”刘善人说:“仙长你老人家真要把八蜡神捉了,我必有重谢,这一方都感念你老人家的好处。仙长你用什么东西?我这里好预备。”褚道缘说:“我什么都不用,就等拿妖。你等有胆量大的,在这配房等候,瞧我用法宝将妖精捉住,把他结果了性命,你等看着。”不关心①的人,谁也不敢在这里舍命瞧捉妖,倘若老道捉不了妖精,就被妖精所害,众人都走了。就剩下刘家兄弟三个,先叫人给老道预备素斋,吃喝完毕。刘氏兄弟在配房藏着,把窗户弄了一个窟窿往外看,褚道缘就在大殿内供桌上一坐,由兜囊将八宝云光装仙袋掏出来,手中一擎,等来等去,听外面一阵狂风大作,走石飞沙,直奔八蜡庙而来,就听从风中一声喊嚷:“吾神来也!”褚道缘往外一看,风里裹着一个老道落下来,面似青泥,一双金睛,叠抱两道朱砂眉,押耳红毫,满部的红胡子,头戴

---

① 不关心——没有关系。

鹅黄道冠，身穿鹅黄色道袍，腰系丝绦，白袜云鞋，这老道刚往院中一落，“呵”了一声，说：“哪里来的生人气！好大胆量！什么人敢来到吾神的大殿？”褚道缘一看，这才用宝贝捉妖。不知后事如何，且看下回分解。

第一百九十九回

试法宝误装道童　显金光道缘认师

话说褚道缘见妖精一来，立刻把八宝云光装仙袋，往外一摔，口中念念有词，真是霞光万道，瑞气千条，妖精一溜烟竟自逃走。褚道缘并未将妖精拿住，竟自把八仙云光装仙袋捡起来，直等到天色大亮，妖精并未复来。刘氏弟兄在配房看得真切，出来给老道行礼，褚道缘说："你等可曾看见了？"刘善人说："仙长，你老人家果然神通广大，法力无边，把妖精赶走。可有一节，道爷可别走，你要走了，恐妖精再来，我等村庄可就要受他大害了。"褚道缘说："我不走，我在这里三天就是了，如妖精再来，我必将他拿住。如三天不来，大概也就不来了，那时我再走。"刘善人说："好，仙长不必在这庙里住着，我们把你送到北边三清观去。那庙里有一位老道，叫铁笔真人郑玄修。你们二位道爷可以一处盘桓，那庙里也有人伺候。"褚道缘说："郑玄修我认识他，跟我师父沈妙亮相好，我去看看。"刘善人说："道爷既认识更好了。"这天同着褚道缘，来到三清观。一叫门，由里面道童出来开门，一看认识，说："道爷从哪里来？"褚道缘说："你家祖师爷可在这里？"道童说："我家祖师爷会着客呢。"褚道缘说："谁在这里？"道童说："灵隐寺济公带着两位班头，昨天住在这里。"褚道缘一听说："这可活该，我正要找济颠僧报仇找不着，他在这里甚好。"书中交代：昨天济公见褚道缘拦住彩亭，和尚就带领何兰庆、陶万春进了酒馆，要了酒菜，吃喝完了，给了钱，同二位班头出来，够奔三清观。刚来到庙门首，见郑玄修在门首站着，和尚说："郑道爷，你好呀！"郑玄修一瞧是济公到，甚喜。想起前者济公戏耍神童子褚道缘之时，在酒楼和尚把郑玄修的银子诓了走，在村口瞧银子的成色，郑玄修跟和尚打起来。正碰见沈妙亮，和尚显露了三光，郑玄修知道和尚是得道的高僧。今天一见，连忙行礼说："圣僧久违！这是上哪里去？"和尚说："我特意来望看你。"郑玄修说："无量佛！圣僧请庙里坐。"和尚说："可以，扰你个座。"带着二位班头进了庙，来到鹤轩一看，倒很清雅。和尚落了座，有道童献上茶来，郑玄修跟和尚谈话。

本来和尚肚腹渊博，怀抱锦绣，腹隐珠玑，满腹大才，二人越谈越对近①，郑玄修很佩服和尚，留下和尚吃饭，住在这里。今天一早起来，喝着茶用过点心，刚要摆饭，听外面打门，道童开门，一看是褚道缘，道童一提说济公在这里，褚道缘说："这可该当我报仇。"迈步往里就走。和尚一看说："了不得，我的仇人来了。"郑玄修赶紧站起来说："褚道缘你来了！今天济公在我这里，冲着我算完了，我给你们二位讲合了。"褚道缘说："那可不行！无论谁说，也管不了。他欺负苦了我了，我特为找他报仇。"说着话，立刻伸手把八宝云光装仙袋掏出来，说："我今天非得把济颠装起来，叫他知道我的厉害。"郑玄修说："不可，瞧我吧。"和尚说："得了，褚道爷你饶了我吧。"连何兰庆、陶万春都来求老道。褚道缘说："不行。"立刻把八宝云光装仙袋一抖，眼瞧把和尚装在里面。褚道缘捡起仙袋，就要往地下摔，打算把济公摔死，被郑玄修一把抢过去，说："褚道缘你不准，出家人以慈悲为门，善念为本，不许无故害人的性命，你跟济公又没有多大的仇，装了就是了。"说着话，郑玄修把八宝云光装仙袋往下一倒，再一看，大众一瞧，里面装的并不是和尚，原本是郑玄修的大徒弟道童儿，已然身上都直了，昏迷过去。郑玄修说："褚道缘你怎么把我的徒弟装起来？"褚道缘说："我也不知道这是怎么一段事，我分明是装的济颠哪！"正说着话，只见和尚由外面来了，一溜歪斜，脚步踉跄，说："好东西！你真要跟我和尚作对？来，来，来！咱们爷们倒是分个高低上下。"褚道缘一看，气往上一撞，又要抓八宝云光装仙袋，见和尚早由地下把装仙袋捡起来，和尚说："我把你装上吧。"郑玄修说："圣僧瞧我吧！"和尚说："褚道缘，你不用不服，大概你还不知道我是何人，我叫你看看。"和尚用手一摸脑袋，露出佛光、灵光、金光，褚道缘一看，见和尚身高丈六，头如麦斗，面如獬盖，身穿直缀，光着两只腿，赤着两只脚，乃是一位知觉罗汉，吓得褚道缘赶紧认罪服输，跪倒在地，说："圣僧不要跟我一般见识，弟子有眼如盲，不认识你老人家，求圣僧慈悲罢！"和尚哈哈一笑，说："你既知道我就得了，你起来，有话屋里说。"大众这才来到屋中落座，和尚说："我也不要你的宝贝，我还给你。你也是个好人，今天咱们两个人到八蜡庙去捉妖，今天妖精勾了兵来，咱们看看谁能捉住妖精。"褚道缘说："甚好。"众人在三清

① 对近——投机。

观,郑玄修预备斋饭,大众吃饭到半天,刘善人请和尚老道够奔八蜡庙去捉妖精,在八蜡庙预备下上等酒席,和尚同褚道缘、刘善人来到八蜡庙,吃完了晚饭,叫刘善人仍在配殿屋中瞧热闹。和尚同褚道缘在大殿里一坐,等到二更多天,听外面一阵狂风大作,真是:

扬起狂风,倒绝树林。海浪如初纵,江波万叠侵。江声昏惨惨,孤树暗沉沉。万壑怒嚎天咽气,走石飞沙乱伤人。

一阵狂风大作,和尚同褚道缘往外一看,风中裹着昨天来的那青脸红发的老道,还同着一个黑脸的老道,直奔大殿而来。和尚说:“褚道缘你拿我拿?”褚道缘说:“昨天这青脸的妖精,我就没拿住,今天又来了两个,我更拿不住了,还是圣僧大施佛法拿吧。”和尚说:“瞧我的。”立刻把僧帽往外一摔,就是霞光万道,瑞气千条。那黑脸的老道一溜烟竟自逃走,这青脸的老道打算要跑,被和尚的帽子金光罩住,压将下来,妖精立刻现了原形。和尚说:“你们大众出来瞧妖精!”刘善人众人出来一看见僧帽中压着一只大青狼,褚道缘立刻拉宝剑,把青狼脑袋砍下来。这狼原本有一千五百年的道行,不习正道,常在外面害人,今天这也是遭了天劫。昨天褚道缘用八宝云光装仙袋,把他惊走,青狼精的道行小,怕装仙袋把他装上。他约来这个黑脸的老道,原本是一个黑狗熊精,有三千五百多年的道行,倒没有害过人,青狼打算把他约来,跟褚道缘作对,没想到今天遇见罗汉爷,和尚有未到先知,那黑狗熊没害过人,故此和尚有好生之德,不肯伤害他,单把青狼捉住,将他杀死。刘善人在配房,见和尚把妖精捉住,老道将狼杀死,众人这才敢出来,给和尚道谢。天光亮了,和尚说:“刘善人你回去吧。”褚道缘说:“圣僧,你老人家慈悲慈悲吧!弟子情愿跟你出家,认你老人家为师。”和尚说:“你既愿意,你先回庙,把庙中事情安置好了,然后到灵隐寺去找我。我见你师尊沈妙亮,我把你要过来就是了,我还要在三清观住两天,等候拿邵华风,大概他们必要从这里走。”褚道缘点头答应,竟自告辞。刘氏兄弟要送给和尚银子,和尚不要。济公仍回到三清观,同二位班头在这庙里又住了两天。这天忽然和尚打了一个冷战,和尚一按灵光,说:“哎呀!可了不得!我得快走!”郑玄修说:“什么事?”和尚连话都顾不得说,带何兰庆、陶万春慌慌忙忙出了三清观。不知所因何故,且看下回分解。

第二百回

众妖道灵隐放火　恶高珍信口谣言

话说济公禅师带领何兰庆、陶万春，慌慌张张出了三清观，二位班头也不知和尚是有什么事。书中交代：赤发灵官邵华风，自前者由五里碑万成店逃走，带领五殿真人、七星道人、八卦真人、黑毛蚕高顺、铁贝子高珍，顺大路直奔临安城。只见众人到了临安，晚间直奔灵隐寺而来，暗中一探，见庙内静悄悄，空落落，一无人声，二无犬吠，众僧人俱都安歇。邵华风说："众位搬柴草给放火！今天把灵隐寺一烧，我总算报了仇了。然后再拿济颠僧，结果了他的性命，方出我胸中的恶气。"众老道点头，来到灵隐寺庙外九里云松观，搬了许多的柴草，堆在大雄宝殿左右。刚要点火，忽然就听大殿之内，一声喊嚷："好杂毛老道！胆子真不小，看你们往哪走？待我和尚拿你！"众老道一听说话是济公的声音，又听大殿房上四面喊嚷："好老道，我等在此久候多时！快拿妖道，别叫他们跑了！"众老道吓得惊魂千里，拨头就跑，跑出庙来，邵华风说："可了不得，原来济颠在庙里，你我快走。他既回了庙，你我够奔常州府去，劫牢反狱，搭救咱们的人。把知府一杀，然后到弥勒院，把咱们的手下人会齐了，自立常州王。"众人吓得只顾跑，怕济颠和尚追上。其实庙里不是济公，乃是少师父悟禅，房上四面是金毛海马孙得亮、火眼江猪孙得明、水夜叉韩龙、浪里钻韩庆，前者由常州府奉济公之命，在灵隐寺看庙。这四个人在大殿的四犄角，分为四角，虚张声势一嚷，老道不知有多少人，众人把妖道吓走。次日金毛海马孙得亮四个人，告辞回陆阳山莲花坞去了，小悟禅奉济公之命在庙里看庙，这话休提。单说众老道夜由灵隐寺跑出来，不顾东南西北，四散奔逃。唯有铁贝子高珍吓迷了，要奔常州府应该往南，高珍他往北跑出有三十多里路来，累得浑身是汗，遍体生津。自己止住脚步，一辨别方向，明白过来，要奔常州府是往南，这越走越远了。自己复返又回头往南，打算还要追赶邵华风众人，那如何追得上？他一往一来，就是七十多里。自己料想是追不上了，心中一想："大概邵华风众人必上弥勒院去，我随后到弥勒院去，反正也就见着了。”天光亮了，自己找酒馆吃点东西，顺大路往前走，在大路上饥餐渴饮，晓行夜宿。这天来到常州府地面，相离弥勒院只有二三十里之遥，高珍低着头，正往前走，忽听对面有人说：“上哪去？小子！”贼人胆吓虚了，高珍一哆嗦，抬头一看，见对面来了一人。身高八尺以外，膀阔三停，头上扎豆青色六瓣壮士巾，上安六颗明珠，身穿豆青色箭袖袍，腰系丝鸾带，翠蓝绸子衬衫，薄底靴子，面似青泥，又似冬瓜皮，两通朱砂眉，一双金睛，叠抱押耳红毫，满部的红胡须，闪披一件豆青色英雄氅，肋下佩刀。高珍一看，认识此人乃是立地瘟神马兆熊。原本高珍他素常就怕马兆熊，知道马兆熊是个浑人最不讲理，赶紧上前行礼，说：“原来是马大哥。”马兆熊说：“你小子哪去？”高珍一想：“我要说上常州府，他必盘问我，就许不叫我走，我莫如拿话冤他。”这小子眼珠一转，随机应变，就犯上坏来了，随口说：“我正找你哪！没想到找没找着碰上了。”马兆熊说：“你找我做什么？”高珍说：“我给你送信，你的朋友飞天火祖秦元亮，被人害了，死得好苦。”马兆熊一听，说：“被谁害了？”高珍说：“被雷鸣、陈亮两个人害的，死得可惨，把眼睛也剜了，开膛摘心。”高珍知道马兆熊是个浑人，必要找雷鸣、陈亮去拼命。前者破慈云观有雷鸣、陈亮，我给他们拢上对，谁爱杀谁谁杀谁，他一气必走，我好走我的。焉想到马兆熊一听，更刨根问底说：“你小子说这话，是真的？你瞧见雷鸣、陈亮害的？”高珍说：“我瞧见的。”马兆熊说：“好，雷鸣、陈亮他把我秦大哥害了，我非得找他。你上哪去？”高珍说：“我没事。”马兆熊说：“跟我走。”高珍说：“上哪去？”马兆熊说：“你跟我找雷鸣、陈亮，对对这话。要是雷鸣、陈亮没害秦大哥，你小子给我们拢对，我要你的命。”高珍说：“我不去，我还有事。”马兆熊把眼一瞪，说：“你小子要不跟我走，我立刻把你脑袋掰下来，走不走？”高珍又不敢惹，连忙说：“走。”马兆熊就要往北，高珍说：“往北上哪去？”马兆熊说：“找雷鸣、陈亮去。”高珍说：“找雷鸣、陈亮往南去。这两个人在常州府呢，我带你找去。”马兆熊说：“好。”二人一同往南走。高珍一想：“我把他诓到弥勒院去，就好把他拿了。”往前走着，见眼前是一座镇店，高珍一想：“我要带他上弥勒院，他倘若不去，我要说总得去，他要跟我动手，我是不行。我何不约他喝酒？把他灌醉了，再往弥勒院拿他。”想罢，说：“马大哥，你我喝点酒，吃点东西再走吧。”马兆熊点头。二人见路北有一座酒馆，掀帘子进去，找了一张桌坐下。伙计过来擦抹桌椅，说："二位大爷要什么酒菜？"高珍说："先来四壶白干，煎炒烹炸配四个菜来。"伙计说："是。"少时酒菜摆上，高珍给马兆熊斟上酒。两个人喝着酒，马兆熊说："你小子说的话，我不凭信。是雷鸣、陈亮把秦元亮害了，你可是亲眼得见？因为什么呢？我们跟雷鸣、陈亮都是盟兄弟，我想着决不能。"高珍说："我不撒谎，雷鸣、陈亮因为说秦元亮分财不均。"马兆熊说："咱们找着雷鸣、陈亮，要没有这件事，我把你小子脑袋揪下来。要真有此事，我谢你一百两银子。"正说着话，凡事有凑巧，只见由外面进来三人。头一个身高八尺，膀阔三停，头戴紫缎色六瓣壮士帽，身穿紫缎色箭袖袍，腰系丝鸾带，单衬袄，薄底靴子，闪披一件蓝缎色英雄大氅，面似生羊肝，粗眉朗目，三绺黑胡须飘洒胸前，来者非是别人，正是飞天火祖秦元亮。后面跟随着一人，红胡子，蓝靛脸，乃是雷鸣。随后又来了一位，穿翠蓝褂，俊品人物，乃是圣手白猿陈亮。铁贝子高珍一看，吓得亡魂皆冒。书中交代：这三个人从哪来呢？原来雷鸣、陈亮前者回到镇江府，到了陈亮家中，哪知道陈亮的叔父并不在家，出去催讨账目。老管家陈安，见陈亮回来，同着雷鸣，陈安就问："少大爷这些日子上哪去了？"陈亮说："到临安逛了趟，我拜了灵隐寺济公为师，我要出家。"陈安一听，说："少大爷你真是胡闹！你常不在家，咱们家里又不指着做绿林度日。再说你要一出家，陈氏门中断绝了香烟，孟子曰：'不孝有三，无后为大'。你又无三兄四弟，谁能接续香烟？人生在世上，总要想光宗耀祖，显达门庭，封妻荫子，那才是正理。无故你又想出家，这可是胡闹。"陈亮说："你岂不知一子得道，九祖升天？"老管家说："那说不对。"百般一劝解，连陈亮的妹妹也抱怨陈亮。陈亮不爱听，跟雷鸣一商量："咱们上临安找济公去，我在家中烦得了不得。"雷鸣说："也好。"二人由家中出来，顺着大路，奔临安来。这天走在道路之上，正碰见秦元亮。秦元亮前者回了家，他也是镇江府丹阳县的人，感念济公救命之恩，要到临安去给济公道谢。在路上三个人碰见，彼此行礼，陈亮问："秦大哥哪去？"秦元亮说："我要到临安找济公道谢。"陈亮说："好，你我一同走吧！我二人也去找济公。"三个人一路同行，今天恰巧走在这镇店，三个人腹中都饿了，秦元亮说："雷陈二位贤弟，你我吃点酒饭再走吧。"三个人迈步进了酒馆，焉想到碰见立地瘟神马兆熊，同高珍在这里。高珍一见雷鸣、陈亮同秦元亮三个人一齐来了，唬得站起身来，蹿身蹿上楼窗逃走。马兆熊一看，气往上撞，说："好小子！给我拢对！"立刻就追。焉想到四个人一追高珍，又闯出一场杀身之祸。不知后事如何，且看下回分解。

第二百零一回

马兆熊怒杀高珍　邵华风常州劫牢

话说雷鸣、陈亮同秦元亮三个人，方一进酒馆，见铁贝子高珍站起来就跑。立地瘟神马兆熊一声喊嚷，怪叫如雷，站起来随后就追。雷鸣、陈亮、秦元亮这三个人，也不知道因为什么，随后也追赶出来。酒饭座唬得一阵大乱，饭馆那掌柜的也不敢拦，只打算雷鸣他们三个人是办案的番子①，高珍这两个人必是贼人，大众胡思乱想，纷纷议论。雷鸣、陈亮、秦元亮三个人追来，就见高珍在头前奔命逃走，真是急急如丧家之犬，忙忙似漏网之鱼，连头也不回。就听马兆熊随后追赶口中喊嚷："好球囊的！你给我们拢对，我焉能饶你？今天你上天，赶到你凌霄殿，入地赶到你水晶宫，焉能放你逃走！"飞天火祖秦元亮后面喊嚷说："马贤弟，你因为什么追赶高珍？"马兆熊说："三位跟我来！这小子他搬弄是非，他说雷鸣、陈亮把你杀了，我几乎受骗。"雷鸣、陈亮一听，气往上撞说："追他，别放他走了！"陈亮说："高珍他是慈云观的余党。"众人紧紧一追，高珍头前逃走，这几个人也不知高珍要往哪跑，马兆熊是死心眼非要把高珍追上不可，直追出有五六里地。见高珍进了一座山口，众人也追进山口，高珍直奔北山坡，见山坡上有一座大庙，正当中的山门，两边的脚门，前有钟鼓二楼，后有藏经楼，大概有四五层大殿，见高珍跑进东角门，马兆熊也追进东角门。高珍要往东配殿里跑，活该脚底下一忙，台阶绊了一筋斗，马兆熊一个箭步，蹿到跟前，手起刀落，扎在高珍的后心，当时高珍气绝身亡，血流满地。此时雷鸣、陈亮、秦元亮也赶到了，秦元亮说："马贤弟怎么样了？"马兆熊说："把球囊的扎死了。"话言未了，就见由东配房一声喊嚷："阿弥陀佛！"大众睁眼一看，出来一个大脱头和尚。身高八尺，膀阔三停，头大项短，披散着头发，打着一道金箍，面如锅底，粗眉大眼，身穿青僧衣，白袜僧鞋。和尚出来一看，说："施主这是怎么了？我这庙里是佛门

---

① 番子——作"暗探"解。

善地，为什么在我庙里来杀人？”秦元亮说：“你别管，他是个贼，我们把他摔到山涧去，没你的事。”和尚说：“在我庙内，焉有不管之理？你们几位贵姓？死的这个是谁呀？”雷鸣、陈亮各通了名姓，秦元亮、马兆熊也说了名姓，说：“这个贼人叫铁贝子高珍，他是由慈云观漏网之贼。”和尚说：“呵，他是慈云观的贼，破慈云观有你们几位么？”雷鸣、陈亮说：“有咱们。”秦元亮说：“我也在那里。”正说着话，就见由屋中出来一个人，正是黑毛蚤高顺。说：“当家的别叫他们走，破慈云观有他们，把我哥哥杀了。好好，我焉能跟他等善罢甘休！”和尚哈哈一笑，说：“不用你，他们几个是放着天堂有路他不走，地狱无门自找寻。这也是自来找死。”众人一听，说：“好秃驴！你要多管闲事，先拿刀砍你！”和尚用手一指，说声“敕令！”竟把四位英雄定住。书中交代：这座庙就是弥勒院。原本高珍打算跑到弥勒院来，就不怕了，没想到自己到了庙里，绊躺下来，这也是贼人恶贯满盈，该当遭报。这个和尚就是通天和尚法雷。原本此时赤发灵官邵华风、五殿真人、八卦真人众妖道，由灵隐寺逃走，就奔弥勒院来了。这院里早有迷魂太岁田章，带领众熏香贼，早都来了。群贼在这庙里会了齐，都在后住着。今天通天和尚把四个人定住，高顺就说：“待我来杀，我给我哥哥报仇！”说着话，刚要转身进屋中拿刀，忽听外面一声喊嚷：“好孽畜！你们又要害人，待我和尚来拿你！”高顺一瞧，唬得亡魂皆冒，说：“可了不得了，济颠和尚来了！”原来济公由三清观出来，带领何兰庆、陶万春，慌慌忙忙就是奔弥勒院来。罗汉爷有未到先知，刚来到弥勒院，正赶上高顺同法雷要杀这四个人。和尚一嚷，高顺同法雷唬的拨头就往后跑。济公哈哈一笑，说：“好法雷，你跑吧！我和尚也不追你。十八天之后，咱们丹阳县见。”法雷只顾跑，也没听见。同高顺跑到后面，给众妖道送信，说：“济颠和尚来了！”众群贼一听，胆裂魂飞，急忙逃走。济公并不追赶，罗汉爷本是佛心的人，有好生之德，打算要把众妖道渡脱过来，改恶行善，就不拿他。焉想到群贼执迷不悟，恶习不改。众人逃出弥勒院，赤发灵官邵华风说：“众位，这济颠僧真是你我的冤家对头，你我走到哪里，他跟到哪里，山人我是一不做，二不休，他在这里，你我今天晚上奔常州府，劫牢反狱。把知府一杀，我自立常州王，众位助我一膀之力，你我今天分三面去。”大众说：“任凭祖师爷分派。”邵华风说：“我自带五殿真人由东面进城。”叫七星真人刘元素、八卦真人谢天机，领乾、坎、艮、震、坤、离、异、兑八位真人,由西面进城,派迷魂太岁田章,同单刀太岁周龙、笑面貔貅周虎、黑毛蚕高顺一干众人,由南面进城,大众到常州府衙门会齐。群贼各自点头,找了一座酒馆,大众吃了晚饭,候自天有初鼓以后,众人分三面够奔常州府而来。来到城根,众妖道驾趁脚风,抖袍袖上城,众绿林人等各掏白链套锁,用抓头抓住城头,揪绳上去。城守营虽有官兵,如何敌挡得了这一干群贼?三面贼人由马道下了城,乱摆兵刃,直奔常州府衙门而来。此时,知府顾国章也早已得了信。书中交代:知府顾国章由前者抄了慈云观,派官兵将庙上了封皮,兵马都监陆忠自己回了衙门,知府顾国章也回到常州府,立刻升堂。狱里的贼人玉面狐狸崔玉、拍花僧豆儿和尚月静、铁面佛月空、鬼头刀郑天寿五个人俱皆招认。五个贼人提上堂来,知府一讯问口供,鬼头刀郑天寿五个人俱皆招认,所有慈云观有多少人,有多少贼店黑船,邵华风起意造反,把从头至尾的事,俱皆招认,五个贼人画了亲供,知府吩咐仍将五个贼人入狱,一面办文书行知上院衙,现在上院衙已来了回文,着知府所有拿获的贼人,不分首从,俱皆就地正法。拟斩立决,定于明日出斩。今天晚间,知府正在书房灯下看书。每日昼夜俱派官兵护狱,本来这个差事是紧要的事,知道漏网的贼人太多,就怕得是有人来劫牢反狱。知府衙门有两位看家护院的,是亲弟兄,一名叫王顺,一名叫王泰。这是两个能为枪刀剑戟,斧钺钩叉,十八般的兵刃,样样精通,由顾国章做知县的时节,这两个人就在这里。今天方交二鼓,忽听外面一阵喧哗,顾国章正在一愣,就要叫手下人去看什么事,忽然由外面跑进一个差人,来到书房说:"回禀老爷,了不得了!现在东城门南城门西城门来了无数的贼人,各持刀枪,砍伤了城守营无数的官兵。大概必是奔府衙门来了,大人早作准备。"知府顾国章一听,赶急①吩咐把官兵调齐,预备激筒要紧,传王泰、王顺两位护院的保护。正说着话,又有人来报:"回禀大人,现有无数的老道来劫牢反狱的,四老爷身受重伤,贼人伤了无数的官兵。"知府一听就愣了,幸亏激筒兵来得快,方来到衙门,只见房上四面贼人老道都满了,赤发灵官邵华风站在房上,一声喊嚷:"赃官听真!现有你家祖师爷在此,今天我把你等全皆结果了性命!"顾国章吩咐尔等快拿激筒打他,众官兵急用激筒照众老道就打,众妖道方要念咒,被脏水打

① 赶急——赶紧,急忙。

在身上,念咒也不灵了。邵华风说:“哪位先去杀狗官?”旁有黑虎真人陆天霖说:“我去。”立刻摆宝剑跳下来,要奔知府,幸有王顺、王泰摆刀过去挡住。众老道今天扬扬得意,正在大肆横行,忽听由外面一声喊嚷:“好孽畜!往哪里走?”来者乃是济公禅师,要拿一干贼人。不知后事如何,且看下回分解。

第二百零二回

斩大盗济禅师护决　为找镖追云燕斗贼

话说赤发灵官邵华风一干众人，正要刺杀知府，劫牢反狱，济公禅师赶到。书中交代：和尚由弥勒院把群贼赶走，和尚并不追赶，把雷鸣、陈亮、秦元亮、马兆熊四个人的定神法撤了，这四个人给和尚行礼。和尚说："雷鸣、陈亮你二人回了家，不在家中，又来做什么？"雷鸣、陈亮说："我二人要到临安去找师父，半路碰见秦元亮，他要到临安去给师父道谢。"和尚说："秦元亮，你也不用去了，也不必谢。雷鸣、陈亮你二人回家吧，可要少管闲事。此时你二人印堂发暗，颜色不好，你二人急回家趋吉避凶。要多管闲事，惹出大祸，我和尚此时可没工夫，不能管你们。千万戒之，慎之！"雷鸣、陈亮四个人点头，这才告辞。和尚带领何兰庆、陶万春，出了弥勒院，直奔常州府而来。走在半路之上，见对面来了几个骡驮子，有两个骑马的，乃是铁面天王郑雄同赤发瘟神牛盖。一见和尚，二人翻身下马，赶奔上前行礼。郑雄说："师父一向可好？"和尚说："你上哪去？"郑雄说："我叔父在镇雄关做总镇，我买了些土产东西，瞧我叔叔去。师父上哪去？"和尚说："我有要紧的事，你去吧。"郑雄这才告辞。和尚带着二位班头，路过翠云峰，和尚来到山下，有探路喽兵盘问，和尚说："你们到山上通禀，叫窦永衡、周堃出来，就提我是灵隐寺济颠僧在这等他有话说。"喽兵进行一报，窦永衡、周堃急速来到山下，给和尚行礼。周堃说："师父到山上坐坐去。"和尚说："我有事，我告诉你二人，要是赤发灵官邵华风众人要来，你二人可别留他们，可不定来不来。你只在山口，预备陷坑，附耳如此，如此。我和尚要拿他们，将来救你们将功赎罪。"这两个人点头，和尚带着二位班头告别。来到常州府，天有初鼓以后，早已关了城，和尚说："陶头、何头，你二人等开城进城回衙门，不用管我。我自己去拿邵华风，不用你们。"二位班头答应。和尚单走，施展佛法进了城。来到常州府衙门，正赶上众妖道在这里要劫牢反狱。和尚一声喊嚷，众贼唬的连魂都没有了，四散奔逃。和尚并不追赶，就是黑虎真人陆天霖没跑脱，被获遭擒。知府一见济公,喜出望外,连忙说:"圣僧来了甚好!要不然,今天众妖道要大肆横行。"把和尚让到屋中落座,将陆天霖带上来一问,陆天霖把邵华风众人商量来行刺、劫牢反狱的话,都招了,知府吩咐将贼人钉镣入狱。一面给和尚摆酒,知府说:"圣僧先别走了。"和尚说:"何兰庆、陶万春今天住在城外,明天回来,不用他们,我和尚自己去拿邵华风。"知府说:"圣僧明天先别走,我要先把拿住的贼人正了法,要不然,睡多了梦长。明天出斩,恐贼人有余党劫法场,求师父给护决。"和尚说:"可以。"知府传出谕去。次日何兰庆、陶万春也回来了,在西门外搭的监斩棚,知府同济公带领一百官兵,押解差使,来到法场。常州府瞧热闹的人,拥挤不动。将玉面狐狸崔玉、鬼头刀郑天寿、铁面佛月空、豆儿和尚拍花僧月静、都天道长黄天化,连黑虎真人陆天霖一并就地正法,首级号令了,众人这才回归知府衙门。次日和尚由知府衙门告辞,知府送到外面说:"圣僧回来见多有辛苦。"和尚一溜歪斜往前行走,来到一个镇店,见路北里有一个茶饭馆,和尚进去,找了一张桌坐下,要了两壶酒、两碟菜。和尚刚喝了一盅酒,只见外面来了一匹马,马上骑定一人,头戴粉绫缎扎巾,身穿粉绫缎色箭袖袍,外罩红青跨马,腹肋下佩刀,薄底靴子,三十多岁,淡黄的脸膛,粗眉大眼。来到饭馆子门首,翻身下马,把马拴在门首,来到里面找了一张桌坐下,要了酒菜,坐在那里面带忧愁之像,唉声叹气,仿佛心中有愁事的样子。和尚赶过去说:"这位朋友贵姓?"这人说:"在下姓黄名云。"和尚说:"尊驾莫非是南路镖头追云燕子黄云么?"黄云说:"岂敢,岂敢,正是在下。"和尚说:"我跟你打听几位朋友。"黄云说:"哪位?"和尚说:"威镇八方杨明、风里云烟雷鸣、圣手白猿陈亮,这三个人尊驾可认识?"黄云说:"那不是外人,杨明、雷鸣、陈亮都跟我是盟兄弟。大师父未领教怎么称呼?"和尚说:"我乃灵隐寺济颠僧。"黄云一听说:"原来是圣僧,弟子久仰久仰!今日得会仙颜,真乃三生有幸。"说着话,立刻给济公行礼。和尚说:"别行礼,你上哪去?"黄云叹了一声,说:"别提了,我上陆阳山莲花坞。只因我手下伙计杜彪,给我惹了祸。前者我叫杜彪押着十万银子镖走,本来杜彪素常脾气就不好,爱说大话,目空自大,狂放无知,只知有己,不知有人,又没真能为。路过陆阳山,被陆阳山两个姓邓的给把镖留下,听说一个叫邓元吉,一个叫邓万川,其实这两个人也不是贼,是莲花坞的。那庙里有四位和尚,保水路的镖头叫花面如来法洪,神拳罗汉法缘，铁面太岁法静，赛达摩法空，这四个人很有名头。按说陆阳山还有我几个朋友，都是至交，有金毛海马孙得亮弟兄、水夜叉韩龙兄弟，还有万里飞来陆通，大概我这几个朋友许没在山里。倘在山里，只要提说是我的镖，决不能留下。总怨杜彪无知，现在他把镖丢了，回去跟我说，被我说他几句，杜彪一口气也死了。他家里还不答应我，还要跟我打官司，这事怎么办？十万银子丢了，客人也不答应我呀！我去要镖去。"和尚说："这就是了，我也跟你去。"黄云说："圣僧没事，愿意去也好，你我一同走。"和尚说："走。"黄云给了酒饭账，同和尚出了酒饭馆，一直够奔陆阳山而来。凡事该当出事，陆阳山劫镖那一天，原本是金毛海马孙得亮、火眼江猪孙得明同韩龙、韩庆四个人，并没在陆阳山，奉济公之命，正同悟禅在灵隐寺看庙。万里飞来陆通，那一天他巡山，见山下来了几个骡驮子，有两位骑马的，正是铁面大王郑雄同赤发瘟神牛盖，上镇雄关从此路过。陆通瞧见牛盖长得雄壮，他欢喜牛盖，陆通赶过去就问："唉！小子，你姓什么呀？"牛盖说："我姓牛叫盖，你小子叫什么？"陆通说道："你小子上哪去？"牛盖说："跟郑爷上镇雄关。"陆通说："我真爱喜你小子。"牛盖说："我瞧你小子也不错。"陆通说："对，咱们两人得交交。"牛盖说："交交。"郑雄一看，这两个人倒不错，对叫小子也都不挑眼。陆通说："你小子跟我上山住几天。"牛盖说："不行，有事。"陆通说："要不然我送送你。"牛盖说："好小子，跟我走。"陆通就送牛盖去了。偏赶巧杜彪由山下押着镖来了，本应当镖行里有规矩，每逢路过镖局子门口，应当递名帖拜望，走在镖局子门首不准喊镖趟子。杜彪是狂放无知，走到陆阳山他也没投帖，连马也没下，扬扬得意。邓元吉、邓万川是莲花坞的小伙计，这两个人素常就爱多管闲事，也是艺高人胆大。这两个人正在山下闲步，见杜彪押着镖不下马递帖，邓万川二人上前，一声喊嚷："呔，站住！你是哪来的野保镖？你不懂镖行的规矩么？跺我们道，连马都不下。你姓什么？"杜彪说："我姓杜叫杜彪，你们姓什么？"邓元吉二人各道名姓，说："你是哪来的镖？"杜彪说："我是南路镖头追云燕子黄云的。"那邓元吉一听，说："好，你既是黄云的伙计，今天把镖留给我们了，你叫黄云托好朋友来见我们吧。"杜彪一听，气往上撞。说："你留镖，你凭什么？"邓元吉说："就凭我这口刀。你赢得了我，叫你镖车过去。"杜彪气更大，立刻拉刀过来动手，焉想到被这二人砍了一刀，杜彪跑回去，镖也丢了，到常山县见了黄云，述说此事，黄云不能不亲自前来，偏偏杜彪一口气死了，他家里反不答应，黄云故备了一匹马，奔陆阳山。在酒馆遇见济公，济公要同去，二人一同来到陆阳山。黄云本没打算来动手，焉想到今天一来，正遇邓元吉、邓万川，又勾出一场凶杀恶战。不知后事如何，且看下回解。

第二百零三回

陆阳山济公斗法洪　施法宝罗汉诈装死

话说追云燕子黄云同济公长老来到陆阳山，抬头一看，这座山坐北向南。方一进山口，见路西里山坡下有五间房，作为回事处。黄云来到陆阳山，一道辛苦，偏赶巧邓元吉、邓万川二人正在山下。邓元吉一看黄云容貌不俗，问："尊驾找谁?"黄云很透着和气，说："在下我姓黄名云，乃是南路的镖头。前者我手下的伙计杜彪，他押着镖从贵宝处经过，本来他是新上挑板，不懂得镖行的规矩，听说言语不周，得罪了本山的二位邓爷，将我的镖车留下。我今天一来赔罪，二来我要拜望这山的当家的。"黄云本不打算来动手，想这莲花坞有知己的朋友，不要翻脸。焉想到邓元吉、邓万川这两个人更不通情理，听黄云这两句话，这两个人一想："我要叫黄云把镖要了去，我们算栽了。真要把姓黄的压下去，我二人从此练不出来。"想罢，邓元吉把眼一瞪，说："你就是追云燕子黄云？来了甚好。你手下的伙计，太不懂情理。我叫邓元吉，镖是我留下的。你就这么要不行，你得托出好朋友来见我们，要不然你跪下给我们磕三个头，认罪服输，把镖给你。要不然，你休想要镖。"黄云一听这话，太不像话了，泥人也有个土性，黄云一想："要不是陆阳山有朋友，我也不能来这样虚心下气，这就算我栽。"自己越想越气，这才把面目一沉，说："姓邓的，你别反想，并非是我姓黄的怕你们，南北东西我闯荡二十余载，大概也没人敢留我的镖。我想这陆阳山有金毛海马孙得亮弟兄，韩龙、韩庆、万里飞来陆通，都跟我知己，我不好意思翻脸。你两个人太不知事务，可别说我不懂交情。"邓元吉说："你还敢怎么样吗?"黄云说："怎么样？不留你两个人!"邓元吉、邓万川二人也是初生犊儿不怕虎，长出犄角反怕狼，自己以为自己的能为大了，二人哈哈一笑，说："姓黄的，你大胆敢说不留我们？来来来，你我今天倒得分个强存弱死、真在假亡。"说着话，蹿到外面，二人各把单刀拉出来，黄云也拉刀赶过去。邓元吉摆刀照黄云劈头就剁，黄云用刀海底捞月，往上一迎，邓万川由后面摆刀照黄云后心就扎，黄云身形往旁边一闪。邓万川把刀扎空了,方要变着数,黄云手疾眼快,黄云用刀往外一晃,跟进身一腿,把邓万川踢了一溜滚。邓元吉一见,气往上撞,摆刀照黄云脖颈就砍。黄云用刀往外一迎,邓元吉方把刀抽回去,黄云跟进身去,手起刀落,砍在邓元吉膀臂之上,立刻红光皆冒,鲜血直流。两个人往圈外一跳,说:“姓黄的,你是好朋友,你可别跑。”黄云说:“大太爷今天把你等全皆结果了性命,你把你们那为首的叫出来,我倒要瞧瞧,大太爷焉能走!”邓元吉、邓万川说:“你要跑了,算你是鼠辈。”说罢,往山上就跑。一直来到里面,花面如来法洪正同法缘、法空在大厅谈话,邓元吉、邓万川跑进来说:“当家的,咱们这镖行吃不了啦! 咱们同行人,就不叫咱们吃了。”法洪一听,说:“什么事?”书中交代:邓元吉二人留下黄云的镖,法洪等并不知道,连忙问:“为什么?”邓元吉说:“皆因那一天有南路镖头黄云的伙计,押着从山下过,他并不下马,我二人口角相争。现在今天黄云来堵着山口骂,把我砍了一刀,他说:‘叫我把为首的叫出去他点名。’叫你老人家出去,骂得难以学说了。”法洪一听一愣,说:“我保长江一带的水路的镖,黑白两道,马上马下,没有不认识我的。我跟黄云,闻其名未见其面,我与他远日无冤,近日无仇。他也是保镖的,无故为何他来骂我? 这事断断不能呀!”邓万川说:“现在他就来骂,不信你下山瞧去。”法洪立刻带领三个师弟神拳罗汉法静、铁头太岁法缘、赛达摩法空下山,他这山上净手下人,连镖局子的伙计,共有一百余人,庙里很富足,众人一同下了山,果见黄云在那里叫骂,法洪来到山下,说:“好黄云,你敢前来送死? 我这陆阳山,大概没人敢来骂我。”黄云并没见过法洪,抬头一看,见法洪身高八尺,膀阔三停,项短脖粗,脑袋大,披散着头发,打着一道金箍,面如鲜血,一脸的白斑,长得凶如瘟神,猛似太岁,粗眉大眼,蓝僧衣,肋佩戒刀。第二个脱头是法缘,蓝脸红胡子,更透着凶恶。法静黑脸,面似乌金纸,粗眉阔目。法空是面如紫玉。这四个和尚,都是威风凛凛,黄云说:“好凶僧,你等太无礼,你的伙计劫我的镖,你还不讲理? 今天黄大太爷跟你以死相拼。”黄云一摆刀,向前够奔。法洪说:“好小子,你敢来到我跟前这样猖狂? 大概你也不知道洒家的能为,我何必凭血气之勇拿你,待洒家用法宝取他。”伸手由兜囊掏出子午三才神火坎离照胆镜,这等法宝,原来是他师父给他的。法洪的师父,就在这陆阳山后,有一座镇坞龙王庙,他师父叫金风和尚,自称金风罗汉,前知五百年,后知五百年,善晓未来过去之事。给法洪这宗法宝，所为叫他防身，倘遇见能为比他大的，凭血气之通胜不了，用这个镜子一照，里面有天地人三才真火，能照去人的三魂七魄。今天法洪把子午三才神火坎离照胆镜掏出来，黄云也不知他的这宝贝厉害，法洪口中念念有词，用镜光一照，黄云就仿佛瞧见镜子里有太阳光相似，立刻一打冷战，躺倒在地，人事不知。法洪一想："我跟他没什么冤仇，我把他带到山上去，羞辱羞辱他，叫他知道我的厉害就得了，以免他藐视我这陆阳山。"想罢吩咐："尔等给我把他搭上山去。"手下人答应，刚要上前搭，济公由石头后面站起来，一声喊嚷："好孽畜！你们真不讲理。无故欺负人，留下人家的镖，还讲以强压弱，真乃可恼！咱们老爷们来来试试，谁行谁不行！"法洪一见气往上撞，说："你是何人胆敢替黄云前来跟我等作对？"济公说："你也不认得我老人家是谁？我告诉你说，我乃灵隐寺济颠是也。"法洪一听，"呵"了一声，说："闻得济公长老乃当世的活佛，乃是一位罗汉，道高德重，焉能这个样子？你硬说是济颠，大概不对罢。"济公说："你要不信，咱们比拼比拼。"旁边神拳罗汉法缘说："师兄别放走了他，这个穷和尚，是我的仇人。"花面如来法洪说："怎么你会认得他？"法缘说："前者我在临安城麻面虎孙泰来家里住着，有个郑雄大闹万珍楼，孙泰来请我助拳，当场被一个大汉把我追跑。后来晚上我到郑雄家去行刺，被他把我拿住，挫辱我一顿，今天你要给我报仇。"花面如来法洪说："原来如此。"立刻用子午三才神火坎离照胆镜一照，济公故意"哎呀"一声，翻身栽倒。法洪哈哈一笑，说："我闻知济颠和尚神通广大，闻名不如见面，见面胜似闻名，据我看来，也无非凡夫俗子、无能之辈。来人把他二人给我搭到庙内去！"立刻手下人扛着济公，连黄云大众一同回到山上宝光寺。方到里面，两个和尚落了座，手下人把济公、黄云搁在大厅以前，法洪一看，济颠已然气绝。这个时节，万里飞来陆通回来了，方一进来瞧见济公，陆通一声喊嚷："这是我师父济颠和尚，谁给害死了？"花面如来法洪说："陆贤弟，他怎么是你师父？"陆通说："他是我师父，谁给害的？"法洪说："他自来找死，我用我的宝贝将他治住。"陆通又惹不起法洪，自己满心不愿意，又不敢发作，说："我师父他死了，我给买棺材装起来，我把他送回灵隐寺。你们谁害的，谁得给抵偿，要不，可不行。"法洪说："陆贤弟你别胡闹，我要叫他活就活。"正说着话，外面有人进来禀报说:“当家的,现有慈云观赤发灵官邵华风,同着一位前殿真人长乐天前来禀见。”花面如来法洪一听,吩咐“有请!”不晓得赤发灵官邵华风从何处而来,且看下回分解。

第二百零四回

显神通惊走邵华风　斗金风金光服僧道

话说陆通见济公一死，正不答应法洪，忽有人禀报邵华风到了。法洪立刻吩咐有请，亲身率众往外迎接。书中交代：赤发灵官邵华风由常州劫牢反狱未成，大众一跑，众人够奔藏珍寺。这个庙是八魔的徒弟，追魂侍者邓连芳的。邵华风众人来到藏珍寺，邓连芳不在庙内，邵华风一查点人数，五殿真人、八卦真人、众绿林人都来了，就是不见黑虎真人陆天霖。邵华风说："众位弟兄，现在济颠和尚苦苦跟你我作对，咱们走到哪里，他追到哪里。他欺负你我太甚，我决不能跟他善罢甘休，我总得报仇。众位在这庙里等候，我到陆阳山莲花坞去，请我拜弟花面如来法洪，再请他师父金风和尚。再说我师父马道玄，也在陆阳山后吕公堂。我把他们请来，连你等一同助我一膀之力，大反常州府，杀官抢印，我自立常州王。然后再拿济颠和尚，报仇雪恨。哪位跟了我去？"旁边前殿真人长乐天说："我跟祖师爷去一趟。"邵华风："好，众位在这里住着，听我的回信吧。"大众点头，邵华风同长乐天出了藏珍寺，驾起趁脚风，来到陆阳山。往里一通禀，法洪迎到山门，一见邵华风，法洪连忙行礼，说："邵大哥你一向可好？"邵华风说："贤弟了不得了，我乃两世为人，几乎你我见不着了。"法洪说："怎么？"邵华风说："此时我上天无路，入地无门，把慈云观也没了。只因我派人采取婴胎紫河车，在江阴县破的案，有一个济颠和尚把我手下人玉面狐狸崔玉拿去，后来又拿了鬼头刀郑天寿，解到常州府，济颠和尚先使八卦山坎离真人鲁修真诓去我的子午混元钵，然后济颠和尚勾串常州府官兵，把我慈云观查抄入官。我要到灵隐寺去报仇，没想到济颠和尚早在灵隐寺，我回常州要劫牢反狱，济颠他又追到常州府，此时闹得我无地可投。"法洪说："济颠和尚方才被我拿住了。"邵华风说："真的吗？"法洪说："可不是。他来无故帮黄云跟我作对，被我用子午三才神火坎离照胆镜将他治住。不信，你来看。"邵华风说："既是如此，这可活该，该当我报仇。"说着话，众人往里走，陆通正扛着济公往外走。邵华风一看，伸手拉宝剑就要砍,法洪赶紧拦住说:“兄长不可,我师父说过,不叫我害人。我的宝贝只许治人,不许伤人,你我是出家人,也不可杀害人命。”邵华风说:“你别拦我,我跟他仇深似海,非要他的命不可。”法洪说:“你要打算要他的命也可,我要叫他死,他就得死,非得我念咒他才能活。我冲着兄长你,不叫他活就是了,你叫他落个全尸首就完了。”邵华风说:“也罢,既是如是,便宜他。”法洪说:“兄长请屋里坐吧。”众人来到屋中落座,法洪说:“兄长是从哪里来?”邵华风说:“我从藏珍坞来,这个济颠和尚实在把我追赶苦了。”法洪说:“我看济颠和尚也没什么能为,兄长何必怕他?”邵华风说:“不对,他的能为大了,你不知道。”法洪说:“你说他能为大,现在被我治住。兄长你也不好,我常听人说,你在慈云观发卖熏香蒙汗药,招集绿林贼人,你我已然出了家,何必如此?你还打算怎么样?我是没工夫,要有工夫,我早就要劝劝你,也不至落到这番光景。”邵华风说:“我告诉你,我要大反常州府,自立常州王。我来约兄弟你帮我共成大事。我还要约你师父金风长老,连我师父马道玄,一同助我一膀之力。”法洪一听,说:“兄长你别胡闹了,我师父焉能帮你去造反?你岂不是白碰钉子?我也不能去。我师父早说过,叫我不准害人,既出了家,跳出三戒外,不在五行中,不修今世修来世,了一身之孽冤。依我劝你也算了吧,找个深山幽僻之处,正务参修好不好?”邵华风道:“贤弟此言差矣!将来我有九五之分。”正说着话,就听东跨院一阵大乱,法洪一愣,问:“什么事?”有手下人回禀说:“厨房里有一个穷和尚,把预备的酒菜全给偷了吃了。”邵华风一听,就一哆嗦,就听外面有人一声喊嚷:“好,邵华风你来了,我和尚等待多时!”邵华风一听,吓得惊伤六叶连肝肺,吓坏了三毛七孔心,立刻同长乐天二人踹后窗户逃走。花面如来法洪一看,是济颠僧来了。法洪口中喊嚷:“怪道,怪道!”济公说:“一点不错,我只打算你这子午三才神火坎离照胆镜有多大的奥妙?我到里头溜达溜达没什么,我这才出来了。”法洪一见,气往上撞,说:“好颠僧你别走!”伸手又要掏照胆镜,济公用手一挥,口念“唵嘛呢叭𠺗吽!”法洪一摸兜囊,宝贝没了,焉想到早被和尚搬运法搬了去。法洪暗想:“怪道,方才用宝贝将他治死,怎么会活了?”他并不知济公故意装死。陆通把济公扛到后院放下,陆通他去找棺材去,济公爬起来奔前面来了,先到厨房偷菜偷酒,厨子瞧见一嚷,和尚这才跑到前面来,法洪还打算用照胆镜拿和尚,一摸兜囊没了,正在一愣,济公哈哈一笑,说:“在我这里了,我该照照你了。”法洪、法缘、法静、法空吓得拨头就跑。跑出了后门,法洪说:“咱们找师父去。”立刻四个人来到镇坞龙王庙。一拍门,童子把门开开,法洪说:“师弟,师父可在庙内?”童子说:“没在,上吕公堂找马老道下棋去了。”法洪四个人立刻又奔吕公堂。来到吕公堂一拍门,道童出来把门开开,法洪说:“金风罗汉在这没有?”道童说:“跟我家祖师爷下棋哪!”四个人同着道童,来到里面一看,金风和尚正同马道玄下棋,一僧一道,坐在那里很透着清高。法洪等上前行礼,金风和尚说:“徒弟你等做什么来了?”法洪说:“我等被济颠僧赶出来了,不是他的对手,栽了筋斗,师父你老人家去吧!”金风和尚说:“因为什么?”法洪就把方才之事,如此如此学说一遍,金风和尚说:“好,我去看看济颠是何许人也。”马道玄说:“你我一同前往。”僧道立刻罢局,同法洪等出了吕公堂,直奔宝光寺而来。书中交代:济公见法洪等一跑,济公先把黄云救起来,叫黄云把镖起了走,不用管我。黄云谢过济公,竟自去了。万里飞来陆通搭了棺材来,见济公活了,陆通赶紧行礼说:“师父没死?”和尚说:“没死。”陆通说:“师父咱们喝酒吧。”和尚说:“好!”立刻摆上酒菜,陆通陪着喝酒,问:“济公,法洪他们哪去了?”和尚说:“他们勾兵去了,少时就来。”陆通说:“勾谁去了?”济公说:“他找他师父金风和尚去。”陆通说:“哎呀!那个和尚可厉害,我练金钟罩就是跟他练的。”和尚说:“厉害也不要紧。”正说着话,只听外面一阵喊嚷:“阿弥陀佛!”声音洪亮,又有人喊嚷:“无量佛!”陆通说:“了不得了!”济公来到外面一看,见来了一僧一道。头里站定一个僧人,身高九尺以外,猛威威足够一丈,身躯高大,形状魁伟,颈短脖粗,脑肮大胸,肩宽臂膀厚,肚大腰圆,披散着头发,打着一道金箍,面似乌金纸,黑中透亮,粗眉大眼,直鼻阔口,身穿一件黄僧袍,腰系丝绦,白袜僧鞋,背后背着一口戒刀,手拿蚩刷。后面站定一个老道,也在身高八尺,头挽牛心发髻,身穿古铜色道袍,腰系丝绦,白袜云鞋,面如三秋古月:发如三冬雪,鬓似九秋霜,一部银髯,真是仙风道骨,手拿拂尘,背背一口宝剑。这两个人一见济公是个疯癫和尚,褴褛不堪,金风和尚说:“这就是济颠么?”法洪说:“就是他。”僧道哈哈一笑,看济公乃是凡夫俗子,心说:“闻名不如见面,见面胜似闻名。”济公说:“好法洪,你勾了兵来,这倒不错。我和尚倒要试试,谁行谁不行。”金风和尚说:“济颠僧,你可认得洒家?我乃西方十八尊大罗汉降世人间,所为普济群迷,教化众生

而来。你也敢来到这里猖狂?”济公说:“你真把我们罗汉骂苦了,你打算我不知道你是怎么变的呢?我破个闷你猜吧,你本是:

“有头又有尾,周围四条腿。见了拿叉人,扑咚跳下水。

这四句你可知道?”金风和尚说:“不知道,待洒家来拿你。”马道玄说:“谅此无名小辈,待我来拿他,不费吹灰之力。”伸手掏宝贝要拿济公。不知后事如何,且看下回分解。

第二百零五回

收悟缘派捉邵华风　遇兰弟诉说被害事

话说马道玄由兜囊掏出一宗宝贝来,名叫“振魂牌”,要“当啷啷”一响,无论有多少人,能把三魂七魄振去。老道今天一拿出来,法洪众人知道这宝贝厉害,赶紧都躲开。老道把牌一振,只听“当啷啷”一响,焉想道济公把脑袋一晃,并未躺下。和尚说:“你这宝贝不行,再换别的,这宝贝我不怕。”马道玄一见,气往上撞,说:“好颠僧,气死我也!”立刻又掏出一宗宝贝,名曰“避光火神罩”。其形似罩蟋蟀的罩子,要罩上人,内有三才真火,能把人烧个皮焦肉烂。今天把罩子一抖,老道口中念念有词,“刷啦啦”一道金光,照和尚罩下,济公哈哈一笑,用手一指,这个罩子奔老道去了,马道玄口中一念咒,用手一指,又奔了和尚去。和尚用手一指,口念六字真言:“唵嘛呢叭咪吽!唵,敕令赫。”这罩子回来,就把老道罩上。金风和尚一看,气往上撞,见老道拿宝贝罩人,没罩了,反把自己罩上。金风和尚立刻把避光神火罩拿起来,见老道衣裳都着了,要不是念护身咒,连人都烧了,老道臊得面红耳赤。金风和尚说:“待我来拿他。”济公说:“你也是白给。”金风和尚立刻一张嘴,喷出一口黑气,这是他九千多年的内丹,打算要把济公喷倒,焉想到还是不行。济公说:“好东西,你会吹气,你冒泡我也不怕。”金风和尚暗想怪道,虽然他是凡夫俗子,倒有点厉害,立刻掏出一根捆仙绳,往空中一摔,一道金光奔济公去了,就听济公口中喊嚷:“了不得了,快救人哪!”眼瞧着把济公捆上,金风和尚哈哈大笑,说:“我只打算济颠有多大能为,原来就是这样。”法洪等过来说:“师父你把济颠拿住了?”金风和尚说:“被我拿捆仙绳将他捆上,我把他交给你们,不准要他的命,羞辱羞辱他,叫他知道我的厉害就得了。”法洪说:“师父别先忙,我想济颠神通广大,未必把他捆上的,别是假的罢。”这一句话说破了,再一看捆的并不是和尚,把马道玄捆上了。金风和尚一看,大吃一惊,说:“了不得,这叫五行挪移大搬运,大概济颠的能为不小。”过来赶紧把马道玄放开。马道玄说:“你怎么把我捆上?”金风和尚说:“我也不知道!”正说着话,只见济公由外面来了。济公哈哈一笑,说:“你们还有什么好宝贝没有了?你们要没有,我有宝贝。”和尚把草鞋脱下来,照金风和尚打来。金风和尚方一闪身,济公用手一指,说:“拐弯。”草鞋正打在金风和尚脸上,济公一伸手,说:“回来。”草鞋立刻回去。济公说:“我还有法宝。”立刻把僧帽摘下来一摔,“刷啦啦”金光缭绕,瑞气千条,金风和尚一瞧不好,打算跑,不行了,如同泰山一般压下来。只听山崩地裂一声响,金风和尚现了原形,有桌子大的一个大驼龙,居居直叫,他本来有九千多年的道行。济公说:“法洪你瞧,这是你师父。”法洪众人都愣了。济公说:“大概你们也不知道我的来历,我叫你们瞧瞧。”和尚用手一摸脑袋,露出金光、佛光、灵光三光。众人再一看,和尚身高六丈,头如麦斗,面如獬盖,身穿直缀,光着两只腿,乃是一位知觉罗汉。马道玄口念无量佛,众人跪倒磕头,求圣僧饶命。济公知道金风和尚有九千多年的道行,并没害过人,罗汉爷把僧帽收回去,众人见金风和尚就地一阵风,又变和尚,向济公磕头。金风和尚说:“圣僧,你老人家慈悲慈悲吧!收我做个徒弟吧!”济公说:“不行,我们和尚里没有王八当和尚的。”金风和尚说:“成佛做祖的,自古以来什么出身的都有,求圣僧慈悲慈悲吧!”济公一听,口念“阿弥陀佛,善哉,善哉!你既愿意认我和尚,好好好!”用手一拍金风和尚天灵盖,济公禅师信口说道:

“实心来拜我,贫僧结善缘。修行莲花坞,道德数千年。参练归正道,出家陆阳山。拜在贫僧面,赐名叫悟缘。”

赐了名字,金风和尚悟缘给济公行礼。济公说:“悟缘,我派你点事,你同马道玄两个人去把邵华风给我拿来。你要不去,我和尚还是不收你做徒弟。马道玄你也得去帮着,邵华风是你的徒弟。现在他在藏珍坞聚众绿林人,要大反常州府,你两个人去把他拿来,杀恶人即是善念。”马道玄同金风和尚说:“谨遵师父之命。”叫法洪等给济公预备酒,好生伺候,众人答应。一僧一道立刻起身,够奔藏珍坞。书中交代,邵华风同长乐天由宝光寺被济颠和尚惊走,两个人由后山逃出去,绕道够奔前山,长乐天说:“祖师爷,咱们上哪去?”邵华风说:“你我到哪里,济颠追到哪里,山人我跟他是冤家对头。你我回藏珍坞,我约请万花山圣教堂八魔祖师爷,非是跟济颠和尚以死相拼,将他拿住,方出我胸中的恶气。将他碎尸万段,然后到灵隐寺,把庙放火一烧。非得先把济公杀了,然后你我再大反常州府，不把他除了是不行。”说着话往前走，又怕济颠追赶下来，方一下陆阳山，只见由对面来了主天主地两个大旋风，走石飞沙起来，有两三丈高。长乐天一看，说：“祖师爷，你看这两个旋风，是神是鬼，是妖是怪？我的法力小，看不出来。”邵华风睁眼一看，说：“也不是妖，也不怪，是我的朋友来了，这可活该。”长乐天说：“谁呀？”邵华风说：“你来看！”立刻口中念念有词，扑喷了一口法气，立刻旋风往两旁一闪，闪出两个人来。头前这人身高八尺，头戴紫缎色四棱逍遥巾，身穿紫缎色箭袖袍，周身走金线掐金边，上绣金牡丹花，腰系丝鸾带，单衬袄，薄底靴子，闪披一件紫缎色团花大氅，面如紫玉，两道浓眉，一双金睛，叠抱押耳黑毫，海下一部钢髯，根根见肉，犹如钢针，轧似铁线，手中拿着一把蛍刷。后面跟定一人，头戴蓝缎色四棱逍遥巾，身穿蓝缎色箭袖袍，腰系丝鸾带，外罩翠蓝色逍遥氅，周身绣金莲花，面如白纸，脸上一点血气没有，两道细眉，一双三角眼，鹦鼻子，裂腮额。书中交代：头里这人叫追魂侍者邓连芳。后面这人叫神术士韩祺。这两个人是万花山圣教堂八魔的徒弟，邓连芳是天河钓叟杨明远的徒弟，韩祺是桂林樵夫王九峰的徒弟。这两个人奉八魔之命，到东海瀛州去取灵芝草。八魔每人有一根子母阴魂绦，最厉害无比，连西方大路金仙都能捆上，把金光捆散了。韩祺把他师父的子母阴魂绦偷出来。今天碰见邵华风，邓连芳一见，连忙行礼。原本邵华风同邓连芳、花面如来法洪是拜兄弟，邵华风是大爷，法洪行二，邓连芳行三。今天一见，连忙行礼，说：“大哥一向可好？”邵华风说：“贤弟别提了，我此时闹得走投无路。”邓连芳说：“怎么？”邵华风说：“只因我派人出去盗取婴胎紫河车，在江阴县犯了案，有一个济颠和尚跟我为仇作对，他使出鲁修真诓去我的乾坤子午混元钵，他率领常州府的官兵把我慈云观抄了。我到灵隐寺去打算报仇，他在灵隐寺等着我，回到常州府劫牢反狱，他又追到常州府。我到藏珍坞去找你，你也没在庙里，我今天找你二哥来，请他帮我大反常州府，焉想到济颠又追来了。贤弟你上哪去？”邓连芳说：“我奉我师父之命，到东海瀛洲去取灵芝草。”邵华风说：“你先别去，要等你回来，我就许没了命了。”邓连芳说：“既然如是，你我一同回藏珍坞，我先把济颠和尚给你拿了，报仇雪恨。”邵华风说：“甚好。”四个人驾起趁脚风，这才奔藏珍坞。来到庙内一看人多了，大众给邵华风、邓连芳行礼。众人才落座，只见由外面有人进来回禀：“山门外来了一个和尚，堵着门口直骂，点名叫邵祖师爷出去。”众人一听，全都愣了，不知来者是谁，且看下回分解。

第二百零六回

众妖道聚会藏珍坞　神术士魔法胜金风

话说赤发灵官邵华风同追魂侍者邓连芳、神术士韩祺，来到藏珍坞。群贼一看，心中喜悦，说："这可活该！"众人行礼既毕，邵华风说："众位，这就是我拜弟邓连芳，他乃是万花山圣教堂八魔祖师爷天魔天河钓叟杨明远的徒弟。这位韩祺，他乃是人魔桂林樵夫王九峰的徒弟。要拿济颠僧，易如反掌，不费吹灰之力。"神术士韩祺说："邵大哥，我告诉你，我得了我师父一根子母阴魂绦，就是大路金仙，西方罗汉，都能捆上。这个子母阴魂绦，可与众不同，经过几个甲子，别人有也不真。"正说着话，有人进来回禀："山门外来了一个和尚，堵着山门直骂，点名叫邵祖师爷出去。"邵华风一听，说："定是济颠来了。"手下人说："是一个大眉黑脸和尚。"邵华风说："待我出去看看。"话言未了，旁边有巡山仙长李文通说："道师爷且慢，谅来此无知小辈，何必你老人家前往？有事弟子服其劳，割鸡焉用牛刀，待我出去，把他拿来，不费吹灰之力。"邵华风说："你须要小心留神。"那李文通说："料也无妨。"说罢大摇大摆，来到山门以外。藏珍坞这座山，是坐北冲南，山口里庙前头是一片空宽平坦之地，可以做战场，操兵演阵都行，甚为宽阔。李文通出来一看，对面站定一僧一道，正是金风和尚悟缘同马道玄。李文通一看，说："原来是金风和尚，你来此何干？"金风和尚说道："我奉我师父之命，前来拿你们这伙妖人。"李文通说："你师父是谁？"金风和尚说："你要问，是济公长老。"李文通叹了一声，说："你怎么也来胡闹随了济颠和尚？依我说你趁此回去，休要前来多管闲事。我山人以慈悲为门，善念为本，存一分好生之德，不忍伤害你的性命。你要不听我的良言相劝，可别说我将你拿住，悔之晚矣。"金风和尚哈哈大笑，说："好孽障！谅尔有多大能为，也敢说此朗朗狂言大话？我和尚将你结果了性命，杀恶人即是善念！"老道一听，气往上撞，伸手拉出宝剑，往东南上巽为风一站，用宝剑就地一画，口中念念有词，立刻狂风大作，走石飞沙，真奔金风和尚打去。金风和尚悟缘哈哈一笑，伸手由兜囊掏出一宗宝贝，名曰“避风珠”，往空中一摔，立刻风定尘息。李文通一看，大吃一惊，金风和尚把避风珠收回去，又由兜囊掏出一颗珠子，其红似火，口中念念有词，照定李文通打来。只听“呱啦”一声响，一道火光，竟将李文通烧了个皮焦肉烂。这一颗珠子，名曰“雷火珠”。金风和尚劈了老道，将宝贝收回去，早有人报进藏珍坞，说：“回禀祖师爷，可了不得了，方才李道爷出去一问和尚，他说叫金风和尚。李道爷一施展法术，狂风大作，走石飞沙，那和尚掏出一宗宝贝摔去，就风定尘息。和尚又拿出一颗珠子，其红似火，一道光‘呱啦’一响，竟把李道爷烧了个皮焦肉烂。”邵华风一听，气得“哇哇呀”怪叫如雷。旁边有人一声喊嚷，说：“师父不必动怒，待我去给李大哥报仇，把和尚拿来。”邵华风一看说话这人，是他二徒弟叫妙道真人吴法兴。这个老道跟前者七星观的吴法通是师兄弟，在邵华风手下任意胡为，也会怪术妖邪，立刻拉宝剑来到山门以外。见金风和尚正然破口大骂，吴法兴说：“好和尚，真乃大胆！你可知道你家祖师爷的厉害？”金风和尚说：“你是何人？”吴法兴说：“你要问，我告诉你，你家祖师爷姓吴名法兴，人称妙道真人。今天你既是飞蛾投火，自送其死，放着天堂有路你不走，地狱无门自找寻，休怨我山人将你结果了性命。”说着话由兜囊里掏出一根捆仙绳，祭在空中，口中念念有词，说声“敕令！”“刷啦啦”一道金光，直奔金风和尚。和尚一张嘴，扑喷出一口黑气，这是九千多年的内丹，立刻捆仙绳坠落于地。和尚随着一抖手，将他雷火珠打出来，只听“呱啦”一声响，将吴法兴烧死，这小子一辈子没做好事，今天遭了恶报，又有人报进庙去。邵华风一听徒弟死了，气得三尸神暴跳，五灵豪气腾空，说：“好好好，我山人出去，跟他以死相拼！”旁边神术士韩祺说：“邵大哥不用你去，你瞧瞧我的宝贝，你我一同前往。”大众随后来到外面一看，邵华风说：“金风和尚你敢伤我徒弟？我山人焉能跟你善罢甘休！”这边马道玄一看，说：“邵华风你是我的徒弟，你不可任意胡为。已然出了家，就应然晨昏三叩首，早晚一炉香。侍奉三清教主，决不该结交绿林人，在尘世杀男掳女，聚众叛反国家。大宋国自定鼎以来，君王有道家家乐，天地无私处处同，皇上家洪福齐天，邪不能侵正，你休要执迷不悟。已然出了家，就应该修福做善，了一身之孽冤，不修今生修来世。你要不听，自己强暴抗横，天作孽犹可违，自作孽不可活，获罪于天，无所祷也。”邵华风不但不听，反把眼一瞪，说：“马道玄你休要多管闲事，满口胡说,跟我嚼舌鼓唇。我要不念你我是师徒,今天连你一齐拿住,结果你性命,你趁此快走!”马道玄口念:“无量佛! 善哉,善哉! 邵华风真乃无父无君。人生世上,须知道三纲四大五常。三纲者,君为臣纲,父为子纲,夫为妻纲;四大者,乃天地亲师,受天地覆载之恩,受国家水土之恩,受父母生育养育之恩,受师父传授教训之恩;五常乃仁、义、礼、智、信。为人子不孝,为臣定然不忠,交友必然不信。师徒情如父子,你就敢叫我的名字,跟我反目? 罢了,罢了!”邵华风说:“你任凭有苏秦、张仪、陆贾、萧何①之口,说得天花乱坠,地生金莲,海枯石烂,也难渡山人铁石之心。我跟济颠和尚仇深似海,他无故欺负我,闹得我上天无路,入地无门,我焉能跟他甘休善罢? 马道玄你要多说,我先拿你!”金风和尚一听,气往上撞,说:“邵华风你过来,洒家跟你分个强存弱死,真在假亡。”邵华风尚未答言。那术士韩祺早拿定了主意。“我给他个先下手为强,后下手的遭殃。”立刻把子母阴魂绦一抖,照定金风和尚抛来,口中念念有词,说声“敕令”! 金风和尚一看,只见子母阴魂绦奔他来了,真是霞光万道,瑞气千条,如同泰山一般。金风和尚就知道不好,念护身也来不及了,慢说金风和尚这点来历,就是大路金仙也能捆得上,捆上能把白气化没了,西方的罗汉要被这子母阴魂绦捆上,能把金光捆去,无论什么妖精捆上,就得现原形。这原本是八魔的宝贝,八魔每人有一根,神术士韩祺是偷他师父的,今天悟缘一看,打算要跑,被金光罩住,焉能跑得了? 就听山崩地裂一声响,金风和尚现了原形,众老道一看,原来是一个驼龙。神术士韩祺说:“你等可曾看见了,慢说是他,就是西方的罗汉也逃不了。”众老道一看,鼓掌大笑说:“还是你老人家神通广大,法术无边。原来济颠和尚徒弟,就是这个。”神术士韩祺说:“邵大哥,我已然拿住,任凭你发落吧,你愿意怎么办,或杀或剐或烧?”邵华风说:“他把我徒弟用火烧了,我也把他烧死,方出我胸中之恶气。大概把他置死,济颠和尚也就快来了。”韩祺哈哈一笑,说:“济颠不来便罢,他要来了,叫你等看着我略施小术,就把他拿

---

① 苏秦、张仪、陆贾、萧何——苏秦:战国时东周洛阳人,曾任齐相;张仪:战国时魏国贵族后代,曾任秦相;陆贾:汉初政论家、辞赋家,从汉高祖定天下,常使诸侯为说客;萧何:汉代初期大臣。以上四人均为历史上名人,口才能力非同一般。

住。”正说着话，只听山坡一声喊嚷：“好，邓连芳、韩祺，胆敢害人！待我来。”大众睁眼一看，飞也似来了一人。头带粉绫缎武生公子巾，绣团花分五彩，身穿粉绫缎色箭袖袍，周身走金线，掐金边，腰系鹅黄丝带，黄衬衫，薄底靴子，闪披一件粉绫缎英雄大氅，上绣三蓝富贵花，背一口宝剑，手拿萤刷，面如白玉，眉似春山，目如秋水，准头端正，唇似涂朱。众人一看，大吃一惊。不知来者是谁，且看下回分解。

第二百零七回

飞天鬼误入万花山　石成瑞招赘人魔女

话说神术士韩祺用子母阴魂绦将金风和尚拿住，正要结果性命，只见由山坡来了一位武生公子。书中交代：来者这人，乃是人魔桂林樵夫王九峰的门婿。此人姓石名成瑞，外号人称飞天鬼。原籍镇江人，也在玉山县三十六友之内，学会了一身工夫，长拳短打，刀枪棍棒，样样精通，飞檐走壁之能。天生来的秉性，好游山玩景，无论哪里有名山胜境，非身临切近去看看不可。这天他带着干粮去游山，一看山连山，山套山，不知套出有多远去。石成瑞自己一想：“倒要找找这座山，哪里是到头。”脚程又快，直走了十几天，还是乱山环绕之中，大峰俯视小峰，前岭高接后岭。自己带着吃食也吃完了，还思念要找找这山有头没有，没吃的在山里吃果子草根，见有果子就吃果子。又走了数天，自身觉得身体不爽，要染病。石成瑞一想：“可了不得了，只要一病，也回不去了，要死山里，就做他乡的怨鬼、异地的孤魂，死尸被虎狼所食。”自己也走不动了，心中难过。见眼前有一道涧沟，沟里的水澄清，石成瑞爬前喝了两口水，就觉着喝下去神清气爽。又往前走，见眼前有许多的果子树，树上长的果子，其形似苹果。石成瑞摘了一个吃，清香无比，就觉着身上的病减去了大半，心中暗喜，怪道也不知这是什么所在。又往前走，只见果子树多了，树上结的梨，真有海碗大，苹果也大。石成瑞心里说：“这树是谁家的呢？”正在观看之际，只见那边有一位女子，手拿小花篮采苹果，长得十分美貌，衣服鲜明。石成瑞隐在树后观看多时，见那女子把树上的果子摘了大半，摘了就往花篮里放，花篮老没装满。石成瑞暗想：“怪道，怎么这花篮能装这许多的果子呢？”正在发愣之际，那女子一回头，瞧见石成瑞，女子“哟”了一声，说：“哪里来的凡人，前来窥探？”石成瑞一愣，并未回言，那女子用手帕一抖，石成瑞就迷糊过去，跟着那女子来到一所院落。到了屋中，女子又用手帕一抖，石成瑞明白过来，睁眼一看，这座屋中金碧辉煌，屋中的摆设都是世间罕有之物，眼前坐定一位如花似玉的女子。石成瑞说：“哎呀！这是哪里?”那女子说:“这是玉府宫阙,凡夫俗子来不到这里。”书中交代:这就是万花山下,叫隐魔山。八魔之中就是人魔桂林樵夫王九峰有家眷,也有妻子,跟前一个女儿,叫银屏小姐,问石成瑞尊姓,石成瑞说:“我叫石成瑞,游山玩景,来至此地,这是天堂,还是人间?”银屏小姐说:“这是玉府官阙,我父亲乃是魔师爷。”正说着话,只听外面有脚步声音,说:“女儿可在屋里?”银屏小姐说:“爹爹来吧。”石成瑞一看,由外面进来一位老者,头戴鹅黄色四棱逍遥巾,身穿淡黄色逍遥氅,白袜云鞋,面如冠玉,发如三冬雪,须赛九秋霜,带着仙风道骨,来者正是桂林樵夫王九峰。来到屋中一看,见石成瑞,王九峰问道:“女儿,这是何人?”银屏说:“方才女儿到仙果山摘果子,看见他在那里游山,我将他带进来的。”王九峰说:“这就是了,尊驾贵姓?”石成瑞说了名姓,王九峰说:“你跟我到前面谈话。”石成瑞就跟着来到前面书房落座。王九峰说:“你是哪里人氏?因何来至此处?”石成瑞说:“我是镇江府人氏,皆因好游山,走迷了来至此地。这是什么地名?”王九峰说:“这是万花山,我住的这叫隐魔村,北边那座山叫隐魔山,每逢千年,这果子才摘一回,我在这里看守此山。原先是我徒弟看着,现在我徒弟没在这里,这果子人要吃了,凡夫俗子吃一个,能饱一个月,久吃能断去烟火食。有病的人吃了,能化去百病。”石成瑞说:“不错,我本来是游山,没有吃的,带的干粮都吃完了,净吃松子草根,吃了两天,吃出病来。方才吃了一个果子,觉着清香,清气上升,浊气下降。未领教老丈怎么称呼?”王九峰说:“我姓王双名九峰,人称桂林樵夫。我这地方,凡夫俗子也轻易到不了,你家中可有什么人呢?”石成瑞说:“家里还有老娘,有妻子。”王九峰一听,点了点头说:“这也是活该,你既来了,应当跟我女儿有一段俗缘。你也不必走了,我把我女儿给你就是了。”本来王九峰就这一个女儿,爱如掌上之珍珠,闹得高不成低不就,给凡夫俗子,他又不肯,给真是做大官的人家,又不能跟他家做亲,总是个外道天魔,许配神仙,神仙又不要媳妇,未免难找婆家,故此耽误住了。今天王九峰跟石成瑞是一谈,见石成瑞是一位武士,品貌端方,故此要把女儿给他。石成瑞一想:“莫非是做梦了?哪有这样便宜事呢?”想走也不知道路了,只可随口应承。果然桂林樵夫王九峰就叫女儿银屏跟石成瑞拜了天地,洞房花烛,石成瑞就在这里住着。日子长了,石成瑞忽然想起家来,家里尚有老娘、妻子,故土难忘。家里要没有亲丁,自然也就不惦了,这个终然是心中难过。想起来回也不能回去,未免就住在那里发烦,愁眉不展。银屏小姐一看,说:“官人你为何发烦?在这里一呼百诺,想吃什么吃什么,诸事无不应心,还有什么可烦的呢?”石成瑞说:“唉!我在我们那地方闷了,找几个知心的好友,吃酒谈心,或弹或唱,或讲文,或论武,心中多许爽快。这除了你就是我,也没什么可说的。”银屏小姐说:“你要同朋友作乐,那容易。来人去把边先生、郑先生请来!”手下伺候人答应。工夫不大,只见由外面来了两个人。头一位是四棱逍遥巾,蓝绸子大氅,白袜云鞋,有三十多岁,净白面皮,儒儒雅雅。后跟着一位,也是这样打扮,淡黄的脸膛,有二十多岁。来到里面,一抱拳说:“郡马请了!我二人要早过来给郡马请安,不敢莽撞怕郡马好清静,不敢前来渎烦清神。今知郡马好消遣,我二人特来奉陪。”石成瑞一见,说:“请坐!二位贵姓?”头前这位说:“我姓边,字学文。这位姓郑名珍,字隐言。我二人在魔师爷这里当清书,写写来往书札等类。”石成瑞跟这两人一谈,愿意下棋,这两个人就陪着下棋。说弹唱,这两个人就会弹唱。说练武,这两个人就陪着打拳。说什么,这两个人就会什么。又混了个月,石成瑞又烦了。这两个人也不来了。银屏小姐说:“郡马你别烦,你喜爱什么只管说。”石成瑞说:“我总想我们那街市上的热闹,来往车马成群,愿意听戏就听戏,这个地方,出去就是荒山野岭,多见树木少见人烟,回来就是你一个人。”银屏“扑哧”一笑,说:“那容易,你早不说?我带你逛逛大街。这里也有戏,你跟我听去。”立刻夫妻携手揽腕,来到花园子正北上,有三间楼房。银屏同石成瑞上了楼,把后窗户一开,石成瑞一看,这外头原是一道长街,热闹非常,买卖铺户都有,来往行人车马,男女老少,拥挤不动。正西上一座戏台,正然锣鼓喧天,新排新彩开了戏。石成瑞一看,心中快乐。自己一想说:“我不知道有这么热闹的街道,要知道我早就逛去了。”银屏说:“郡马你看戏吧。”石成瑞说:“这叫什么地方?”银屏说:“这叫海市蜃楼①。”抬头一看,这出戏是四郎探母,上来杨四郎一道引子,背困幽州思老母,常挂心头。这出唱完了,又接着一出秋胡戏妻,唱的是秋胡打马奔家乡,行人路上马蹄忙,稳坐雕鞍朝前望。石成瑞一想:“自古来母子夫妻都有团圆,人家荣耀归

---

① 海市蜃(shèn)楼——大气中由于光线的折射作用而形成的一种自然现象。此处比喻虚幻的事物。

家，我只要回家也不行。”心里一烦不听了，夫妻回家。次日石成瑞一想：“我何不到海市蜃楼街上打听打听，离我家多远？我又有银子，偷着回家瞧瞧。”想罢奔花园子，来到楼房旁边，蹿上界墙一看，石成瑞“呀”了一声，有一宗岔事惊人。不知后事如何，且看下回分解。

第二百零八回

想故乡夫妻谈肺腑　点妙法戏耍同床人

话说石成瑞自己想要到海市蜃楼去逛逛，来到这花园子，蹿上界墙一看，外面并没有热闹大街，还是荒山野岭。自己一想："这可怪了，我再到楼上，开开楼窗瞧瞧。"想罢复返跳下来，来到楼上，开开楼窗一瞧，还是荒山野岭，并没一人。自己愣了半天，无奈又回来，到了自己屋中，银屏小姐说："郡马哪去了？"石成瑞说："我到楼上要去逛海市蜃楼，不想全都没了，我还想要听昨天那戏。"银屏小姐说："那容易，咱们家里有戏，你跟我听去。"石成瑞说："我不信。"立刻跟着来到花园一瞧，忽然那边锣鼓喧天，唱上戏了。石成瑞自己终然还惦念家乡故土，银屏小姐百般哄他，石成瑞想吃什么就有什么，想怎么样就怎么样。石成瑞一想："我要什么她就有什么，我倒要把她为难住。"这天石成瑞说："我想一宗东西吃。"银屏说："你想吧，想什么我给你预备。"石成瑞说："这里没有，非得我们那本地才能有呢。浙江出一宗鲥鱼①，其味最美，别的地方哪里也没有。"银屏小姐道："那容易，我们花园子月牙河里就有。"石成瑞说："你这可是胡说，这种东西别处绝没有。"银屏说："不信，你跟我来，我钓上鱼来你瞧是不是。"石成瑞说："走。"二人来到花园子，银屏拿竹竿线绳拴上钓鱼钩，放下去工夫不大，把鱼钓上来，石成瑞一看，果然是鲥鱼。心中一想："这可真怪。虽有鱼，大概他们这里没有紫芽的姜，做鲥鱼非得要紫芽姜不可，别的姜做出来不鲜。"想罢，说："娘子，我们那老家做鲥鱼，单出一种紫芽姜做作料，其味透鲜，这里哪找紫芽姜去？"银屏说："有，这花盆里种着紫芽姜，专为做鲥鱼的。"伸手一刨，果然刨出紫芽姜来。石成瑞心中纳闷，叫厨子做得了，果然好吃。石成瑞说："娘子，听说山海八珍，有龙肝凤髓豹胎熊掌最好吃，我要吃龙肝行不行？"银屏说："行。"立刻拿笔在粉壁墙上画了一条龙。石成瑞说："这是画的不能吃。"银屏小姐口中念

---

① 鲥（shí）鱼——为我国名贵的食用鱼。

念有词,用手一指,这条龙就活了,张牙舞爪就要走。银屏小姐过去一宝剑,把龙开了膛,取出龙肝来,给石成瑞煮好吃了。百般哄着,石成瑞他老不喜欢,银屏小姐说:“郡马你为何总不喜欢么?”石成瑞说:“我实对你说罢,我是想念家中尚有老娘,还有原配的妻子,此时是不知音信。听戏听四郎探母,秋胡戏妻,人家出外都有回家之日,我就不能回去?心中总不得放心,也不知我老娘、妻子是死是活?”银屏小姐说:“你要回去也行,我送你回去好不好?”石成瑞一听喜欢了,说:“你要能叫我回去,我到家里看看,我再来也就放心了。”银屏说:“既然如是,我送你走。你闭上眼,可别睁眼,听不见风响,你再睁眼,你就到了家了。”石成瑞说:“就是。”立刻把眼一闭,耳轮中就听呼呼风响,好容易听不见风响了,自己睁眼一看,已然到了自己的村庄,相离家门口不远。石成瑞心中大快,赶紧往前走,来到门首一叫门,只见他妻子出来,把门开了一看,说:“你回来了?老娘都想坏了。”石成瑞看见自己结发之妻,心中不由得难过,说:“老娘可好?”他妻子刘氏说:“好。”石成瑞立刻来到里面,一瞧他老娘在屋里坐着,倒也没见老迈。石成瑞赶紧上前行礼,说:“娘亲,你老人家好呀!”老太太一看,说:“儿呀!你回来了。”刘氏说:“官人这两年上哪里去的,为何永不回来?叫家人不放心。”石成瑞说:“唉!别提了,一言难尽。我皆因好游山玩景,闹出事来。我在山里也走迷了,吃的也没有了,却有了病,四肢无力,步履艰难,我想着要死在山里,绝回不来了。我瞧有许多的果子树,我摘了一个吃,就仿佛立刻神清气爽。忽遇见一个女子,我就迷糊了,把我带到隐魔山。有一位魔师爷,叫桂林樵夫王九峰,他说他女儿跟我有一段仙缘,叫银屏小姐,我就招了亲。吃穿倒是无不应心,要什么有什么,我夫妻倒也和美,她待我也不错。我日子长了,我总想家里有老娘,你我总是结发夫妻,焉能忘得了?我就是自己回不来,这倒是我那妻子好处,她用法术把我送回来的。我一睁眼,已然是离家不远了,我故此回来了。”他妻子说:“原来是你在外面招了亲了,你这还想回去不回去呢?”石成瑞说:“我倒不想回去了,再说我要回去,也不识得道路。”他妻子说:“人家待你这么好,一日夫妻百日恩,你为何不回去呢?”石成瑞说:“我不回去了。”他妻子说:“当真你不回去了?”石成瑞说:“当真。”他妻子“扑哧”一笑,石成瑞再一看,也不是他的家里,还是在银屏小姐屋里,他老娘也不见了,他妻子刘氏也不见了,所说的话都是银屏小姐。石成瑞也愣了,还是没出屋子。银屏小姐说:“我真要把你送回家去,你回家去你是不来了。”石成瑞说:“你怎么冤我?”银屏小姐说:“我因为试试你的心。”石成瑞说:“娘子你也不便试探我,真要回去,到了家就是我想来也是来不了,我哪里走得回来呢?”银屏小姐说:“你打算回去,我真送你走。我教给你点法术,我给你这块手帕,哪时你要想回来,你有急难之时,掏出绢帕,双眼一闭,双足一跺,就能回来。”银屏小姐教给石成瑞练驾趁脚风,五行挪移大搬运护身咒,这些法术教会了石成瑞。这天石成瑞要走,银屏小姐眼泪汪汪说:“郡马,我要送你走,可别把我忘了。”石成瑞说:“娘子只管万安,我绝不能丧尽天良,你我一日夫妻百日恩,我焉能绝情断意?只要我能回得来,我哪时想你,我哪时回来,这回你可别冤我。”银屏小姐说:“我不冤你,你闭上眼睛吧。”石成瑞果然闭上眼睛,耳轮中只听风声响,身子直仿佛忽忽悠悠,驾云一般。听着风声响住了,银屏小姐说:“你睁眼吧!”石成瑞一睁眼,已然到了浙江地面。银屏小姐说:“郡马,这此地离你家不远了,我可要回去了。我所说的话,你要谨记在心,绢帕千万不可遗失。你我夫妻一场,任凭郡马的心吧。”说着话,夫妻二人携手揽腕,银屏小姐二目垂泪,石成瑞说:“娘子,你跟我家去好不好?”银屏小姐说:“我不能,我要回去了。”石成瑞也不忍分别。人非草木,孰能无情?至亲者莫过父子,至近者莫过夫妻。石成瑞说:“娘子你回去吧,我决不能负心就是了。”银屏小姐哭得说不出话来,夫妻含泪而别。石成瑞见银屏小姐去远了,自己叹了一口气,这才扑奔故土家乡。来到村庄里一看,见家家关门闭户,冷冷清清。来到自己门首一看,也关着门,石成瑞一拍门,工夫不大,刘氏出来开门,石成瑞一看就愣了。见刘氏妻子身穿重孝,石成瑞就问:“娘子给谁穿孝?”刘氏说:“给老娘穿孝。”石成瑞一听娘亲已死,心中不由得一惨,落下泪来,母子连心。刘氏见丈夫回来,也是一惨,也哭了。夫妻来到里面,放声痛哭,哭了半天,刘氏这才问道:“官人这一向上哪去了?”石成瑞就把游山招亲之故,从头至尾,细述一遍。问他妻子:“老娘几时死的?什么病症?”刘氏说:“老病复发,死了有一个多月。”石成瑞次日到老娘坟墓前,奠了一番,又痛哭了一场。在家中住了一个多月,凡事该着,刘氏也一病身亡。石成瑞无法,置买棺木,办理白事,将他妻子葬埋了。事完之后,自己心中甚烦,家中也没了人,自己打算要上玉山县,看望看望众朋友,开开心。这天来到沙市镇,自己觉着身体不爽,就找了一座客店住下,焉想到次日更觉病体沉重了。过了四五天,这天自己正在发烦,店里伙计进来说:“石爷,外面现有济颠和尚来找你。”石成瑞一想:“我虽没见过这位济公,听我的朋友提说,乃是一位得道的高僧。”赶紧叫伙计出来有请。和尚由外面进来,石成瑞说:“圣僧从哪里来?”和尚说:“我由陆阳山来,找你给我办点事。现在藏珍坞金风和尚被神术士韩祺拿住,非你去救不行!”石成瑞说:“我病着呢。”和尚说:“我给你一块药吃。”石成瑞吃了药,立刻病体好了。和尚告诉明白道路,石成瑞这才够奔藏珍坞,前来搭救金风和尚。不知后事如何,且看下回分解。

第二百零九回

说韩祺释放悟缘僧　斗济公暗施阴魂绦

话说飞天鬼石成瑞受济公之托，赶紧来到藏珍坞。刚到这里，正赶上神术士韩祺用子母阴魂绦，方把金风和尚捆上。正要结果性命，石成瑞赶奔上前，说：“邓连芳、韩祺，你二人快把金风和尚放了，万事皆休。”韩祺一看，认识是他师父的门婿，赶紧说：“郡马你从哪来？”石成瑞说：“你把金风和尚放开，他跟我有交情。”韩祺一想，冲着师父的面子，不肯得罪石成瑞。韩祺说；“郡马是跟金风和尚认识？我冲着你把他放了，这倒是小事一段，便宜他。”说完，随即把子母阴魂绦收回去。只见驼龙爬了半天，由平地起了一阵怪风，金风和尚竟自逃走了。马道玄一看不好，也忙驾起趁脚风，竟自走了。群贼一看，鼓掌大笑。邵华风就问：“韩祺，这个武生公子是谁？”韩祺说：“这是我师父的门婿。”石成瑞说：“韩祺你在这里为非作恶，这是何必？要听我良言相劝，你趁此走吧。”韩祺说：“郡马你休要多管闲事，你趁此走。我受的朋友之托，必当己身之事，我要替朋友捉拿济颠僧，报仇雪恨。”石成瑞说：“我劝你为好，你要不听，任意胡为，造下弥天大罪，善恶到头终有报，只争来早与来迟。获罪于天，无所祷也。天作孽，犹可违，自作孽，不可活。那济公禅师，乃是一位得道的高僧，你要跟济公作对，不但你自己找出祸来，也给魔师爷惹了祸了。”韩祺一听说：“我告诉你，你休要绕唇鼓舌，我看在师父面上，把金风和尚放了。冲着你，我并不认识你，你别打算我怕你，我是有一分关照。你要自找无趣，可别说我拿子母阴魂绦把你捆上。”石成瑞一听，勃然大怒，说：“韩祺你真不要脸，我先将你拿住！”说着话伸手拉出宝剑。方要过去，韩祺立刻把子母阴魂绦祭起来，口中念念有词，说的是：

“子母阴魂绦一根，阴阳二气紧绕身。练成左道先天数，罗汉金仙俱被擒。”

石成瑞一看子母阴魂绦奔他来了，金光缭绕。石成瑞一想：“我真要被他捆上，岂不丢人？”心中一急，想起银屏小姐给他的那块绢帕，告诉我说：

"遇有急难之事,二目一闭,一抖绢帕,双足一跺,就能回到隐魔山来。"石成瑞今天真急了,由怀中掏出绢帕一抖,韩祺眼瞧着一片白光大作,再找石成瑞踪迹不见,子母阴魂绦坠落于地。韩祺说:"真有的,罢了,罢了,他会走了,真有点能为。走了便宜他,就是我拿住他,也不能要他的命。他是我师父的门婿,我无非是羞辱羞辱他。"大众说:"咱们回去吧。"邵华风说:"我想金风和尚这一走,必给颠僧去送信,大概济颠必来。"韩祺哈哈大笑,说:"邵大哥你把心放开了,你我等候济颠三天,他如来了,我必把他拿住,他如不来,我同你找他去。我说到哪里,就到哪里,倒叫你等瞧瞧我的法宝拿人。"正说着话,就听山坡一声喊嚷"无量佛",大众睁眼一看,来了一位羽士黄冠玄门道教。头戴青缎子九梁道巾,身穿蓝缎色道袍,青护领相衬,腰系杏黄丝绦,白袜云鞋,面如淡金,细眉圆眼,三绺黑胡须,飘洒胸前,手拿蚩刷,肋佩宝剑。来者老道非别,乃是本观的观主浪游仙长李妙清,他到白云岭去找白云仙长野鹤真人去下棋,今天才回来。邵华风一见,说:"李道兄久违少见!我等在这庙里搅扰了多日,你也没在家。"李妙清说:"贤弟说哪里话来,我的庙如同你的庙一样,何必说搅扰二字。"大众赶上前彼此行礼,邵华风说:"我告诉你,我的慈云观人了官了,此时我闹得有家难奔,有国难投。"李妙清说:"怎么?"邵华风说:"只因我派人盗取婴胎紫河车,在江阴县犯了案,有一个济颠和尚,无故跟我作对。我来约你助我一膀之力,大反常州府,自立常州王,捉拿济颠和尚,报仇雪恨。"李妙清说:"哎呀,不易吧?我听说济颠和尚神通广大,法术无边。咱们三清教的,有头有脸的老道,都被他给制伏了。可有一节,他不找寻好人,为非作恶的人,他才找寻呢。"邵华风说:"什么叫好人坏人?我约请这二位是万花山圣教堂八魔祖师爷的门徒,非得把济颠拿了,也叫他知道知道咱们三清教有能人没有?也给三清教下转转脸。"李妙清说:"众位不在庙里,都在外头,这是为什么?"邵华风说:"方才有济颠主使金风和尚马道玄前来找我作对,都说金风和尚是一位罗汉,谁知他是一个大驼龙。方才被我韩贤弟用子母阴魂绦将他捆上,现了原形,本来打算要杀他,有魔师爷的姑爷来讲情,把他放了。"浪游仙长李妙清说:"就是了,我可听说济颠和尚可不好惹,我倒没见过。"韩祺说:"我哪时拿住他,叫你瞧瞧。"正说着话,就听正南上一声喊嚷:"好一群杂毛老道,我和尚来了!瞧瞧你们有什么刀山油锅!"大众一看,是一个穷和尚。罗汉爷早把三光闭住，一溜歪斜，酒醉疯癫，脚步踉狂，由山口往前够奔。邵华风说：“韩贤弟，你看济颠僧来了。要没有你们二位在这里，我等瞧瞧就得跑，其厉害无比。”韩祺哈哈一笑，说：“我去拿他。”浪游仙长李妙清一看和尚是肉体凡夫，说：“邵大哥，这就是济颠呀？”邵华风就：“就是他。”李妙清说：“谅其丐僧，何必你等众位拿他？我也不是说句大话，不用你们，我略施小术就可以把他拿住。不费吹灰之力，易如反掌，叫你们众位瞧瞧我的法力。”邵华风说：“李大哥既能拿他那更好了。”浪游仙长李妙清自己也是艺高人胆大，本来老道也真有点法术，立刻往前够奔，伸手拉出宝剑一点指，说：“来者你就是济颠僧么？”和尚说：“然也，正是，你来打算怎么样？”李妙清说：“我听说你无故欺负三清教的人，跟我等作对，今天我看你有多大的能为？你可认识山人？”济公说：“我认识你是杂毛老道，你姓什么叫什么？”李妙清说：“山人我姓李，叫李妙清，道号人称浪游仙长，我乃是藏珍坞的观主山人。我前知五百年，后知五百年，善晓过去未来之事，善会呼风唤雨，撒豆成兵，搬山移海，五行变化，有摘星换斗之能，拘鬼遣神之法。仰面知天文，俯察知地理，伴变化，观气色；排兵布阵，斗引埋伏，样样精通。你要知道我的厉害，趁此认罪服输，跪倒给山人磕头，叫我三声祖师爷。山人出家人以慈悲为门，善念为本，有一分好生之德，饶你不死。如若不然，我当时将你拿住，你悔之晚矣。”和尚哈哈一笑，说：“好孽畜！你休要说此朗朗狂言大话。大概你也不知道我和尚老爷有多大的来历，今天你跪倒给我磕头，叫我三声祖师爷祖宗尖，我也不能饶你。”李妙清一听，气往上冲，伸手由兜囊掏出一宗法宝，名曰“打仙砖”，祭起来口中念念有词，这砖能大能小，起在半悬空，照和尚头顶压下来，如同泰山一般。和尚哈哈一笑，口念六字真言：“唵嘛呢叭𠺗吽！唵，敕令赫！”立刻打仙砖现了一道黄光，坠落于地。和尚说：“这就是你的宝贝呀？这不行，我和尚老爷不怕。你还有好的没有了？”李妙清一听，气往上冲，说：“好颠僧！竟敢破我的法术？待我再来拿你！”一伸手由兜囊掏出捆仙索，祭在空中，口中念念有词，随风而长，照和尚锁来。和尚用手一指，口念六字真言，捆仙索也坠落于地。李妙清一看就愣了，旁边神术士韩祺微然一笑，说：“济颠僧虽是凡夫俗子，倒有点来历，你们拿不了他。”就伸手拿出子母阴魂绦，赶奔上前，说：“李道兄闪开了。”立刻李妙清一闪身躲开了，韩祺说：“济颠，这是你自来找死，休怨我来拿你。”说着话把子母阴魂绦一抖，口中念念有词。不知济公如何抵挡，且看下回分解。

第二百一十回

八卦炉佛法炼韩祺　庆生辰佳人逢匪棍

话说神术士韩祺把子母阴魂绦祭起，口中念念有词，说："子母阴魂绦一根，阴阳二气紧绕身。练成左道先天数，罗汉金仙俱被擒。"立刻金光一片，照和尚奔去，就听济公口中直嚷："了不得！快救人哪！"展眼之际，把和尚捆倒在地。众妖道一见，鼓掌大笑。神术士韩祺说："众位你等可曾看见了？我只打算济颠有多大的能为，原来就是这样，闻名不如见面。邵大哥，我已把他拿住，任凭你等自便吧。"邵华风说："把他杀了就得了。"这个说："杀了岂不便宜他？还是把他剐了。"那个说："把他开膛摘心。"这个说："把他剥皮。"大众乱嚷。韩祺说："众位的主意不好，要依我把他搭到里面去，搁在香池子里一烧，火化金身倒不错。"众人说："倒也好。"韩祺说："济颠，这是自来找死，休怨我意狠心毒。"和尚说："你当真要烧我？"韩祺说："这还是假的？"说着话，吩咐手下人将和尚搭着，来到里面，就搽在香池子里。韩祺当时说话，和尚口中还答应。立刻搬了许多的柴草，往香池子一堆，将和尚压在底下，点起火来，展眼之际，烈焰腾空。大众闻着腥臭之气，烧得难闻，众老道眼见济公和尚烧了，一个个欢喜非常。邵华风说："众位今天把济颠和尚一烧死，我从此没有人可怕了。众位助我一膀之力，够奔常州府报仇雪恨。将和尚一害了，你我从此海阔天空，哪个敢惹？"话言未了，就听外面哈哈一笑："好孽畜！要烧我和尚，哪里能够？"大众睁眼一看，见济公由外面一溜歪斜往里走。子母阴魂绦在和尚手中拿着。众人再一看，神术士韩祺没有了。众老道一干群贼吓得连魂都没有了，拨头就跑。出了藏珍坞庙后门，邓连芳说："众位咱们够奔万花山圣教堂去，给八魔师爷送信，给韩祺贤弟报仇。"大众群贼直奔，并不答言，只顾逃跑，恐怕和尚追上。群贼四散奔逃，真是急急如丧家之犬，忙忙似漏网之鱼，恨不能肋生双翅，飞上天去。和尚走出庙门，偶然打了一个冷战，罗汉爷一按灵光，早知觉明白，口念："阿弥陀佛！善哉，善哉！你说不管，我和尚焉有不管之理？真是一事不了，又接一事。”说着话，连忙往前行走。罗汉爷有未到先知之能，算出来此时雷鸣、陈亮有难。书中交代：怎么一段事？原本陈亮家中有叔叔婶婶，有一个妹子名叫玉梅，他叔父名叫陈广泰，本是一位忠厚人。陈亮总不在家的时候多，他家里并不指陈亮做绿林的买卖度日。先前陈广泰只打算陈亮在绿林，非为好事，寻花买柳，后来才知道陈亮行侠仗义，偷富济贫。虽然这样，总是在绿林为贼，陈广泰也劝不改他。家里又有房屋，又有铺子，在陈家堡总算是财主。陈广泰整六十岁，家里做生日，在村口外高搭戏台、看台唱戏，这天许多亲友都来给陈广泰祝寿，妇女都到了看台上看戏。自然玉梅姑娘也得陪着张罗，应酬亲友，也在看台上坐着看戏。本来，玉梅小姐今年十九岁，长得花容月貌，称得起眉舒柳叶，唇绽樱桃，杏眼含情，香腮带笑，蓉花面，杏蕊腮，瑶池仙子、月殿嫦娥不过如此。这位姑娘素常养得最娇，自幼父母双亡，跟着叔婶长大成人，也就叫爹娘，陈广泰爱如掌上明珠一般。天生来的聪明伶俐，知三从，晓四德，明七贞，懂九烈，多读圣贤书，广览烈女文，直到现今，尚未说定婆家，皆因高不成，低不就。做官为宦的人家，又攀配不起，小户人家，陈广泰又不肯给。素常姑娘无事，并不出大门，今天陪亲友听戏，在看台上坐着。台下男男女女，本村的人来瞧看热闹，拥挤不动。偏巧内中有一个泥腿，也在这里看热闹，人家都往戏台上瞧，这小子目不转睛，只看台上瞧着姑娘。在本地有一个皮员外，他当初本是破落户出身，姓皮名绪昌。他家中有一个妹子，长得有几分姿色，时常勾引本处的少年、浪荡公子常来住宿，名为暗娼。皮绪昌装作不知道，在外面还充好人，回家来有吃的就吃，有喝的就喝，有钱就使，他也不问哪来的。偏巧活该他发财，在本处有一位金公子，上辈做过一任知府，家里有钱，就把他妹子半买半娶弄了家去，给了皮绪昌几千银子。皮绪昌居然就阔起来了，他也买了房子，也使奴唤婢，他妻子就是大奶奶了，他有一个儿子叫皮老虎，众人皆以大爷呼之。后来金公子他正夫人死了，就把他妹妹扶了正，居然当家过日子，俱归她经手料理。皮绪昌更得了倚靠，他妹子就把娘家供用足了。皮绪昌有了钱，一富遮三丑，众人就以员外称呼。他也好交友，眼皮也宽，无论哪等人，他都认识，三教九流俱跟他有来往。他也走动衙门，书班皂隶都跟他交朋友。在本地时常倚势利欺压人，他儿子皮老虎结交了些本地的泥腿，在外面寻花买柳，抢夺良家妇女，无所不为。有几个人捧着皮老虎，跟他有交情的，一个姓游名手，一个姓郝名闲，一个姓车名丹，一个姓管名世宽。这些人都是无业的游民，在外面净讲究帮嫖凑赌，替买看吃，狐假虎威。每逢皮老虎一出来，总有十个八个打手跟着他，在本地也没人敢惹他，真有势利的人家，他也不敢惹寻。今天皮老虎带着这些人，也来看戏，这小子就瞧见姑娘陈玉梅，二目不转睛往台上瞧。本来这小子长得就不够尺寸，拱肩梭背，兔头蛇眼，歪戴着帽子，闪披着大氅，看了半天，说："众位。"大众说："大爷做什么？"皮老虎说："我瞧着台上这个女子，长得怪好的，我真爱她，你们给我抢她，无论她是谁家的，不答应，我跟他打官司。"旁边游手、郝闲、车丹、管世宽说："大爷你看这个姑娘，可惹不起。她是开白布铺陈广泰的女儿，听说她有一个哥哥在镖行里会把势。再说今天陈广泰做生日，亲友甚多，如何能抢得了？论势利也未必惹得了大家，大爷你死了心吧。"皮老虎说："我怪爱她的。"众人说："爱也不行，咱们走吧。"众人一同皮老虎回了家。焉想到皮老虎自从瞧见陈玉梅姑娘，就仿佛失了魂一般，回到家中，茶不思饭不想，得了单思病。一连三四天，越病越没精神。皮绪昌一见儿子病了，心中着急，就问游手众人，道："你们跟我儿行坐不离，可知他无故为什么病的？"管世宽说："老员外要问公子大爷，只因那天陈广泰唱戏，公子爷瞧见陈广泰的女儿在看台上，长得美貌，他夸了半天，回来就病了。"皮绪昌一听，说："原来这么一段事，那好办。我叫人去见见陈广泰，跟他提提，大概凭我家的财主，也配得过他，他也没什么不愿意。只要他愿意把女儿给我儿，我择日子就娶，要什么东西我都给。"管世宽说："既然如是，我到陈广泰家去提亲，你听候我的回信。"皮绪昌说："也好，你去吧。"管世宽立刻来到陈广泰的门首，一道辛苦，老管家陈福一瞧，认识他。管世宽说："我要见你们员外有话说。"老管家进去　回禀，说："管世宽要见员外。"陈广泰一听，说："他来干什么？叫他进来。"管世管来到里面一行礼，陈广泰说："你来此何干？"管世宽说："我来给令爱千金提亲。"陈广泰说："提谁家？"管世宽说："皮员外的公子，称得起门当户对，皮公子又是文武双全，满腹经纶，论武弓刀石马步箭均好，将来必成大器。"陈广泰本是口快心直，说："你满嘴里胡说，我家里根本人家，焉能把女儿给他？我嫌他腥臭之气，怕沾染了我。"焉想到这句话不要紧，竟惹出一场大祸。不知后事如何，且看下回分解。

第二百十一回

皮绪昌助逆子行凶　陈广泰丹阳县遇害

话说陈广泰这一句话，把管世宽拒绝了。说："你趁此去吧，休要叫皮绪昌妄想贪心！"管世宽碰了钉子，自己回来，一见皮绪昌，皮绪昌说："你去提亲怎么样了？"管世宽说："别提了，我去提亲，陈广泰不但不给，反出口不逊，骂的员外那些话，我真不敢直说了，怕你老人家生气。"这小子添枝添叶，又蛊惑是非。皮绪昌一听，勃然大怒，说："好陈广泰，竟敢这样无礼，背地里骂我，我焉能跟他善罢甘休。我非得把他女儿弄过来不可，我还得叫他跟我来说，认罪服输，心甘情愿把女儿给我，你等大家可有什么高明主意？"管世宽说："老员外要打算跟他赌气，我倒有主意。员外不是跟村外庙里的当家的相好么？那庙里和尚有能为，你把他请来，跟他商量，径直去把陈广泰的女儿抢来，跟大爷一入洞房，生米煮成熟饭，他也没了法子。要打官司就跟他打官司。"皮绪昌一想，说："就是这个主意甚好，你就去把通天和尚法雷请来。"书中交代：通天和尚法雷，自从弥勒院逃走，这里一座小庙是他的下院，他就来到这庙里住着。皮绪昌正要打发人去请，偏巧有家人进来回禀，现有通天和尚前来禀见。皮绪昌赶紧吩咐："有请。"把法雷让到客厅，彼此行礼，皮绪昌说："我正要去请你，你来得甚巧，现在我有一件为难事。"法雷说："皮大哥，你有什么为难事，只管说，我能替你办得了，我万死不辞！"皮绪昌说："你我兄弟知己，我也不能瞒你。皆因你侄男他那一天瞧见陈广泰的女儿，长得十分美貌，你侄男得了单思病。我打发人去提亲，陈广泰不但不给，还把我骂得话难听，我这口气不出。我打算要把他女儿抢来，先跟我儿成亲，然后再跟他打官司。听说陈广泰有个侄儿叫陈亮，在镖行里可有能为，可不定在家没在家，我要求贤弟给抢亲，一来替我转转脸，二来搭救你侄儿。"通天和尚法雷一听，说："要抢人容易，这乃小事一段。我庙里住着两位西川路的朋友，一位叫赛云龙黄庆，一位叫小丧门谢广，这两个人都有能为，武艺出众，本领高强，把他二人约来帮着。"皮绪昌说："好，赶紧派人到庙里，就提法师父请谢爷、黄爷，到我家里来。”手下人答应去了，来到村外庙门一叫门，小沙弥出来说：“找谁？”手下人说：“我是皮员外家的，法师父叫来请谢爷黄爷，同我到我们员外家去，有要紧的事。”小沙弥进去回禀，赛云龙黄庆，小丧门谢广，二人随同手下人来到皮绪昌家。往里一回禀，皮绪昌同法雷迎接出来，抬头一看，来者两个人，头里这人，身高七尺以外，细腰扎背，头上戴粉绫缎色软扎巾，勒着金抹额，身穿粉绫缎色箭袖袍，周身绣三蓝花朵，腰系丝鸾带，单衬袄，薄底靴子，面似油粉，白中透青，一脸的斑点，两道细眉，一双三角眼，鹦鼻子，裂腮额，闪披一件粉绫缎色英雄大氅，上绣三蓝牡丹花。这个就是赛云龙黄庆。后面跟定一人，穿青色褂，紫黑的脸膛，两道丧门眉，往下耷拉着，一双吊客眼，黑眼珠朔朔放光，白眼珠一睁，突出眶外，就像活吊死鬼一般，这个就是小丧门谢广。皮绪昌一见，赶紧上前行礼。法雷说：“二位贤弟，我给你们引见引见，这就是皮员外。”说时往里让，彼此行礼，来到屋中落座。黄庆、谢广说：“法兄呼唤我二人有什么事？”法雷说：“特约二位贤弟来帮忙。”黄庆说：“什么事？”通天和尚就把要抢亲之故，细述一遍，谢广、黄庆说：“这乃小事一段，我二人协力相帮。”法雷说：“皮大哥，你先叫人去给陈广泰家送一百银子、两匹彩缎，硬给他留下，就说今天晚上拿花轿抬人。”皮绪昌就问：“你们谁去？”车丹、管世宽说：“我二人去。”皮绪昌立刻就给拿出一百银子、两匹彩缎来。管世宽、车丹二人，来到陈广泰家，叫管家进去一回禀，陈广泰说：“这两个东西又做什么来了？把他叫进来我问问。”管家出来把管世宽二人带进书房，陈广泰说：“管世宽，你来做什么？”管世宽说：“我来送定礼，一百银子，彩缎两匹，我们员外说的，今天晚上，花轿就来抬人。”陈广泰一听这话一愣，说：“谁答应你们的，就来送定礼，满嘴胡说，还不快拿回去！”管世宽说：“不是老员外你亲口说的吗？就要一百银子、两匹彩缎，现在如数拿来，你怎么又不认了，那可不行，今天晚上就娶人，你听信吧。”说着话往外就跑了，把两匹彩缎、一百银子，硬给放下了。陈广泰一听说晚上就要娶人这话，气得颜色更变，说：“皮绪昌真要造反，光天化日，朗朗乾坤，竟敢这样无礼，见真是要抢夺民家妇女，我去告他去！”立刻到里面告诉安人，叫从人外面备马。老家人陈福跟着陈广泰备了两匹坐骑，陈广泰气哼哼上马，直奔丹阳县衙门。焉想到早有人给皮绪昌去送信，说：“陈广泰骑马走了，大概是去上丹阳县告你去。”皮绪昌一听说：“法师兄，你同他们二位在家里等我，我得到丹阳县先去托好了。”吩咐叫家人给法雷等预备酒。皮绪昌带了五百银子备了两匹快马带着一个恶奴抄小道先来到丹阳县。十二里地，马又快，此时陈广泰还没到，皮绪昌来到衙门口翻身下马。一道辛苦，衙门的班头都认识。说：“皮员外来此何干?”皮绪昌说：“我来找狗先生，烦劳众位给通禀一声。”这衙门一位刑民师爷姓狗，叫狗子贤，跟皮绪昌素有旧识。今天值日班进来一回禀，现有陈家堡皮绪昌皮员外前来求见。狗子贤一听，赶紧吩咐有请。皮绪昌来到里面，一见狗先生，二人彼此行礼。狗先生说：“皮员外，今天为何这样闲在?”皮绪昌说：“我今天来托老兄一件事，回头有一个姓陈的，他是开白布店的叫陈广泰，他要来告我，我求你把他给押起来三天，过三天之后，我到案跟他打官司。我这里有五百银子送给你买双鞋穿，这件事完了，我还有一份人情。”狗子贤说：“那容易，这是手里变的事。他来了我把他押三天，不叫他见官，你回去吧，这件事交给我办了。”皮绪昌立刻告辞。狗子贤出来，一见稿案门值日班说：“方才有我一个朋友来见我，说有一个姓陈的来喊冤，叫我给押三天，送我一百银子。我也不能独吞，你我都在一个衙门当差找饭吃，我分给你们众位五十两。回头姓陈的来喊冤，可千万别叫他击鼓，就说他搅闹官署重地，妄告不实，就把他押起来。”稿案门说：“是了，既是先生被朋友所托，就是不给我们钱，说句话我们也得给办。”狗子贤说：“好好。”正说着话，外面陈广泰才来投到。老头子翻身下马，口中喊嚷：“冤枉哪，青天大老爷给小人明冤!”方要打算击鼓，值日班头来把陈广泰揪住说：“你这老头子无故前来搅闹官署，来把他押起来!”立刻把陈广泰揪到班房。陈广泰说：“我来告皮绪昌，他强要抢夺我女儿，他托人说媒，我不给他，硬下彩缎银两，说今天晚上就要用轿子抢人，故此我来告他，怎么你们拦我喊冤?”众官人说：“由不了你，不能放你走，等我们老爷哪时过堂，才放你呢!”陈广泰急得暴跳如雷，什么也不行，直不放他出来。老家人吓得跑回家去，一回禀安人，说：“可恨不得了，老员外到衙门一喊冤，不想衙门官人把老员外扣住不放，吓得我也不敢进去。大概是皮绪昌有人情买通了，先把老员外押住，今天晚上来抢姑娘，老安人快想主意吧。”安人、姑娘一听就哭了，玉梅说：“娘亲不必为难，孩儿我也不能落到恶霸手里，莫若我一死，万事皆休。”正说着话，外面打门，老管家出来开门一看，“呀”了一声。不知来者是谁，且看下回分解。

第二百十二回

闻凶信雷陈找恶霸　买大盗陷害二英雄

话说老管家出来开门一看，外面来者非是别人，正是雷鸣、陈亮。书中交代：这两个人打哪来呢？原本前者济公在弥勒院，赶走了通天和尚法雷、赤发灵官邵华风一干群贼，和尚救了雷鸣、陈亮、飞天火祖秦元亮、立地瘟神马兆熊四个人，告诉秦元亮也不必上灵隐寺去道谢，叫雷鸣、陈亮二人急速回家。和尚带领何兰庆、陶万春走后，秦元亮同马兆熊二人单走，雷鸣、陈亮这才回家。今天老管家一瞧少主人回来，心中甚为喜悦，说："大爷回来了，甚好，家里正在盼想，恨不能你一时回来，现在家里出了塌天大祸！"雷鸣、陈亮听这话一愣，说："什么事？"管家说："二位大爷进来再说。"陈亮同雷鸣来到厅房，老管家先给倒过茶来，陈亮说："有什么事，你说说。"老管家说："只因那一天老员外生日做寿，在村外搭戏台唱戏，有本村的泥腿皮老虎，瞧见姑娘长得好，皮绪昌叫管世宽来提亲。老员外口快心直说不给，说皮绪昌根底不清。焉想到管世宽回去，今天又拿着一百银子、两匹彩缎，硬来下花红彩礼。不管答应不答应，说是今天晚上轿子就来抢亲。老员外同小人备了两匹马，去到丹阳县告他，不想皮绪昌有人情，衙门的官人不问青红皂白，把老员外押起来。大概是今天晚上要来抢人，我跑回来跟安人说，安人直哭，姑娘要寻死，大家正在束手无策，你回来甚好。"陈亮听这话，气得三尸神暴跳，五灵豪气腾空，尚未答言，雷鸣把眼一瞪，说："好球囊的！"用手往桌上一拍，茶碗也碎了，吓得老管家一哆嗦。雷鸣说："好小辈，竟敢太岁头上动土，老虎嘴边拔须，找在你我兄弟的头上。好好好，老三，你我去找他去，把这小子先杀了他的狗头，你我出出气！"陈亮说："陈福，你到里面告诉安人、姑娘，不必害怕，就提我回来了，我同雷二哥去找他去。"说着话，雷鸣、陈亮二人由家中出来，一直来到皮绪昌的门首。雷鸣一声喊嚷："呔！皮绪昌，你趁此出来！无故我弟兄不在家，你竟敢欺负到我们头上，你真是吃了熊心，喝了豹胆，太岁头上动土，老虎嘴边拔须，你错翻了眼睛！你也不打听打听大太爷，我等是何人也！”陈亮也指着门口破口大骂。此时早有人报进去，皮绪昌刚由丹阳县回来，正在书房同通天和尚法雷、赛云龙黄庆、小丧门谢广在一处谈话。外面有手下人进来说：“员外可了不得了，门口有陈广泰的侄儿陈亮，同着一个雷鸣，来堵着门口大骂，点名叫你老人家出去。”旁边管世宽说：“员外这可糟了！这两个人，可惹不起，听说杀人不眨眼，这便如何是好？”皮绪昌一听，吓得颜色更变。法雷说：“这两个人自不好惹，员外你别出去，我有主意。管世宽你附耳过来，如此如此，你快出去。”管世宽点头答应，赶紧来到外面一看，雷鸣、陈亮正在骂不绝声。管世宽笑嘻嘻地出来说：“二位大太爷先别骂。”雷鸣、陈亮说：“你快叫姓皮的出来见我们。”管世宽说：“我家员外没在家，二位大叔先别生气，听我把话说明白了。”雷鸣、陈亮说：“你姓什么？”管世宽说：“我姓管。咱们都是老街坊，论起来都不远，陈大叔，你老人家别骂，这件事你别听一面之词，我们皮员外并没叫人去提亲，方才我们员外也听见这件事了，这是有小人蛊惑是非，硬说我们员外要抢亲。我们员外还要找个来人，是谁到你家里去下花红彩礼，找着这个人，不用你老人家不答应，我们员外也不能答应。这必是跟陈家皮家两家有仇，给咱们两家拢对，叫咱们两家打起来他瞧热闹。二位大叔先请回去，我们员外此时实没在家，听说陈老员外在丹阳县没回来，我们员外去托人，把陈老员外请回来，要见陈老员外细细盘问盘问，这是谁做的事。二位大太爷先请回去听信吧，我们员外回来必过去。”陈亮一听这片语，说：“二哥，他这里既不敢承认，你我可先回去，看我叔叔回来不回来再说。”雷鸣、陈亮这才回到家中，陈亮到里面见了婶母，把这话一学说，老太太见陈亮回来，心中也畅快些。当日晚间也并没有轿子来抬人，陈广泰也没回来。陈亮同雷鸣在前面安歇，夜间小心防范，也并没有动作。次日早晨起来净面吃茶，陈亮正要打发人到丹阳县打听打听，忽听外面打门，陈亮同雷鸣出来开门一看，门口站着丹阳县的两位班头，一位姓刘，一位姓杜，带着八个伙计，一辆坐车。陈亮一看认识，说：“二位头儿什么事？”刘头、杜头说：“二位在家里甚好，你们二位的事犯了，跟我们去打官司吧。咱们彼此都有个认识，在家门口给你们二位带家伙，算我们不懂交情。给你们二位留面子，你们二位上车吧。”雷鸣、陈亮听这话一愣，说：“什么事犯了？”刘头说：“你们二位的事，还用问我们，纸里还包得了火？你们二位有什么话，上车吧，到衙门说去吧。”雷鸣、陈亮也不知道什么事,不能不去。当时叫管家给里面安人送信,这两个人上车,一同来到丹阳县衙门下车。来到班房,刘头、杜头说:“二位屈尊点吧。”说着话,“哗啦”一抖铁链,把雷鸣、陈亮锁上。有伙计看着两个人,官人进去一回话,把雷鸣、陈亮带到知县署内。传壮皂快三班伺候升堂,知县吩咐带差事,原办出来拉着铁链带雷鸣、陈亮上堂。威武二字吓喊堂威,说:“七里铺打劫卸任官长,刀伤三条人命,劫衣物首饰银两,贼首雷鸣、陈亮告进!”这二人一听这话,吓得惊魂千里。来到公堂一跪,二人报名说:“小的雷鸣,小的陈亮,给老爷磕头。”知县在上面一拍惊堂木说:“雷鸣、陈亮,你两个人在我地面上,西门外七里铺打劫去任官长,刀伤三条人命,劫衣物首饰银两,同手办事共有几个人?讲!”雷鸣、陈亮跪爬半步,向上叩礼。陈亮说:“回老爷,我住家在陈家堡,世居有年,原系商贾传家。我二人是拜兄弟,在镖行生理。新近从外面回来,并没做过犯法之事。老爷地面有这样案,明火执仗,路劫伤人,我二人一概不知。求老爷格外施恩!”知县一听说:“你两个人,已来到本县公堂之上,还敢狡展不承认?等本县三推六问,用刑具拷,你们皮肉受苦,那时再承招,悔之晚矣。同手做案倒是几个人?趁此实说!”雷鸣、陈亮说:“小人实在冤屈,求大老爷明镜高悬。”知县勃然大怒,说:“你们这两个人分明是惯贼,竟敢在本县跟前这样狡展。大概抄手问事,万不肯应。来,拉下去给我每人重打四十大板再问!”陈亮说:“老爷暂息雷霆之怒,且慢动刑,小人我有下情上禀。”本县的官人马快,素常都认识陈亮,知道陈亮是绿林人,在本地住居好几辈了,知道陈亮在本地没案。现在奉老爷签票,急拘锁带雷鸣、陈亮,马快在旁边说:“你们两个人实说吧,省得老爷动刑。”陈亮说;“老爷的明鉴,小人等在这丹阳县陈家堡,住居好几辈了,家里我叔叔在本地开白布店,素常老爷台下的官人也有个耳闻。雷鸣他是龙泉雾的人,我二人自幼结拜,我两个人现在镖行保镖,昨天才回来,今天老爷派官人将我二人传来。老爷说我二人在七里铺明火执仗,我二人实在不知。老爷要用严刑苦拷,我二人受刑不过,老爷就叫我二人认谋反大逆,我二人也得认。何为凭据?哪为考证?老爷这辈为官,要辈辈为官。”知县一听说:“你两个人,还说本县断屈了你们。不给你见证,你还要狡展。”立刻标监牌提差事。少时就听铁链声响,带上一个犯人来。陈亮睁眼一看,激灵灵打一寒战,就知道这场官司难逃活命。不知见证是谁,且看下回分解。

第二百十三回

记前仇贼人咬雷陈　审口供豪杰受官刑

话说雷鸣、陈亮，见把贼人带上堂来，陈亮一看，激灵灵打一寒战，就知道这场官司难逃性命。贼咬一口，入骨三分，陈亮认识这个贼人，叫宋八仙。当初雷鸣、陈亮、杨明奉济公禅师之命，给马家湖去送信，陈亮蹲着出恭，宋八仙冒充圣手白猿陈亮，打劫人，被陈亮将他拿住。依着雷鸣、陈亮当时要杀他，镇威八方杨明，乃是一位诚笃仁厚之人，大有君子之风，不但劝着陈亮没杀他，还周济宋八仙五两银子，叫他改行做小本经营。焉想到这小子恶习不改，在本地七里铺明火路劫，杀死家丁，抢劫衣服、首饰、银两。同手路劫有五六个人，别人分了赃都走了，这小子没走，犯了案被丹阳县马快将他拿获。到衙门一过堂，宋八仙全招了，知县问他，同手办事共有几个人？宋八仙说："有通天和尚法雷、小丧门谢广、赛云龙黄庆，还有几个人，都是西川路上的人。在七里铺抢劫卸任职官，杀死三个家丁，得赃均分，他等都远走了，我也不知去向。我分了几十两银子，连嫖带赌也都花了。"知县一听，先把他钉镣入狱。宋八仙倒没打算拉雷鸣、陈亮。皆因雷鸣、陈亮，堵着皮绪昌门首一骂，通天和尚法雷先叫管世宽出来，用好言安慰，用计把雷鸣、陈亮支走了。法雷说："皮员外，这两个人可不好惹，素常无故，这两个人在外面尽讲究杀人。你跟他家结了仇，这两个人更不能善罢甘休了。"皮绪昌说："贤弟，你有什么高明主意？"法雷说："不要紧，我有一个绝妙的主意，非得把他两个人治死，给他个一狠二毒三绝计，量小非君子，无毒不丈夫。你要不治他，他绝不能饶你，这个后患可就大了。不用多，你花几百银子，就可以要他两个人的命。"皮绪昌说："几百银倒现成，怎么样呢？"法雷说："现在丹阳县狱里收着一个宋八仙，乃是本地七里铺明火执仗，杀死三条人命。这案是我们一同做的，他可不知道我在这本地有庙的。到狱里花钱买通了，叫宋八仙当堂将雷鸣、陈亮一口咬定，就把他两个人拿了去，用刑具一拷，他两个受刑不过，就得招认。他二人身受国法，一来也除了后患，再说要抢陈广泰的女儿也行，非这样办不可，你见了宋八仙，可别提见着我们三个人。”皮绪昌说：“甚好，我这就到丹阳县去。”立刻到里面，带上五百银子，叫家人备两匹马，带着一从人，从家中起身，来到丹阳县，翻身下马。众官人一瞧认识，说：“皮员外来此何干？”皮绪昌说：“我到狱里瞧个朋友。”叫家人拉着马，皮绪昌拿着十封银子，来到狱门，一招呼，管狱的出来问：“找谁？”皮绪昌说：“尊驾姓什么？”管狱的说：“我姓钱。”皮绪昌说：“我这里有二百银子，送你买包茶叶喝，我要跟宋八仙说几句话，行不行？”管狱的听说有银子，财能通神，连说：“行，行。”立刻把狱门开开，放皮绪昌进去。皮绪昌把二百银子送给管狱的，钱头把皮绪昌让到他住的屋子里坐着，这才叫宋八仙过来，管狱的躲出去了。宋八仙并不认识皮绪昌，来到屋中说：“尊驾找我么？”皮绪昌说：“不错。你就叫宋八仙吗？”宋八仙说：“是。”皮绪昌说：“我姓皮，我来托你一件事。你现在官司画了供没有？”宋八仙说：“没有，刚过了一堂，还没定案。五六股差事，现在就是我一个人破了案。”皮绪昌说：“既然如是，我有两个仇人，你过堂给牵拉出来，一口咬定，说他为首。我先给你留下二百银子，给你立折子，饭馆子爱吃什么要什么，然后我花一千银子，给你打点官司。”宋八仙本来是个苦小子，手里又没钱，又没朋友，来到狱里，也没照应，吃一碗官饭，也吃不饱。一听这话，又有银子，又有吃的，反正官司大概是活不了，乐一时算一时，先不用受罪呀，心中很愿意，说：“皮大爷你说吧，叫我拉姓什么的？”皮绪昌说：“在本地陈家堡，有个雷鸣、陈亮，家里开白布店，雷鸣在陈亮家住着。”宋八仙一听，说：“雷鸣、陈亮这两个人我认得，而且前者我们还有点仇，我被陈亮拿住过，这件事交给我办了，只要你照应我点。”皮绪昌立刻给宋八仙留下二百现银子。由狱里出来，又一见值堂的①，托值堂的今天晚上开堂单，先把宋八仙案开在头里，给值堂的五十两银子。老爷问案，先问后问，全在值堂的身上。他要开堂单，把谁开在头里先问谁。皮绪昌在衙门都见好了，到饭馆子给宋八仙送信，立了折子，送到狱里去。告诉饭铺掌柜的，县衙门狱里宋八仙吃多少钱，到我家去取。掌柜的答应，素常交买卖，知道皮员外是财主错不了。皮绪昌把事情办完便回去了。知县晚上升堂，看堂单头一案，就是七里铺路劫宋八仙。知县吩咐提宋八仙。原办把宋八

---

① 值堂的——大堂上值班的。

仙带上堂一跪，知县说：“宋八仙，你在七里铺抢劫，杀死三条人命，同手办事倒是几个人？”宋八仙说：“小人不敢招，老爷生气，一共六个人。有三个人都回了西川，有两人为首，倒在这本地陈家堡住家，一个姓陈叫圣手白猿陈亮，一个叫风里云烟雷鸣。当初是他两个人起的意，我等听从。抢劫了八百银两，给我八十两，他们使七百多两。这是真情实话，并无半句虚言。”知县一听，这才出票，急拘锁带雷鸣、陈亮。今天一过堂，雷鸣、陈亮问知县何为凭据，哪为见证？知县这才把宋八仙提上来当堂对质。宋八仙上堂来在公堂一跪，向上磕头，知县说：“宋八仙，你可认识他二人？”宋八仙一看说：“雷大哥，陈大哥，你们两个人这场官司认了吧。当初你们两个人起的意，在七里铺打劫卸任官长，杀死三个家丁，得了八百银子，你们二位说我是小伙计，不能多给我。我使一成，你们使九成。现在我犯了案打了官司，你们两个人不管我了，作为不知道。现在我实在受刑不过，假使我要受得了，也不肯把你们二位拉出来，谁叫咱们有交情呢？总算一处吃过，一处花过、乐过。虽然犯了案，也不算短，咱们一同画供吧。”雷鸣、陈亮一听，气得颜色更变。知县在上面把惊堂木一拍说：“雷鸣、陈亮，你两个人这还不招吗？再还狡展，等本县三推六问，那时你等皮肉受苦也得招！”陈亮说：“宋八仙，你这小辈满嘴胡说。当堂可有神，我姓陈的哪时跟你一处路劫？谁认识你？你无故在外面做案，冒充我姓陈的名姓，前者我没肯杀你，我慈心倒生了祸害。”宋八仙说：“你们哥俩不必狡展了，我已然是把真情实话都招了，你再不招也不行了。”雷鸣气得三尸神暴跳，五灵豪气腾空，把眼一瞪说：“好球囊的，我二人跟你远日无冤，近日无仇，你这小子血口喷人！”知县见雷鸣、陈亮一发气，立刻把惊堂木一拍说：“吠！好大胆雷鸣、陈亮，这是本县的公堂，也是你等发威的地方么？大概你等是目无王法，咆哮我的公堂。来，拉下去给我打！”陈亮说：“老爷暂且息怒，小人我有下情上禀。”知县说：“有什么下情？讲。”陈亮说：“我等跟宋八仙有仇。前者我二人同朋友上马家湖送信，我走在半路肚子痛，在树林子出恭。宋八仙持刀由我身后头过来要砍我，被我瞧见，将他拿住。一问他，他冒充我的名姓，我要将他送到当官治罪，他央求我把他放了，不想他记恨前仇，路劫犯案，牵拉我二人。”老爷一听说：“你满嘴胡说，拉下去给我打！”立刻把雷鸣、陈亮拉下去，每人打了四十大板。打完了，知县又问，雷鸣、陈亮口中叫冤。知县吩咐用夹棍夹起来再问。三根棒为五刑之祖,人心似铁非似铁,官法如炉果是炉,立刻将雷鸣、陈亮上了夹棍。刚要使刑,只听外面一声喊嚷:“大老爷冤枉!”来者乃是济公禅师,要搭救雷鸣、陈亮。且看下回分解。

第二百十四回

济禅师丹阳救雷陈　海潮县僧道见县主

话说丹阳县知县正要用夹棍夹雷鸣、陈亮，忽听外面一声喊嚷："大老爷冤枉！"来者乃是济公禅师。书中交代：和尚从哪来呢？原来济公由藏珍坞八卦炉火烧了神术士韩祺，赤发灵官邵华风，一干群贼四散奔逃，和尚并不深为追赶。罗汉爷打了一个冷战，按灵光一算，早已觉察明白，知道雷鸣、陈亮有难。和尚不能不管，由藏珍坞这才顺大路径奔丹阳县而来。这天走在海潮县地面，眼前流水，南北有一道桥，和尚正走到这座镇店，旁边过来一人说："和尚你别走，我们这本地有一件新闻事。"和尚说："什么新闻事？"这人说："我们这地方叫石佛镇，南村口外路北有一座石佛院，多年坍塌失修，也没有和尚老道。头三天石佛显圣，石像由庙里自己出来，站在石桥上，过路人就得给钱，不论多少。要不给钱，石佛就不叫过去，吓的人多了。石像会化缘，你说这事新鲜不新鲜？有和尚老道化缘，或钉钉或拉锁，没听见说石佛会化缘的！"济公一听，用手一按灵光，早已明白。说："要比如不给钱，由桥上走行不行呢？"这人说："不行，多少总得给钱，要不然过不去。现在我们村庄内众会首大众给石佛烧香许愿，帮助化缘修庙，求石佛别吓唬人。给佛脖子上挂着一个黄口袋，上写募化十方，在桥上搁着一个大笸箩，过路人走在那里，就得摔钱。这三天见了钱不少了，不信你瞧瞧去。"和尚迈步往前走，来到南村口一看，果然南北一道桥，桥上站着一位大石佛。和尚眼见着村口路东有一座酒馆，和尚进去要酒要菜，自斟自饮，就听酒饭座大家谈论这件事。和尚吃完了一算账，伙计说："二百六十钱。"和尚说："给我写上吧。"伙计说："不行，柜上没账。"和尚说："不写账，跟我拿去。"伙计说："上哪拿去？"和尚说："到大桥上石佛跟前那大笸箩里拿去。"伙计说："那可不敢。我们本地有不信服的人，过去抓钱，立时就有灵验，不是脑袋痛，站不起来；再不然就是一弯腰，腰直不起来。"和尚说："我拿钱你瞧着。"伙计说："就是，我就跟你去。"和尚出了酒馆。来到大桥上，伸手由笸箩抓了钱，数了二百六十钱,给了酒铺伙计,大众见和尚也没怎么样。众人说:“真怪,别人要一抓钱,立刻就报应。石佛化缘给和尚化,也不显应了。这倒不错。”正说着话,只听北边一声“无量佛”,说:“道济,这乃佛祖的善缘,也是你乱动的么?”众人一看,由石佛院庙里出来一个老道,头戴青布道冠,身穿蓝布道袍,青护领相衬,腰系杏黄丝绦,白袜云鞋,面如三秋古月,发如三冬雪,鬓赛九秋霜,一部银须,洒满胸前,左手提着小花篮,右手拿着蝇刷,身背后背定乾坤奥妙大葫芦。来者非别,乃是天台山上清宫东方悦老仙翁昆仑子。原来老翁闲暇无事,下了天台山,闲游三山,闷踏五岳。前者,到临安去访济公没见着,这天走在这石佛镇,瞧见这座石佛院,众墙坍塌,殿宇歪斜,多年失修,并无主持。老仙翁口念无量佛,善哉,善哉,自己一想,徒弟夜行鬼小昆仑郭顺没有庙。自己一想,有心把这座庙修盖起来给郭顺,又可以做上清宫的下院,无奈工程浩大,独力难成。有心在本处钉钉化缘,见本处居民人等,住户不多,恐没有善男信女出头。这道桥倒是一条大路,来往行人甚多。老仙翁一想,我莫若到庙里施展法术,叫石佛出去化缘,可以轰动了人。他这才来到庙后面,大殿甚宽阔,在里面一坐,掐诀念咒,能把石佛用搬运法到桥上截人。老仙翁在大殿里盘膝打坐,闭目养神,外面如有人过桥,老仙翁在庙里能知道。打算用一百天工夫,把钱化够了,再动工。今天刚三天,焉想到济公禅师来了,在笸箩里一拿钱,老仙翁在那里面知道,这才出来一声“无量佛”,来到近前说:“道济,这是佛门善缘,也是你妄动的么?”和尚哈哈一笑,说:“久违少见。”老仙翁赶上打稽首,说:“圣僧从哪里来?”和尚说:“我由常州府,只因赤发灵官邵华风聚众叛反,常州府知府求我帮助捉拿贼人。老仙翁你在那里功德不小。”老仙翁说:“圣僧既来了,我求圣僧慈悲。帮着我化缘修道,圣僧功德功德罢。”和尚说:“阿弥陀佛!善哉、善哉!这座庙工程浩大,独力难成。仙翁要叫我和尚化缘,帮你修庙容易,我和尚还要上丹阳县去,没有工夫,我同仙翁你到本县去,叫本地知县给你约请本处的绅缙富户,帮你修庙。”老仙翁说:“那如何能行呢?知县大老爷焉能管这件事!”和尚说:“我说行就行。”旁边瞧热闹人见和尚同老道说话,大众看着发愣。和尚说:“众位借光,本地属哪里所管。”众人说:“海潮县所管。”和尚说:“你们哪位劳驾,去把本村的会首找来,先把这笸箩交给会首,以备修庙工用。”有人去立刻把村中会首找了十几位来。大众来问和尚什么事?在哪庙里？和尚说："我乃灵隐寺济颠僧是也，这位道爷乃是天台山上清宫东方太悦老仙翁。我二人要修造这石佛院，先把笸箩这钱交给你们众位，以备动工时花用。"众人一听，知道济公名头高大，众人说："原来是圣僧长老。"赶紧给和尚行礼。和尚把笸箩的钱交与众会首，这才同老仙翁够奔海潮县衙门门首。和尚说："众位辛苦辛苦。"当差人等说："大师父什么事？"和尚说："烦劳众位到里面通禀县太爷，就提我和尚乃西湖灵隐寺济颠，前来禀见。"差人到里面一通禀，知县正在书房闲坐，差人上前请安。说："回禀老爷，现有灵隐寺济颠僧在外面求见。"知县一听是济公来了，喜出望外。书中交代，这位老爷原本是龙游县的人，姓张名文魁，前者济公救过他的命。后来连登科甲，榜下即用知县，在这海潮县已到任一年多了，今天听说济公来了，赶紧亲身往外迎接。来到外面，一见说："圣僧，你老人家一向可好？久违少见，弟子正在想念你老人家。这位道爷贵姓？"和尚说："这是东方太悦老仙翁。"张文魁赶紧行礼，举手往里让，一同来到书房落座，有家人献上茶来。张文魁说："圣僧，这是从哪来？"和尚说："我由常州府来。只因慈云观有贼人啸聚，常州府太守约我和尚帮着拿贼。"正说着话，有本衙门的三班都头姓安，叫安天寿，由外面进来。此人最孝母，家中母亲病体沉重，请人调治无效。今天听说济公来了，知道罗汉爷素日名头高大，妙药灵丹，普救众人，安天寿来到书房给和尚磕头，说："求圣僧长老大发慈悲，我母亲今年六十五岁，素常就有痰喘咳嗽的病根，现在我母亲旧病复发，这次太厉害了，卧床不起，有五六天了。求圣僧长老赏给我一点药给我母亲吃，我给圣僧磕头。"和尚说："不要紧，我给你一块药，拿了给你母亲吃了就好了。"和尚掏了一块药，给了安天寿。安天寿谢过和尚，竟自去了。和尚说："老爷，今天我来此非为别故，我来求你一件事。"张文魁说："只要我行的事，圣僧只管吩咐，我万死不辞。"和尚说："在你这地面石佛镇，有一座石佛院，多年失修，群墙坍塌。这位道爷他要重修这座庙，无奈工程浩大，独力难成。打算自己化缘，未必准能化得出来。求老爷功德功德，约请本地面的富户缙绅会首，你帮助这位道爷重修石佛院，也算你是一件善事。"张文魁说："圣僧既是吩咐，这件事我必尽力而为。弟子现在我这里正有一件为难事，求圣僧得给我办办。"和尚说："什么事？"张文魁这才从头至尾一说，和尚当时要大施法力，僧道捉妖。不知后事如何，且听下回分解。

第二百十五回

捉妖怪法宝成奇功　辨曲直济公救徒弟

话说济公禅师问张文魁有什么事，张文魁说："弟子这衙门里自到任以来，小妹就被妖精纠缠住，从前我并不信服这些攻乎异端、怪力乱神之事，我只说是我小妹疯闹。后来越闹越厉害，现在我小妹人也改了样子，也不正经吃东西。天天晚上一到二更天，妖精就来，居然就在我妹妹屋里说话，外面听得真真切切，吓得众人也都不敢到后面去。圣僧你老人家可以慈悲慈悲，给我捉妖净宅，退鬼治病，搭救我小妹再生。"和尚一按灵光，早已察觉明白。说："好办，不要紧。今天晚上你把姑娘住的屋子腾出来，叫姑娘搬到别的屋里去，我同老仙翁到那屋里去等妖精。"张文魁说："甚好。圣僧捉妖用什么不用？"和尚说："一概不用。"张文魁当时叫家人给内宅送信，叫姑娘搬到老太太屋里去，家人答应。张文魁吩咐在书房摆酒，家人擦抹桌案，杯盘错落，把酒菜摆上，张文魁陪着僧道一处开怀畅饮。老仙翁说："圣僧明天上哪去？"和尚说："我明天得赶紧趋奔丹阳县。现在我的徒弟雷鸣、陈亮有难，我不去不行。仙翁你这座庙就求着县太爷办，叫老爷多给为难点，分分神。"张文魁说："仙长只管放心，明天我就派人，把绅士会首请来，大家商量，共成善举。"说着话，喝完毕，天已掌灯。和尚说："后面屋子腾出来，我二人就到后面去等。我们把妖精捉住，再叫你等瞧。"张文魁立刻叫家人掌灯光，头前带路，共同来到后面小姐屋中。这院中是四合房，姑娘住北上房东里间，张文魁同僧道来到房中，和尚说："老爷你出去吧，等我叫你，你们再来。"张文魁这才转身出去。济公同老仙翁在屋中盘膝打坐，闭目养神，直候至天交二鼓，听外面风响，和尚说："来了。"老仙翁说："不用圣僧拿他，小小的妖魔，何用你老人家分神，待我将他捉住。"和尚说："也好。"老仙翁立刻把乾坤奥妙大葫芦在手中一托，就听外面一声喊嚷："吾神来也！""呵"了一声，说："屋中哪里来的生人气，好大胆量，竟敢搅扰吾神的卧室！"老仙翁同和尚并不答言。只见由外面这妖精迈步进来，是一个文生公子打扮，头戴粉绫缎色文生公子巾，双飘绣带，上绣八宝云罗伞盖花缸金鱼。身穿粉绫缎色文生氅，绣三蓝花朵。腰系丝绦，白绫高腰袜子，厚底竹履鞋，面似银盆，雅如美玉，长得眉清目秀。老仙翁一看，说："好一个大胆的妖魔，竟敢搅乱人间，待山人拿你。"立刻把乾坤奥妙大葫芦嘴一拔，放出五彩的光华。这妖精打算要逃命，就地一转，焉想到这乾坤奥妙大葫芦，无论多大道行的妖精，休想逃走。当时光华一卷，竟将妖精卷在葫芦之内。老仙翁口中念念有词，把葫芦往外一倒，将妖精倒出来。妖精已现露了原形，被老仙翁用咒语治住，不能动转，原来是一条大黑鳅鱼。这条鱼有三千多年的道行，只因前者张文魁上任的时节，坐着船过西湖，本来姑娘长得貌美，在船舱里支着窗户坐着，黑鳅鱼精看见她，变了一位文生公子，前来缠绕姑娘，自己不知正务参修。今天被老仙翁将他拿住，立刻叫人来看，外面早有家人回禀了张文魁，众人来到后面一看，原来是一条大鳅鱼。老仙翁说："你这孽畜搅闹人间，实属可恨。"说着话手起剑落，竟将黑鱼斩为两段。和尚见老仙翁把鳅鱼杀了，和尚口念："阿弥陀佛。善哉，善哉！"罗汉爷有未到先知，今天老仙翁把这鱼一杀，下文书这才有八怪闹临安要给黑鱼报仇，这是后话不提。老仙翁把这鱼杀了，张文魁给老仙翁行礼，说："多蒙仙长大发慈悲，把妖精除了，这一来我小妹也就好了。"张文魁立刻吩咐叫家人摆酒，同和尚老道开怀畅饮，少时天光亮了，和尚说："我还有要紧事，我要告辞。老仙翁这件事，老爷你多分心吧，改天我和尚再给你道谢。"张文魁说："圣僧何必这样客套，你老人家有事，弟子也不强留，你老人家哪时有工夫，千万到我衙来住着。"和尚说："就是吧。"老仙翁说："圣僧有事请吧，我改日再给圣僧道谢。"和尚说："岂敢。"这才告辞，张文魁同老仙翁送到衙门以外，和尚拱手作别，顺大路来到丹阳县。刚一到衙门门首，正赶上知县要用夹棍夹雷鸣、陈亮，和尚由外面一声喊嚷："大老爷冤枉！"知县抬头一看，来者是济公禅师。老爷赶紧站起来，举手抱拳说："圣僧来了。"这位知县姓郑名元龙，原来由开化县调升这丹阳县，济公在开化县铁佛寺拿过姜天理，故此郑太爷认识济公，知道和尚乃是道高德重之人。连忙站起身来，举手抱拳说："圣僧久违少见，从哪里来？"和尚说："老爷先把公事退下去，我和尚跟老爷有话说。"知县吩咐先把宋八仙、雷鸣、陈亮带下去。立时退堂，把和尚让进了花厅落座，郑元龙说："圣僧由哪来？"和尚说："我来此非为别故，我所为救我两个徒弟。"知县说："谁是圣僧的徒弟?”和尚说:“这就是雷鸣、陈亮两个人,原本是保镖的,这场官司遭屈含冤。七里铺路劫,明火执仗,杀死三条人命的贼人,我和尚知道,现在这本地居住并没走,老爷要是不信,我带人去就把贼人拿来。”知县说:“圣僧既能办这件事甚好,弟子是求之不得的。”和尚说:“老爷在本地为官,声名如何?”郑元龙说:“我自己也不知道。”和尚说:“老爷倒是公正廉明,唯有你手下人专权私弊太大。现在有一个开白布店的陈广泰,前来喊冤告状,你为何不分皂白,给押起来,并不过堂?”知县说:“没有这案,并没见有这么一个姓陈的来喊冤。”和尚说:“不能,你传手下人问。”知县郑元龙立刻传外面值日班稿案门把众人全都叫到。一问,说:“现在有一个陈广泰来喊冤告状,你们谁给押起来,不回禀我,在谁手里,趁此实说,不然我要重办你们。”众人一听,老爷已知道有陈广泰这个人,众人也瞒不住了,稿案门郑玉说:“老爷暂息雷霆之怒,倒是有一个陈广泰来喊冤。只因他在大堂上喧哗,小人才把他押起来。”郑元龙一听,气往上冲,说:“你满嘴胡说,实在可恶。大概你等不定做了多少弊端。”立刻传伺候升堂。和尚说:“老爷升堂把宋八仙带上来问问他,雷鸣、陈亮本是好人,宋八仙被人主托,攀拉好人,雷鸣、陈亮并未做过犯法之事,求老爷给分析才好。”知县立刻升了堂,吩咐带陈广泰。手下人把陈广泰带上来,在堂下一跪,知县一看,就知道陈广泰是个老成人,做官的人讲究聆音察理,鉴貌辨色。见陈广泰五官端正,带着淳厚。圣人有云:“君子诚于中,形于外。”这话定然不差。知县问道:“你姓什么?叫什么?因何前来鸣冤?”陈广泰说:“小人姓陈叫陈广泰,家中开白布店,我有一个侄女今年十九岁,尚未许配人家。那一天我家中做寿唱戏,有本地一个恶霸,姓皮叫皮绪昌,看见我侄女长得美貌,先托一个姓管的叫管世宽,来给皮绪昌之子提亲。我家中原系根本人家,我说不给他,他后来叫管世宽到我家,硬下花红彩礼,说当天晚上就要用轿子抬人。我一想这简直是要抢夺良家妇女,我赶紧来到老爷这里鸣冤。不想被老爷台下官人将我押下,求老爷给小人明冤。”知县吩咐把陈广泰带下去,提宋八仙。原办立刻把宋八仙提上来。老爷把惊堂木一拍,说:“宋八仙,你在七里铺路劫,是有雷鸣、陈亮没有?”宋八仙说:“有。”知县吩咐拉下去打,立刻打了四十大板,打得鲜血直流。打完带上来又问:“宋八仙你要说实话,倒是有雷鸣、陈亮没有?”宋八仙说:“有。”老爷又吩咐打,一连打了三次,宋八仙实在支架不住了,说:“老爷不必动怒,我实说。”知县说:“讲”。宋八仙这才从头至尾,如此如此一招。老爷一听,勃然大怒,这才立刻出签票急拘锁拿皮绪昌。不知后事如何,且看下回分解。

第二百十六回

捉法雷细讯从前事　斩贼人雷陈谢济公

话说知县用刑一拷宋八仙，贼人实在支架不住了，这才说：“老爷不要动刑，并没有雷鸣、陈亮。”知县说：“既没有雷鸣、陈亮，你为何要攀拉好人？”宋八仙说：“倒不是我要拉雷鸣、陈亮，原本是皮绪昌他给我二百银子，他叫我拉雷鸣、陈亮。”老爷一听，心中就明白了，这必是因为谋算陈广泰的侄女儿，先买盗攀贼害雷鸣、陈亮。老爷这才立刻出签票，急拘锁带皮绪昌。值日班领堂谕，带领手下伙计，去少时，把皮绪昌传到，带上堂来。皮绪昌给知县一叩头，郑元龙一见，勃然大怒，说：“皮绪昌你这厮好大胆量，在我地面上，硬下花红彩礼，谋算良家妇女，买盗攀贼，诬良为盗，你所作所为，还不从实招来！”皮绪昌吓得战战兢兢，此时悔之晚矣。人心似铁非似铁，官法如炉真是炉，皮绪昌还打算不招说：“老爷在上，小人务本度日，并不敢买盗攀赃，谋算良家妇女，求老爷恩典。”知县气往上冲，说：“皮绪昌好大胆量，见了本县还敢狡展，用夹棍把他夹起来！”皮绪昌一想：“不招，大概是不行。”这才说：“老爷不必动怒，小人有招。”当时把已往真情实话全皆招认，当堂画了供。知县吩咐将皮绪昌钉镣入狱，当堂将雷鸣、陈亮、陈广泰开放回家，安分度日。书吏稿案贪赃受贿，同谋作弊，革去差事，永不准更名复充。老爷暂且退堂，同济公来到书房，天色已晚，吩咐摆酒，同和尚开怀欢饮，直喝到大有初鼓以后。和尚偶然打了一个冷战，罗汉爷一按灵光，心中明白，和尚说：“阿弥陀佛。善哉，善哉！好东西。”知县说：“圣僧什么事？”和尚说：“你不知道，咱们这么喝闷酒没趣味。”知县说：“圣僧想开心，叫几个唱曲的，可以解闷，或者猜拳行令也好。”和尚说：“我想变个戏法看看。”郑元龙说：“谁会变戏法，叫他们出去找去。”和尚说：“我会变戏法。”郑元龙说：“圣僧会变戏法？”和尚说：“你瞧我变。”用手往外一指，口念“唵嘛呢叭㖿吽，唵，敕令赫。”就听外面“哗哗哗扑咚”，由房中掉下一个贼人，落下好几块瓦来。家人立刻喊嚷：“有贼！”赶过去将贼人按住捆上。郑元龙倒大吃一惊，手下人说：“回禀老爷,拿住贼人。”和尚说:“你瞧这戏法变得好不好?”郑元龙吩咐将贼人带进来。手下人把贼人带进来,郑元龙一看,原本是一个大脱头和尚,黑脸膛,粗眉大眼,怪肉横生,披散着发髻,打着一道金箍,穿着一身夜行衣,身背后背着戒刀。书中交代:拿住的这个和尚非是别人,正是通天和尚法雷。只因丹阳县官人去把皮绪昌拿来,法雷正同赛云龙黄庆、小丧门谢广,在皮绪昌家里。见皮绪昌打了官司,法雷一想,既为朋友,就得为到了,焉能袖手旁观呢?法雷说:“谢贤弟、黄贤弟,现在皮员外被官人拿去,这件事你我不能不管,二位贤弟可有什么高明主意,搭救皮大哥?”赛云龙黄庆、小丧门谢广说:“我二人没有什么主意搭救皮大哥,依兄长怎么办呢?”法雷说:“我打算今天晚上奔知县衙门去,一不做二不休,把知县一杀,劫牢反狱,将皮绪昌救出来,你我一同远走高飞。我先去,二位贤弟在此等候,大概知县衙门也没有什么能人,倘若我去有了差错,二位贤弟再设法救我。”赛云龙黄庆、小丧门谢广,二人说:“就是吧。”三个人商量好了,在皮绪昌家吃完了晚饭,天有初鼓,通天和尚法雷,这才背上戒刀,由皮绪昌家中出来,一直够奔知县衙门来,施展飞檐走壁,蹿房越脊,进了衙门。各处哨探,见书房内灯光闪闪。法雷来到前房边一个珍珠倒挂帘,夜叉探海式,往房中一看,见知县正同着济公,用手往外一指,就是一愣,就听济公说,要变戏法。济公用手往外一指,就仿佛有人把法雷一把推下来,济公用定神法将他定住。法雷想跑不能动转,被手下人将法雷捆上,带进书房。知县郑元龙一看,说:“好大胆贼人,竟敢来到本县的衙署,来此何干?”济公说:“老爷你问他。这个贼人跟宋八仙一案,在七里铺打劫卸任官长,杀死三条命案有他。”知县这才问道:“好贼人你姓什么?叫什么?来此何干?在七里铺打劫卸任官长,杀死三个家丁,共有几个人?趁此实说,免得本县动刑。”法雷一听,吓得颜色更变,料想不说也是不行,这才说:“老爷不必动怒,我叫通天和尚法雷,在这二郎庙住,来此所为搭救皮绪昌,劫牢反狱行刺。七里铺打劫卸任官长,我们共有六个人,有赛云龙黄庆、小丧门谢广,这两个人现在皮绪昌家,有宋八仙,还有两个人,已经远遁不知去向。这是已往真情实话。”知县吩咐将法雷钉镣入狱,派手下马快班头,即速到皮绪昌家,捉拿赛云龙黄庆、小丧门谢广。快马班头领堂谕出来,挑了二十名快手,带上家伙,即到皮绪昌家一打门,有家人把门开开,众人往里走,闯进院中,正把谢广、黄庆堵在书房。众人喊嚷拿,焉想到赛云龙黄庆、小丧门谢广,二人各摆兵刃,蹿出来摆刀照官人就砍。众马快一闪身,两个贼人拧身上房,竟自逃走。众马快无法,回到衙门,一见知县,说:"我等奉老爷堂谕,到皮家捉拿黄庆、谢广,两个贼人竟敢拒捕,上房逃走。"知县点头,天色已晚,叫人伺候济公在书房安歇,郑元龙归内宅去。次日起来,行文上宪,将通天和尚法雷就地正法。皮绪昌窝藏江洋大盗,买盗攀赃,一同出斩。把事情办理完毕,济公要告辞,知县说:"圣僧何妨住几天。"和尚说:"我还要奔常州府各处访拿赤发灵官邵华风。我和尚受人之托,必当忠人之事,你我改日再会。"和尚这才告辞,出了丹阳县衙门,顺大路往前走。这天和尚正往前走,见大道旁边摆着一个茶摊,上面有一个大茶壶,有几个茶碗,还搁着一个炉子,里面有烧饼麻花。旁边坐着一位老道,头戴青布道冠,身穿旧蓝布道袍,白袜云鞋,有五十多岁,长得慈悲善目,花白胡须。这位老道原本姓王,叫王道元,就在北边有一座小庙。庙里有两个徒弟,师徒很寒苦,庙里又没香火地,就指着化小缘,在这里摆这个茶摊,所为赚个一百八十钱,添着吃饭。今天由早晨摆上,并没开张,老道正坐着发愁,和尚正走这里,济公说:"辛苦辛苦。"老道一看,说:"大师父来了。"和尚说:"你摆这茶摊,是做什么的?"老道说:"卖的。"和尚说:"怎样你一个出家人,还做买卖呢?"老道说:"唉,没法子,庙里寒苦,做个小买卖,一天也许找几十钱。"和尚说:"道爷贵姓?"老道说:"我姓王叫王道元。未领教大师父在哪庙里?贵上下怎样称呼?"和尚说:"我在干水桶胡同,毛房大院,黏痰寺,我师父叫不净,我叫好脏。我有点渴了,正想喝水,我又没有钱,我白喝你一碗行不行?"老道是一个好人,又一想和尚也是出家人,虽说没开张,一碗茶不算什么,说:"大师父,你喝吧。"和尚拿起碗来喝了一碗,说:"这茶倒不错,我再喝一碗。"又喝了一碗,说:"道爷,我有点饿了,你把你这烧饼麻花赊给我一套吃。"老道一想:"大概和尚是饿急了,要不然他也不能跟我张嘴。"说道:"大师父,你何必只说赊给你,我可是一天没卖钱,你我总算有缘,你吃一套吧,不用给我钱。"和尚说:"敢情好。"拿起来就吃,吃完了一套,和尚说:"道爷,我再吃一套吧。"老道也不好说不叫吃,只得说:"吃吧。"和尚又吃了一套。吃完了,和尚说:"这倒不错,饿了吃,渴了喝,我就不走了,我今天跟你到庙里住下行不行?"王道元说:"那有什么不行呢,我也要收了。"和尚说:"我帮你扛板凳拿茶碗。"当时一同老道拿着东西,来到北边有一座小庙,进到里面,和尚也不问,把东西放下,素日茶壶搁到哪里,和尚就搁到哪里。老道心里说:“真怪。”两个道童说:“师父粥有了。”老道要吃,焉有不让的道理,说:“和尚,你吃粥吧。”和尚说:“敢情好。”自己拿碗就吃。小道童就有些不愿意,也不好说。吃完了,和尚就住在这里,次日一早起来,王道元说:“和尚,你跟我去领馒头领钱去。”和尚这才要施佛法,治病化缘,周济老道。不知后事如何,且看下回分解。

第二百十七回

遇王道济公施恻隐　治哑巴圣僧结善缘

话说王道元，早晨起来，说："和尚，你跟我去领馒头领钱去。"和尚说："上哪领去?"老道说："在这北边有赵家庄，有一位赵好善，每逢初一十五，斋僧布道，一个人给一个大馒头，给一百钱，你也去领一份，好不好?"和尚说："好。这位赵善人因为什么斋僧布道呢?"王道元说："唉，别提了，赵好善有一个儿子，今年十二岁，先前念书说话，很聪明伶俐，忽然由上半年，也没疾也没病，就哑巴了，你说这事怪不怪? 按说赵好善家最是善人，在这方是首户，真是济困扶危，有求必应，冬施棉衣，夏施药水，这样的善人不应该遭这样恶报。上天无眼，会叫他的孩子哑巴了。现在赵善人就为是积福作德，斋僧布道，只要他儿子好了。无奈本处名医都请遍了，就是治不好。"和尚说："既然如是，我跟你去。"老道是好人，见和尚这寒苦，为是叫和尚领一个馒头好吃，又得一百钱，他焉知道罗汉爷的来历。同和尚由庙中出来，扑奔赵家庄，来到赵宅门首，一看人家早放完了。王道元知道就是来晚了，赶不上，门房也给他师徒留出三份来，他在这本处庙里多年了，这都认识王道元。今天老道同和尚来到赵宅一打门，门房管家出来一看，说："道爷，你来晚了，我们给你留下来了。"王道元说："费心费心，这里还有一位和尚，求管家大爷，多给拿一份吧。"管家说："可以。"立刻由里面拿出四个馒头、四百钱来，递给和尚一个馒头、一百钱，递给老道三份，和尚说："我也一个人，他也一个人，怎么给他三份，给我一份?"管家说："他庙里还有两个徒弟，故此给三份。"和尚说："我们庙里连我十个和尚，庙里还有两个徒弟，要给我十份吧。"管家说："那不行，你说庙里有十个和尚，谁人知道呢? 王道爷他的庙离我们这里近，我们这里素日都知道他庙里有两个徒弟。你的庙在哪里?"和尚说："我的庙远点。"管家说："你一个人净为来化缘么?"和尚说："我倒不是净为化缘，你门村里有人请我来治病，我来了我也没找着这个人。"管家说："你还会瞧病么?"和尚会："会。内外两科，大小方脉，都能瞧，专治哑巴。"管家一听说："这话当真么?”和尚说:“当真。”管家说:“你要真能治哑巴,我到里面回禀我们庄主去,我们公子爷是哑巴,你要能给治好了,我们庄主准得重谢你。”和尚说:“你回禀去吧。”管家立刻转身进去。王道元说:“和尚,你当真会治哑巴么?”和尚说:“没准,先蒙一顿饭吃再说。”王道元一想:“这倒不错,昨天在我庙里蒙我一顿粥吃,今天又来蒙人家。”正在思想之际,管家出来说:“我家庄主有请。”和尚说:“道爷跟我进去。”老道又不好不跟着,一同和尚往里走进了大门。迎面是影壁,往西拐是四扇屏门,开着两扇,关着两扇,贴着四个斗方,上写“斋庄中正”四字。一进屏门是南倒坐房五间,有两道垂户门,东西各有配房两间。管家一打南倒坐厅房的帘子,僧道二人来到屋中,是两明两暗,迎面一张俏头案,头前一张八仙桌,两边有太师椅子。屋中摆设,一概都是花梨紫檀楠木雕刻桌椅。墙上挂着名人字画,条幅对联,工笔写意花卉翎毛,桌上摆着都是商彝周鼎秦砖汉玉,上谱的古玩,家中颇有些大势派。和尚同老道落了座,管家倒过茶来,工夫不大,只听外面有脚步声音,管家说:“我家庄主出来了。”说着话,只见帘板一起,由外面进来一位老者,有五十多岁,身穿蓝绸子长衫,白袜云鞋,长得慈眉善目,海下花白胡须,精神百倍,由外面进来一抱拳说:“大师父,道爷请坐。”和尚说:“请坐请坐,尊驾就是赵善人么?”赵老头说:“岂敢,岂敢,小老儿姓赵。我方才听见家人说,大师父会治哑巴。我跟前有一个小犬,今年十二岁,自幼很聪明,忽然由二月间无缘无故就哑巴了,也不知是怎么一段缘故,大师父能给治好了,老汉必当重报。”和尚说:“那容易,你把小孩叫来我瞧瞧。”赵员外叫家人去把公子叫来,管家立刻进去,工夫不大,将小孩带进来。和尚一看这个小孩,长得眉清目秀。赵员外说:“你过去叫大师父瞧瞧。”和尚把小孩拉过来说:“我瞧你长得倒很好,无缘无故你会哑巴了,我和尚越看越有气。”说着话,照小孩就是一个嘴巴,打得小孩拨头就往外跑。赵员外一看急了,本来就是这一个儿子,和尚倘若吓着,更不得了啦。正要不答应和尚,焉想到这小孩跑在院中,一张嘴就哭了,说:“好和尚,我没招你,没惹你,你打我!”赵员外一听,这可真怪,半年多说不出话来了,倒被和尚打好了。老员外赶紧上前给和尚行礼,说:“圣僧真乃佛法无边,未领教宝刹在哪里?上下怎么称呼?”和尚说:“员外要问,我乃灵隐寺济颠是也。”赵员外一听说:“就是了,原来是济公长老,小老儿我实在不知。”王道元在旁边一听,心中这才明白,说:“原来是圣僧,小道失敬了。”赵员外这才把公子叫进来,叫他快给圣僧磕头。小孩立刻进来给和尚行礼。赵员外说:“儿呀,我且问你,因为什么你忽然会哑巴了?”小孩说:“我由那一天到花园玩去,瞧见楼上有一个老头,两个姑娘,我都不认识。我说,你们哪来的?他们也不知怎么一指我,我就说不出话来了。”赵员外说:“这是怎么一段情节?”和尚说:“原本你这花园子楼上住着狐仙,他冲撞狐仙了。现在他虽然好了,还恐怕有反复。我和尚今天晚上,把狐仙请出来,劝他叫他走,省得他在你家里住着,婆子丫环不定哪时冲撞了,也是不好。”赵员外说:“圣僧这样慈悲更好了。”赶紧先吩咐家人,立刻擦抹桌案,少时摆设杯盘,把酒菜摆上。老员外喜不自胜,立刻拿酒壶给和尚、老道斟酒,一同开怀畅饮。吃完了早饭,赵员外陪着和尚、王道元谈话。晚半天又预备上等高摆海味席,和尚说:“老员外,叫你家人预备一份香烛纸马,回头在后面花园子摆上桌案,我去请狐仙。”老员外吩咐叫家人照样预备,仍然陪着同桌而食。和尚大把抓菜,满脸抹油,吃完了晚饭,天有初鼓以后,和尚说:“东西预备齐了没有?”家人说:“早预备齐了。”和尚说:“道爷你也跟来。”王道元点头答应。赵员外叫家人掌上灯光,一同和尚来到后面花园子。众人在旁边一站,和尚一瞧桌案香烛五供,都预备齐了,和尚过去把烛点着,香烧上,和尚口中念道:“我乃非别,灵隐寺济颠僧是也。”和尚连说了三遍,说:“狐仙不到,等待何时?”大众眼瞧着楼门一开,出来一位年迈的老者,须发皆白。赵员外一看一愣,准知道这楼上并没有人住着,果然见楼上出来人了,真是奇怪。就见这老丈冲着和尚一抱拳,说:“圣僧呼唤我有什么事?”和尚说:“你既是修道的人,就应该找深山僻静之处,参修暗炼,何必在这尘世上居住?再说本家赵员外,他原本是个善人,你何必跟他等凡夫俗子作对,一般见识?”老头说:“圣僧有所不知,只因他等这些婆子丫环,常常糟蹋我这地方。弟子并不是在他家搅闹,无非是借居。”和尚说:“我知道,要依我,你还是归深山去修隐倒好。”老头说:“既是圣僧吩咐,弟子必当遵命。”和尚说:“就是吧。”狐仙这才转身进去,和尚也同众人回归前面。赵员外说:“圣僧这样慈悲,小老儿我实在感恩不尽。明天我送给圣僧几千银子,替我烧烧香吧。”和尚说:“我不要银子,你把你的地给王道元两顷做香火地,他庙里太寒苦,你给他就算给我了。”赵员外说:“圣僧既然吩咐,弟子遵命。”王道元一听乐了,赶紧谢过和尚,没想到两碗粥换出两顷地来，老道千恩万谢。次日和尚告辞，赵员外送出大门，王道元告辞回庙，和尚拱手作别，出了赵家庄正往前走，忽见对面来了一阵旋风，和尚激灵灵打一寒战，来者乃是追魂侍者邓连芳，正要找济公报仇。狭路相逢，不知后事如何，且看下回分解。

第二百十八回

邵华风逃归万花山　邓连芳为友找济公

话说济公禅师由赵家庄出来，正往前走，只见由对面来了一阵旋风。和尚激灵灵打一寒战，往对面一看，来者乃是追魂侍者邓连芳，还同着一个人。邓连芳一见济公，邓连芳说："好济颠，我找你如同钻冰取火，轧沙求油。这可活该，找没找着碰上了，我看你今天往哪里走？"和尚说："哟，你不叫我走怎么样呢？"邓连芳说："我将你拿住，给我师弟报仇。"书中交代：邓连芳打哪来呢？只因前者在藏珍坞，一个个四散奔逃。赤发灵官邵华风无地可投，追魂侍者邓连芳说："邵大哥，你上哪去？"邵华风说："贤弟你要问我，我方才就仿佛坐如痴立如痴，如同雷轰顶上时，饥不知，饱不知，热锅蝼蚁似。真是上天无路，入地无门。"邓连芳说："邵大哥，你既没有地方去，跟我回万花山圣教堂，见见魔师爷，下山捉拿济颠和尚，给韩祺贤弟报仇。"赤发灵官邵华风叹了一口气说："贤弟你我弟兄知己，你要助我一膀之力，庇护我才好。你看此时我的事情一落败，众宾朋一个个各奔他乡，真是时来谁不来，时不来谁来。正是万两黄金容易得，一个知心最难求。不但此时我报不了仇，再要遇见济颠和尚，我就得被获遭擒，九死一生。"邓连芳说："兄长不必说了，跟小弟到万花山圣教堂去吧。要一提韩祺死在济颠和尚之手，大概魔师爷必给韩祺报仇，何用你拿济颠？"邵华风无法，这才跟着邓连芳驾起趁脚风，来到万花山，到了山上，止住脚步，睁眼一看，这座圣教堂真似一座仙府，金碧辉煌，凤阁龙楼，这山上凡夫俗子也到不了。在极高的山顶上，野兽成群，凡俗人也不能来，邓连芳同邵华风来到大门，一拍门，工夫不大，由里面出来一个童子，开开门一看，这童子年有十六岁，头挽双髻，长得眉清目秀，面如白玉。身穿蓝绸宽领阔袍子，足下白袜无忧履，手拿蛍刷，真是仙风道骨。一见邓连芳，童子说："师兄你上东海瀛洲采灵芝草回来了，真快呀。"邓连芳说："我且问你，魔师爷都在圣教堂么？"小童儿说："没有，就是掌教祖师爷，卧云居士灵霄祖师爷一个人在教堂里。"邓连芳说："好，我要去见祖师爷，有要紧事。邵大哥同进去。”二人说着话，往里走，邵华风一看，院中栽松种竹，清气飘然，别有一番雅致。北上房大厅是九间九龙厅，正当中上面有一块匾，上写“圣教堂”三个大字。两旁有对联，上写：“遵先天之造化，渡后世之愚顽。”大厅里面一排是四张八仙桌，有八把椅子，由东数第二张八仙桌子，上手里椅子上坐定一人，大概站起来身有八尺以外的身躯，膀阔三停。头上是鹅黄缎四楞逍遥巾，绣团花双飘秀带，身穿一件鹅黄绣团花的逍遥氅，足下无忧履，身背后背定一把混元魔火幡，肋下佩着一口丧门剑。再往脸上一看，面似淡金，粗眉环目，押耳黑毫，满部的黑胡子，长得凶恶之极。邵华风看罢，不敢进来，在门外站着。邓连芳先进来双膝跪倒，口称：“掌教魔师爷在上，弟子邓连芳给祖师爷磕头。”卧云居士灵霄一翻二目，说：“邓连芳，你同韩祺去到东海瀛洲去采灵芝草，可曾采来了？”邓连芳说：“祖师爷有所不知，弟子同我师弟韩祺奉祖师爷之命下山，走在半路之上，碰见我一个故友，叫赤发灵官邵华风。乃是三清教的门人，在常州府平水江卧牛矶慈云观出家。尘世上出了一个济颠和尚，兴三宝灭三清，无故蛊惑常州府，调官兵把慈云观抄了。济颠僧追得邵华风无投无奔，上无天路，入地无门。邵华风见了弟子苦苦哀求我，说得可惨，叫弟子助他一膀之力，给他报仇。我同韩祺二人当时答应了，同邵华风一同够奔藏珍坞。刚到藏珍坞，焉想到济颠和尚就找了去，我师弟拿子母阴魂绦要捆济颠和尚没捆成，被济颠和尚把我师弟韩祺搁在八卦炉里给烧死了，把子母阴魂绦也拿了去，现在我同我这朋友邵华风，一同跑回来，也没得上东海瀛洲去采灵芝草，求魔师爷你老人家下山，捉拿济颠和尚，给我师弟报仇。”卧云居士一听这话，勃然大怒说：“好邓连芳，无故多管闲事，给我这万花山现眼，受济颠和尚的欺辱，谁敢惹我这圣教堂的人，你伤损我的威名，真乃可恼！金棍侍者何在？”外面一声答应，进来八位掌刑的术士说：“伺候魔师爷。”灵霄说：“把邓连芳给我拉下去重打四十金棍，罚在后山去采药一百天。”金棍术士沈瑞，立刻把邓连芳拉下去，打了四十棍，打完了，邓连芳竟自奔后山去了。赤发灵官邵华风在外面站着，吓得战战兢兢，正在无可如何，灵霄吩咐将邵华风带进来，手下人立刻将邵华风带进来。邵华风跪倒磕头，口称：“掌教祖师爷在上，弟子邵华风给你老人家磕头。”灵霄说：“好孽障，你在慈云观行凶作恶，无所不为，你打算我不知道呢。现在你还蛊惑别人，帮你造反，我师侄韩祺因为你把命丧了。我也不打你，来人，给我把邵华风吊起来，吊到后山吊四十九天，然后我把你火化了，就算完了。”邵华风一听这个罪更难受，倒不如被官兵拿了去，虽说剐了，倒死得快点。自己吓得连动也不敢动，就被人把他捆起来，搭在后山，吊在树上。邓连芳瞧着，也不敢救。过了两天，这天金棍术士沈瑞到后山巡山，他本是灵霄的徒弟，素日跟邓连芳两个人最好，沈瑞见了邓连芳，沈瑞就问：“邓大哥，你的棍伤好了么？”邓连芳说：“好点了。”沈瑞说：“邓大哥，你本来也是爱管闲事之过。”邓连芳说：“贤弟你这话不对，谁没有三个好的两个厚的？你我素日如同亲手足弟兄一般，譬如我要有人欺负，你管不管？”沈瑞说：“那是自然，我也不能袖手旁观。”邓连芳说：“我还要跟你商量一件事。”沈瑞说：“什么事，你说吧，只要我能行的，我万死不辞。”邓连芳说：“我总得找济颠和尚报仇雪恨，我这口气不出，贤弟你得助我一膀之力。”沈瑞说：“那我同你偷着下山找济颠和尚去。”邓连芳说：“你就这么去不行，连韩祺也被他烧死，还有子母阴魂绦，还不是济颠的对手，你我赤手空拳，那如何能行？你得偷魔师爷的法宝，随身带着。”沈瑞说：“怎么偷呢？”邓连芳说：“贤弟，你总得设法帮我办这件事，只要把济颠和尚除了，我绝忘不了贤弟你的好处。”沈瑞说：“我想起来，站合童子悚海祖师爷有一颗六合珠，在花厅搁着，我当面瞧见，没在六合童子悚海祖师爷身上带着。那六合珠要用也不用念咒，打出去山崩地裂，如雷一般有一道白光，无论什么妖精，打上就得现原形，最厉害无比。我去把它偷来，你我下山要拿济颠和尚，易如反掌，不费吹灰之力。”邓芳说：“甚好，贤弟你去吧。”沈瑞立刻到花厅去，工夫不大，就把六合珠拿来。邓连芳一看，甚为喜悦，二人当时驾起趁脚风，偷着下了山。先到常州府一打听，有人说济公上丹阳县去了，二人要奔丹阳县去寻找济公，偏巧走在半路正碰到了。一见，真是仇人见面，分外眼红。说：“好颠僧，你往哪里走？”和尚说：“我上常州府。”邓连芳说：“你先等等走吧，我正要找你，这可活该碰上了。”和尚说：“碰上又该怎么样？”邓连芳说：“怎么样，我把你拿住照样把你烧死，给我师弟韩祺报仇。”和尚说：“好，你当真要跟我和尚分个高低上下，咱们前面蟠桃岭上去，那里清静。”邓连芳说：“好，你还跑得了！”当时一同往前走，方来到蟠桃岭，只听对面一声喊嚷，怪叫如雷说：“阿弥陀佛，好颠僧，你往哪里走！”济公大吃一惊，不知来者是谁，且看下回分解。

第二百十九回

蟠桃岭绿袍僧斗法　脱身计邓连芳吃惊

话说济公禅师同追魂侍者邓连芳、金棍术士沈瑞，方来到蟠桃林，只听对面一声喊嚷："好颠僧，往哪里走，洒家我正要找你，如同钻冰取火，轧沙求油！"邓连芳抬头一看，见来者这个和尚形同鬼怪，身高一丈，膀阔三停。头上披散着发髻，打着一道金箍。面如鲷绿，两道金眉毛，一双金睛叠暴，突出眶外，押耳红毫，满部的红胡子，身穿绿袍，手拿萤刷，背背戒刀。长得凶如瘟神，形同鬼怪。邓连芳一瞧就一愣，说："和尚，你来此何干？"这和尚说："我要捉拿济颠和尚，报仇雪耻。"邓连芳说："和尚不用你拿他，我二人会替你拿他。"和尚说："你二人未必拿得了他吧。"邓连芳说："你不认识我，大概你也不知道我的来历。"和尚哈哈一笑，说："洒家前知五百年，后知五百年，善晓过去未来，我怎么就不认识？你虽未见过，你的来历瞒不了我。你原本是万花山圣教堂八魔的门人，你叫邓连芳。你不认识洒家，你回去见了你师父，就提蟠桃岭有一个绿袍和尚，大概他就告诉你了。你两个人既要拿济颠，有怎么能为？"邓连芳说："我这里有法宝。"绿袍和尚说："好，你既有法宝，先让你拿他。你如拿不了，洒家我再拿他。"邓连芳一听这和尚口气不小，不知道那和尚是谁。沈瑞说："济颠你可认得我？"济公说："我怎么不认得你，你是魔崽子。"沈瑞一听勃然大怒，说："好颠僧，你敢出口不逊，待我来结果你的性命！"济公说："你要结果我和尚，你怎么配。"沈瑞立刻将六合珠掏出来，照定济公打去，只见一道白光扑奔和尚，就听和尚喊嚷："可了不得了，救人哪！"话言未了，就听这六合珠山崩地裂一声响，见济公翻身栽倒在地，人事不知。沈瑞哈哈一笑说："邓大哥，你可是瞧见了，我打算怎么个济颠和尚，原来平平无奇，被六合珠将他镇住。你我将他扛回山上，将他用火烧死，给韩贤弟报仇。"邓连芳说："绿袍和尚你也回去吧。我二人将济颠和尚拿回山去，也算给你报了仇了。"绿袍和尚说："也罢，便宜他，你二人把他扛了走罢。"邓连芳这才扛起济颠和尚，同沈瑞二人，驾起趁脚风，来到万花山圣教堂。

来到大厅，正赶上卧云居士灵霄，同天河钓叟杨明远、桂林樵夫王九峰、六合童子悚海在一处谈话。邓连芳同沈瑞二人来到客厅，六合童子悚海说："你二人哪里去来？"邓连芳说："实不瞒众位祖师爷，我二人下山去把济颠和尚拿来了，给我韩贤弟报仇。"六合童子悚海说："你这两个孽畜，真实在现眼，叫济颠和尚这样耍笑，你我真给万花山丢人！"邓连芳说："怎么现眼？"六合童子说："你看看扛的是济颠和尚么？"一句话说破了，邓连芳、沈瑞再一看，扛的原本是一块石头，这两个人气得两眼都直了。六合童子悚海说："你两个人要当真找济颠和尚报仇，暂且别忙。你等也拿不了他，我等商量着设法。把我的六合珠拿来吧，不准你们胡闹。"沈瑞无法，把六合珠交还六合童子悚海。众人正在说话之际，忽然外面有人进来回禀，说："魔师爷，现在大门外来了一个穷和尚，堵着门口大骂。说叫魔师爷趁早把邵华风送出去，万事皆休。如要不然，杀进圣教堂杀个鸡犬不留。"众魔师一听，气得"哇呀哇呀"怪叫如雷，说："好济颠是乃大胆，竟敢找到我这圣教堂来，这样无礼。待我等亲身前去拿他。"说着话，众魔师立刻往外够奔。书中交代：怎么一段事呢？只因追魂侍者邓连芳扛起石头一走，罗汉爷施展幻术，早隐在树后。绿袍和尚见邓连芳把济颠扛了走，绿袍和尚哈哈大笑，自言自语说："我打算济颠和尚项长三头、肩生六臂，怎么样的厉害，原来闻名不如见面，见面胜似闻名，不是出奇之人。今天便宜他，我要拿这济颠也不费吹灰之力。"说着话，自己转身刚要走，济公由树后头转过来哈哈一笑，说："孽畜，你也要拿我，你怎么配！"绿袍和尚一看，呵了一声，说："好颠僧。"济公说："好孽畜。"绿袍和尚一张嘴，照定济公就是一口绿气。济公用手一指，口念"唵嘛呢叭咪吽"，这口绿气四散了。绿袍和尚一看，气往上冲说："颠僧，你敢破我的法气，待洒家用法宝取你。"说着话伸手由兜囊掏出一颗珠子，其形有鸭帽大小，名叫如意珠。这颗珠子最厉害无比，打出来无论什么妖精，就得现原形，要是凡夫俗子能把三魂七魄打去。立刻照定济公打来，济公一伸手，口念六字真言，把这颗如意珠接在手内。绿袍和尚一看，大吃一惊。济公把僧帽摘下来，说："好孽畜你也不知道我和尚是谁，我叫你瞧瞧。"立刻用手一摸脑袋，现露出金光佛光灵光三光。绿袍和尚一看，吓得亡魂皆冒。济公说："好孽畜，你没有宝贝了，待我和尚来拿你。"绿袍和尚吓得一阵怪风，竟自逃走。书中交代：他这一走，就逃到五云山五云洞，邀请五云老祖，晃动聚妖幡，怒摆群妖五云阵，跟济公作对。这是后话，暂且不必细表。济公也并不追赶绿袍和尚，罗汉爷这才够奔常州府来。到常州府衙门，差人进去回禀知府顾国章，顾国章赶紧吩咐有请，和尚进来，知府降阶相迎，举手抱拳说："圣僧久违，弟子正在渴想，要派人去寻访请圣僧，不想圣僧今天来了。"和尚说："老爷一向可好？"知府说："托福。"和尚同知府进了书房落座，有家人献上茶来，知府说："我这里也不知邵华风现在哪里窝藏，正在盼想圣僧，只因上宪前者来文书催捉邵华风，我就急了。哪知道贼人的下落，手下的快班都是凡夫俗子，也拿不了他。我现在要出告示张贴四门，只要有人能拿邵华风，必有重赏。"和尚说："什么告示？你拿来我瞧瞧。"知府立刻把告示底子拿出来，给济公一看，上面写的是：

四品顶戴，前任绍兴府正堂，调补常州府正堂顾：本为除奸逐祟，以救民生事。照得光天化日，难容魍魅公行。化日之中，岂容魑魉弄术。是以律有明条，师巫犹将禁止，矧显为民害者耶。近者本府不得不能正己化民，竟有慈云观妖道邵华风，兴妖作祟，以害民生。具虎狼之姿，恃妖人之术。心如毒蝎，遇之者家败身亡。胆若豺狼，逢之者难逃生命。若不早为驱除，势必尽遭毒害。为此示仰阖郡军民人等一体知悉：或有斩邪之术，或有除妖之法，或自己不能转引他人，或此地无有求之别郡，果然除去民害，本府不惜重赏，务期合力奉行，慎勿瞻前顾后。特示。右仰知悉。

下面写着年月日。实贴某处。

和尚看罢哈哈一笑说："老爷这张告示，就是贴上，也未必准有人出首。"知府说："我想也是，不如还是求圣僧给占算占算邵华风在哪里。求圣僧慈悲，将妖道拿获才好。"和尚说："我倒知道邵华风现在万花山圣教堂。我和尚不去，是我虎头蛇尾；我和尚要去，必要惹出一场魔难；这也是天数当然。"正说着话，只见手下差人带着小悟禅进来了。悟禅原本奉济公之命，同金毛海马孙得亮弟兄，韩龙、韩庆，在灵隐寺看庙，防妖道上灵隐寺暗害众僧。果然妖道等去了，悟禅等把妖道群贼赶走，金毛海马孙得亮众人告辞，回归陆阳山。悟禅在庙里多日，不见济公回去，也不知常州府慈云观的事完了没有，悟禅把庙中托付师弟悟真，他要来瞧济公。一晃脑袋来到常州府门首，一问当差人等，差人这才带悟禅进来。知府说："少师父来了。"悟禅进来先给济公行礼，见过知府，济公说："悟禅，你来做什么?”悟禅说:“我不放心,来瞧师父,不知慈云观的事完了没有。”知府说:“别提了,现在邵华风还没拿着,圣僧说在万花山圣教堂,不好去拿,正在为难。”悟禅说:“那算什么,不用师父,我去万花山拿他。”济公说:“你别去,你要一去,就惹出大祸。”悟禅不听,站起来就走。济公一把手没揪住,悟禅一晃脑袋,竟自够奔圣教堂,焉想到惹出一场大祸。不知后事如何,且看下回分解。

第二百二十回

悟禅大闹万花山　八魔捉拿飞龙僧

话说小悟禅要上万花山去拿邵华风。济公知道他一去,必惹出一场大祸,一把手没揪住,小悟禅一晃脑袋,出了常州府,来到万花山下。脚着实地,堵着山前,破口大骂,说:"趁早把邵华风送出来,万事皆休。如不送出来,和尚老爷杀上山去,把你们这些个外道天魔全结果了性命。大概你们这些魔崽子,也不是四造所生!"正说着话,巡山侍者过来说:"穷和尚,你无故在这里骂谁呢?"悟禅说:"你趁早去告诉八魔,把邵华风送出来,万事皆休。如要不然,我和尚杀上山去,全皆刀刀斩尽,剑剑诛绝。"巡山侍者说:"和尚,你是哪里的,这样大胆,敢来到万花山这样无礼?"悟禅说:"好小子,你大概也不知道和尚老爷的来历。玉皇大帝是我拜兄,二郎杨戬是跟我住在一处,金吒、木吒、哪吒见我都要行礼。你告诉八魔叫他们出来,我和尚也不跟你们这些无名小辈较量。"巡山侍者一听和尚这话大了,这才跑上山去,来到圣教堂。八魔卧云居士灵霄,正同天河钓叟杨明远、桂林樵夫王九峰、六合童子悚海在一处讲论,要找济公报仇,巡山侍者进来说:"回禀众位魔师爷,山下来了一个穷和尚,堵着山下破口大骂,叫众位魔师爷快将邵华风送出来,万事皆休。如若不然,杀上山来杀个鸡犬不留。"四位魔师一听,气得"哇呀呀"怪叫如雷,说:"好济颠僧这样大胆,竟敢这样无礼,找到我的门上来,真欺我太甚。"正说着话,仙云居士朱长元、白云居士聘啸、搬倒乾坤党燕、登翻宇宙洪韬、四魔师也来了,问:"什么事?"巡山侍者沈瑞等又一述说,八位立刻各拉丧门剑,各背混元魔火幡,一跳出圣教堂,驾起风,下了万花山。到山下一看,并没有穷和尚。众魔师口中喊嚷:"好颠僧,哪里去了!"找了半天,踪迹皆无。书中交代:小悟禅并不是不知道八魔的厉害,虽知道八魔的名气,闻其人未见其面,可不准知道怎么个厉害法。悟禅也是初生的犊儿不怕虎,长出犄角反怕狼。慢说是他,连济公长老都惹不起八魔。小悟禅骂了半天,见巡山侍者进去回禀,悟禅一想:"我何不暗中偷看看八魔是何许人也,别等他们下来见了我，倘若我要不行，不是他等的对手就晚了。”想罢摇身一变，变了一只鸟儿飞上树去，在暗中偷看，他见八魔一个个长得神头鬼脸，凶恶无比。唯有六合童子头挽双髻，是一个小孩的打扮。众魔师都是四楞逍遥巾，身穿逍遥氅，各亮丧门剑。悟禅一想：“万万敌不过他们，不如且到庙中看看。”既到庙中，见邵华风在东廓下吊着。悟禅由上面下来说：“好妖道，邵华风，前者和尚老爷，几乎死在你的乾坤子午混元钵之内。我只打算今生不能报仇，敢情你也有今日之事。”说着话过去一张嘴，把邵华风的鼻子咬下来。邵华风吊着又不能动，鲜血直流，老道痛得怪叫。悟禅把绳子解开，攒着邵华风两条腿腕一抡，抡来抡去，邵华风昏迷过去，甩得四处地下净是血。小悟禅正在耍得高兴之际，八魔回来了。原来八魔下了山找穷和尚没有，卧云居士说：“怪呀，哪里去了？”巡山侍者说：“方才就在这里骂来着。”卧云居士灵霄立刻神占一卦。说：“好孽畜，真乃大胆，他上了山了，你我兄弟赶紧快上山。”众人立刻驾起风上了山。八魔分为四面，天河钓叟杨明、桂林樵夫王九峰二人由东面进去，仙云居士朱长远、白云居士聘啸由南面进去，搬倒乾坤党燕、登翻宇宙洪韬由北面进去，卧云居士灵霄、六合童子二人由西面进去，见悟禅正要处置邵华风，八魔说：“好孽畜，真乃大胆！”小悟禅一瞧一愣，说：“好一群魔崽子，今天和尚老爷跟你们分个弱死强存，真在假亡。”这句话尚未说完，六合童子悚海，由囊兜掏出六合珠，一抖手照定悟禅打去，一道白光，只听天崩地裂一声响，当时悟禅把邵华风也摔了，六合珠一震，悟禅现了原形，十二条腿，两只翅膀，一条大飞龙，不能动转。六合童子悚海说：“众位兄弟，此事该当如何？”掌教魔师灵霄说：“这孽畜实在可恼。他乃是济颠的恶徒，济颠把你我的徒侄韩祺用卦炉烧死，你我也不用留他，也把他照样烧死，就算给韩祺报仇了。”众人说也好。八魔各拉混元魔火幡方要晃幡，只听外面一声“无量佛”，说：“众位魔师且慢，山人来了。”众魔师一看由外面来了一位羽士黄冠，玄门道教，头戴鹅黄色莲花道冠，身穿淡黄色道袍，腰系丝绦，白袜云鞋，面如三秋古月，发如三冬雪，须赛九秋霜，海下一部银须，布满了前胸，身背后背着分光剑，来者老道，正是广法真人沈妙亮。众魔师一看认识，说：“沈道友你来此何干？”沈妙亮说：“我先来给众位送信。我师父紫霞真人同灵空长老，前来查山。”八魔就怕万松山云霞观紫霞真人李涵龄、九松山松接洽寺灵空长老长眉罗汉这两个人。八魔一听这句话，说："我等赶紧去迎接。"立刻把混元魔火幡卷起来，也顾不得烧悟禅了，先把圣教堂这块匾翻过来，每逢这僧道要来查山，他们就不敢挂"圣教堂"的三个字，翻过后面是"野人窝"三字。八魔立刻出去迎接紫霞真人、灵空长老。书中交代：并不是紫霞真人、灵空长老真来查山，还没到查山的年头。原本沈妙亮受济公长老之托，前来搭救悟禅。原本小悟禅由常州府跑出来，济公一把没揪住，罗汉爷追出衙门，早不见了悟禅。罗汉爷一算，有未到先知。说："可了不得了，这孩子不听话，这一去要把五千年的道行糟蹋了。"济公正在着急，只听背后一声"无量佛"，和尚回头一看是沈妙亮。济公说："沈道爷，你来了好，活该悟禅还许有命。"沈妙亮说："圣僧久违少见，在此做甚？"和尚说："我正要为难之际，只因常州府慈云观有一个赤发灵官邵华风，他为非作恶，陷害黎民，招聚贼党，兴妖害人，拒捕官兵，现在知府派人各处拿他。邵华风现在万花山，方才我徒弟悟禅不听话，他上万花山去，他这一去就要惹出一场杀身之祸。我和尚也救不了他，非你救不了，求你辛苦一场，慈悲慈悲吧。"沈妙亮说："我也惹不起八魔，我焉能救得了令徒呢？"济颠说："你快去，我和尚改日再谢。"沈妙亮这才驾起风，够奔万花山。他走得慢，方才来到圣教堂，正赶上要烧悟禅。沈妙亮一使诈语，是济公教给他的主意。就说紫霞灵空僧查山，果把八魔蒙住，往外就跑。沈妙亮急忙过去拍了悟禅天灵盖一掌，口中念归魂咒，悟禅站起来，沈妙亮说："你这孩子好大胆量！你师父叫我来救你，连我都得快走，你快逃命吧。"悟禅说："我感谢。"沈妙亮立刻驾起趁脚风先逃走，悟禅扛起邵华风方要走，一想不甘心，我把圣教堂给烧了再走，悟禅立刻放起火来，烈焰腾空。悟禅扛起邵华风，这才一晃脑袋逃走。来到常州府有差人看见，先把邵华风接过去。悟禅来到里面一见济公，悟禅说："师父，我把邵华风拿来。"济公说："你怎么回来的？"悟禅说："好险，好险！沈妙亮念归魂咒把我救了，要不然，我就被他们烧死，这些外道天魔真可恨，我绝不能跟他善罢甘休。"济公叹了一声说："好孩子，你这个乱惹大了。我不叫你去，你偏要去，你这不是自找其祸？这一来八魔就跟我为了仇，你快走吧，你不用管了。"悟禅说："我不走，我上哪里去？"济公说："你回九松山松泉寺吧。"悟禅说："我虽被他们拿住，我倒没死。我也没饶他，我把圣教堂放火烧毁了。"济公一听说："好孩子，你这胆子真不小，这一烧圣教堂，更给我惹出一场大祸。”悟禅说：“什么大祸？”济公这才如此如此一说，把悟禅吓得目瞪痴呆。不知济公说出何等言辞，且看下回分解。

第二百二十一回

沈妙亮智救悟禅　常州府出斩妖道

话说济公禅师听悟禅烧了圣教堂，这罗汉爷有未到先知，就说："悟禅，你给我惹出一场魔火之灾，这也是天数当然。悟禅，你快走吧，你要再不听我的话，你不算是我徒弟。"悟禅听这话无法，不敢违背师父，这才告辞，回九松山松泉寺，竟自去了。知府顾国章这才传伺候升堂，壮快皂三班吓喊堂威，顾国章升了官座坐堂，吩咐将邵华风带上堂来，即刻将邵华风带上公堂。此时邵华风自己心中难受，后悔晚矣。知府把惊堂木一拍，说："邵华风，你在我本地面招聚贼众，使人采花，陷害黎民，拒捕官兵，率众劫牢反狱，所作所为，还不从实招来，免得皮肉受苦！"邵华风事到如今，自己一想，不招也是不行，莫若从实招认，省受严刑。这才说："大人不必动怒，我有招，只求大人开恩，我只求速死。"知府叫招房先生①给邵华风写了亲供，当堂画押。顾国章吩咐将邵华风钉镣入狱，这才退堂，在书房陪着济公吃酒。次日一早给上行文司，晚间上宪札饬下来，将邵华风就地凌迟处死。知府说："圣僧暂且别走，明天在西门外斩邵华风，求圣僧给护决，恐贼人有余党抢劫法场。"和尚说："就是吧。"次日知府调本地面城守营官兵二百名，护押差事，请济公一同押解邵华风。赶奔西门外法场，来到西门以外，在北面搭着监斩棚，摆着公案桌，知府同济公在棚里一坐，瞧热闹人拥挤不动。刚要剐邵华风，只见正南上来了两个人，和尚一看说："了不得了，我的仇人来了！"知府大吃一惊，只说有人来劫法场呢。抬头一看，见来者两个人，头里走的这人，头戴绿绫缎四楞巾，身穿绿绫缎遥氅，周身绣团花朵朵，足下白袜云履鞋，面如三秋古月，发如三冬雪，须赛九秋霜，海下②一部银髯。后面跟定一人，穿蓝长褂，也是这样的服色。来者非是别人，头里是天河钓叟杨明远，后面是桂林樵夫王九峰。书中交

---

① 招房先生——即旧时在公堂上作记录负责犯人画押的官役。

② 海下——指人脸部。"颏(kē)下"，即下巴的部位。

代:那天小悟禅把圣教堂放着火,他也跑了,沈妙亮也跑了。八魔下山并没见着紫霞真人、灵空长老,卧云居士灵霄袖占一卦,说:“了不得了,众位弟兄赶紧回山。”众人到了山上一看烈焰腾空。灵霄赶紧用宝剑望空一指,立刻一阵暴雨,把火浇灭了,灵霄说:“好一个济颠僧,竟敢使恶徒烧毁我这圣教堂,我必要报仇雪恨。”当时拘六丁六甲,照就把圣教堂照样修好,今天灵霄下山找济颠和尚,天河钓叟杨明远、桂林樵夫王九峰说:“掌教大哥,不用你亲身前去。有事弟子服其劳,割鸡焉用牛刀,待我二人前去。”灵霄说:“你二人要去也好。”天河钓叟、桂林樵夫,这才由万花山驾云下了山,方来到常州府,正赶上济公在法场护决。济公一见,连忙上前说:“二位来了。”杨明远一看,说:“好颠僧,我来找你!”和尚说:“二位有什么事?把邵华风杀了,你我到知府衙门去说。”杨明远说:“也可。”这才立时先把邵华风剐完了。济公同杨明远二人连知府等,一同回归常州府衙门,把杨明远让进花厅,济公叫知府派手下人先给摆一桌酒席,济公同杨明远、王九峰落座吃酒,酒过三巡,和尚说:“二位来找我,打算怎么样呢?”王九峰说:“只因我徒弟被你烧死,你又使你徒弟烧我们的圣教堂,我来找你报仇。咱们也不用这里说,你跟我二人上万花山去,有什么话再说。你要不跟我们去,可别说我等把你拿了走。”和尚说:“你二位先不用忙,我和尚今天也不用跟你们上万花山。我现在还有点事,等我把手里的事办完了,咱们本月十五在金山寺见吧。”杨明远一听说:“就是,谅你也跑不了,既然如是,十五在金山寺见,我二人这就告辞。”济公把二人送出衙门,二人驾起祥云,竟自去了。和尚回到衙门,知府顾国章说:“圣僧定规十五金山寺见怎么样?”和尚叹了一声,说:“你也不用问,非你可知。是福不是祸,是祸躲不过。我和尚还要回灵隐寺见见老方丈,请请安,你我再会吧。”知府说:“圣僧要走,我这里谢谢,给圣僧带点盘费。”和尚说:“我不要盘费。”说着话,和尚立刻告辞,知府送出衙门,拱手作别。和尚刚走后,外面有夜行鬼小昆仑郭顺来到常州府找济颠。书中交代:郭顺由天台山上清宫下山,朝金山、钟山、焦山,路过常州府,找铺户化斋,听本地有人纷纷传言,在西门外出斩邵华风,济公监斩。要不是灵隐寺济公禅师,谁能拿得了邵华风。小昆仑一听,济公现在常州府,我何不去望看望看济公。想罢,郭顺这才来到常州府门首,一声“无量佛”,说:“烦劳众位班头,到里面回禀一声,山人我姓郭名顺,我乃天台山上清宫的,前来拜访济公。”当差人等一听，说：“道爷，你来晚了，济公今天刚走，已回了灵隐寺。”郭顺说：“这就是了，我就告辞。”这才自己够奔镇江府金山寺。这天来到金山寺，山下一看，见庙前山下一道买卖街，热闹非常，江内来往渔船不少，烧香进山人等男男女女，拥挤不动。小昆仑郭顺方来到庙门以外，只听庙内人声鼎沸，一阵喧哗。郭顺一听一愣。书中交代：怎么一段事呢？金山寺这座庙，原本是一座大丛林，庙内有三百站堂僧，老方丈叫元彻长老，跟灵隐寺远瞎堂元空长老是师兄弟。庙里香火甚旺，常有贵官长者夫人小姐来烧香。那一天，忽然来了一位和尚，身高一丈，膀阔三停，面如刀铁，粗眉环眼，长得凶恶无比，也不知从哪里来的，迈步往庙里就走。门头僧赶紧拦阻，说：“和尚，你是哪里的？”这黑脸和尚说：“好孽障，你敢拦我！只因你们这庙中僧人不守清规，无故生货利之心，洒家特意前来管教你等。我乃万年永寿是也，你们这些东西该打。”用手一指说：“给我打。”门头僧吓得拨头就往里跑，立刻身不由己，两个人自己每人打了自己十个嘴巴，跑进去了。这和尚一直赶奔大殿，用手一指，大殿门就开了，这僧人进去就在佛爷头里供桌上一坐。门头僧先回禀监寺道：“现在外面来了一个和尚，黑脸膛，往庙里走，我们一拦，他说他是万年永寿是也，说咱们庙里众僧不法该打，用手一指，我们不由得自己就打了自己十个嘴巴，他到大殿供桌上坐着了。”监寺僧人一听，来到外面一看，果然在大殿供桌上，坐着一个和尚，黑脸膛，一双金睛突暴。监寺的说：“好大胆的僧人！竟敢无故来搅闹佛门善地，你是何人？”那黑脸和尚说：“我乃万年永寿是也。皆因你等无故生货利之心，陷害我的子子孙孙，我等来报仇，你这恶僧该打。”立刻用手一指，说：“给你打。”监寺的不由得自己伸手打自己的嘴巴，吓得监寺的拨头往后就跑，回禀老方丈元彻长老。元彻长老一听，说：“阿弥陀佛，善哉善哉。好孽障大胆，待我去看看！”老方丈来到前面一看，说：“你这僧人为何无故前来搅闹佛门善地？”这黑脸和尚说：“你这和尚生货利之心，不守清规，不安本分，糟蹋生灵，我特意前来将你逐出庙去。”用手一指说：“打。”老方丈不由己，自己打了自己二十个嘴巴。老方丈臊得面红耳赤，归到后面，也不知道这黑脸膛和尚是怎么一段情节，天天要打老方丈三遍，今天已然第七天，正要再打老方丈，小昆仑郭顺一看，说：“无量佛。上面僧人你为何施展法术打他？你也是和尚，彼此僧赞僧，佛法兴，道中道，玄中玄，红花白藕青莲叶，三教归真是一家，你打他你也不好看。依我说,看在山人的面上,饶了他吧,不必跟他作对。”黑脸和尚说:“你是哪来的老道?胆敢多管闲事,你要多嘴,我照样打你。”郭顺一听,气往上撞,当时要跟和尚翻脸。不知后事如何,且看下回分解。

第二百二十二回

金山寺永寿施妖法　小昆仑赌气找济公

话说小昆仑郭顺听和尚说话不通情理，自己有心要翻脸。后又一想，是非只因多开口，烦恼皆因强出头，我何必跟他为仇作对？想罢，这才说："和尚，你不必跟我动怒，山人我解劝你为好。再说这庙中方丈乃是凡夫俗子，你何必欺负他？你要找和尚，总找那找得的，和尚你又怕不敢找。"黑脸和尚说："哪个我不敢找，你只管说！"郭顺一想，现在济公大概回了庙，我叫他去找济公，济公必把他治了，叫他碰个钉子，省得他大肆横行。想罢说："和尚，你敢到西湖灵隐寺去找济颠么？"黑脸和尚哈哈一笑说："你既说叫我找济颠和尚，那容易。"说着立刻一点首说："来。"只见由外面又进来一个黑脸和尚，也不知道是哪来得这样快。这和尚进来一声喊嚷说："我乃千载长修是也！"说着话，来到大殿以前，说："师父差我哪旁使用？"万年永寿说："徒弟，我派你到西湖灵隐寺把济颠给我拿来。"这千载长修和尚一声答应，说："遵法旨。"立刻滋溜一晃脑袋没了。少时来到灵隐寺门首，迈步就往里走。两个门头僧说："找谁？"黑脸和尚说："我乃千载长修是也。"门头僧还要拦阻，黑脸和尚用手一指说："打！"门头僧身不由己，自己就打嘴巴，往里就跑。千载长修也是来到大雄宝殿，往供桌上一坐，门头僧吓得到里面去回禀广亮。广亮一听胆子小，不敢出来，赶紧回禀老和尚元空长老。广亮先跪倒行礼说："回禀老方丈，外面来了一个黑脸和尚，口称叫千载长修，把门头僧打了，他上了大殿的供桌。"老方丈乃是九世比邱，说："好孽畜大胆，无故前来搅闹佛门善地。你去叫道济的徒弟悟真去拿他。"广亮立刻找孙道全把这件事一说，孙道全说："我去。"这才立刻来到前面大雄宝殿一看，果然是一个黑脸和尚在供桌上坐着，头上有一股黑气。孙道全一看赶奔上前，举宝剑照定和尚脖颈就是一剑。和尚就闭着眼，没留神这剑真砍上了，砍得这黑和尚一伸脖子，一道白印。孙道全说："好孽畜，无故前来搅闹佛门净地，还不退去！"黑脸和尚张嘴照定孙道全喷出一口黑气，孙道全赶紧念护身咒，拨头往外就跑，说："好厉害！"话言未了，只听山门里一声喊嚷："无量佛！"孙道全一看，来者乃是神童子褚道缘，说："好孽畜大胆，待山人来拿你！"伸手由兜囊掏出八宝装仙云光袋，照定妖僧一打，手中掐诀，口中念念有词，立刻把这黑脸和尚装到里面。褚道缘说："倒出他来瞧瞧，是什么东西。"往外一倒，众人一看，现了原形，是一个大驼龙。褚道缘一看，说："你真把和尚糟蹋苦了。"书中交代：他师父原本也是一个大师，却为什么到金山寺去闹呢？这内中有一段缘故。原本这山寺山下，当初没有这道买卖街。金山寺老丈想庙里有三百站堂僧，无所事业，素日净吃闲饭，日用太大，老方丈拿出银钱来修盖房子，赁①给人开买卖，所为有烧香进庙人等，也可以作乐。又造了四十只渔船，赁给打鱼的，一天要一两银子。在他这山卖鱼，得给他庙里拿鱼税，每月多进钱若干。这个万年永寿奉龙王之令，在这里把守江口，有这些打鱼的，终日伤了他的子子孙孙不少，故此他一恼，才来到金山寺跟和尚作对。焉想到郭顺用话一激他，他这才派他徒弟来到灵隐寺搅闹，不想被褚道缘用装仙袋将他拿住，倒出来已然现了原形。褚道缘不忍伤害他，这才说："孽畜，你无故前来搅闹，现应将你结果了性命。山人有一分好生之德，饶你这条性命。还不快去。"这驼龙慢慢爬出了山门，好容易驾起风来，竟自去了。他刚走，济公就由外面脚步踉跄回来了。书中交代：济公怎么倒后来呢？这内中有一段隐情。原本济公由常州府出来，和尚顺大路饥餐渴饮，晓行夜宿，这天走到金家庄。猛然抬头一看，有一段妖气直冲霄汉。和尚一按灵光，口念南无阿弥陀佛，善哉善哉，你说不管？我和尚焉有不管之理！罗汉爷本是佛心的人，既知道，就要管。和尚有未到先知之能，这里住着金好善，家中大财主，最好做善事，无故把儿丢了。老员外各处贴告白条，如有人给送信必有重谢。今天罗汉爷正走在这里，总算行善的人家，该当逢凶化吉，遇难呈祥。和尚来到金好善门首一打门，管家出来，和尚说："辛苦辛苦。"管家说："和尚，你来此何干？"和尚说："烦劳管家，你到里面就提我和尚，乃西湖灵隐寺济颠僧，前来拜访。"管家叹了一声，说："和尚，你趁早去吧。你要头半个月来，我家员外必有一番的应酬。我家员外最好斋僧布道，人称叫金好善，你必是慕着名来的。这几天你来得不凑巧，我们员外愁得连饭都不吃了，

① 赁(lìn)——租借。

你想你这不是白碰钉子?”和尚说:“有什么愁事呢?”管家说:“和尚你要问,我告诉你,这件事真新鲜,我们员外跟前就是一位公子,今年十八岁,原本是个文秀才,在我们这北边庄子有花园子,在那里念书。无缘无故,把我家公子丢了不知去向。我们员外各处贴告白条,直到如今音信皆无,各处都找遍了。我们员外愁得了不得,这样的善家按说不应当出这样逆事,你想我们员外哪里还有别的心思。”和尚说:“这个事不要紧,我就为这样事来的,你回禀你家员外,就提我和尚知道你家公子的下落,保准把你家公子给找回来。”管家一听说:“这话当真么?”和尚说:“真的。”管家半信半疑,这才赶奔里面。老员外正在书房坐着发愁,管家进来说:“回禀老员外,外面来了一个穷和尚,他说他是西湖灵隐寺济颠,特意前来拜访老员外,他说他知道公子爷的下落。”老员外正在无计可施,一听这话,求之不得,赶紧往外就跑。来到外面一看,见和尚褴褛不堪,穷脏之极,这才说:“和尚请里面坐。”济公一看这位老员外长得慈眉善目,头戴逍遥员外巾,身穿宝蓝缎员外氅,白袜云鞋,面如三秋古月,花白胡须,精神百倍。和尚这才往里走,来到南倒坐厅房一看,屋中很讲究,所有摆设不俗,一概都是花梨紫檀楠木雕刻桌椅,名人字画,条山对联,工笔写意,花卉翎毛。金好善说:“和尚请坐。未领教和尚贵宝刹在哪里? 上下怎么称呼?”和尚说:“我乃西湖灵隐寺,上一字道,下一字济,讹言传说济颠僧就是我。”金好善一听,知道济公名头高大,连忙施礼,说:“原本是济公活佛。长老来了,这可是活该,求圣僧大发慈悲救我吧,我跟前就是一个小犬,今年十八岁,尚未成家,考取了一个童生,素日就知道念书,并无别的外务。在我这北边我有一座庄子,那里有花园子最清净,他在那里攻书,有几个书童伺候。忽然那一日把我儿丢了。我派人到处找遍了,并无下落,素日他并没有歪邪之道,现在会没了,我各处贴告白条,直到如今音信皆无,求圣僧慈悲慈悲,给占算占算,倒是怎么一段情节?”和尚说:“你不用着急,我知道今天三更至五更,我准把你儿找回来,叫你父子团圆。你先摆酒咱们吃饭。”金好善一听,心中甚为喜悦,赶紧吩咐摆酒。家中擦抹桌案,把酒摆上,老员外陪着和尚吃饭。和尚吃着饭,偶然一打冷战,和尚说:“好东西,少时我就找你去。”金好善说:“圣僧上哪找去?”和尚说:“你不用管,我必给你把儿子找回来。”吃饭完毕,和尚这才告辞,要去搭救金公子。不知后事如何,且看下回分解。

第二百二十三回

金公子心迷美妖妇　济长老慈心救好人

话说济公禅师由金好善家中出来，一直往北，走了有五六里之遥，来到一座石洞门首。和尚说："开门来。"叫了两声，里面并无人说话。书中交代：这石洞内原本住着一个精灵。原本金公子在庄上念书用功，他本是一个书呆子，就知道念书，别无所好，每天念完了书，就在花园子看看花散散闷，活动活动。这天金公子在花园子游玩，见天上星斗满天，皓月当空，自己出了庄子，就在庄子左右闲步，也不敢往远处去。这天忽然心里一迷，往北走出来有一里多地，自己止住脚步，正在发愣，忽然由对面来了一个四十多岁的仆妇，来至切近说："金公子，我家主人叫我来请你来了。"金公子一看并不认识这仆妇，连忙问道："你家主人是谁呀？"仆妇说："你跟我去，一见就知道了，不是外人是故友，都到齐了，净等候金公子你了。"金公子一想，也不知道是谁，跟着这仆妇就走。往前走了不远，只见一座广亮大门，门内有几个家人，就问仆妇说："金公子来了么？"仆妇说："来了。"立刻带领金公子往里就走，金公子一看这所房子甚为齐整，颇有大户人家的样子，金公子心中甚为纳闷。仆妇带着来到上面一打帘子，金公子一看，这屋中靠北墙有一张俏头案，摆设着各样玩物，头前一张八仙桌，两边有椅子，上首椅子上坐着一位千娇百媚的女子，长得够十成人才。头上乌云巧挽盘龙髻，耳坠竹叶梅的钳子，戴着赤金的首饰，鬓边斜戴一朵桃红海棠花。真称得起眉舒柳叶，唇绽樱桃，杏眼含情，香腮带笑，梨花面，杏蕊腮，瑶池仙子，月殿嫦娥，不如也；身上穿着银红色的女衫，周身走金线掐金边，上绣三蓝的花朵，品蓝绉绸的中衣，青缎子镶裤脚，织金的花朵，淡青绉绸的汗巾，上绣三蓝的五福捧寿；足下真是窄小金莲，二寸有余，不到三寸；大红缎子花鞋，上绣金线斗翅蜂，月白裹脚，绿紫腿带，真是头上脚下无一不好。两旁一边站着四个丫环，金公子一看一愣。仆妇说："这就是我家主人。"这女子说："金公子请坐，奴家乃玉皇大帝的女儿，我乃九天仙女。奉玉皇大帝之命，跟你有一段姻缘之分，我故此把你请来。"金公子一听这话,他本是个书呆子,心中渺渺茫茫,如醉如痴一般,说:"姑娘,你跟我有金玉良缘,我得回去禀知母亲。"姑娘说:"公子不必禀知母亲,你就在我这里住着吧。"立刻吩咐仆妇摆酒,陪着金公子二人开怀畅饮。酒到十分,二人彼此俱有爱慕之心。金公子本是一个书生,家中并未娶过亲事,见姑娘十分美貌,人非草木,谁能无情?不由春心已动。女子斜眯杏眼,慢闪秋波,见金公子果然长得面如傅粉,脸似桃花,目如朗星,眉似漆刷,鼻梁高耸,唇若丹霞,双眉抱拢,玉面银牙,正是俏丽的英雄,令人可爱。姑娘一伸手拉住公子,二人眉日传情,彼此携手揽腕,进到里面屋中。仆妇丫环早把卧具放开,二人上床宽衣解带,共入罗帏。金公子如获至宝一般,软玉温香抱怀中,正是:

携手揽腕入罗帏,含羞带笑把灯吹。金针刺破桃花蕊,不敢高声暗皱眉。

二人成其百年之好,夫妻二人千恩万爱,金公子如醉如痴。云雨已毕,夫妻安寝。金公子乐而忘返,终日夫妻二人食则同桌,寝则同榻,时刻行坐不离。过了几天,金公子忽想起家来了,自己一想:"大约相离我家不远,我何不到家瞧瞧父母,再回来呢?"想罢,自己由屋中出来,打算要回家。看看各门户全都关着出不去,金公子就问手下从人说:"我怎么出不去呀?我打算了回家瞧瞧再来。"手下人说:"你要回家,得告诉我家主人,把你送回去,你自己不能回去。"金公子这天就说:"娘子,你叫我家去瞧瞧行不行?"女子说:"行,过两天,我送你回去,你先别忙。"金公子被这女子迷住,也不能回家。今天外面和尚来了,济公叫石洞门叫了两声,里面没人答话。和尚用手一指,石门就开了。和尚一直来到里面说:"借光借光,金公子在这里没有?他父亲叫我找他来了。"金公子正同这女子在一处吃酒,忽听外面有人说话,声音不熟,当时夫妻二人,出来一看,原来是一个穷和尚。女子一瞧说:"好僧人,你来此何干?"和尚说:"好孽畜,你无故兴妖作怪,迷住人家的公子,盗取真阳,不知正务参修,拆散人家的父子。你快把金公子交给我带回去,我和尚有一分好生之德,饶你不死,如若不然,我和尚定要结果你的性命。"这女子一听,气往上冲,说:"好一个穷和尚,你敢前来拆散我的金玉良缘!"说着话一张嘴就是一口黑气,照定和尚喷来,打算要用三千多年的内丹,将和尚喷倒。焉想到和尚用手一指,这股气就散了。女子一看,勃然大怒说:"好和尚,焉敢破仙姑的法气，待我用法宝取你！”立刻由兜囊掏出一把小宝剑，也不过一寸多长，能大能小，祭起来要斩和尚。和尚用手一指，这宝剑一道黄光坠落于地。女子一看真急了，当时由屋中拉出一口宝剑，奔过来照定和尚劈头就砍，要跟和尚以死相拼。和尚说：“好孽畜，大概你也不知道我和尚是谁！”伸手摘下僧帽，照她打去。金光缭绕，瑞气千条，当时将她罩住。现了原形，乃是一只大黄鼠狼。她原本有三千五百年道行，就在金公子那花园子里住着，常见金公子在花前月下闲步，她早有爱慕之心。这天把金公子引到这洞里来把公子迷住，今天被济公将她拿住，现了原形。和尚说：“金公子你看看，这就是你的令正夫人！”金公子豁然大悟，叹了一声，从前恩爱，至此成空；昔日风流，而今安在？凡人生在世，至亲者莫如父子，至近者莫过夫妻。细思想芙蓉白面，尽是带肉骷髅；美艳红妆，即是杀人利刃；瓦矶玉笔，难写空梦苦海；苦口良言，难解深思遐想。云雨时，不顾身躯；醒悟时，才知父母。金公子此时方才恍然明白过来。那黄鼠狼嗷嗷直叫，人有人言，兽有兽语，求圣僧长老饶命。和尚说：“我和尚有一分好生之行，饶了你，你改不改？”黄鼠狼说：“这样一来打去了我五百年道行，我从此再不敢了。”和尚说：“你既是改了，自己找深山去修炼，我和尚饶了你。”这才把僧帽拿起来，黄鼠狼驾起风逃命去了。她这一走，要赶奔五云山找五云老祖，下文书晃动聚妖幡，摆群妖五云阵，要报今日之仇。这是后话不表。济公把她放了，这些丫环也都是小妖变的，和尚说：“我也不肯伤害你等，既能变化人身，都有几百年的道行，不容易。你等从此务正参修，后来方可以成正果，不可跟她学这样胡闹。”和尚把群妖赶散，这才带领金公子出了山洞，回归金家庄。来到家中，金好善一见，说：“圣僧真救了我一家人的命了！”父子见了面，金好善说：“儿呀，你上哪去了？”金公子就把从头至尾的话一学说，金员外一听说：“圣僧真乃活佛，要不是你老人家来救他，我儿必被妖精害了。我夫妇一心疼儿子，大略也活不成，总算你老人家救了我一家人的性命。”和尚说：“不要紧，小事一段。总算你家里有德行，你叫你儿好好地用功读书，将来必可以上进，显名扬姓。”金好善说：“儿呀，你快到后面见见你娘去吧。”金公子这才赶奔后面去，母子相见。金好善这里吩咐摆酒，家人点头，立刻摆上酒菜。金员外陪着和尚吃酒，吃完了，和尚就在厅房安歇。次日和尚起来，老员外又给和尚摆酒，正吃着饭，偶然和尚打了一个冷战，和尚一按灵光，早已知晓，和尚说:“我要告辞,我有要紧的事。”老员外要送和尚银子,和尚不要。立刻出了金家庄,和尚施展验法,赶奔灵隐寺而来。不知后事如何,且看下回分解。

第二百二十四回

归灵隐师徒会面　四英雄无故遭屈

话说济公禅师方来到灵隐寺，这里方把千载长修放走，褚道缘正同孙道全师兄弟见面谈话，各叙离别，只见济公由外面进来，二人一见说：“师父来了。”赶紧上前行礼。和尚说：“你两个人起来。”褚道缘说：“师父要早来一步，正赶上一个驼龙，在这里搅闹，已被我用云光袋将他拿住，我不忍伤害他，又将他放了。”和尚说：“我知道。”孙道全说：“师父从哪里回来？”和尚说：“我由常州府回来，我还有要紧的事，你两个人在庙里住着罢，我来所为见见老和尚，我还得走。”褚道缘说：“师父有什么要紧的事，这样忙？”和尚叹了一声，说：“别提了，只因你小师兄悟禅到万花山去拿邵华风，把圣教堂放火给烧了，惹下八魔跟我作对。我跟八魔定下约会，本月十五日，在金山寺见。八魔必摆魔火金光阵，我和尚这一场魔火之灾，不能不去。我要见老和尚还有要紧事，你两个人给我在庙里看庙，千万不可远离。”孙道全、褚道缘二人点头答应。和尚这才来到后面，一见老方丈，口称：“师父在上，弟子道济参见师父。”老方丈元空长老一看，口念：“南无阿弥陀佛。善哉，善哉。道济你回来了，甚好。你我师徒一场，我有一件事要托付你。”和尚点头说：“我知道，我就为这件事来的，你老人家只管放心。我现在可还得走，我跟八魔定下约会，十五在金山寺见，我这场魔难，是脱不过的。完了事，是日我必到，绝误不了事。”老方丈说：“甚好，现在这里还有一件因果，你也得办。”济公点头说：“我知道。我走了，我要到临安城去，顺便访几个朋友。”说着话，济公转身往外赶奔，又嘱咐孙道全二人好生看庙，不可远去。褚道缘说：“师父不须再三嘱咐。”济公这才出了灵隐寺下山，进了钱塘关。正往前走，只见许多官人，押解着四辆囚车，往前走。里面四个犯人，正是风里云烟雷鸣、圣手白猿陈亮、飞天火祖秦元亮、立地瘟神马兆熊，都戴着三大件手铐脚镣。和尚一看见，激灵灵打一寒战，伸手一按灵光，早已察觉明白，口念：“南无阿弥陀佛，善哉，善哉。”和尚看见，赶紧隐在一旁，这四个人并没看见济公。书中交代:这四个人因为什么遭这样官司呢?这内中有一段缘故,正是天有不测风云之象,人有旦夕祸福之事。只因当朝右班丞相罗本,有一个儿子名叫罗声远,在云南昭通府做知府。他有两个爱妾,一个叫无双女杜彩秋,一个叫赛杨妃李丽娘,两个人都是生得千娇百媚,万种风流,罗声远爱如掌上明珠一般。他本是酒色之徒,在昭通府自到任以来,刮尽地皮,做了六年知府,俸满手中钱也够足了,告了终养。他父亲在当朝做丞相,一人之下,万万人之上,也是个贪官,家里也不指他在外面做官,罗声远打算要回家纳福,带领手下从人仆妇丫环侍妾等,吩咐收拾车辆,带着保镖人满载而归,携眷起程。道路上饥餐渴饮,晓行夜宿,这天来到镇江府金沙岭打了公馆,住在店内。晚上天有三更时候,罗声远正同两个爱妾刚吃完了酒要安歇,忽由房上跳下几个贼人,各持钢刀,一声喊嚷说:“我乃飞天火祖秦元亮、立地瘟神马兆熊、风里云烟雷鸣、圣手白猿陈亮是也!我等在外面行仁做义,杀贪官,斩恶霸,剪暴安良,偷不义之财,济贫寒之家。只因你在昭通府刮尽地皮银钱,也不是好来的,我等特来抢你!”说着话把赛杨妃李丽娘、无双女杜彩秋两个爱妾抢出来,背着就走。家丁一拦,把家丁保镖人砍伤,抢去金银衣服首饰珍珠细软不少。罗声远把两个心上的爱妾一丢,如同摘去了心肝,急得如疯如痴,遣家人就在镇江府,呈报了劫财抢人,叫知府赶紧给办这案。罗声远叫家人在这里等候,他骑上快马就奔了京都,来到相府,一见他父亲罗本,罗声远放声痛哭,罗本就问:“儿呀,有什么事,就这样悲痛?”罗声远就把两个侍妾被贼人夜内抢去,贼人自道名姓的话,说了一遍,又说,爹爹要不叫镇江府把两个爱妾找回来,我也活不成了。罗丞相一听,气得颜色更变,说:“这还了得,好贼人,真乃大胆,竟敢欺负到我的头上!”连忙办文书,札饬镇江府赶紧给拿贼人,找侍妾。镇江府接着这套文书,自己一想这案要办不着,大概纱帽保不住,焉能惹得起罗丞相?知府真急了,张贴告示,如有人知道秦元亮等四个贼人的下落,送信者赏银二百两,如有人拿住送到当官,赏银五百两。飞天火祖秦元亮、立地瘟神马兆熊,二人自从前者由弥勒院回了家,永没出来,自己看破了绿林道,打算在家里安闲度岁月。秦元亮有一个内弟姓苗名配,原先家里很有钱,由他父母一死,他在外面吃喝嫖赌,无所不为,把一分家业财产全花完了。后来找秦元亮借三十两二十两,秦元亮念其至亲,一借就给,给一回,劝一回,说他一回。后来他自己就不肯张口多要了。十两八两,秦元亮还给。后来再要就是三两二两,直抽到三两吊钱,拿了去就输了,自己实没脸常来了。雷鸣、陈亮自从完了官司,这天就去找秦元亮、马兆熊,弟兄四个人在一处盘桓,也无以为事。偏巧苗配又来找他姐丈要借银钱,马兆熊前者就替秦元亮也给过好几十两银子,他说,拿银去做买卖,永不再来。今天见苗配又来了,马兆熊本是个直心人。说:"苗配,你真不要脸,我头一次给你十五两,第二次又是十两,第三次又是十五两,第四次又是五两。你说,自今以后改邪归正,现在你又来借钱了。就是你姐丈也不能尽着你输去,今天我非得管教管教你。"秦元亮也要打他,只雷鸣、陈亮在旁边劝着,说好说歹的,又给他两吊钱叫他走了。焉想到这小子生起坏心,恩将仇报,自己一想:"现在镇江府贴赏格告示,拿秦元亮、马兆熊、雷鸣、陈亮四人,如有人送信,赏银二百两,我何不去送信得二百银子呢?"这小子哪管什么伤天害理,只要钱到手就得,立刻来到镇江府门首说:"辛苦,哪位该班?"值日班刘来说:"什么事?"苗配说:"我来送信,秦元亮、马兆熊、雷鸣、陈亮,我知道这四个人的下落。"值日班说:"这话当真?"苗配说:"这还能假?"值日班叫人先看着苗配,刘来进去回话,当真知府这件事愁的了不得,刘来说:"禀大人,外面来了一个送信人,知道秦元亮等四个人下落。"老爷一听说:"好。"立刻升堂,吩咐将送信人带上来。苗配来到公堂一跪,老爷说:"你姓什么?"苗配说:"小人姓苗叫苗配,我知道秦元亮、马兆熊、雷鸣、陈亮这四个人,在金沙岭做的案。我跟秦元亮是亲戚,我可跟他们素日并无冤仇,皆因老爷贴告示,小人我恐怕他们犯了案,说我知情不举,纵贼逃脱之罪,小人故此前来送信。"知府说:"好,只要这话是真,现在哪里,我派人将他四个人拿来,我必赏你二百银子。"苗配说:"老爷要派人拿去,须多调官兵,这四个人现在秦家庄路北大门,恐怕人少拿不了。"这小子把四个告发了,秦元亮众人要知道他卖的,岂能饶他。苗配一想,莫如一狠二毒三绝计,叫他们打了官司,我得二百银子包个美人,吃喝玩乐,故此说,叫老爷多派人。知府说:"怎么还得多派人呢?"苗配说:"这四个人能为很大,人少绝拿不了,拿漏了再拿可就难了。"知府一听说:"好。"吩咐暂把苗配押起来,立刻调城守营二百官兵,本衙门一百名快手,大班头陈永、李秦带领三百人,当时来到秦元亮门首,把宅子就围了。上前一打门,家人出来一看说:"找谁?"陈头说:"找秦爷、马爷、雷爷、陈爷,四位面见有话说。"家人进去回禀,这四个人尚在睡里梦里,居心无愧,立刻一齐出来,秦元亮说:“众班头什么事?”陈永说:“你们四位的事犯了。”四个人一惊,说:“什么事犯了?”陈永说:“你们自己做的事还用问!”“哗啦”一抖铁链,就把四个人锁上。不知四个人这场官司性命如何,且看下回分解。

第二百二十五回

辨曲直忠良施恻隐　派镖丁私访被害情

话说镇江府的班头将秦元亮、马兆熊、雷鸣、陈亮四个人锁上，这四个人也不敢拒捕，只可跟着，一同来到镇江府衙门。先把四个人押在班房，原办进去一回话，知府立刻升堂，壮皂快三班喝喊堂威，知府吩咐："将贼人带上来！"官人押着四个人往里走，说："金沙岭店中明火执仗，抢夺财物，杀死家丁，抢去卸任官长的侍妾，秦元亮、马兆熊、雷鸣、陈亮四个人告进。"这四个人一听这话，吓得颜色更变，四个人在堂下一跪，知府一拍惊堂木说："你四个人姓什么？叫什么？"秦元亮等各自回话报名。知府说："秦元亮，你等在金沙岭店中抢去罗大老爷的侍妾，杀死家丁，抢去金银财物，同伙办事一共有几个人？快说实话！免得本府三推六问，那时你等皮肉受苦，也得招认。"秦元亮四人跪上半步，向上叩头说："老爷在上，小人等原系安善良民，守分度日，素日以保镖为业。老爷说金沙岭明火执仗杀人，这些事小人等一概不知。我等从来并未做过犯法之事，求老爷笔下超生，小人等实在冤屈。"知府一听说："你们这些人，必是久惯做贼，在本府公堂之上，尚敢狡展。大概抄手问事，万不肯应，来，给我拉下去打！"秦元亮说："老爷暂息雷霆之怒，小人等有下情告禀。说小人等明火执仗，何为凭据？老爷要用严刑苦拷，叫我等认谋反大逆，我等受刑不过，也得招认。求老爷明镜高悬。"知府说："你等在店中抢劫，罗老爷报告，说你等自道的姓名，此时你等还敢狡展？"陈亮说："老爷明鉴。小人等要真在金沙岭做案，我等焉能还自道名姓？老爷想情，这必是贼人跟我等有仇，冒充我等的姓名。小人在镇江府住居多年，老爷不信，问台下官人，我等要在本地有案，老爷台下官人早就把我们办了。"知府一想这件事，莫若先行文书报与罗相，听罗相的回文，再作道理。想罢，这才吩咐："把四个人先钉镣入狱。"一面赏了苗配二百银子发放，即派师爷办了一套文书，咨送到京，说明现在办着了四个人，尚未取供，请示相爷的回谕。罗相一想管他是与不是，叫知府派人押进京来，就地正法，可以振作振作，以后省得再有贼人欺负我儿子。想罢立刻给知府一套文书，叫镇江府将四个贼人押到京来，交刑部按律治罪。知府接着文书，立刻派人传两个解差、十个快手，打造四辆木笼囚车，将秦元亮、马兆熊、雷鸣、陈亮解到京来，有一套咨文，一并交到刑部。方才来到临安城，正遇见济公，济公旁边一闪，看了半天，和尚这才过去。雷鸣、陈亮一看见济公，陈亮说："师父，你老人家得想法子救我们。"和尚说："你等遭这样大祸，我和尚暂时也没工夫。你等几个人不用害怕，到了刑部①再说，吉人自有天相。"和尚说罢，竟自去了。众解差押解四个人来到刑部，把文书差事交到。值日班把差事留下，将文书递上去，刑部正堂陆大人一看，立刻升堂，官人把雷鸣、陈亮带上去，陆大人一问，这四个人仍然实话实说。陆大人一看，这文书与四个人的口供不符。这位陆大人本是一位清官，自为官以来，两袖清风，爱民如子。一问雷鸣、陈亮四个人，在金沙岭抢罗老爷的侍妾财物，杀死家丁，同伙办事共有几个人，陈亮说："回禀大人，小人等在镇江府住居有年，原系安分守己，并未做犯法之事。金沙岭的事，小人等一概不知，求大人这辈为官，辈辈为官。大人想情，我等要去抢劫，焉能自道名姓，留下祸根？这必是贼人跟我等有仇，他等做案陷害我等。求大人笔下超生。"陆大人一想，这其中定有缘故。立刻吩咐先把四个人入了狱，随后坐轿去拜罗丞相请见。罗声远把陆大人请进来，坐下一谈话，陆大人说："现在镇江府解了四个贼来，我一讯供，看这几个人大概不实。少大人当初在金沙岭被抢的那一天，可曾记得贼人的模样？"罗声远说："我也记不甚清。有一个穿青皂褂黑脸的，有一个穿白带素白脸的，有一个黄脸的，余者我就渺茫了。"陆大人一听说："这就不对了，这四个人没有黑脸的。秦元亮是红脸，马兆熊是青脸，雷鸣是蓝脸红胡子，陈亮是白脸，大概这四个人必屈枉。"罗声远说："谁管他屈枉不屈枉，他等情屈命不屈。大人把他们正了法，振作振作，以惊贼人之胆。要不然大员子弟在外省做官，有钱就不用回来了。"陆大人一听，话有点不通情理，也不肯深往下说，自己告辞，回来坐在书房，思想此事。真要用严刑苦拷，叫这四个招了，就是四条人命，做官者关乎德行阴骘，放是不能无故地放了，官事办不下去。越思越想，沉吟了半晌，忽然想起了主意，立刻吩咐家人去把二位看家护院的请来，

① 刑部——官署名，掌管国家的法律、刑狱事务。

家人点头，去不多时，把二位护院的师傅带到书房。这二位护院的，原本是江北贺兰山的人，在九杰八雄之内很有能为，在陆大人家多年，一位姓华名元志，绰号燕子风飞腿华元志，一位叫乐九州神行武定芳。两个人来到书房行礼，说："大人呼唤我二人有什么事？"陆大人说："二位教师，素日本部院待你等如何？"华元志说："大人待我等甚厚，大人有什么事，只管吩咐，我二人万死不辞。"陆大人说："既然如是，我这里现在收了四般差事，在金沙岭抢去罗公子的侍妾金银，贼人秦元亮、马兆熊、雷鸣、陈亮，现在这四个人据我看冤屈，罗相要把这几个人糊里糊涂地杀了，本部院我不能做这亏心事，放又不能，此时也不能再给镇江府行文书，叫他办这案，已然他算把这案的人交来。我这衙门专管刑事，手下人也没有久惯办案之人，我派你二人到镇江府去觅访此案，如能把真盗犯访着，我给你二人办一套公文，不拘州府县可以会合本地面文武官员，帮你等捉拿贼人。如能把贼人办来，头一则救这四个人的命，再说本部堂也有名，也是一件德行事。给你二人一百银子盘费，就烦你二人辛苦一场。"华元志、武定芳说："大人既是吩咐，我二人遵命，明天就起身。"陆大人立刻给办了一角文书，用了关防，次日二位英雄领了一百银子，换上衣服，各带兵器。华元志是穿蓝翠褂壮士打扮，武定芳穿白素缎，二人衣服鲜明。各带夜行衣包，在陆大人跟前告辞。出了京都，顺大路赶奔镇江府，道路上寻踪探迹，饥餐渴饮，晓行夜宿，这天已到镇江府地面。偏巧错过了镇店，天已黑了，上不靠村，下不靠店，二人往前走进了一座山口，见远远的一片松林，似有住户人家，来至切近一看，原来是一座古庙。这座庙还不小，二人一想庵观寺院过路的茶园，找不着镇店，可以庙中借宿一宵，讨点斋饭，临走多给香资，亦未为不可。武定芳说："大哥，你我就在这庙里借宿吧。"华元志说："也好。"二人这才上前叫门，工夫不大，只见由里面出来一个人有三十多岁，两道粗眉毛，一双圆眼睛，鹦鼻子，尖下巴，两腮无肉，身穿白布褂裤，白袜青鞋，仿佛像火工道人的样子。华元志赶紧举手抱拳，说："辛苦辛苦。"这人说："二人找谁？"华元志说："我二人原本是远方来的，今天越过了镇店，行到此处，也不知这庙内是和尚是老道，望乞尊驾给回禀一声，我二人要在此借宿一宵，庙中有斋饭，我二人叨扰一顿，明天香资多付。"这人说："原来二位是远方来的要借宿，这件事我可不敢自主，我得到里面回禀我家方丈去。”华元志说:“好。”这人转身进去,工夫不大,由里面出来说:“二位请吧。”华元志武定芳二人,这才往里赶奔。焉想到今天一进这座庙,身入龙潭虎穴中。不知后事如何,且看下回分解。

第二百二十六回

因访案误入藏珍寺　识奸计冒险捉群贼

话说华元志、武定芳二人跟着进了庙，这人带着由大殿往西一拐，来到西跨院。这院中是四合房，北上房三间，南房三间，东西配房各三间。把二位英雄让到北上房，这屋中是一明两暗，屋中倒很干净。二人来到屋中，这人给点上灯，倒过茶来，华元志说："尊驾贵姓？"这人说："我姓孙叫孙九如，未领教二位贵姓？"华元志说："我姓华。这庙中几位当家的？"孙九如说："就是一位老方丈，有点老病根，可不能出来见你二位。"华元志说："不敢劳动老方丈，你这庙中要有吃的，给我俩来拿一点来，明天多给香资。"孙九如说："施主说哪里话来，此乃是十方门地，十方来，十方去，十方钱粮应酬十方事，我给二位收拾去。"说着遂转身出去，工夫大了，好容易才拿油盘来了，端进四样素菜来，一壶酒，一盘炸面筋，一盘炒豆腐，一盘炒白菜，一盘拌豆腐丝，杯筷碟，都给拿来。说："二位施主被屈点吧，这庙中可没有什么好吃的，有馒首①有粥，二位随便用吧。"说完了话，转身出去。武定芳拿起筷子方要吃，华元志说："贤弟，你先等等吃。"武定芳说："怎么？"华元志说："我看这个孙九如，方才说话，眼珠儿滴溜溜乱转，恐其中有诈。再说这座庙，又不靠村庄，又不靠大道，每逢庵观寺院，乃是藏贼的窝巢。出门在外，不得不留神。我看他说话伶牙俐齿，二眸子乱转，圣人有云，胸中正，则眸子瞭焉；胸中不正，则眸子眊焉②。我看其中有缘故，先等等吃吧。"说完了话，工夫不大，孙九如由外面进来，说："二位酒够不够？"华元志把酒斟出来一看，酒发浑，在酒杯子里直转，华元志更生了疑心，说："孙九如，你喝一盅。"孙九如一听，连连摇头说："我不会喝。"华元志见孙九如转身就要往外走，华元志过去一伸手，将孙

---

① 馒首——即"馒头"。

② 胸中正，则眸（móu）子瞭焉；胸中不正，则眸子眊（mào）焉——此话是说心底无愧，目光纯正；心怀鬼胎，目光鬼祟、昏花。

九如揪住。一个黄鹂拿嗉，一捏嘴把这盅酒灌下去。立刻就见孙九如蹬蹬腿裂裂嘴，翻身栽倒，人事不知。华元志说："贤弟，你看如何？"武定芳说："总还是兄长细心，今天要是我就上了当了。兄长既把这厮拿住，打算怎么样？"华元志说："你我先里面去听听风再说。"武定芳说："既然这厮施展毒计，陷害你我，大概这庙中必有贼人窝藏，你我还等什么，简直①咱们到各处探探去。"华元志一听，说："也好。"二人这才把孙九如捆好，口堵上，往地下一搁，二人把灯吹灭出来，将门倒带，立刻蹿房越脊，探来探去。探到东跨院一看，北上房屋中灯光闪烁。二人一看有后窗户，来到后窗户将窗纸湿了一个小窟窿，往屋中一看，靠北面冲南坐着两个大脱头和尚，可看不见脸膛。在东边坐定一人。头上戴紫色壮士帽，身穿青布衫，黑脸膛，凶眉恶眼。靠西边坐定一人，穿蓝翠褂，白脸膛，细眉圆眼。在南面坐定一人面冲北，头上紫色壮士帽，紫箭袖，面如紫玉，两道丧门眉，一双吊客眼，双睛暴露于外。华元志二人在暗中瞧看，见这五个贼人在一处吃酒，就听东边坐着这个黑脸的说："今天来的这两个人，大概是翅子窑的鹦爪孙。"就听西边那白脸的说："别管他是不是，把他等拿住，亮字字把瓢给摘了，总算他情屈命不屈。"就听和尚说："怎么孙九如去这半天还不来呢，莫非有什么变故不成？高二弟你去瞧瞧去。"这黑脸的站起来，一声答应，往外就走。华元志一拉武定芳，二人在后面蹿房越脊跟随。华元志说："先把这个贼人拿住，问问底里根由。"二人见贼人来到东跨院，华元志由上面蹿下来，过去一腿，就把贼人踢倒，贼人方要嚷，华元志一掐贼人的脖子，拉出刀来一擎，说："你要嚷，我当时结果你的性命。你说了真情实话，饶你不死，这庙中是怎么一段情节？"贼人吓得魂不附体，说："大太爷你别杀我，我实说。"华元志说："你说吧。"贼人这才从头至尾一述说。书中交代：这座庙叫藏珍寺，老和尚名叫法长。这两个和尚，一个叫月明，一个叫月朗，是老和尚的门徒，前者由打白鱼寺漏网，只因为抢花花太岁王胜仙的侍妾，把庙也入了官了。这两个人就逃到他师父这里来，提说把一座白鱼寺抛了，老和尚劝了这两个人半天，后来老和尚上三更岗去，把这座庙就给徒弟。临走还谆谆嘱咐，叫两个人务本分。这两个人本是酒色之徒，焉能改得了。在庙中又修出夹壁墙地窨子，打算

① 简直——直接。

弄将两个妇女来终日作乐。这天外面来了几个绿林的朋友，正是黑毛虿高顺，红毛吼魏英，白脸狼贾虎，恨地无环李猛，低头看塔陈清，赛云龙黄庆，小丧门谢广。这些人由打藏珍坞逃走，跟邵华风分了手，各奔他乡，谁也顾不了谁。这几个人投在藏珍寺来，一见月明、月朗，本系旧日的朋友，月明说："众位从哪来？"众人说："别提了，我等在慈云观住着。打算帮赤发灵官邵华风共成大事，不想被官兵把庙也抄了，被济颠和尚追得我等上天无路，入地无门。知道二位当家的在这里，我等来到这里，暂为借住几天，再想主意。"月明说："那有何妨，众位只管住着，有吃有喝的。"众人在庙里住了几天，这天大众谈起话来，黑毛虿高顺说："常州府官兵抄慈云观，济颠和尚帮着都不恼，唯有雷鸣、陈亮、秦元亮、马兆熊这四个人可恨，他们也是绿林人，反帮助官兵跟绿林中作对，我哥哥高珍死在他四人之手，我早晚总得报仇。"那边白脸狼贾虎说："高二哥，你要打算报仇，害雷鸣、陈亮这四个人容易，我倒有个主意。咱们也别在庙里，白吃当家的，我出去采踩盘子，要有了好买卖，我给你们众位送信。咱们做下案，留下雷鸣、陈亮他们四个人的姓名，叫官人把他们办了，你我又得了财，又报了仇，好不好？"众人说："好，还是贾贤弟这个主意高明。"白脸狼贾虎立刻由庙中出来，到四处访查。这天听说云南昭通府罗声远卸任，带着两个美妾，一个叫无双女杜彩秋，一个赛杨妃李丽娘，驼轿车辆，金银细软不少，有四镖丁护送回家，住在金沙岭万成店打了公馆。贾虎打听明白，回到藏珍寺一学说，两个和尚本是酒色之徒，一听说有两个美人，不但有银钱，还有这样的美妾，和尚说："众位一同去！"群贼晚间各带兵刃，换上夜行衣，扑奔金沙岭万成店而来。各施展飞檐走壁之能，进去一探，探到东跨院，见罗声远正同两个美人在北上房喝酒，果然长得千娇百媚，万种风流。李猛陈清先下去，进上房就把美人抢出来。高顺砍了罗声远一刀，说："我乃风里云烟雷鸣。"李猛说："我乃圣手白猿陈亮。"黄庆说："我乃飞天火祖秦元亮。"谢广说："我乃立地瘟神马兆熊。只因你是赃官，剥尽地皮，我等行侠仗义，特来抢你。"镖丁出来一拦，砍死两个镖丁，抢了金银珠宝不少，群贼背着两个美人满载而归。回到庙里，见两个妇人十分美貌，群贼都是酒色之徒，大家争论，这个也要要，那个也要要。月明月朗说："你们众位都不能要，在我庙里犯事，我担沉重①，我二人每人一个。”硬强霸下，众贼人又不敢翻脸，和尚都会法术。银钱细软，和尚拣好的留多一半，众人分少一半。众人心中俱皆不悦。因此分赃不均，李猛、陈清、贾虎、魏英四个人皆气走了。高顺、黄庆、谢广三个人无地可投，在这庙里住着，也没听说雷鸣、陈亮等四个人死了没有，就听说打了官司。今天华元志、武定芳一来，群贼疑惑不是官人，就是玉山县雷鸣、陈亮的朋友，故此叫孙九如拿蒙汗药酒，打算要害这两个人。不想被华元志看出来，先把孙九如拿住。这又把高顺拿住，高顺说了真情实话。二位英雄要想拿贼，不想惹出一场大祸，且看下回分解。

① 沉重——重大的责任。

第二百二十七回

月明月朗施妖法　济公班头捉凶贼

话说黑毛蚤高顺，被二位英雄拿住，不能不说实话了。这才说："二位大太爷饶命，要问这座庙，叫藏珍寺。两个和尚，叫月明、月朗，我叫黑毛蚤高顺。这里还有一个赛云龙黄庆，一个小丧门谢广。我等是由慈云观逃在这庙里来的。"华元志说："大概金沙岭杀死镖丁，抢劫财物和罗声远两个侍妾杜彩秋、李丽娘，必是你们做的，冒补雷鸣、陈亮。你说实话，饶你不死。"高顺说："不错，是我们连和尚一共九个人去的，现在走了四个，因为和尚把两个侍妾霸下，现在夹壁墙搁着。金银他要多一半，故此分赃不均，气走了四个人。一个叫恨地无环李猛，一个叫低着看塔陈清，还有红毛吼魏英、白脸狼贾虎。这是已往真情实话，二位大太爷要是绿林人，饶我这条命，我日后必有一分人心。"华元志听明白，这才把高顺捆上，嘴堵上，搁在北上房屋里，将门带上，说："武贤弟，随我到东院去捉拿那四个人。"武定芳点头答应，这二位也是艺高人胆大，立刻各拉兵刃来到东跨院。堵着北上房一声喊嚷，说："好贼人，你等趁此出来，你家大太爷乃是堂堂英雄，你等施展这样诡计，焉能瞒得了你家二位大太爷？今天你等休想逃走！"屋中两个和尚月明、月朗同黄庆、谢广正在吃酒，四个贼人一听，当时往外赶奔。抬头一看，见院中站定两个人，一位穿蓝翠褂，一位穿白爱素，俊品人物，各擎着钢刀，威风凛凛。月明、月朗一看，说："好小辈，大胆，也敢来到洒家这庙中这样发威，你也不打听打听，洒家有多大能为。你两个人姓什么？叫什么？"华元志说："贼人，你要问，大太爷姓华名叫华元志，人称叫燕子风飞腿华元志。"武定芳也道了名姓。二人方要往前赶奔，月明、月朗立刻一念咒，用手一指，说声"敕令"，当时用定神法将华元志、武定芳二人定住，不能动转。月明说："这两个人，岂不是飞蛾扑火，自来送死。来人，把他两个人捆上。"赛云龙黄庆说："当家的，何必捆他们，我过去手起刀落，把他二人杀了就完了。"月明、月朗说："也好。"赛云龙黄庆，立刻伸手拉刀，方要往前赶奔，忽听四外人声呐喊说拿，四个贼人大吃一惊。书中交代：怎么一段事呢？凡事要得人不知，除非己莫为。只因济公看见雷鸣、陈亮、秦元亮、马兆熊四个人囚车押解赶奔刑部，和尚一想，这件事焉能袖手旁观呢，自己一想要办这件事，非得如此这般，这等这样。想罢，和尚往前走，忽见一人要跳河寻死，见此人有三十多岁，淡黄的脸膛，穿着月白裤褂、白袜青鞋，像买卖人的打扮。刚要跳河，和尚过去一伸手，将这人揪住，和尚说："朋友，你为什么要跳河？你跟我说说。"这人叹了一声，说："大师父，你管不了，我告诉你吧，我原本姓杨，名文彬，在钱塘关外开小器作，字号巧艺斋。在莫丞相府应了点活，我在府里做活。莫丞相有一位公子名叫莫文魁，最好养蟋蟀。他有一条蟋蟀原本是虫王，当初花五百银子买的，偏巧我一多手，把蟋蟀罐子碰倒了，把他那蟋蟀也跑了。莫公子打了我四十军棍，叫我赔一千银子，不赔不行。大师父你想，我卖个家产尽绝，也没有一千银子，我莫若一死，也就算完了。"和尚说："这个事不要紧，你别死，你回小器作铺子等我，听我的信，我管保你没事，你想好不好？"杨文彬说："和尚，这话当真？"和尚说："不假。"杨父彬说："大师父，贵上下在哪庙里？"和尚说："我乃西湖灵隐寺济颠僧是也。"杨文彬一听说："原来是圣僧。"赶紧跪倒叩头，知道济公名头高大，乃当世活佛，说："圣僧长老，你救我吧，我家有老母妻子，旦有一线之路，我也不能寻死。"和尚说："你回头回铺子听信吧。"杨文彬这才自己告辞。和尚往前走，来到大街花一百钱，买了三个蟋蟀，装在僧帽里。往头上一戴，够奔路北一座酒馆。迈步进去，找了一张桌，要了酒菜，自斟自饮。这雅座里正是莫公子在这里吃饭，外面有十几位蟋蟀把势，挑着蟋蟀罐子，打算吃完了饭，要上莫相府跟二公子秦桓去斗蟋蟀。和尚喝着酒，蟋蟀在帽子里面一叫，旁边众把势说："和尚，你还带着蟋蟀吗？"和尚说："是呀，你们上哪去？"众人说："我们吃完了饭，上莫相府跟莫公子去斗蟋蟀去。"和尚说："你们有多少蟋蟀？"众人说："有四十八条。"和尚说："你那蟋蟀是斗蟋蟀，我说那不算为奇，我这蟋蟀能斗鸡。"大众说："真的吗？"和尚说："我有三个虫王，一个叫金头大王，一个叫银头大王，一个叫镇山五彩大将军。"众人一吵嚷，莫公子由里面出来，众把势说："公子，你看这位和尚有三个蟋蟀虫王，说能斗鸡。"莫公子说："大师父这话当真？你斗斗我们瞧瞧，行不行？"和尚说："行。"立刻把饭铺鸡笼里小花鸡拿出一只来，和尚用手一指，把帽子摘下来。莫公子一看，果然这三条蟋蟀，都有一分重,一个真是出号的大虫。和尚把蟋蟀搁在地下,一个小鸡子本都是饿急了的,瞧见蟋蟀过去就要吃。那蟋蟀一蹦,跳在鸡脑袋上,咬得小鸡子直叫直跑。和尚把蟋蟀拿起来说:"别把我的宝贝伤了。"莫公子一看,说:"和尚,你卖给我吧,要多少银子我给多少银子。"和尚说:"不卖,我这好容易由南省找来的,本地没有。我不能卖这三个蟋蟀,还不定赢多少银子呢!"莫公子说:"你卖给我两个,要不然卖给我一个。"和尚说:"一个也不卖。"莫公子说:"大师父你在哪庙里?"和尚说:"我乃西湖灵隐寺济公。"莫公子一听说:"这更不是外人了,你是秦相的替僧,圣僧总得卖给我。"和尚还不卖。莫公子又托出人来见和尚,一定要买。和尚说:"莫公子要买,我跟你商量,钱塘关外巧艺斋小器作,有个杨文彬,他给你丢了一个蟋蟀,我作为赔你一个,他跟我有点牵连,这三个都给你,你再给我一千银子,少了可不卖。"莫公子说:"那行。杨文彬我也不找他了,我就给圣僧一千银子。"当时给了和尚一千银子的银票。和尚拿着出了酒馆,来到钱塘关巧艺斋,见了杨文彬。和尚说:"你的事已完了,莫公子也不能再找你,我给你五百银子,你好好地度日。"杨文彬千恩万谢,给和尚叩头。和尚告辞,出了巧艺斋,正碰见柴元禄、杜振英、雷思远、马安杰四位班头。一见和尚,四个人上前行礼,和尚说:"四位头儿上哪去?"柴头说:"别提了,现在这位老爷到任未久,地面上连出了好几件盗案,昨天偷到京营殿帅府去,把夫人的凤冠霞帔偷去,还有一匣子家藏的珍珠细软,今天京营殿帅下来令,给六天限要破案,要办不着这案,连我们老爷的纱帽都戴不住。我们心里别提多急了。"和尚说:"不要紧,我这里有五百银子,烦你到刑部去托托人情,现在那位雷鸣、陈亮爷,还有一位马兆熊,一位秦元亮,四个人打了官司,你给托托里外多照应,别叫他们受屈。我在这醉露居等着你们回来,我带你们去办案,管保伸手可得。"柴元禄说:"行。"叫雷头马头陪着和尚喝酒,他同杜头赶奔刑部,一见门班皂班牢头禁卒花钱一托,有人带着二位班头,去见雷鸣、陈亮、秦元亮、马兆熊。柴头说:"我奉济公之命,拿五百银子来上下里外都托了,你们四位只管放心,也不能受私刑上鞭床,要吃有吃的,都有人照应,官司必有出头之日。"雷鸣、陈亮说:"劳二位驾,改日再谢,先给济公代问好。"柴杜二人说:"是。"这才告辞出了刑部,来到醉露居。一见济公,柴头说:"都托好了,也见了他们四位,师父你替我们辛苦辛苦吧。"和尚这才要带领四位班头,前去拿贼。不知后事如何,且看下回分解。

第二百二十八回

勾栏院耍笑捉贼寇　太守衙二贼供实情

话说柴元禄、杜振英来到醉露居一见济公，和尚说："二位辛苦。"柴元禄说："圣僧放心吧，刑部里全都托置好了。"和尚说："甚好，二位坐下喝酒吧。"柴元禄、杜振英坐下，喝了几盅酒，说："圣僧，咱们哪去办案去？"和尚说："先喝酒，别忙，少时我自有道理。"柴、杜、雷、马四位班头，是心急似箭，恨不能一时把贼人拿住好交差。和尚也不着急，左一壶，右一壶，杯杯净，盏盏干。四位班头又问说："圣僧，你老人家慈悲慈悲吧。"和尚说："有什么事，先喝完了酒再办。"四个人干着急无法，喝来喝去直喝到掌灯以后，和尚这才说："咱们走吧。"四位班头给了酒饭账，柴头说："圣僧，方才到刑部去托人情，里外共用了二百两，给雷爷、陈爷他们四位留下一百两，还剩下二百两，交给你老人家吧。"和尚说："我不要，给你们四位分吧，可以随便置点衣裳。"四位班头不肯要，和尚一定要给，四个人这才谢过了济公，大众一同出了酒馆，和尚说："四位班头跟我走。"柴头说："上哪去？"和尚说："你们别管，我和尚自有地方去，管保到那里伸手可得。"四位班头知道济公有未到先知之能，随后跟着和尚，来到一条胡同，乃是勾栏院门首，见里面挂着大门灯。和尚说："四位，这是哪里？"柴头说："师父这不是明知故问吗，这是御勾栏院。"怎么叫御勾栏院呢，原本宋朝年间，勾栏院的妓女，都是大官宦人家犯了罪抄了家，把姑娘小姐打在勾栏院，奉旨为娼，故此叫御勾栏院，如同御前当差一般。和尚来到勾栏院门首，故意问柴元禄等四位班头，这是哪里？柴头说，这是勾栏院。和尚说："四位头里走，我和尚今天开开眼。"柴头说："上这里做什么？"和尚说："你不用问。"四位班头一听有些明白，这才往里走。和尚看大门上有副对联，上写道："初鼓更消，推杯换盏多欢乐。鸡鸣三唱，人离财散落场空。"这副对联原本是一位阔大爷花钱花落了品写的。横批是"金情银意"四字。和尚随着四位班头进了大门，见迎面是影壁，白石灰画的棋盘心，上面有人题着四句诗，写的是：

下界神仙上界无，贱人须用贵人扶。兰房夜夜迎新客，斗转星移换丈夫。

影壁头里有一架荷花鱼缸，栽着荷叶莲花。四位班头同和尚一进来，门房众伙计一看认识，说："众位头儿，今天怎么这样闲在，有什么事么？"柴头说："没事，到里头坐坐。"说着话，往里走。这院中是四合房，北上房五间，南倒坐五间，东西配房各三间。刚到院中，见老板由上屋里出来，和尚一看这位老板有三十多岁，打扮得俊俏，正是：

云鬓半偏飞凤翅，耳环双坠宝珠排，脂粉半施自由美，风流仍带少年才。

老板一看说："哟。众位头儿从哪来？请上房坐吧。"当时打起帘子，一同来到屋中。和尚睁眼一看，正当中挂着半截身的一幅美人图，上面有人题着四句诗，写的是：

百般体态百般姣，不画全身画半腰。可恨丹青无妙笔，动人情处未曾描。

下面写着惜花主人题。屋中极其干净，都是花梨紫檀楠木雕刻桌椅。众人落了座，有老婆子倒过茶来，老板说："众位头儿，今天怎么样闲在？"柴头说："没事，到这里搅个座。"老板说："众位头儿说哪里话来，请都请不到的。这位大师父你是一位出家人，怎么也到我们这地方来？"和尚说："出家按一口锅，也跟在家差不多。"老板说："大师父在哪庙里？"和尚说："我在取马菜胡同黄连寺，我叫苦合。"柴头等众人嘻嘻地笑。正说着话，外面门房喊嚷："二位大爷来了。"老板一声答应，往外赶奔，说："二位大爷来了，到西院里坐吧。"众班头往外一看，只见头前进来这人，头戴粉绫缎六瓣壮士巾，上安六颗明镜，迎门一朵素绒球，突突乱晃。身穿粉绫缎色箭袖袍，周身绣三蓝牡丹花，走金线掐金边。腰系五彩丝鸾带，单衬袄，薄底靴子，外罩一件洋粉绫缎英雄大氅，周身绣团花。面如白纸，两道剑眉，一双三角眼，裂腮额吊脚口。后面跟定一人，穿蓝翠褂，壮士打扮，面如淡金，粗眉圆眼。二人衣服鲜明。就听这二人说："方才我在酒馆叫人来接，怎么会竟敢不去。"老板说："二位大爷别生气，方才轿子来接，正赶上没在家，船上有一位金公子叫了去。要在家焉有不去之理？二位大爷也不是外人，多包涵吧。"这两个人刚要往后院走，和尚说："四位班头，别叫这两个贼人走。"四位班头赶紧往外赶奔。书中交代：这两个贼人非是别人,头前这个穿白的,乃是白脸狼贾虎。后面跟定乃是红毛吼魏英。这两个贼人自打藏珍寺因分赃不均,赌气二人够奔京都来了,住在钱塘关天竺街万隆店内。晚上由店中出来窃盗,在这临安城做了有十几案,昨日到京营殿帅府去偷了凤冠霞帔,一匣子珍珠细软。终日在外面寻花买柳,在这家勾栏院认识一个妓女,名叫碧桃,天天在这里取乐。今天方来到这里,不想济公在这里等候。四位班头听和尚说,别放这两个人走,四位班头立刻由上房出来,各拉铁尺。柴元禄一声喊嚷:“朋友你的事犯了!”贾虎、魏英两个贼人一听,大吃一惊,打算要走。和尚在上房门首用手一指,把两个贼人定住。四位班头抖铁链,把两个贼人锁上,吓得勾栏院老板战战兢兢,说:“众位头儿什么事?”柴元禄说:“你们少管闲事,我们也不能连累你们。”老板说:“四位头儿多经心吧,我们可并不知道这位贾爷魏爷是做什么的。”柴头说:“你们不用害怕,我们带着走了。”和尚说:“走吧。”这才拉着两个贼人一同赶奔钱塘关衙门,柴头先到里面去回禀老爷,这位知县姓杨名文禄。柴头说:“回禀老爷,现在有灵隐寺济公帮着拿住了两个贼人,请老爷升堂讯供。”知县一听,赶紧吩咐有请济公,传伺候升堂。当时传壮皂快三班吓喊堂威,知县杨大老爷升了堂。和尚上了公堂,知县举手抱拳,说:“久仰圣僧大名,今幸得会,真乃三生有幸。”和尚说:“老爷办公,少时再谈。”知县叫人给和尚搬了一个座,在旁边落座,这才吩咐将贼人带上来。柴元禄、杜振英将贼人带到公堂一跪,知县说:“你两个人姓什么?叫什么?”贾虎、魏英各说了姓名。知县说:“你两个人趁此实说,在我这地面做了多少案?昨天在京营殿帅府窃盗,共有几个人?从实招来,以免皮肉受苦。”贾虎说:“回禀老爷,我二人原是西川人,来到京都闲游,并未做过犯法之事,也不知今天老爷的公差,因为什么将我二人锁来,求老爷格外开恩。知县一听,勃然大怒说:“大概抄手问事,万不肯应。来到本县公堂还敢不招,来,拉下去给我打!”立刻把两个贼人拉下去,每人打了四十大板,打得鲜血直流。打完了,知县一拍惊堂木,说:“你两个人招不招?如不招,本县我活活把你打死!”两个贼人还打算忍刑不招,每人又打了四十。贼人料想不招不行,这才从头至尾,说了真情实话。不知说出何等言词,且看下回分解。

第二百二十九回

请圣僧捕贼藏珍寺　完巨案暗救四门生

话说白脸狼贾虎、红毛吼魏英，二人受刑不过，这才说："老爷不须用刑，小人招。我二人原本是西川路的人，来在这临安住在天竺街万隆店，在本地做了十三案。偷了些银钱首饰衣服，已然都花完了。昨天在京营殿帅府得了一分凤冠霞帔，一匣子金珠细软，现在勾栏院。我二人认识两个妓女，一个叫碧桃，这东西在碧桃手里存着，她等不知我的东西是偷来的。这是已往真情实话。"知府一听，立刻吩咐柴元禄等，带领贼人去起赃。和尚在旁边说："老爷先别忙，这两个贼人在本地窃盗倒事小。在镇江府金沙岭抢罗丞相的公子罗声远的侍妾杜彩秋、李丽娘，砍死镖丁，抢去金银。明火执仗，有他两个人。冒充雷鸣、陈亮、秦元亮、马兆熊，这四个人被屈含冤，现在刑部。这件事我和尚被人所托，老爷问他二人好圆这案。"知县一听说："贾虎、魏英，在金沙岭明火执仗抢罗声远的侍妾，杀伤人命，你等共有多少人？"贾虎、魏英一听，吓得颜色更变，说："这件事小人实在不知。"老爷吩咐："给我打！"立刻又打了每人四十大板。两个贼人这叫恶贯满盈，还不肯招。知县吩咐看夹棍伺候，三根棒为五刑之祖，人心似铁非似铁，官法如炉果是炉，当时把两个贼人夹起来，用了八成刑，贾虎、魏英受不了，这才说："老爷松刑，我二人有招。"知县说："趁此实说。"贾虎说："原本我等先在镇江府藏珍寺庙里，两个和尚叫月明、月朗，也是绿林人。那一天只因为有一个黑毛蚕高顺，他跟雷鸣、陈亮、秦元亮、马兆熊有仇，我们到金沙岭去抢罗声远的两个侍妾，我们一共九个人，还有西川路的赛云龙黄庆，小丧门谢广，恨地无环李猛，低头看塔陈清，连和尚一共九个人，砍死镖丁，留了雷鸣他们四个人的名姓。这两个侍妾，和尚每人留下一个，我们分赃不均，我二人出来的，李猛、陈清单走了，黄庆、谢广、高顺还在庙里。"知县听罢，说："圣僧这件事怎么办？"和尚说："老爷给一套文书，我和尚带柴、杜、雷、马四位班头，会同镇江府本地方官兵，前去到藏珍寺捉拿这伙恶贼。老爷这里起了赃，暂把这两个贼人入狱，等候把众贼拿来一同定案。”知县说：“圣僧肯其这样分心甚好。”吩咐柴元禄等，带贼人去起了赃来，将贾虎、魏英钉镣入狱，四位班头点头答应，知县退堂，请和尚书房摆酒，谈心叙话。少时柴元禄等进来回话，将赃起来，交与知县。和尚喝完了酒，就书房安歇，次日一早，知县早把文书办好。和尚带着四位班头告辞，出了钱塘关，顺大路赶奔镇江府。这天来到镇江府一挂号，调本地面城守营二百官兵，各执兵刃来到藏珍寺，把庙就围了。柴元禄、杜振英、雷思远、马安杰各擎铁尺，先进去。方找到东跨院，见赛云龙黄庆正要拉刀杀华元志、武定芳。四位班头一声喊嚷：“好贼人，哪里走！”官兵在外呐喊，赛云龙黄庆、小丧门谢广，就要拉刀拒捕，月明、月朗哈哈一笑，说：“二位贤弟闪开，不用你们，无论他等来多少人，洒家略施小术，就把他等拿住。你等这些小辈，岂不是飞蛾投火，自来送死！放着天堂有路你不走，地狱无门自找寻，待洒家今天全把你等结果了性命。”柴元禄众人各摆铁尺，方要往前赶奔，月明口中念念有词，用手一指，说声“敕令”。竟把四位班头用定神法定住。月明伸手拉戒刀，就要动手，只听角门一声喊嚷：“好孽畜，真乃大胆，光天化日，朗朗乾坤，竟敢在这里害人！待我和尚来拿你。”月明、月朗等众人一看，由角门进来一个穷僧，短头发有二寸多长，一脸的油腻，破僧衣，短袖缺领，腰系绒绦，疙里疙瘩，褴褛不堪，肮脏之甚。月明、月朗哪里瞧得起，自以为艺高人胆大，当时一声喊嚷：“哪里来的穷僧，胆敢前来多管闲事！”济公哈哈一笑说：“大概你也不知道我老人家是谁。”月明立刻口中念念有词，用手一指，说声：“敕令。”打算要把济公用定神法定住。焉想到济公用手一指，反把两个定住。赛云龙黄庆、小丧门谢广一看，打算要跑，济公用手一指，也把两个贼人定住。和尚先过去把四位班头，连华元志、武定芳的定神法撤了，四位班头这才过去抖铁链，把四个贼人锁套脖颈。华元志、武定芳说：“多亏大师父前来搭救，不然我二人定丧在贼人之手。未领教大师父贵宝刹在哪里？上下怎么称呼？”和尚说：“我乃西湖灵隐寺济颠僧是也。”华元志、武定芳一听，说：“原来是圣僧长老，我二人久仰久仰。”和尚说：“二位来此何干？”华元志说：“我二人奉刑部正堂陆大人之谕，前来探访金沙岭这案，不想今天在此遇害。方才我二人已拿住一个孙九如，一个黑毛蚤高顺，现在西跨院捆着。”和尚说：“好，众位头儿去把那两个贼人扛过来，一并解了走。把这庙中搜搜，罗声远的那两个侍妾杜彩秋、李丽娘,现在庙中夹壁墙藏着,一并找出来带回临安。”众官兵也都进来,大众一搜,把两位妇人搜出来,抄出贼人的金珠细软不少,一概都抄写清单。藏珍寺交本地面官人看守,入官别招住持。等候天光亮了,和尚带领众班头押解六个贼人,来到镇江府打造木笼囚车,两位侍妾雇了驼轿,押着够奔京都。道路上饥餐渴饮,晓行夜宿。这天方来到临安城,见对面来了十几匹坐骑,骑马的正是莫公子。带领手下从人,一见济公,莫公子赶紧翻身下马,赶过来说:“圣僧哪去?”和尚说:“上钱塘县。”莫公子说:“圣僧还有好蟋蟀没有?再卖给我几个。前者那三个,一个金头大王,一个银头大王,一个镇山五彩大将军,果然是真好。我到秦相府去,那镇山五彩大将军,赢了二公子秦桓三千银子。焉想到我回家一掀罐子跑出来,我一找,听着在前厅叫,我叫人把前厅拆了,也没找着。又听在书房里叫,我又拆书房,一连拆了二十多间房,也没找着。圣僧再有好的,卖给我几个。”和尚说:“等我再得着好的,我给你送了来。”莫公子说:“就是。”这才告辞上马。和尚押解差事来到钱塘县,往里一回禀,知县吩咐有请济公。和尚来到书房,知县说:“圣僧多有辛苦了。”和尚说:“现在拿了六个贼来,老爷吩咐先派人把罗公子的两位侍妾送了去。”知县点头,先派人把两位妇人送去,随后升堂。壮皂快三班吓喊堂威,将月明、月朗、黄庆、谢广、高顺、孙九如六个贼人,一并带上堂来。知县把惊堂木一拍说:“你等姓什么?叫什么?”六个贼人各自报名。知县说:“你等在金沙岭冒充雷鸣、陈亮、秦元亮、马兆熊,抢罗老爷的侍妾,明火执仗,杀死镖丁,共有多少人?”六个贼人料想不招是不行,已然赃证均实,月明这才说:“老爷要问,我等原本是一共九个人,不算孙九如。有我们五个人,还有四个人叫李猛、陈清、贾虎、魏英。贾魏在狱里收着,就短李猛、陈清不知去向。”知县一听,心中明白,当时叫众人画了供,随即办了文书,派手下人连原办同华元志、武定芳,将这六个贼人连贾虎、魏英一并解送刑部。知县退了堂,请济公来到书房摆上酒款待。圣僧自斟自饮,大把抓菜,满脸抹油,知县说:“这件事若非是圣僧,这案实不好办。”和尚说:“这也是贼人恶贯满盈。”知县说:“圣僧没事,可以多在我衙门住几天。”和尚说:“我还有事,等了闲暇无事我必来。”说着话,和尚打了一个冷战,当时一按灵光,和尚说:“我赶紧得走。”慌慌张张立刻告辞。不知和尚所因何故,且看下回分解。

第二百三十回

元空僧功满归莲径　印铁牛行贿入灵隐

话说济公禅师在钱塘县衙门喝着酒，忽然想起事来，立刻告辞。知县说："圣僧忙什么？"和尚说："我还有事，你我改日再谈。"说着话，和尚站起来往外走，知县亲自送出来，和尚拱手而别，一直出了钱塘关，来到灵隐寺。方到庙中，由外面雷鸣、陈亮、秦元亮、马兆熊四个人进来。书中交代：钱塘县派官人将白脸狼贾虎、红毛吼魏英、赛云龙黄庆、小丧门谢广、黑毛虿高顺、孙九如、月明、月朗，这八个贼人，解到刑部，把文书投上去。华元志、武定芳二人，一见刑部正堂陆大人，把藏珍寺的事，从头至尾一述说，陆大人方才明白，立刻会同左堂右堂升堂，吩咐将贼人带上来。手下人将众贼带上大堂，群贼跪倒，各自报名叩头。陆大人一拍惊堂木，说："你等在镇江府金沙岭抢劫罗声远的家眷，杀死镖丁，抢去财物，共有多少人？因何冒充雷鸣、陈亮他等四人？从实说来，免受皮肉受苦。"众贼已然在钱塘县画了供，料想不招也是不行，这才从头至尾一说。陆大人看来有钱塘县送来的供底，与众贼的口供相符，这才吩咐将众贼钉镣入狱，不分首从，均拟斩立决。案后访拿李猛、陈清。随后标监牌提雷鸣、陈亮、秦元亮、马兆熊上堂，四个人给大人叩头。陆大人说："雷鸣、陈亮你等四个人，这场官司被屈含冤，要不是遇见本部堂，你等性命休矣。现在我已把原案真赃实犯的贼人拿住，将你四个人当堂释放。你等赶紧回家，安分度日，不准在途中逗留，如再闯出祸来，本部堂必定重重地办你。"雷鸣、陈亮等立刻给陆大人叩头说："谢谢大人恩典，我等铭感于五中，但愿大人公侯万代，禄位高升。"大人吩咐将雷鸣、陈亮、秦元亮、马兆熊四个铁链撤去。四个人具了安分结，立刻下堂。华元志、武定芳赶过来，跟四个人一谈话，把藏珍寺拿贼的情由，对四个人一说。雷鸣、陈亮等说："多谢二位兄台辛苦，你我兄弟后会有期。我等还要到灵隐寺谢谢济公，我等就要回家了。"华元志说："四位请吧。"四个人这才告辞出了衙门，直奔灵隐寺而来。到了庙门首，一问门头僧，济公可在庙里？门头僧说："刚巧回来了,四位进去吧。”雷鸣、陈亮、秦元亮、马兆熊,四个人来到里面,一见济公,和尚说:“你四个人事情完了。”雷鸣等立刻给和尚行礼说:“要不是圣僧帮着拿贼,我等性命休矣。我等特意前来给师父道谢。”和尚说:“你四个人不用谢,赶紧回家吧,在家中安分度日,总是少管闲事为妙。”雷鸣、陈亮等,这才告辞,竟自去了。济公来到后面远瞎堂,一见元空长老,老方丈一看,说:“南无阿弥陀佛。善哉,善哉。道济你回来,我这里正在盼想你,恨不能你一时快来,你要送我走一遍。”济公说:“师父不用嘱咐,弟子理应该送你老人家。”老方丈当时叫手下人把新僧衣僧帽僧袜僧鞋拿出来,自己沐浴净身,把衣服换好,少时双睛一闭,老方丈圆寂了,手下人给外面众僧送信,立刻众僧俱来到后面,见老和尚已死,众人放声痛哭。济公跳着脚哭,口中喊嚷说:“老和尚你可死了!”旁边知客德辉说:“道济你怎么说,老方丈可死了呢,你莫非说你愿意老和尚死?”说着话,用手一推济公,当时济公翻身栽倒,气绝身亡。众人说:“可了不得了,又死了一个犯重丧。”德辉说:“我就一推他,也没用力,他就躺下了。”见德辉也吓痴了,赶紧叫众人呼唤道济,好容易有一个多时辰,见济公才还醒过来。德辉说:“道济你好了。”济公说:“不要紧,我好了。”这才叫人拿大皮缸来,把老和尚抬到里面,搭到后面花园去。众僧人大家披袈裟打法器,给老和尚念大慈咒、往生咒,众人超度完了,这才把老和尚遗留下的东西都给济公,应该济公承受。过了两天,众人一商量,庙里得请老方丈。监寺的广亮他拿主意,有海棠寺的当家老方丈名叫宗印,在家姓郑,乳名铁牛,他暗中给了广亮五千银子,所为得这个方丈。广亮跟庙中众僧一商量,要请海棠寺的宗印,大主意总算他拿,众人也不能驳。派人去请,择了日期,宗印进庙,众僧全都披袈裟打法器,迎接老和尚。唯有济公也不披袈裟,也不迎接。旁边就有人说:“道济你为何不接老和尚?”济公说:“帽儿戴正不可歪,捡起麻绳捆破鞋。大鬼二鬼门前让,招惹铁牛进庙来。”众人说:“你别胡说,叫老和尚听见,怪下罪来。”说着话,把老和尚接到大雄宝殿。郑铁牛带着两个徒弟,一个侄儿叫郑虎。众僧参拜老方丈,济公在旁边说:“众位,今天现在老和尚给我遗留下的东西,我不要。老和尚有一百单八个珍珠的念珠。”济公又说:“我破个闷,谁猜着给谁,念书的叫做灯谜。”大众知道济公疯疯癫癫,有东西说给谁就给谁,众人都说:“你说吧。”郑铁牛自己不好意思亲身过来,叫两个徒弟来听着,听明白我给你们猜，小和尚来听着，济公说："一物生来太不堪，四蹄八瓣牯粗圆，尾巴好似一条线，走动须用麻绳拴。"众人听罢都要猜，小和尚去告诉郑铁牛，郑铁牛问小和尚，小和尚照样一学说，郑铁牛一想："四蹄八瓣牯粗圆，必是个牛。"小和尚过来方要说，济公说："你们猜不着，这是个牛。"他自己喧了。济公说："我再说一个，一个瓣儿，里外都是毛儿。"众僧人一听，都说是什么物件呢？两个小和尚去到方丈那里去问方丈宗印，宗印说："这可不好猜，你要说是活物件，他说是死物件，无凭无据不猜好。你二人去听听还说些什么。"两个小僧，又到西院之中，听济公说："这是个牛耳朵。我说一个新鲜的，你大众猜吧。"众喧说："济颠。你要说个新鲜的，你先别猜了，候我们猜不着你再说是什么。方才这个我方要说牛耳朵，你先说出来了。"济公说："这一回我先不告诉你等，先容你等慢慢猜。"众僧说："你说吧。"济公说："子女相逢可并肩，立心旁边艮无山。凤到禾下飞去鸟，干字出头一撇在旁边。我这是四个字，你们想吧。"宗印两个小徒弟法聪、法明，二人记住了到了他师父近前一学说，宗印他也读过书，自己由先那两个，他就知道是济公要笑他，知道我叫铁牛。宗印他才说："牛和牛耳朵。"今一听这四句，他想："子女相逢可并肩，必是一个好字。"第二句立心旁边艮无山，他自己用笔写了半天，哦了一声，说："是了，立心一旁艮字，是个恨。"那三句凤到禾下飞去鸟，凑成是一个秃字，末句干字出头一撇在旁边，明是一个牛字。凑成四字是"好恨秃牛"。宗印心中有气，无法可治。叫两个小和尚去见济公，说："是好恨秃牛，和他要谢礼。"两个小和尚到了西院一说，大众僧人都笑了。济公说："也罢，我把珍珠手串给你二人拿去，我还说一个好的，你等再猜。"两个小和尚过去接过珍珠手串，果然光彩可爱。大众都说："济公是个疯子，可惜这样宝物说送人就送人。"济公哈哈直笑，说："出家人讲究一尘不染，四大皆空。你等说那是宝物，要我看那是无用之物。只可惹祸招灾，不能长生不老。古人常说有几句：'一不积财，二不结怨，睡也安然，走也方便。'"众僧一听都笑了，说："你也该说了，我等也猜赢一个好的。"济公说："好好。"不知圣僧又说出何等话语，且看下回分解。

第二百三十一回

说灯谜戏要宗印　圣罗汉驾离灵隐

话说济公禅师把手串给了郑铁牛的徒弟，济公说："我再说一个好猜的你们猜吧。"大众说："你说吧。"济公说："虫入凤窝飞去鸟，七人头上长青草。大雨下在横山上，半个朋友不见了。这也是四个字，你们谁猜着，我把老和尚这件僧袍给谁。"众人一想："虫入凤窝飞去鸟，这是个风字。七人头上长青草，乃是个花字。大雨下在横山上，是个雪字。半个朋友不见了，是个月字。"有好几个都猜着，唯有广亮嘴快说出来，这是"风花雪月"四个字，济公说："对了。"果然就把僧袍给了广亮。济公又说："东门以外失火，内里烧死二人，留下一儿一女，烧到酉时三更。这四句话也猜四个字。"旁边有人猜着，这是"烂肉好酒"四个字，济公又给了一床被褥。济公又说："三人同日去观花，百友原来是一家。禾火二人同相坐，夕阳西下两枝瓜。"旁边又有人猜着，这是"春夏秋冬"四字，济公把老和尚所有留下的这些东西，俱皆分散了，他自己一件也没留。过了两天，郑铁牛听说济公在临安城认识绅士富户，贵官长者不少，宗印他本是个势利和尚，跟广亮商量，要叫济公给请请人，庙里办善会。广亮说："行。"广亮知道济公在临安城认识大财主不少，这一办善会，就许剩几两银子，连忙找济公，广亮说："师弟，我跟你商量商量，老和尚进庙来，理应该惊动惊动人，我打算庙里办一回善会，所有你认识的人，可都是大财主，要办善会，你给把帖撒到了，都请请行不行？"济公说："行倒行，可有一节，我认识的人，可都是绅士富户，既办善会，得须备上等高摆海味席，得八两银子一桌的燕翅席，来一个人摆一桌。善会香资可不定多少，也许一个主就舍几万两。你知道当初化大悲楼的时节，一个人就施舍一万两。这要办善会，所有来的人，不论出香资多少，带来跟人每人开一吊钱赏钱，坐轿来每人带轿夫，也是一个人一吊。要依我这样办我就给请，不然我不管，别叫人家瞧不起。"广亮一想，反正赔不了，说："就是全依着你办，你要多少帖子呢？"济公说："我要一百帖子吧。"广亮一听甚为喜悦。择于本月初十日子,他先拿出宗印给他的那五千银子,来做本钱,拿二千银子置办酒席,二千银子预备赏钱零用,一千银子,搭棚办事,买东西零用,一概都安排停妥。焉想到济公要了一百分帖子封的时节,也没叫人瞧。里面写的是:“本月初十日,因老和尚宗印进庙开贺设坛,是日恭请台驾光临,早降拈香。住持僧宗印、广亮、道济同拜。席设灵隐寺庙内,每位善会,不准多带,只封二十四文钱,如多带有重罚。”济公把帖子撒出去,到了这天灵隐寺车马轿拥门,临安城大财主周半城、苏北山、赵文会等全来了。也有带两班轿夫的,都是六个跟人、八个跟人,至少的四个。每人全都开了赏钱。把善会封套交在账房,打开一看,全都是二十四文钱,来一位摆一桌席,坐了二百余桌。晚上施主都走净了,账房一算账,共收了二十余吊钱,连广亮认识的人均在其内。这一来把五千银子也赔出去,宗印、广亮把济公恨疯了。次日广亮叫济公说:“你这简直是存心害我们,这庙里不能要你,你趁早走,从此再不准你进灵隐寺。”济公说:“走就走,那很不算什么。”正说着话,由外面杨猛、陈孝来了,那一天善会没赶上,这两个人在外面保镖没在家,今天才回来。听家里说,灵隐寺办善会,来了帖子,这两个人赶来了,要来写点香资。一见济公,杨猛说:“师父那一天办善会,我二人没在家,今天我二人特意前来,师父要用银子,我二人有。”和尚说:“他们已然要往外赶我,不叫我在庙里,你二人不必施舍了。”正说着话,铁面天王郑雄也来了。郑雄只因昨天来出善会,也是封了二十四文钱,带了八个轿夫,八个跟人,回去一问,十六个人,每个得一吊赏钱,郑雄一个人吃了一桌上等高摆海味席,自己觉着心里过意不去,不知庙中这是怎么一段缘故,带着五百银子,来见济公,要打听打听。来到庙中,见济公正同杨猛、陈孝说话。郑雄先把五百银子叫家人拿过来说:“师父,我昨天来出善会封了二十四文钱,庙里倒给了底下人十几吊,我想没有这道理,今天我带来五百银子,作为香资,师父要用,我再叫人去取。”济公说:“你不用施舍了,他们不叫我在庙里,我这就要走了,这庙我算除名不算。”广亮瞧见有银子,又不好答话,郑雄一听济公这话,说:“既是他们不叫圣僧在这庙里,师父上我的家庙去,那座三教寺也没人看,我送给师父。”和尚说:“甚好。”立领褚道缘、孙道全,同郑雄一同够奔三教寺。杨猛、陈孝告辞回家。济公走后,这天灵隐寺门口来了两个人,都是壮士打扮,一位穿白爱素,一位穿蓝挂翠,衣服鲜明。来到庙门口说:“济颠僧可在庙里?”门头僧说："二位找济公有什么事？贵姓尊名？哪里人氏？"二氏说："我等乃是夔州府①人，以保镖为业，久仰圣僧之名，特意来拜访。我姓王他姓李。"门头僧说："二位在此少待，我到里边看看，济公不定在不在。"说完立刻到里边一回监寺广亮。广亮自打算是来的施主，告诉看门的和尚："别说济颠已然赶出去，就说济公出门办事去了，三五日必回来。"他自己迎出来，见那山门外站立二人，衣帽鲜明，都有三十以外年纪，壮士装束，五官不俗。他一见连忙打问心说："二位施主请庙里吃茶。济公今日有事，未在庙中，大概早晚必回来。二位贵姓？"那穿蓝壮士说："我姓王，他是我义弟姓李。"广亮说："二位施主请。"二人跟着进庙，到了客厅，知客僧②接见献茶。二人要拜老方丈，知客带二人到后院禅堂之内，一见方丈，铁牛宗印让座。二人问："方丈，济公是老和尚徒弟？"宗印心想："这二人衣帽不俗，必是给济颠送礼来的，莫若我说和济颠是师徒，这二人该孝敬我些银钱。"想罢，说："不错，那是我的徒弟。"二人点了点头，问："济公哪里去了？"宗印说："他哪里不准？不定在哪里住着，也许今日回来。二位有话留下，再不然今日在我这里屈住一夜。"那姓王的说："也好。"见老方丈手中拿着那挂念珠，是一百单八颗珍珠。二人正看，只见从外面进来一人，年约二十以外，头戴蓝绸子四楞巾，身穿蓝绸大氅，面皮微黑，短眉毛，三角眼，这人乃是宗印俗家侄儿郑虎。为人奸诈，贪淫好色，倚仗他叔父当和尚赚的钱，任性胡为。他一进来，看这二人，问是哪里来的。那二人提说："找济公。"郑虎不悦，方要发话，广亮拉他到外面把话都和他说了，他复又进来和那二人要交谈，让至外面客房摆饭。郑虎陪着说话，有些狂傲无知。也喝醉了酒，小人胆壮，满嘴胡言乱语，留二人安歇。次日监寺的方起来，听里边一片声喧。到里面一看，吓得亡魂皆冒，出了塌天大祸一宗。要知后事如何，且看下回分解。

---

① 夔(kuí)州府——旧时州府名。相当今四川省万源县一带地域。

② 知客僧——在庙中负责接待来客的僧人。

第二百三十二回

二贼人错杀郑虎　济长老治井化缘

话说广亮来到后面一看，见郑虎被人杀死，那两个施主踪迹不见。再一看在桌上有一字柬，上面写着八句，上写道：

因为闲气到灵隐，要找济颠把命拼。济颠今朝若在庙，我等将他刀碎身。杀死郑虎仇未报，盗去手串志未伸。若问英雄名和姓，逍遥自在我二人。

书中交代：来的这两个贼人，原是西川路的贼人，一个叫逍遥居士王栋，一个叫自在散仙李梁。这两个人跟小丧门谢广，赛云龙黄庆，都是拜兄弟，来此所为给朋友报仇。郑虎这小子也是一辈子没做好事，报应循环，情屈命不屈，宗印要不说跟济颠是师徒，王栋、李梁还许不杀他，这也是该着。广亮等一看，赶紧回禀了宗印。宗印一听，放声大哭说："这必是济颠主使出来杀我侄儿，非告他不可。"立刻叫广亮奔钱塘县报官。广亮来到钱塘县一喊冤，值日班问："什么事？"广亮说："我是西湖灵隐寺监寺的，名叫广亮。昨天庙内老方丈的俗家侄儿郑虎被杀，贼人逃跑，盗去珍珠手串，留下八句诗。这乃是济颠和尚主使出来，求老爷给明冤。"值日班到里面一回禀，老爷立刻升堂，吩咐将告状和尚带上来。广亮来到堂上一跪，老爷说："你叫什么名字？在哪庙里？"广亮说："我是灵隐寺，名叫广亮。昨天来了两个施主，口称找济颠。今把济颠赶出庙门，除名不算，他现在三教寺住着。这两个人，一个姓王，一个姓李，在我们庙里住下，夜间把老方丈的侄儿郑虎杀死，盗去珍珠手串，留下字柬。这必是济颠因为赶出他去，记恨在心，使人前来杀人。"知县把字柬要过来一看，说："这明明写的是跟济颠有仇来报仇，谁叫你们把他让在庙里住下？济颠乃得道高僧，你反要诬赖好人，你趁此回去把郑虎成殓起来，候本县给你捉拿凶手。"广亮说："求老爷恩典，这是济颠使出来的人，求老爷拿他治罪。"知县一拍惊堂木，说："你满嘴胡说，趁此下去，我不瞧你是一个出家人，我要重办你！"官人立刻把广亮赶下公堂，广亮无法，自已回去。知县派人去请济公。手下人到三教寺一见济公说:“我们老爷请圣僧到衙门去有话说。”济公跟着来到县衙门,知县降阶相迎,说:“圣僧久违。”和尚说:“彼此。”让着来到书房落座,家人献上茶来,和尚说:“老爷约我和尚什么事?”知县说:“只因灵隐寺宗印和尚侄儿郑虎,被两个贼人所杀。广亮来到衙门喊告,他诬赖圣僧主使,本县我将他轰下堂去。这个贼人必是飞贼,求圣僧慈悲慈悲,帮我手下差役给办办这案。”和尚说:“这件事他既赖我,我不能管,再说我自己还有要紧事。”知县说:“圣僧冲着我慈悲慈悲吧。”和尚一定不管,知县也无法,留和尚吃了晚饭,济公告辞,回了三教寺。次日有净慈寺的众僧,前来邀请济公。这座净慈寺在灵隐寺的西南,在天竺山上。这座庙在山头上,到山下有二十里,也是大丛林。山上有一眼井,井泉不进水,山上浇花吃水,都得小和尚下山挑水,费事得了不得。庙里也有一百多名站堂僧①,听说济公出了灵隐寺,知道济公名头高大,乃得道高僧,净慈寺老方丈青山,跟监寺的德辉一商量,要请济公当长头。僧里当长头,是有挂单的和尚都归长头管。派了庙中数人,到三教寺请济公,济公推辞不去。后来监寺的德辉亲身来到三教寺见济公,德辉说:“我奉老方丈之命,前来请济师兄跟我上山当长头,千万不可推辞。”再三说,济公这才答应了,把三教寺庙中之事,派悟真、悟元二人照应。济公到了净慈寺见过方丈,就在庙中管理长头,所有挂单,住在这里,都先见过长头。这座庙势派很大,本庙站堂僧有四十六位,就是吃水不便,这座庙就是吃水大难。众小和尚天天下山挑水,累得苦不堪言。济公见大雄宝殿后有枯井一圆,讯问本庙僧人,都说,先年有水,干了有二十余年。济公说:“今日晚子时,我自己祝泉求水。咱们这庙中要该转运,自有清泉。”众僧都说:“济公要祝泉,真要出水,咱们免受无限跋涉之苦。”济公派人预备香案,候至三更之时,济公亲手拈香,心中祷告,叩下头去,自己请九江八河主,五湖四海神。就听井内水声响,少时水长至井口,济公自回禅堂之内。次日早晨,老方丈知道济公治井出水,心中甚为感念。阖庙众僧都知道长头僧道济有道德来历。老方丈这日请济公吃斋,提说这座庙年久失修,工程浩大,要化缘甚不容易。济公说:“好,老和尚请放宽心。我自有化缘之法。”方丈说:“咱们这是公事,可无戏言。”济公说:“不

---

① 站堂僧——参与本寺庙主要佛事的僧人。

要多说，一个月之内，定然见我化缘之妙。”自这日济公在方丈屋中说了化缘，所有众僧俱皆知道济公要修庙，也不见济公出庙，每日吃酒醉得昏天黑地。他还说：“但得醉中趣，勿向醒人传。”众僧猜不透化缘之法，光阴似箭，不知不觉，到了二十七天，差三天一个月，也没见济公出庙。到了次日早饭后，忽然有京营殿帅张士达，带着五百兵，连临安府县全都到庙中来，叫知客僧方丈说：“今日太后圣驾来庙降香，赶紧都收拾干净，伺候迎接圣驾。”吓得众僧都战战兢兢，连忙收拾大殿，各处房屋，有兵丁等帮同办理。方收拾好了，外面凤驾已到，带着秦相、莫相、太监、宫女人等，前呼后拥，来到净慈寺。老方丈率领众僧跪接凤驾，来到大雄宝殿。太后拈完了香，来到禅堂落座，问：“这庙中有多少僧人？”老方丈说：“这庙中有四十多名站堂僧。连挂单来的和尚，共有百余人。”太后吩咐：“将众僧的花名册拿来我看。”老方丈赶紧这才把花名册拿来，递与秦相，秦相递与太后，太后翻开看，看来看去，直看到临完，见上面写着长头道济，太后点点头说：“原来在这里。”立刻传旨：“叫老方丈把道济给我叫来。”老方丈众人一听也不知什么事，知道济颠疯疯癫癫，恐怕冲撞了凤驾，那如何担得起？太后传旨又不敢抗旨，赶紧派监寺的德辉去寻找济颠。书中交代：太后因何来到净慈寺降香呢？这内中有一段隐情。原来太后前者病体沉重，多少名医开了药方子，调经无效。这天太后正在睡梦之际，见外面站定一个穷和尚，短头发有二寸多长，一脸的油污，破僧衣短袖缺领，腰系绒绦，疙里疙瘩，光着两只脚，穿着两只草鞋，冲着太后龇着牙直笑。太后说：“你这穷僧来此何干？”和尚说：

西湖有座天竺山，长头和尚叫济颠。我今来此非别故，特与太后结善缘。

太后说：“你跟哀家结什么善缘呢？”和尚说：“我这里有妙药灵丹，太后吃了，管保立刻病体痊愈。”太后把药接过来吃了，觉着清香异常，当时醒了，原是一梦。还觉着口中香气犹在，身上如失泰山。心中暗想奇怪，方一闭眼，又见和尚仍在眼前站着。太后问道：“和尚又来做什么？”和尚说：“我来化缘，重修净慈寺，请太后到天竺山前去降香。”太后说：“我病好了，必要去降香还愿。”如是者三次。太后次日清晨，果然病体痊愈。这才传旨，叫京营殿帅打道到天竺山净慈寺拈香。今日一看花名册，果然有个长头道济，太后传旨要见济颠。不知济公禅师见了太后之后，该当如何，且看下回分解。

第二百三十三回

钦赐字诏旨加封　会群魔初到金山

话说太后传旨，要召见长头道济，监寺的德辉赶紧各处寻找济公，找到庙后，只见济公在庙后正同几个孩童在一处玩耍。这庙后面住着几家住户，有几个小孩都爱跟济公说笑。德辉来至切近说："济师弟，太后来拈香来了。"济公说："太后拈香来了，与我何干？"德辉说："太后传你去哪！"济公说："叫我去做什么？"德辉说："我不知道。"济公说："既然如是，我去瞧瞧。"德辉说："你别这个样子去呀，先到庙里洗洗脸，换上衣服，带上僧帽，再去恭恭敬敬的。倘若冲撞了太后，那如何担得起！"济公说："不要紧，我就这样去，我也不洗脸，我恐怕风大把脸吹了。"德辉说他不听，这才带领济公来到前面，先见了秦相。济公本是秦相的替僧，素日秦相知道济公有些疯疯癫癫。秦相先到太后驾前行礼，说："启禀太后，长头道济有些疯疯癫癫，衣服褴褛不堪，恐冲撞了凤驾。"太后说："不要紧，我不怪他，只管叫他前来见我。"秦相下来说："圣僧恭敬些，千万不可怠懈。"济公哈哈一笑，跟着来到太后驾前。太后一看，果然跟梦中见的和尚一般。济公一打问讯，太后说："你是长头道济？"和尚说：

西湖有座天竺山，长头和尚叫济颠。我今来此非别故，特与太后结善缘。

太后一听，乃梦中之语，连连点头，说："是是，我来与你结善缘。我且问你，哀家来世比这世如何？"济公一听，口中连说："不知道，不知道。"说着话，济公冲着太后，揭起破烂袈裟，露出破裤子中衣，把下身全露出来。众人一见，全吓得惊魂千里。当着太后这样撒野，这还了得！武侍卫就要打，太后一见，说："你等不用打，哀家我明白了，下世我必要转女为男。"立刻把金棍武士喝退，这才问道："长头道济，你在这庙里出家多少年了？"济公说："我新来，日子不多。我看此庙日久失修，工程浩大，求太后娘娘慈悲慈悲，重修此庙。"太后立刻传旨，叫秦相、莫相："派你二人监工，把我的俸饷胭脂粉帑银，发来十万两，重修净慈寺。"秦相、莫相说：

“遵旨。”济公谢过太后，太后吩咐就道：“回宫。”回到宫内，把此事奏明皇上。皇上知道济公乃得道高僧，敕封为护国散禅师。钦派上书房写十六块斗方，皇上赐字：

疯癫劝善，以酒渡人。普度群迷，教化众生。

连帑银一并发到净慈寺，择日兴工。五层大殿，罗汉堂、客堂、禅堂、钟鼓楼、藏经楼，一并满拆满盖。直到如今，古迹犹存。每年四月间，天竺山净慈寺的庙会，热闹非常。庙中老方丈甚感念济公的好处，众僧要给济公开贺办善会，济公说：“不用，我还要上金山寺有约会。”这天济公下了山，来到三教寺，褚道缘、孙道全二人给师父行礼，济公说：“你二人好好地看庙，我要上金山寺去会八魔。”褚道缘说：“师父去不得。”济公说：“不去不行，我总得去，这是你小师兄给我惹的祸，我不去八魔也不能善罢甘休，这也是天数当然。”悟真、悟元拦不了，济公去了三教寺，直奔金山寺而来。书中交代：金山寺万年永寿，由前者在金山寺搅闹，他本是镇守瓜州一带长江的大元帅，奉东海龙王敖广所派。只因金山寺老方丈设立打鱼船要鱼税，伤了他子子孙孙不少，他本是一个大驼龙，有万年的道行，来到金山寺天天打老方丈。这天他正要打老方丈，忽然一阵怪风，由外面进来八个人，面分青、红、黄、黑、白、紫、绿、蓝，来者正是卧云居士灵霄，六合童子悚海，天海吊叟杨明远，桂林樵夫王九峰，仙云居士朱长元，白云居士聘啸，搬倒乾坤党燕，登翻宇宙洪韬。八魔各带混元魔火幡、丧门剑、子母阴魂绦，前来等济颠。方一进金山寺，见大殿上坐着一个黑脸和尚，八魔说：“你是什么人，敢在这里搅闹！”和尚说：“我乃万年永寿是也。”八魔就要晃魔火幡，六合童子悚海掏出六合珠一抖手，只听山崩地裂一声响，当时万年永寿滚下供桌，现了原形，原是一个大驼龙。八魔也没肯伤他，他自己爬出庙外，滚下江去。八魔进了大殿，把众神像全都摔出来，这八个人在上面一坐。庙里和尚也不敢惹了，也不知是哪里来的这八个野人，这天八魔掐指一算，知道济公来了，立刻众人下了供桌，来到庙外，见济公驾着一只小舟船，来到金山寺。和尚给了船家一块银子下了船。济公也不能闭三光，虽然佛光、金光、灵光三光露着，八魔也不放在心上。八魔说：“济颠你来此甚好，我等在这里久候多时。”和尚说：“八位，找我打算怎么样？”八魔说：“只因你施展妖术，八卦炉烧死我们徒弟韩祺，戏耍邓连芳，还算小事；你绝不该主使你徒弟悟禅，大闹万花山，火烧圣教堂，你实在欺我太甚。我等特来找你给韩祺报仇。”和尚说:“好,咱们进庙去再说。”八魔说:“走。”一同来到金山寺。和尚说:“你等要跟我比较,先别忙,这庙里的方丈也不是外人。我先去见见老方丈。”八魔说:“你见去吧,我等不拦你。”正说着话,只听后面一声“无量佛”,众人回头一看,来了两位老道,头里这位老道,面如三秋古月,须发皆白,背后背定乾坤奥妙大葫芦,来者正是天台山上清宫东方太悦老仙翁,后面跟定乃是神童子褚道缘。书中交代:济公由三教寺出来,褚道缘不放心,随后驾起趁脚风追赶下来。走到石佛镇,正碰见东方太悦老仙翁。老仙翁由前者跟济公分手,本处知县邀请绅董富户,共成善事,重修石佛院,工程浩大,好容易修齐了。老仙翁见褚道缘忙忙张张,赶紧问道:“褚道缘你上哪去?”褚道缘连忙给老仙翁行礼,说:“我追我师父济公上金山寺,只因我小师兄悟禅惹的祸,前者火烧了圣教堂,现在八魔在金山寺要摆魔火金光阵炼我师父,我要追了去给解和。”老仙翁一听,说:“既然如是,你我一同去给解和。”褚道缘说:“甚好。”立刻老仙翁带上乾坤奥妙大葫芦,同褚道缘驾起趁脚风,往下追赶来了。追到瓜州,雇了一只船,赶到金山寺,方下了船,只见济公正同八魔讲话。老仙翁口念“无量佛”,说:“众位魔师请了。”八魔一看认识老仙翁,跟着紫霞真人李涵龄查过山。八魔抬头一看,说:“道友,你来此何干?”老仙翁说:“我听说你等跟济公为仇,我特来给你等讲和。众位不可,济公他这点来历也不容易,十世的比邱,才能转罗汉。众位要摆魔火金光阵伤害他,看在我的面上,众位不必。”卧云居士灵霄说:“道友,你别管,我等原与济颠远日无冤,近日无仇,只因他火烧我徒弟韩祺,戏耍邓连芳,这都算小节。绝不该主使他徒弟火烧了我们圣教堂,大闹万花山。我等非得结果他的性命不可。”老仙翁说:“众侠依我说,冤家宜解不宜结。”八魔说:“道友,你趁此快走,不要跟我等在此嚼唇鼓舌,再要多说,可别说我等翻脸无情。”老仙翁一听,勃然大怒,说:“你们这几个人休要不知事务!”六合童子悚海说:“你这老道管事,这叫一头沉莫死,他应当烧死我等门徒,应当火烧圣教堂,应当欺负我们?你要不叫我们摆魔火阵也行,叫济颠给我们跪倒叩头,认罪服输,我等就饶他。”济公说:“你满嘴胡说,你给我叩头也不能饶你。”老仙翁说:“你等这些孽障,有多大能为,也敢这样无礼?待山人拿法宝取你,全把你们装起来,叫你等知道我的厉害。”说着,老仙翁伸手拉乾坤奥妙大葫芦。老仙翁这葫芦有天地人三昧真火，经过四个甲子，无论什么妖魔鬼怪，魑魅魍魉，山精海怪，装到里面，一时三刻化为脓血。今天老仙翁把葫芦盖一拔，掌中一托，口中念念有词，要捉拿八魔，不知后事如何，且看下回分解。

第二百三十四回

因讲和仙翁斗八魔　六合童子炸碎葫芦

话说老仙翁把乾坤奥妙大葫芦打开，口中念念有词，说声："吾奉太上老君，急急如律令敕。""刷啦啦"由葫芦里出来五彩光华，扑奔六合童子悚海。只见六合童子悚海，被光华卷来卷去，被老仙翁卷进葫芦之内。老仙翁立刻先把葫芦盖一盖，卧云居士灵霄等一见说："好老道，你敢伤我等兄弟！"众人各拉拿混元魔火幡，跟老仙翁拼命。老仙翁实指望要把八魔全皆拿住，焉想到六合童子悚海，成心要伤损老仙翁的宝贝，六合童子悚海他能大能小，要小他能变似苍蝇，要大能有几丈大。他到了葫芦之内，一施展法术，往大了一长，就听葫芦内"咕噜噜"一响，"叭"的一响，把葫芦炸了三四瓣。老仙翁吓得亡魂皆冒，捡起半片瓢，拨头就跑，吓得褚道缘跟着就跑，幸喜八魔没追赶。老仙翁离了金山寺，心痛自己的宝贝，不由得放声痛哭。褚道缘看着老仙翁可怜，又怕济公被八魔所害，不由得也哭起来了。正哭着，只听对面一声："无量佛。善哉，善哉。道友何必如此？"褚道缘抬头一看，见对面来了两位老道，面如紫玉，浓眉大眼，花白胡须，头上紫缎色道巾，身穿紫缎色道袍，腰系杏黄丝绦，白袜云鞋，背背宝剑，手拿萤刷。后面跟定这位老道，头戴青缎色九梁道巾，身穿蓝缎色道袍，腰系黄丝髯，白袜云鞋，面如三秋古月，发如三冬雪，须赛九秋霜，一部银髯扇满了前胸，手拿萤刷。真是仙风飘洒，好似太白李金星降世。头前这乃是白云仙长徐长静，后头跟着野鹤真人吕洞明。这两位老道，原本是由焦山来，要逛逛金山寺。走在这里，正遇见老仙翁，手拿着破瓢，同褚道缘在地上坐着放声大哭，徐长静、吕洞明二人赶奔上前，说："仙翁何至如此？"老仙翁叹了一声，说："二位道友有所不知，只因济公长老的徒弟烧万花山，惹下众外道天魔在金山寺要摆魔火金光阵，火炼济颠。我与济公素有旧识，再说济公乃是一位得道高僧，我去给解劝，八魔跟我翻了脸。我用乾坤奥妙大葫芦要装八魔，不想六合童子悚海把我的葫芦炸了。"徐长静一听说："可惜可惜！这葫芦乃蓬莱子给你留下的宝贝，不想今天被八魔给毁坏了，着实可恼！”老仙翁说：“二位道友，既来了，可以帮我去报仇，捉拿八魔行不行？”徐长静一听，连连摇头说：“你我三人焉是八魔的对手？你在这里哭也是枉然，宝贝已然是伤了，你二人何不去请人捉拿八魔？”仙翁说：“请谁去？”徐长静说：“我指你二人两条明路，一位去到万松山云霞观去，找紫霞真人李涵龄，借斩魔剑；一位去到九松山松泉寺，找长眉罗汉灵空长老，借降魔杵。非这两种宝贝拿不了八魔。头一则也可以搭救济公长老，听说济公乃是一位正人，普度群迷，到处济困扶危，遭这样大难，你我也不能不救。再说也可以报葫芦之仇。”老仙翁一听，如梦方醒，说：“多蒙二位指教，我是当局者迷，把这二人忘了。”老仙翁又说：“褚道缘你赶紧驾趁脚风，急不如快，找你师爷爷紫霞真人借斩魔剑，你上万松山。我上九松山，去找灵空长老。谁拿来得快，谁捉拿八魔。你也救救你师父。”褚道缘立刻点头，众人分手，暂且不表。单说济公见六合童子悚海伤了老仙翁的葫芦，济公说：“你等也不要跟老道作对，冤各有头，债各有主，咱们进庙去。我可先到庙里，到后面见见老和尚说两句话，回头你我再分个高低上下。”八魔说：“你见去吧，反正你还跑得了么？”济公这才来到庙里，到了禅堂一见老方丈元彻长老。元彻与远瞎堂元空长老是师兄弟，乃是济公的师叔。济公见了老方丈一行礼，元彻说：“道济你来了，甚好，现在我这庙中闹得不得了局。前者万年永寿在这里闹，现在这八个人，你可知道是怎么一段情节？”济公说：“老方丈不知道，这八个人乃是外道天魔，不懂得敬佛。只因我徒弟火烧了圣教堂，这八个人是来找我报仇，要摆魔火金光阵火炼我。你老人家也管不了，我来请一个能人帮着我。”老方丈说：“哪里有能人？”济公说：“这庙里住着一个大能人。”老方丈说：“没有没有。”济公说：“有，须得我亲身前去请他，我不去是不行。这个人能为来历大了。”说着话，济公来到后院。这庙中挂单僧站堂僧好几百名，济公一看有一位黑脸膛的和尚在那里坐着，低头不语。济公说：“你在这里，我找你找不着你。”众僧说：“道济你找他做什么？他是个哑巴，又聋，人家说话他也听不见。他来到这庙里挂单二三年了，他不会说话。”济公说：“他不是哑巴。”大众说：“他在这庙里二三年，永没说过话。你哪有我们知道，他实在是哑巴，又是聋子。”济公过去照定这和尚天灵盖一连就是三巴掌，说：“我来找你来了。”这和尚一抬头，说：“道济你无故惹下这一场魔难，找我做什么？”大众一听，说：“这可怪，现在他会说话了,两年多来在这庙里也没说过话,今天怪不怪?”内中有人说:“也许济师父打他三下,把哑巴治好了,都知道济公会治病。”大众纷纷议论。书中交代:这个和尚名叫普妙,原本是西方伏虎罗汉降世,奉佛祖派他普度众僧。普妙到处装哑巴,都知道他是傻和尚,也没人知道他的来历,他也不好管闲事。每逢大丛林他去挂单,见真有正务参修的和尚,他在暗中度脱,也不宣明。今天济公苦苦地求他,伏虎罗汉这才说出话来,说:“道济你惹下一场魔难,来找我做什么?”济公说:“我来找你帮着我办这件事。你要不帮着我,是不行。”伏虎罗汉普妙说:“既然如是,我同你去就是了,谁叫你我都是西方大雷音寺一处来的,奉我佛如来的敕旨,降世人间,普度群迷。你既来找我,我焉能袖手旁观。”说着话,这才同济公一同来到前面。八魔都在大殿坐着,见济公同着一个黑脸膛和尚进来,卧云居士灵霄说:“济颠,你还有事没有?”济公说:“没事了,你等打算怎么样吧?”卧云居士灵霄说:“济颠你也能掐会算,你的劫数到了,你还在睡里梦里。”和尚说:“我不懂什么叫劫数,今天我倒要分个强存弱死、真在假亡,各施所能,我看你等这些孽障有什么能为!”说着话,六合童子悚海由兜囊掏出六合珠,抖手打来,济公哈哈一笑,说:“这也算法宝!”一伸手把六合珠接了去。卧云居士灵霄一看,气往上撞,伸手拿出冲天矢,照定济公射去。这弓箭是符咒修炼的宝贝,无论什么精灵,一射能现原形。要是人能射去三魂七魄,最厉害无比。照定济公一射,被伏虎罗汉接去。八魔一看,立刻各按方位,各拉混元魔火幡,口中念念有词,说声急,道声快,四面魔火高有千丈,由外面看直仿佛下雾一样。知觉罗汉道济,伏虎罗汉普妙,赶紧在当中打坐,头上放出三丈高的金光、佛光、灵光,济颠同普妙二人口念真言,有金光护体,不敢闭眼。你要一闭眼,八魔的法术有幻境,人要闭上眼,想什么就瞧见什么。好喝酒就有酒,想怎么样就能够怎么样,人要一入幻境,就得被魔火烧死。总算济公同伏虎罗汉道德深远,不上他们的当。但只一见金光被魔火炼来炼去,六个时辰,把金光矮下来三尺。一昼夜去六尺,要有五天的工夫,能把罗汉的金光炼没了,死后过不去伽蓝山。“书也要减断”,一连就是三天。济公同普妙的金光剩了一丈多。猛然外面一声“无量佛”,八魔一看,吓得亡魂皆冒。不知来者是谁,且看下回分解。

第二百三十五回

群魔怒摆金光阵　道缘偷盗斩魔剑

话说八魔摆下魔火金光阵，把两位罗汉炼在当中。忽听外面一声"无量佛"，来者乃是神童子褚道缘，怀中抱定斩魔剑。八魔一看，吓得惊魂千里。书中交代：褚道缘由江口跟老仙翁分手，老仙翁上九松山松泉寺去找长眉罗汉借降魔杵。诸道缘够奔万松山云霞观，在道路上急似箭头，恨不能肋生双翅，驾起趁脚风，一天赶到万松山。这座山极高，每逢下过雨后，由山缝里冒出白烟就是云。这座山原是一座宝山，当初褚道缘在这庙里当道童，人也聪明，李涵龄也甚喜爱他。今天褚道缘来到庙门首，自己一想我先别进去，我已然拜了济公，我要明说要斩魔剑，许我师爷爷不肯给我。我到里面必须见机而作。自己想罢，到了角门拍了两下，只听里面说："来了。"门开了，褚道缘一看，认识是紫霞真人李涵龄的徒弟道童清风。这庙中有两个童子，一名清风，一名明月。和褚道缘都算是同门师兄弟，今日一见，褚道缘连忙施礼，说："师兄你从哪里来？我听你说归了三宝佛门，是有这样一件事吗？"褚道缘把拜济公之故一说，二人往里走了。道缘问："师爷他老人家在那院中吗？"清风说："未在庙中，走了有十数日，去朝北海去了，留我二人看庙，师兄到此有什么事吗？"褚道缘说："到屋中我慢慢告诉你。"到了东院北上房，明月接见行礼已毕，三人落座。清风叫明月倒茶去，褚道缘本是心中有事着急，说："师弟，我今来是为我师父济公，他老人家本是西方罗汉，因为多管闲事，在常州地方有一座慈云观，有一个老道叫赤发灵官邵华风，招军买马，聚草屯粮，陷害黎民百姓。济公帮着常州府兵败慈云观。邵华风逃在万花山圣教堂，我有个小师兄叫悟禅，到万花山圣教堂去拿邵华风，惹了八魔。悟禅放火烧了圣教堂，跟八魔结下了冤仇。八魔现在金山寺摆魔火金光阵，把济公炼到阵内，要一过四五天，把罗汉的金光炼散了，济公就得没命。他老人家本是一位务正参修的人，可惜要丧在八魔之手。我同老仙翁给解劝，老仙翁跟八魔翻了脸，把老仙翁的乾坤奥妙大葫芦给炸了。现在老仙翁去上九松山松泉寺找灵空长老求降魔宝杵，我来找师爷爷借斩魔剑，非得这两种宝贝，拿不了八魔。既是真人没在家，二位师弟慈悲慈悲，把斩魔剑借给我使一使。我去救了济公长老，我赶紧就给送回来，我也不能要祖师爷的宝贝。”清风、明月一听，说：“这件事我们两个人可没有这么大胆子，祖师爷知道，我们担不了。前者皆因你偷了八宝云光装仙袋去，祖师爷打了我二人一顿，说我二人不留神，这件事我们更不敢了。”褚道缘说：“二位师弟行点好吧，济公原来是一位罗汉，要没有这斩魔剑，就得死在八魔之手，出家人也讲究积福做德，我去救了济公，急速就送回来，绝不能叫二位师弟受责。再说就即便祖师爷知道，这是一件好事，祖师爷也不能怪。”清风、明月说：“师兄你说什么，我二人也不敢做主。”褚道缘说：“你二人知道斩魔剑在哪里放着不知道？”清风说：“知道可知道，我二人不敢告诉你。”褚道缘说：“当初我在这庙里当道童，我可知道这口剑在五层殿的悬龛里供着，此时我可不知道挪了地方没有？”清风、明月说：“你既知道地方，你自己找去，我二人也不敢管你。祖师爷爷问，我二人就说不知道，我二人也不担这沉重，总不是由我二人嘴里告诉你的。”褚道缘说：“既然如是，二位师弟既不管，我自己找去。二位师弟不拦我，我就感念二位师弟的好处。”清风说：“你是我们大师兄，我二人也不敢拦你呀，你要瞪眼，我二人也不敢惹你。”褚道缘说：“我也不敢跟二位师弟瞪眼，我去找去。”立刻来到后面，到五层殿悬龛上一找并没有，褚道缘一想，怪呀，怎么会没有呢？愣了半天，自己一想，反正在这庙里，我慢慢找，不能找不着。想罢自己各处寻找，直找了一夜，至次日早饭时，找到最后殿悬龛上一看，正是斩魔剑。上面有一块象牙牌子，写得明白。褚道缘一看，有黄缎套丝沙鱼皮鞘，赤金什件黄绒穗头，黄绒挽手。褚道缘当初在这庙里当过道童，见过这口剑，果然不错。褚道缘一见，心中甚为喜悦。先拜了八拜，口中祝告已毕，这才伸手将此剑请下来，到了跨院，说：“二位师弟，多耐点烦吧，我三两天就送回来，要是祖师爷不回来更好了。”清风、明月说：“我二人全不管，任凭你的量办。你在这庙里各处翻寻，我二人也拦不了，但愿祖师爷不回来，你赶回来。”褚道缘说：“就是。”说罢，即告辞出了云霞观，驾起趁脚风，心急似箭，恨不能肋生双翅，一步赶到金山寺。好容易赶到了江口，远远一看，只见金山寺里面魔火高有千丈，庙门关着，那烧香逛庙的人也来不了，看着金山寺如同下雾一般，也不知庙里有什么事。褚道缘来到庙前用手一指,庙门开了。褚道缘直看不见里面的金光,褚道缘一声喊嚷,说:"好孽障,大胆,山人来也!"正南方正是天河吊叟杨明远,桂林樵夫王九峰,二人回头一看,吓得惊魂千里。知道褚道缘是紫霞真人李涵龄的徒孙,手中抱定一口宝剑像斩魔剑。杨明远说:"你我远日无冤,近日无仇,你何必因为济颠跟我等作对?"褚道缘说:"你知道济颠是我什么人?"杨明远说:"你是老道,他是和尚,他是你什么人?"褚道缘说:"他是我师父。你等既跟我师父为仇,你我就是冤家对头。"杨明远、王九峰一听,说:"济颠既是你师父,我等冲得你,不炼他就是了。我们万花山圣教堂,冲你算白烧了。我们回万花山,叫他回那灵隐寺,从此两罢干戈,你看怎么样?"褚道缘这个时节要答应了,倒是一件正事。褚道缘当时恨不能把八魔剐了,方出胸中之气。立刻说:"不行,我今天非杀你们不可。"说着话,伸手拉宝剑。书中交代:这口剑有什么好处呢?原来这口剑要一出鞘,有一片白光,专能将魔火赶散,最厉害无比,名曰斩魔剑。当初八魔乃是六合童子悚海为尊,只因他在外面无所不为,常常害人,紫霞真人李涵龄查山,用这口剑斩过他,把八魔制服的,故此八魔就怕李涵龄,同长眉罗汉这一僧一道,余者别无惧怕之人。焉想到今天褚道缘盗来这口剑,并非是真斩魔剑。真的他如何拿得了来?紫霞真人恐怕有精灵到庙中去盗斩魔剑,故此预备这口剑。今天褚道缘自以为是真的,伸手一拉剑,并无白光,褚道缘就一愣,八魔早看出来不是斩魔剑,杨明远一想,先下手为强,伸手拉丧门剑一晃,天火、地火、人火三昧真火,扑奔褚道缘。褚道缘想跑,如何跑得了?被火烧的连人带剑烧得皮焦肉烂。济公此时也顾不了救他,口念:"阿弥陀佛,善哉,善哉。"王九峰说:"杨大哥,你这个乱可惹大了。他是紫霞真人的徒孙,你把他烧死,倘如紫霞真人要来了给他报仇,该当如何?"杨明远说:"已就烧死了,就是李涵龄来,你我也可以跟他以死相拼。莫非永远老怕他,何时是个了局。"正说着话,只听外面一声喊嚷:"道缘呀,你死得好苦!"不知来者是谁,且看下回分解。

第二百三十六回

神童子身逢魔火劫　请佛仙杵剑镇群魔

话说杨明远方把褚道缘烧死，只听外面有人放声大哭，说："道缘，没想到你死得好苦！罢了，罢了，老夫白去了一回，也未能将宝贝请来。竭了完了，连济公、伏虎罗汉都完了，这就是你我修道人的下场头。"杨明远一看，来者是东方太悦老仙翁，那半片破瓢拿着，没舍得摔。书中交代：老仙翁跟褚道缘分手，实指望找长眉罗汉借降魔宝杵，可以救济公报葫芦之仇，焉想到来到九松山正碰见悟禅，悟禅连忙行礼，说："仙翁从哪来？"老仙翁说："悟禅，可了不得了，皆因你火烧了万花山，现在八魔在金山寺摆魔火金光阵炼你师父。我去怎么劝，八魔怎么不答应。我打算拿乾坤奥妙大葫芦，要把八魔装起来，焉想到六合童子悚海神通广大，他把我的葫芦炸碎了。我正同褚道缘放声痛哭，幸遇白云仙长徐长静，野鹤真人吕洞明，二人指我一条明路，叫褚道缘找他师爷爷李涵龄借斩魔剑，我来找长眉罗汉借降魔杵，去救济公。要不然，八魔把你师父炼死，也必来找你。不用说八魔都来，就来一个一晃魔火幡，你就得现原形。你这五千年的道行也算完了，你也活不了。"悟禅一听"唷"了一声，说："事已至此，也无法。我去瞧瞧我师父去。"老仙翁说："你这孩子胡说，你如何去得？你是祸头，八魔正找你找不着，你去岂不是自投罗网？你跟我见见长眉罗汉，你给你这个师父磕头，连我求他双关着，可以求他救你那个师父。"悟禅说："我这个师父没在庙里，要在家，我还不同你进去？"老仙翁说："哪里去了？"悟禅说："走了几十天了，被紫霞真人约了去朝北海，留下我跟通臂猿猴看庙。"老仙翁一听这话，愣了半天，说："我到庙里等一天，倘如你师父回来，也未可定。如不回来，那可就没法了。"悟禅说："也好。"同老仙翁来到松泉寺庙里，让到东跨院北上房屋中，悟禅给老翁烹过茶来，正说着话，只见由外面进来一个大白猴，浑身白毛，两只红眼，手提一个小篮，摘了一篮果子。见了老仙翁，趴在地下，给老仙翁磕了一个头。悟禅说："这就是通臂猿猴，每逢摘了好果子，就给老方丈送来。"老仙翁点了点头，说："无量佛，善哉，善哉。畜类也知道修道，怪不得人家说，'叩户苍猿时献果，守门老鹤夜听经'，这话一点不错。"老仙翁在庙中住了一天，心似油烹，次日长眉罗汉也没回来，悟禅说："仙翁你不用等了，我求你到金山寺去瞧瞧。要是我师父济公死了，求你给我一口缸，把他成殓起来。我听你回信，我在这庙里大概八魔不敢来找我。我这个师父回来，我跪着给他老人家叩头，求他给我替师父报仇，到万花山去拿八魔，也跑不了。你老人家瞧瞧去，我不放心。"老仙翁无奈，垂头丧气，出了松泉寺驾趁脚风，方来到金山，只见一片火光，把褚道缘烧得皮焦肉烂骨头酥，老仙翁放声大哭，说："道缘，你死得好苦。"杨明远听老仙翁又哭又说，杨明远说："你这老道，前者饶你不死，你就该远遁他乡，今天还敢来说说道道！你再不走，我等当时结果你的性命。"老仙翁一听说："好好，我正不愿意活着，我等要死，死在一处倒好。你来用魔火幡把我烧了吧，我倒甘心。"杨明远说："烧你也不难。"老仙翁说："来。"立刻把眼一闭，净等一死，把心横了。杨明远、王九峰方要到离方位晃魔火幡，忽听正东上一声"阿弥陀佛"，来了一僧一道，头前走的那道人口唱山歌，唱的是：

贪利营谋满世间，不如破衲道人闲。笼鸡有食汤锅近，野鹤无粮天地宽。富贵百年难保守，轮回六道任循环。而今看破虚幻里，学作深山不老仙。

唱罢，后边那个和尚口中说：

为人不必逞英雄，万事无非一理通。虎豹常愁逢獬豸，蛟龙又怕遇蜈蚣。小人行险终须险，君子固穷未必穷。万斛楼船沉海底，皆因使尽十番风。

二人各歌一词，老仙翁一看，那道人身高八尺，头戴莲花道冠，身披鹅黄缎子道袍，腰系丝绦，足下高底云鞋，背后斜插一口宝剑，绿沙鱼皮鞘，黄绒穗头，黄绒挽手。面如银盆，眉分八彩，目如朗星，准头端正，一部银髯，根根飘洒胸前，手中拿着一把蚩刷。后跟那僧人身高九尺，头戴青僧帽，身穿黄缎僧袍，足下白袜云鞋，赤红脸，长眉朗目，怀抱降魔宝杵，像貌惊人。书中交代：来者这二位非是别人，乃是灵空长老和紫霞真人。这二位本是带禄活神仙，只因二人朝北海，这日正观玩北海名山胜境，忽然间见一股煞气由西往东，直冲霄汉斗牛之间。灵空长老看罢，说："善哉，善哉！道兄你看。"紫霞真人口念："无量佛。善哉，善哉！原来降龙、伏虎二位罗汉有难,好孽畜胆敢这样兴妖作怪,你我这件事不能不管,如不管恐怕我佛如来见怪。"灵空长老说:"我早就有心,把这几个外道天魔除了,我又不肯,他等在万花山修道,我也不肯无故杀害生灵。现今既是他等兴妖作怪,你我赶紧回去。"紫霞真人说:"你我快走!"僧道二人借遁光往回走,尚未到金山,紫霞真人打一个冷战,口念:"无量佛。善哉,善哉!道缘这孽障遭此劫数,可惜可惜!"灵空长老说:"你我还得快去,若慢一点,稍迟一刻,东方太悦老仙翁有性命之忧。"僧道急来到金山寺,正赶上杨明远、王九峰正要用魔火幡伤害老仙翁。紫霞真人一声喊嚷:"好孽畜,真乃大胆!"老仙翁睁眼一看,说:"真人罗汉快来!"八魔见紫霞真人同灵空长老一来,众人皆是一愣。紫霞真人伸手拉出斩魔剑一指,一片金光,竟将魔火闭住。灵空长老又用降魔宝杵一指,一片白光,那魔火已化为飞灰四散。济公同普妙这才出来道谢。八魔焉敢跟僧道斗法,吓得八个人跪倒在地,卧云居士灵霄说:"真人罗汉,休要动怒,并非我等无故跟济颠作对。只因他火烧了我徒弟韩祺,戏耍邓连芳,他又主使徒弟悟禅,火烧了万花山,故此我等找他报仇雪恨。"紫霞真人说:"好孽障,你还以为着有理。你徒弟韩祺同邓连芳上东海瀛州采灵芝草,就不该多管闲事。赤发灵官邵华风,既是修道的人,就不应该相与绿林贼人发卖熏香蒙汗药,使人盗取婴胎紫河车,摆阴魂阵伤了多少性命?杀害生灵,荼毒百姓,官兵拿他,他拒捕官兵,情同叛逆。你徒弟帮着他助纣为恶,既是自己为恶,死之不屈。你等在万花山隐藏邵华风,悟禅去要,你就该把邵华风给他。你们不但不给,还要施展魔火要他的命。他也有五千年的道行,也不容易,再说他在松泉寺灵空长老庙里,你等也该有些关照。你等要害他,他焉能不恨你?烧你的万花山,这是你等自找。现在两位罗汉,乃西方大雷音寺奉我佛如来敕旨,降世度人,你等胆大用魔火炼他二人,真乃胆大妄为。是你等自作孽不可活!"灵空长老说:"你等跟我走吧,咱们回松泉寺说去。"八魔不敢不跟着,三位罗汉、两位老道。这才带领八魔,够奔松泉寺而来,不知后事如何,且看下回分解。

第二百三十七回
收八魔符咒封洞口　办善会福善集金山

话说长眉罗汉，同紫霞真人、东方太悦老仙翁、济公长老、伏虎罗汉带领八魔，来到九松山松泉寺。这山上有一座子午风雷藏魔洞，长眉罗汉用降魔宝杵，口中念念有词，用法术将八魔置到子午风雷藏魔洞内，立刻将洞门一关，用咒语封锁。灵空长老说："这八个魔怪，把你们收起来，免生祸端。这洞内到子时有风雷可以镇住八魔。恐其有人来救他们出去，又生是非，洞门口得派人看守。"正说着话，小悟禅来了，给众人行礼。灵空长老说："悟禅，你速去把灵猿化给我找来，叫他看守此洞。"悟禅答应，去不多时，同梅花真人灵猿化来了。灵猿化给众人行完了礼，说："罗汉呼唤我有何吩咐？"灵空长老说："命你看守此洞，将斩魔剑、降魔杵挂洞门，八魔哪时出来，你用斩魔剑斩他。"灵猿化点头答应，在这里看守八魔，自己修道。灵空这才把众人让到庙中落座，济公说："多蒙罗汉真人搭救。我得把悟禅带了去，我要办善会，重修金山寺。要不然，因为我八魔拆毁金山寺，我这孽造大了。"伏虎罗汉也告辞，往他方前去度人。济公先带领悟禅告了辞，来到金山寺，写了帖子，遣悟禅去请人。所有是济公的徒弟到过的地方，幽州府、龙游县、海潮县、余杭县、石杭县、常州府、镇江府、丹阳县、开化县、临安城、钱塘县、仁和县等处，所有济公认识的都请，上至秦相官宦人家、绅董富户、举监生员，下至庶民，悟禅都给送了帖子，在金山寺八月初一日早降拈香，临安城都吵嚷动了。花花太岁王胜仙一想："济公敕封护国散禅师，乃得道高僧。在金山寺办善会，连我哥哥秦丞相都请，怎么会不请我呢？"这天有风月公子马明来拜王胜仙，二人谈起这件事，王胜仙说："现在济颠在金山寺办善会，请秦丞相，怎么不请我呢？"马明说："也没请我。"王胜仙说："他不请咱们，咱们倒要去带一千银子香资，到金山寺去一趟。"马明说："也好。"立刻雇了一只大船，带着二十个家人，船上写着一杆大旗，上写"金山寺进香，施助白银一千两"，由临安城起身，够奔镇江府金山寺。这天正往前走，见前面一只船上写着"海潮县正堂”的旗子,支着船窗,里面坐着两个丫环、一位小姐。这位小姐长得真是千娇百媚,万种风流,梨花面,杏蕊腮,瑶池仙子月殿嫦娥不如也,可称绝世美人。王胜仙、马明二人一看,眼就直了。这两个人本都是临安城的恶霸,素常净讲究①抢人。王胜仙自前番白狗闹洞房,把鼻子咬了去,这小子又派人请名医调治好了,落了疤子。仍然恶习不改,一见美色就动了心,贪淫好色的人全不顾。王胜仙的船在后面跟着,来到镇江口了,相离金山寺还有四十里地。人家靠了船,王胜仙也吩咐靠船,两只船靠着。王胜仙临近一看,这位小姐果然真正美貌。这小子目不转睛一看,这位小姐果然真正美貌极了。王胜仙真是色胆大如天,当时吩咐管船的,把跳板搭在那只船上。风月公子马明说:“你做什么?”王胜仙说:“我到那只船上去会会这个美人。我自打生人以来,还没见过这样绝色的美人,我今天非去找她不可。”风月公子马明说:“那如何使得?你准知道人家是谁家的姑娘,你硬要去,岂不惹出乱子来?”王胜仙说:“不要紧,我哥哥乃当朝宰相,我乃大理寺正卿,谁敢惹我?也别管她是谁家的姑娘,我今天非得弄到手,方趁我的心。”说着话,王胜仙叫管船的,把跳板搭上,他大摇大摆就上了那只船。书中交代,这船上小姐,乃是海潮县正堂张文魁的妹妹,名叫金娘。只因济公请善会,张文魁施助香资五百两,姑娘带着婆子丫环,有三班都头独角蛟安天寿,这位班头水旱两路武艺精通,人也老成,带着十数个班头,保着姑娘金山寺进香。由海潮县要的官船,走在这江口,姑娘叫安天寿买点鲜果,带到金山寺好上供,故此把船靠住。安天寿下船去买东西,偏巧这个时节,王胜仙到这边船上来,大摇大摆,就要进船舱。这里有十几位散役,见王胜仙头戴四楞巾,绣团花,身穿大红宽领阔袖袍,足下粉底官靴,手拿一把折扇,长得梭肩拱背,黄尖尖的脸膛,真是兔头蛇眼,龟背驼腰,一直就要进舱门。当差人一看,连忙阻住,说:“你是做什么的?”王胜仙说:“我看这女子长得美貌,老爷到里面逛逛。”当差人说:“你是什么东西,满嘴放屁!这是我家小姐,你敢这样无礼,你也不打听打听!”王胜仙说:“也别管她是什么官的小姐,今天你家大人要找她作乐,哪个敢不答应?”正说着话,偏巧安天寿买东西回来了,见众差役正同王胜仙吵嚷,安天寿说:“什么事?”众人说:“这厮他硬要进船舱,

---

① 讲究——喜欢。

我们问他做什么,他说见小姐长得美貌,他要进去逛逛。安都头,你看世界上,哪有这样不通情理的人?我们告诉他说是小姐,他说不论是谁家的小姐,他也要进去作乐。"安天寿一听,把肺都气炸了,立刻把两只怪眼一瞪,说:"你还不滚开!如要不然,我结果你的性命!"王胜仙一看安天寿身高八尺,紫脸,在脑门子上有一个大肉瘤子,满部的钢髯,犹如钢针,轧似铁线,根根见肉,头戴缨翎帽,身穿青布靠衫,腰扎皮挺带,薄底鹰脑窄腰快靴,是个班头的打扮。王胜仙自以为是当朝宰相的兄弟,有势利,谁人敢惹,说:"哪个敢拦我,我把你们发了!"焉想到安天寿也不管他是谁,先讲动手,当时举手照定王胜仙脸上就是一个嘴巴,底下一腿踢在王胜仙肚子上。王胜仙往后一仰,翻身掉在大江之内。大江里的水真有几百丈深,王胜仙手下家人一看说:"你们胆子真不小,我家大人乃是当朝秦相的兄弟,花花太岁王胜仙,你敢给踢在江里!"安天寿说:"王胜仙又该怎么样?踢在江里喂王八!反正先叫他死了。拚出一身剐,敢把皇帝打。"正说着话,只见对面铜锣响亮,来了一只大船,船上有大轿,旗子上写着"镇江府正堂"。来者正是本地面知府赵翰章赵大老爷。只因济公在金山寺办善会,赵大老爷亲身带领壮皂快三班,来到金山寺给照料照料,方由金山寺告辞。济公亲身送出庙外,在知府耳边说了几句话,知府点头答应。船到江口方要下船,王胜仙手下家人,一看是镇江府,立刻喊了冤,知府吩咐带过来,问什么事?家人等说:"我家大人花花太岁王胜仙,乃当朝秦相的兄弟,被他们踢下江去。"正说着话,只见王胜仙仿佛由江里有人给托上岸来,众家人一看也愣了。王胜仙喝了两口水也不要紧,少时缓醒过来。众人俱皆纳闷,不知道这是怎么一段缘故。书中交代:原本济公办善会,早吩咐万年永寿,所有烧香来的船,不准在江里伤一个人,如要伤了人,济公说:"我告诉龙王定要斩你,托你给照应。"万年永寿答应,吩咐手下子子孙孙,虾兵蟹将,各处巡查。今天见王胜仙掉在江里,故此小王八用脑袋把王胜仙一拱托上来。王胜仙缓醒过来,一看镇江府来了,王胜仙说:"知府你来了好,我要找你。"知府先问:"安天寿,这边因为什么?"安天寿说:"下役在海潮县当差,我家小姐上金山寺降香,在这里靠船买供果,这个男子他硬要进船舱,说我家小姐长得美貌,他要作乐,拦他他不听,一定要进去。"知府说:"你是什么人?"王胜仙说:"我是秦丞相的兄弟，我乃大理寺正卿王胜仙。”知府说：“你满嘴胡说，王大人焉能做这事，分明是你冒充官长，来人给我打。”立刻官人将王胜仙按倒，打了四十大板，皮开肉绽，鲜血直流。不知后事如何，且看下回分解。

第二百三十八回

花太岁淫心贪欢报　独角蛟夜探葵花庄

话说知府赵翰章说王胜仙冒充官长，打了他四十大板。知府说："我应该重办你，便宜你放你走，哪时再不安分，遇见本府，我定然治罪于你。"说完了，吩咐叫安天寿同小姐开船走，知府也坐着轿走了，王胜仙疼得龇牙咧嘴，直想不到今天受这样苦，只气得眼泪汪汪，说："好一个镇江府，我不要他的命，不算报仇。"自己也不能上金山寺去了，吩咐开船往回走。离此四十里之遥，就是葵花庄，乃是秦丞相的老家。秦丞相家里有一个儿子，名叫秦魁，人称蓝面天王，也是无所不为，时常抢夺良家少妇长女。王胜仙一想，我先找找侄儿去商量商量，设法报仇雪恨。不言讲王胜仙，单说安天寿同姑娘到金山寺去降香。金山寺出善会的人多了，本来济公在外面治的病救人多了，都欠济公的人情，济公从来没要过谢礼，这一办善会，重修金山寺，又是一件善事，众人没有不愿意的。至少的香资一百两，五十两算顶少了，所有跟济公至近的人，没有不到的。大众还不走，问济公所收的香资够用不够？如其不够，我等大家再给凑。济公说："众位不必费心了，富富有余。"安天寿同小姐交了五百两香资，烧完了香，吃了素斋，这才告辞，坐船往回走。方走到葵花庄的江岸，忽然起了一阵怪风，刮得对面不见人，几乎把船翻了。这阵风过去，再一看丫环婆子被杀，小姐也不见了。丫环婆子都杀死，要说有截江贼，怎么连人影儿没看见呢？这件事怎么办？回去见了老爷，怎么对得起？有一位老管家，也是在张宅多年的人，叫张福。张福说："安都头你不要着急，先在附近访查访查。如访着便罢，如访查不着，你我回金山寺去找济公，求他老人家给我找小姐。反正找不着小姐，你我不能回去。"安天寿无法，靠了船弃舟登岸，顺着江岸往前走了不远，见有一只小打鱼船。安天寿说："借光，管船的，这眼前的村庄叫什么地名儿？"这打鱼的说："这是葵花庄。"安天寿说："这庄子里住着都是做什么的人家？"打鱼的说："你是外乡人吧，你不知道，这是当朝秦丞相的大少爷秦魁在这里住。"安天寿一听，心中一动，说:“这位秦魁,素日为人是好人是歹人?”打鱼的说:“唉,别提了,别提了。你是外乡人,不知道,我跟你说说。这位秦魁在我们本地,倚仗着势力欺人,常抢夺良家少妇长女,我们这方没人敢惹。”安天寿道:“我何不进村庄探探去?这件事来得奇怪,令人难测。”说罢,安天寿进村庄探访。见路北有一座大门,门口八字影壁,有上马石,有四棵龙爪槐,拴着幌绳,有十几匹骡马。安天寿一看,大约这必是秦相府,这必是宅院房子不少。路南里有一座小铺,挂着酒幌子,上写“闻香下马,知味停车”。安天寿迈步进去,也没有多少酒座,安天寿找了一张桌坐下。伙计过来说:“大爷要几壶酒?”安天寿说:“来两壶酒,来两碟菜吧。”伙计擦抹桌案,把酒菜摆上,天已黑了,屋中掌上灯了。安天寿心里好似万把钢刀扎心,酒也喝不下去。正在烦得了不得,忽见由外面进来两个人,都是紫花布的裤褂,都有三十多岁,长得凶眉恶目,一脸的横肉。两个人晃晃悠悠说话,舌头都僵了,大概是喝醉了的样子。这个说:“二哥,咱们庄主不是说,每人赏二两银子吗?怎么又不赏呢?”那人说:“庄主说话没准,说过了就忘了,也许明天赏,今天只顾喝喜酒了。”旁边酒铺掌柜的说:“你们庄主有什么喜事?”这个说:“今天我们庄主的叔叔王胜仙王大人来了,提说上金山寺去烧香,因为一个美人,被镇江府知府打了四十大板。他来找我们庄主,派人去把这个美人得来,今天总算是喜事。”那人说:“老二,你别说了,这事也是在外头说的?”这个说:“不要紧,咱们这方谁敢坏咱们庄主的事。”焉想到旁边安天寿听得明白,自己一想,他们用什么妖术邪法,把我家小姐抢来的?我去到他家探探去,再作道理。想罢,给了酒钱,由酒铺出来,绕到西北角上,回头四顾无人,拧身跳上墙去,见里面黑洞洞,一无人声,二无犬吠。安天寿蹿房越脊,如履平地相仿,探来探去,来到前厅。这院中是大四合房,北上房五间,南房五间,东西配房各三间。北上房屋中灯光闪烁,安天寿在暗中一探,见里面正面上坐定一人,黄脸膛,头戴四楞巾,身穿宽领阔袖大红袍白护领,正是王胜仙。上手一位浪荡公子打扮,乃是风月公子马明。还有一个蓝脸的,两道朱砂眉,一双金睛叠暴,突出眶外,头戴四楞逍遥巾,双飘秀带,身穿宽领阔袖大红袍,这就是蓝面天王秦魁。下手里坐着一个老道,头戴青缎子九梁道巾,穿蓝缎色道袍,青护领相衬,白袜云鞋,面似姜黄,浓眉大眼,花白胡须,众人正在一处吃酒。安天寿看够多时,就听老道说:“王大人,你今天依我说,先别跟她入洞房,叫婆子慢慢劝解她,总是她自己依从答应才好。再说这一件事,虽然办的严密,可有一节,据我想他等必要去找济颠,都瞒得了,可瞒不了济颠。大概人家也不能善罢甘休。可是我也不怕济颠,他也未必准是山人的对手,可就怕这件事吵嚷出去,可就不好办了。他那船上可有一个能人,如要到这里哨探倒好,我将他拿住,可以斩草除根。”王胜仙说:“济颠来也不要紧,他要讲交情,他是我哥哥的替僧,他就不应当管我的事,帮着人家。他如不讲交情,道爷你只要将他拿住,就把他杀了,有什么祸,都有我呢。唯可恨镇江府赵翰章,他竟敢打我四十大板子,这个仇非得报不可!”安天寿在暗听得明白,自己一想:“我先救我家小姐要紧,倘若我家小姐有点差错,我拿什么脸去见我家老爷?”想罢,自己蹿房越脊,各院寻找,找到东跨院。这院中是北房三间,南房三间,东西配房各三间。北上房东里间灯影儿朔朔,人影儿摇摇。安天寿蹿下来,把窗纸湿了一个小窟窿,往里一看,屋中顺后墙一张床。地下有椅桌条凳,床上坐着正是金娘小姐。地下有四个仆妇,都在三十多岁,一个个伶牙俐齿,这个说:“姑娘你就别哭了,你别想不开,你已然来了,反正你也走不了。这也不是地狱,你这算到了天堂了。你要好好地从了我们大人,享不尽的荣华,受之不尽的富贵,一呼百喏。你要不依从,把我们大人招恼了,用皮鞭子笞你,也不能一时打死,你到哪时答应,哪时不打你,但是你后悔可就晚了。”这个说完了,那个老婆子就说:“姑娘你别哭,我告诉你,男大当婚,女大当嫁,早晚姑娘你也得出聘,还不定给什么人家,就许受了罪。这个我们大人,乃是当朝秦丞相的兄弟,大人本人是大理寺正卿,你跟了我们大人就是夫人。妇人女子一辈子,也无非就是吃喝穿戴,这个主儿,找都找不着,你还哭。要依我说,你洗洗脸,搽点粉,换换衣裳,把大人哄乐了,你要一奉十。”这个说一套,那个说一套,都是伶牙俐齿。安天寿在外面听着,把肺都气炸了。有心进去杀这四个仆妇,又怕吓着小姐,心想:“莫若叫出来杀。”想罢,说:“老姐姐们出来,庄主叫我来问劝得怎么样子。”仆妇一听说:“谁呀?”安天寿说:“我。”说着话,由里面出来两个仆妇,被安天寿一刀一个杀了。里面两个仆妇,听外面“咕咚咕咚”,赶紧问:“王姐姐你摔躺了?”安天寿说:“你们来瞧瞧。”这两个人出来,也被安天寿杀了。安天寿进到屋中要救小姐,抬头一看,小姐踪迹不见,把安天寿吓得亡魂皆冒。不知后事如何,且看下回分解。

第二百三十九回

因救千金被贼获　为吓贼人装鬼神

话说安天寿把四个贼婆杀死，到屋中要救小姐，焉想到踪迹不见，安天寿一看就愣了。自己正在发愣之际，忽听外面有人喊嚷“拿贼”！书中交代：王胜仙自从镇江府打了他四十板子，他来找秦魁。同风月公子马明，带领家人来到门首。往里面一回禀，秦魁一听叔叔来了，赶忙往外迎接。来到外面给王胜仙行礼，王胜仙给风月公子马明一引见，大众往里够奔。来到大厅，王胜仙一看，这里坐着一个老道。王胜仙就问：“贤侄，这位道爷是谁？”秦魁说：“这是我师父混天老祖，教给我炼金钟罩铁布衫。”这个老道会妖法，说在这里住着，他会配各样的耍药，如金枪不倒、美女自脱衣等药。秦魁虽爱炼，可也是酒色之徒，故此拿老道敬为上宾，立刻给王胜仙一引见，说：“这是我师父，他老人家善会呼风唤雨；撒豆成兵，搬山倒海，五行变化，前知五百年，后知五百年，能掐会算，善晓过去未来之事。”王胜仙说：“这就是了。”秦魁说：“叔叔今天从哪里来？”王胜仙说：“别提了，我原本要上金山寺去出善会，走在江口，碰着一个美貌的女子，船上插着海潮县正堂的旗子。我要到她船上去，不想被她手下一个能人，将我踢下江去，幸亏我命长，也不知怎么会上来了。镇江府知府赵翰章赶上这件事，我跟他一道名姓，他反倒打了我四十板子。我这口气不出，美人也没得到手。这个美人我真爱得了不得，我来找你给我想个主意。”旁边混天老祖哈哈一笑，说：“这乃小事一段。大人打算要这个美人容易，我去施展法术，将她带来，不费吹灰之力。”王胜仙一听，喜出望外，说：“祖师爷要真能把这女子给我得来，我必有重谢。”老道说：“既然如是，大人等着，我去去就来。”老道出了葵花庄，在江口一等，工夫不大，见海潮县这只船来了。老道口中念念有词，立刻一阵狂风大作，老道上船将婆子丫环杀死，在小姐天灵盖上打了一迷魂掌，小姐糊里糊涂，老道施展法术，风裹着把小姐带回来，交与婆子，叫婆子给烧了一道符灌下去，等小姐明白过来，慢慢劝解。老道来到大厅说：“王大人，我山人已将美人给你得来。”王胜仙千恩万谢，在大厅摆酒，大家开怀畅饮。依着老道，今天先不叫王胜仙跟小姐入洞房。王胜仙喝醉了，一定要入洞房。如其那女子不依从，今天叫人把她捆上，也别管她答应不答应。老道说：“既是王大人今天要入洞房，如果她不从，我给你一粒药给她吃了，管保叫她自厢情愿。”王胜仙乐得了不得，赶紧叫家人先去问问婆子劝得怎么样，答应没答应？家人来到这院中方要说话，见地下四个婆子被杀。家人连忙跑到大厅，说：“可了不得了，那院里四个婆子都死在院里，被人杀了，有一个人进了屋子。”秦魁一听，说：“赶紧叫二位护院的拿贼，别放贼走了。”他这家中两个护院的原是西川路的两个贼，一个叫鸡鸣鬼全得亮，一个叫造月鹏程智远。家人一给送信，二人各拉兵刃，吩咐鸣锣聚众，一直来到东跨院。安天寿在屋中找小姐没有了，找了半天，方转身出来。全得亮一声喊嚷：“好贼，你往哪里走！”安天寿一看见全得亮头戴翠蓝色六瓣壮士巾，上安六颗明镜，身穿箭袖袍，腰系丝鸾带，单衬袄，薄底靴子，面似姜黄，两道短眉毛，一双三角眼，鹦鼻子，两腮无肉，手擎一条花枪。后面跟定一人，头上紫缎色壮士帽，身穿紫箭袖单衬袄，薄底靴子，手擎一把钢刀，紫脸膛，一身的花斑，凶眉恶眼，怪肉横生。安天寿见小姐没了真急了，当时一顺手中刀说：“好贼人，你等施展什么妖术邪法，把我家小姐抢来，今天安大太爷把尔等刀刀斩尽，剑剑诛绝！”全得亮赶上前，抖花枪照定安天寿哽嗓咽喉就扎。安天寿用刀往外一拨，贼人往回一撤枪，反枪照定胸前刺来。这条枪三花九摆，金鸡乱点头。安天寿刀法纯熟，门路精通，急架相还。程智远摆刀过来协力相帮，手下恶奴各掌灯球火把，齐声喊嚷。安天寿一看人多势众，打算要走。秦魁同老道赶到，老道见全得亮、程智远两个人拿不了安天寿，老道说：“二位闪开。好小辈，放着天堂有路你不走，地狱无门自找寻，待山人来拿你。”全得亮二人往旁边一闪，老道口中念念有词，说声“敕令”，用手一指，将安天寿定住。程智远摆刀要杀，老道说：“别杀，捆上他带到前面，细细地审问审问。”他这才立刻将安天寿捆上，搭着来到大厅。王胜仙、秦魁、马明，同老道在上面坐定，老道说：“你姓什么？叫什么？来此何干？趁此实说。”安天寿把眼一瞪，说：“你家大太爷行不更名，住不改姓，我姓安名叫安天寿，绰号人称独角蛟。我乃是海潮县三班都头，只因你等为非作恶，施展妖术邪法，抢我家小姐。我奉我们老爷堂谕，前来寻找我家小姐。大太爷既被你拿住，杀剐你给我快行。”秦魁说：“祖师爷何必还细问他，把他杀了就完了。”正说着话，忽听后宅“当当当”铁响一阵，秦魁一听一愣，每逢宅内有紧要事才打铁。正在一愣，婆子来到前面大厅，慌慌张张地说：“庄主可了不得了，后宅闹大鬼，把大姨奶奶、二姨奶奶全吓死了，你快去瞧瞧吧。”秦魁一听说：“这事奇怪，你我同去瞧瞧去。”全得亮、程智远说：“这必是绿林人装神弄鬼。”秦魁立刻叫两个家人在大厅看守安天寿，秦魁同王胜仙、风月公子马明、老道混天老祖，带领鸡鸣鬼全得亮、造月鹏程智远，大众一同够奔内宅。秦魁自己到屋中一看，众姨奶奶全都死过去了，人事不知。秦魁叫了几个大胆的婆子，把大姨奶奶、二姨奶奶搀扶起来，慢慢地呼唤，好容易才还醒过来。老道交给秦魁几丸定神药，拿阴阳水化开，给众位姨奶奶喝下去，定了定神，秦魁说：“众位姨奶奶是怎么一段事，全都给吓死过去？”大姨奶奶说：“我等在灯下跟婆子丫环说着话，等候公子爷过来安歇，忽然间由外面进来一个大鬼，身高有一丈，五色脸大脑袋，冲着我们一晃，吓得我们全糊涂了，也不知这鬼哪里去了。”秦魁一听，气得“哇呀哇呀”怪叫如雷，说：“好鬼，胆敢搅闹我的家宅不安，尔等赶紧给我寻找，找着把他碎尸万段。”众家人点上灯笼。各处寻找，前前后后院中都找遍了，并无踪迹。这才来到后面，说：“庄主爷，我等都找遍了，并没有。”鸡鸣鬼全得亮，造月鹏程智远，两个人本是绿林人，什么事都瞒不了他们，这两个人在绿林中什么事都做过，蹲到水坑里就装龙，抹一脸锅烟子，就装灶王，哪行人知道哪行事，程智远说：“庄主爷，你老人家不知道，这绝不是鬼，必是安天寿的余党。”秦魁说：“我也明白，光天化日，朗朗乾坤，哪里来的鬼，这乃是无名的小辈装神弄鬼，要是好朋友就不该跑，好鬼狗娘养的，吓坏我的爱妾！”秦魁站在院中破口大骂，焉想到英雄侠义，就是不听人骂，忽然房上答了话。一声喊嚷，声音洪亮，说：“好球囊的，你先别骂，大太爷本不是鬼。只因你等为非作恶，无故抢掳良家的妇女，大太爷乃侠义英雄，专杀土豪恶霸，赃官妄党，搭救义夫节妇，孝子贤孙，今天特意前来结果尔等的性命。”鸡鸣鬼全得亮、造月鹏程智远说：“你下来。”当时由房上跳下二位惊天动地的大英雄。不知来者是谁，且看下回分解。

第二百四十回

雷陈奉命救良善　济公功满归净慈

话说蓝面天王秦魁破口一骂，由房上答了话，跳下两个人来，一位头戴紫壮帽，紫箭袖，腰系丝鸾带，单衬袄，薄底靴子，面如蓝靛，发似朱砂，押耳红毫。一位穿蓝翠褂，壮士打扮，白脸膛，俊品人物。各擎钢刀，来者非别，正是风里云烟雷鸣、圣手白猿陈亮。这二位自从前者由京都完了官司，同马兆熊、秦元亮各自回家。雷鸣、陈亮在家中闭门度日，不肯出来，看破了绿林道。前者接着济公的请帖，济公在金山寺办善会，这两个人不能不来，二人备了二百两香资，来到金山寺给济公帮着应酬施主。济公把雷鸣、陈亮叫在一旁，说："你二人给我办点事。"雷鸣、陈亮说："师父有什么吩咐?"济公说："你二人不用在庙里帮我张罗，你二人赶紧到葵花庄去，现在秦相的儿子秦魁，把海潮县知县的妹妹张金娘抢了去，有一个三班都头安天寿去救他们小姐，你二人去帮着，把小姐救出龙潭虎穴。只要把人救出来，可千万别招惹秦魁他等，他那里有个老道，你二人可不是他的对手，千万不可跟他交手。倘如你二人闯出祸来，我这里甚忙，可救不了你们。"雷鸣陈亮点头，二人出了金山寺，坐船到了葵花庄来上岸，天已黑了。二人上了岸，施展飞檐走壁，到秦魁家中一瞧，探见大厅里众人喝酒谈话。雷鸣、陈亮都听明白了，二人各处一寻找小姐，找到东跨院北上房，屋中婆子正劝解姑娘。雷鸣、陈亮在房坡爬着，往下瞧见安天寿，正使调虎离山计，往外叫婆子，把四个婆子都杀了。雷鸣、陈亮有心进去救小姐，又一想男女授受不亲，人家是未出闺阁的女儿。二人正在心中犹疑，见安天寿进了屋中，"呵"了一声说："小姐哪里去了?"雷鸣、陈亮一想："这是什么人，走在我们头里!"二人赶紧就追，直追出庄子也没赶上，就听庄内人齐呐喊，二人后又回来，见安天寿跟全得亮、程智远动了手，杀在一处。少时见安天寿被老道拿住。依着雷鸣就要下去，陈亮说："二哥别莽撞，师父告诉不叫你我下去动手，不是老道的对手，你我别碰钉子。"陈亮把雷鸣拦住，见众人把安天寿搭在大厅去，雷鸣说："你我要不救他，他准得死在恶霸之手，咱们使调虎离山计救他。”这才把隔面具掏出来带上，雷鸣到内宅满屋里一串，把众姨奶奶俱都吓死。二人在房上看着，见婆子给前面送信，少时秦魁同老道等，都到后面来，雷鸣、陈亮，赶紧到前面来要救安天寿，急至来到前面一看，见两个家人已被人杀死，安天寿踪迹不见。雷鸣一看就愣了，陈亮说：“罢了，真是夜眠清晨起，路上又有早行人。”二人愣了半天，又到后面一探听，秦魁一骂，雷鸣恼了，当时答了话，跳在院内，陈亮也下来了。二人方一下来，鸡鸣鬼全得亮赶过来照定雷鸣就是一枪，雷鸣摆刀急架相还。程智远摆刀照定陈亮劈头就刺，陈亮用手中刀海底捞月，往上就迎。贼人撒刀分心就剁，陈亮闪身用刀往下就盖。动手走了五六个照面，雷鸣、陈亮本来能为武艺出众，本领高强，刀法纯熟，全得亮、程智远二人不是雷鸣、陈亮的对手。二人尽有招架之功，并无还手之力，老道混天老祖口念：“无量佛”，说：“好小辈，放着天堂有路你不走，地狱无门自找寻，真是飞蛾投火，自来送死，招山人结果你的性命。”说着话，用手一指，一声“敕令”，用定神法将雷鸣、陈亮定住。秦魁吩咐绑，立刻将雷鸣、陈亮搭到大厅。秦魁一看两个家人俱被杀，安天寿踪迹不见，气得颜色更变。这才问道：“你两个人姓什么？叫什么？因何来到我这家中搅闹？”雷鸣、陈亮说：“大太爷行不更名，住不改姓，我叫雷鸣，人称风里云烟，他叫圣手白猿陈亮。我二人由金山寺，奉我师父济公长老之命前来，只因你等抢夺烧香的良家小姐，派我二人特来救她。”秦魁一听，自己一想，济公是我父亲的替僧，这件事要声张出去，彻底根究，我抢夺良家妇女，被我父亲知道，绝不能饶我。要不把这两个人送到当官去，这家中六条命案也不好办。秦魁说：“你两个人既是济公叫你们来的，我跟济颠远日无冤，近日无仇，我这婆子家人是你们谁杀的？”雷鸣说：“你要问谁杀的人，我二人不知道。”秦魁说：“大概这么问你，你二人也不实说。来人，把他两个人吊起来给我打！”手下家人答应，正要打雷鸣、陈亮，忽听后宅一阵大乱，家人喊嚷：“可了不得，内宅着了火了！”秦魁众人一听，吓得惊魂千里，众人连忙往后跑。幸喜家人多，把火扑灭。气得秦魁“哇呀呀呀”怪叫如雷。再到前面一看，雷鸣、陈亮踪迹不见，天也快亮了，秦魁说：“尔等跟我追放火的人！”大众一同追出院子，扑奔村头，方一出村，只见由对面济公带着镇江府的二十个班头来了。风月公子马明伶俐，见事不好，带着自己的从人竟自逃了，老道一看见济颠眼就红了。书中交代：这个老道本是慈云观漏网的贼人，乃是右殿真人李华山。前者由藏珍坞逃走，各奔他乡，他来到秦魁这里，自称混天老祖，在这里避难。按说就应该改过自新，他还是恶习不改，也是该当遭报。原本济公昨天在金山寺应酬众施主，不能分身。收了有七八万银子，今天一早带领本地面二十名班头，特为来拿老道。老道打算要跑，那如何能行，被济公用手一指，口念："唵嘛呢叭咪吽"，老道已然不能动转，济公派官人把他捆上。秦魁一见不好，先逃进家中，闭门不出。王胜仙连急带吓，逃走到家中，卧病不起，只见有无数冤鬼在床前要命，病了有一个多月，自己就呜呼死矣。临安城人人啐骂，都说是就该死，这也是他一生不做好事之报，在阳世杀男掳女，欺压良善，今朝一死，这也是恶报临头。单表济公拿获妖道，见秦魁逃走，也未追赶，只见从正南来了几个人，内中有安天寿同着雷鸣、陈亮。书中交代：安天寿是从哪里来？被何人救去？只因安天寿被人捉住，绑在大厅之上，秦魁带着群寇妖道要杀。雷鸣、陈亮使调虎离山计，后面装鬼，秦魁等奔后面去。只见从房上跳下来一位英雄，身穿夜行衣靠，面如白玉，粉脸如银，长眉阔目，准头端正，唇似涂朱，看年岁二十以外，俊品人物，手执钢刀，先把安天寿绳扣解开说："朋友，跟我来，我特意来救你。"说罢，一飞身蹿上房去。安天寿说："恩公慢走，我还要救我家小姐要紧。"那人说："你不必狐疑，我已然把小姐救上船去，咱二人先到外边，你等候于我，我再去看葵花庄内是何人使调虎离山计。"二人到了外边，那人说："安都头，你在此等我。"说罢翻身进了庄院，正见雷、陈二人被捉。他到西院之中放了一把火，烈焰腾空，那边众人急忙来救火，趁此，那人把雷鸣、陈亮救出来。到了外边，一见安天寿会合一处，安天寿说："兄台救我性命，未领教贵姓高名，仙乡何处？"雷、陈也过去问那人名姓。那人说："我姓彭名恒，乃江北黑狼山彭家集的人，江湖上人称八臂膀飞行太保九杰彭恒，只因我寻访我师父叶德芳，走在此地，听人说葵花庄险恶无常，无人敢惹，欺压良善、无所不为，我想结果恶人性命，扰乱他家宅不安。不想到那里，正遇安头儿在那里救姑娘。我一见动了一点恻隐之心，我先把小姐救出来，我也不顾避嫌疑，把小姐背至外面，一问方知是张小姐。我送至船上，二次来到秦宅，原要杀他满门家眷，不想我到那里看见安都头被捉，雷、陈二位使调虎离山计，我便把你救出来。复又到里边一看，见雷、陈二位被捉，我放火把他调开，我便把你二人救出来。这是已往之事。”说罢四人共到船上，此时张小姐要寻死，丫环奶娘解劝好了。安天寿四人到船，各说各人之事，天色已亮，听见正北人声一片，雷鸣、陈亮四人同下船，到庄外一看，只见济公捉了妖道，秦魁逃走，济公告诉雷、陈，到金山寺帮我办事，安天寿谢了济公等，彭恒告辞，自己去了。济公同官人到镇江府衙署。见知府把妖道按律拟罪，解交常州府完案，把妖道就地正法。济公到金山寺先派人把徒儿全都叫来，先给孙道全落发，就在金山寺充当知客僧，悟禅仍回九松山松泉寺庙中。济公择日开工，重修金山寺，不到半年，工程告竣，塑像一新，诸事完毕，雷、陈二人回家。济公自回临安城到天竺山净慈寺庙中。众僧接见，方丈德辉说：“济公你来此甚好，老僧我正盼之际。现在咱们下院报花寺，年久未修，重修那庙，工程甚大，非汝不能募化。此乃是一件好事，功德无量。”济公点头答应，在报花寺募化十方，京都在朝文武官绅富户，都来给济公书写缘簿，未到半载之久，化了有数万两白银，从此兴工起造，把那庙塑像一新。开光之日，来了四山五岳之善男信女，不计其数。诸事完毕，从此济公仍是走游天下，到处舍药，救济贫人。